Études sur la poétique du roman
de Milan Kundera

昆德拉
小说诗学

张弛　方丽平　著

图书在版编目(CIP)数据

昆德拉小说诗学 / 张弛，方丽平著. -- 北京：北京大学出版社，2025.4
. -- ISBN 978-7-301-35624-1

I. I565.074

中国国家版本馆CIP数据核字第2024RG4014号

书　　　名	昆德拉小说诗学 KUNDELA XIAOSHUO SHIXUE
著作责任者	张　弛　方丽平　著
责 任 编 辑	于海冰
标 准 书 号	ISBN 978-7-301-35624-1
出 版 发 行	北京大学出版社
地　　　址	北京市海淀区成府路205号　100871
网　　　址	http://www.pup.cn　新浪微博：@北京大学出版社　@阅读培文
电 子 邮 箱	编辑部 pkupw@pup.cn　总编室 zpup@pup.cn
电　　　话	邮购部 010-62752015　发行部 010-62750672 编辑部 010-62750883
印 　刷　 者	天津联城印刷有限公司
经 　销　 者	新华书店
	880毫米×1230毫米　16开本　26.75印张　320千字 2025年4月第1版　2025年4月第1次印刷
定　　　价	79.00元

未经许可，不得以任何方式复制或抄袭本书之部分或全部内容。
版权所有，侵权必究
举报电话：010-62752024　电子邮箱：fd@pup.cn
图书如有印装质量问题，请与出版部联系，电话：010-62756370

◎ 本书为国家社科基金重点项目"西方文化视野中的昆德拉小说诗学研究"（项目编号13AWW004）的结题成果。

◎ 本书获得湖南师范大学世界一流建设学科——外国语言文学学科的出版基金资助。

◎ 本书获得湖南师范大学引进人才科研启动项目的出版资助。

目录

代序言　昆德拉小说诗学的力量　　I

导　论　　001

第一章　现代性的展开与现代小说的兴起　　042
　　一　现代性展开造成的西方文化断裂　　043
　　二　"一切坚固的东西都烟消云散了"　　052
　　三　笛卡尔将思考变成了个人的强制特性　　060
　　四　个人主体意识的觉醒与小说的兴起　　064

第二章　从史诗到小说的文体嬗变　　077
　　一　作为文化共同体记忆与认同的史诗　　079
　　二　作为史诗与小说中介物的骑士传奇　　088
　　三　传奇的瓦解与小说的诞生　　093

第三章　小说是现代世界的史诗　104

　　一　作为史诗对映体的现代小说　105
　　二　"小说是上帝所遗弃的世界的史诗"　110
　　三　作为小说奠基之作的《堂吉诃德》　115

第四章　与现代性同步展开的"欧洲小说"　129

　　一　作为文化概念的"欧洲小说"　131
　　二　"欧洲小说"即"现代性小说"　138
　　三　以定义来确认"小说"的现代特质　148

第五章　小说现代性的表现方式　165

　　一　小说与现代的个人经验密切相关　166
　　二　现代小说的"现实主义"特征　173
　　三　小说为其他体裁赋予了现代性　192

第六章　小说的存在理由是发现存在的新方面　207

　　一　小说启示人类存在的新方面　208
　　二　创作小说以对抗"本是被遗忘"的状态　219
　　三　持续不断的发现构成了小说的历史　223
　　四　发现存在与形式自由密不可分　234

第七章　小说是关于存在的一种诗意思考　257

　　一　小说在历史中画出存在地图　258

　　二　"所有小说都趋向于对自我之谜的探索"　265

　　三　小说是透过想象人物对于存在的思考　280

　　四　对小说诗性的考虑优先于思想性　290

第八章　历史的终结与小说的未来　308

　　一　小说史下半时对上半时的否定　310

　　二　小说的表面繁荣与内在危机　313

　　三　西方文化危机与历史的终结　328

　　四　小说的终结与现代的终结　335

　　五　小说史第三时与塞万提斯的遗产　342

结　语　363

参考文献　372

后记　393

跋一　408

跋二　410

代序言

昆德拉小说诗学的力量

"诗学"一词在进入 20 世纪之后,产生了重大的意义转变。瓦莱里对于诗学的重兴,功不可没。他将亚里士多德和贺拉斯意义上的古典"诗学",转化为一种全新的、具有阐释学意义的智力构建。同时,由于他本人主要是诗人,"诗学"的概念即便被注入了新的含义,却依然与诗歌创作藕断丝连。

经过了 20 世纪其他哲学家、批评家的共同努力(比如说巴什拉著名的《空间的诗学》),"诗学"一词最终具备了全新的内涵,并超越诗歌体裁,涵盖所有的文学活动,几乎成为"文学理论"的代名词,却又不至于成为一种固化的体系。张弛、方丽平的这部专著,就使用了这一全新的意义。

张弛、方丽平对昆德拉的小说诗学进行了深入的解读。他们以昆德拉的作品为根本性的文本,阅读了大量与昆德拉的小说理念直接或间接相关的作品,进行了真正意义上的阐释。对于昆德拉的作品，他们借用了国内现有的所有译本，但同时，根据自己阅读原文所达到的理解，提出了自己的译法。这就在书中出现了非常有趣的现象：同一部作品，有的引用来自译本，有的引用则直接来自法语的原文。

这样的一种姿态，决定了这部专著的一大特点：它既是一种对话的结果，也是一种"拿来主义"的产物。换句话说，专著的作者并非纯粹借助于译本而进行理论思考和分析的中文学者，而是同样精通法语、可以对原著进行直接阅读的外语人才。更有意思的是，这种在原文与译文之间的穿梭和选取，并不一定意味着他们对译文在翻译层面的评判——是否"信达雅"，等等——而是试图对一些重要的概念与词汇进行更深入的挖掘，以求获得更全面的理解与认识。比如说，对于"être"的理解。

自韩少功将昆德拉的名作译成《生命中不能承受之轻》之后，来自法语界的译者们就提出了各种不同的译法。上海译文的版本，最后定名为《不能承受的生命之轻》。除了字序的某种颠倒，以及将"轻"直接与"生命"联系起来之外，这一译法相比于韩少功来自英语的首译，可以说是一种"微调"，对于其中重要的概念"être"，还是避重就轻，译成了"生命"。张弛、方丽平显然不满意于这一"微调"，希望以最准确的、带有哲学深度的原味去还原。他们认为这一概念应当从海德格尔那里去找，而"être"在海德格尔那里的意思，就是"本是"，所以题目就成了《是之不能承受之轻》。这一译法，应当说，在汉语之中是十分拗口的，但对于一部致力于探索昆德拉的小说诗学的学术专著来说，可以让人更明确地看出作者的意图。作者在多处都提及了重要概念的翻译的重要性。事实上，在大学的教学和学术讨论中，张弛和方丽平就十分注重这一点，并多次发起、举办相关的研讨会，旨在真正做到"名正言顺"。这样的严谨态度是值得称道的。

对于昆德拉，我们至少有两种阅读方式：一种是轻盈的，甚至表面的，将他视为一种流行的、畅销到令人羡慕的地步的成功作家；另一种则是严肃的、深入的，将之视为20世纪最为重要的小说家之一，尤其是他通过自己的创作和思考，提出了一种高屋建瓴的、独一无二的小说思想。这是一种巨大的精神财富，因为这一思想不是纸上谈兵，也无意成为严谨的体系，也就是说，并不想成为一种理论。因此，"诗学"一词就尤其适于命名这一关于小说的思想。

在昆德拉关于小说的思想阐述中，最为精髓、最为集中，也是昆德拉本人最为满意的，当数《小说的艺术》。这部作品一方面将小说上升到"艺术"的层面，同时，正如贺拉斯写下了《诗艺》——探讨诗的艺术，从而提出一种"诗学"——昆德拉通过《小说的艺术》，提出了小说的"诗学"。但是，昆德拉的小说诗学又远远不限于此。当人们以为他会以"三部曲"的形式终结关于小说的思考（《被背叛的遗嘱》《小说的艺术》《帷幕》）时，《相遇》又横空出世，延续了这一思考。而且，在我们可以归于虚构类的小说中，这样的思考同样随处可见，这从小说的题目中，就可以看出：《不朽》《无知》等，尤其是《庆祝无意义》。因此，探讨昆德拉的小说诗学，就必须建立在昆德拉的所有作品基础上。同时，小说作为一种具有历史发展特性的文学体裁，尤其是昆德拉所说的"现代小说"，具有明确的时空特点，因此，研究者需要具备对西方文学史与西方文学理论的高度把握，才可以在与昆德拉的对话中完成一种阐释，乃至扩充与延伸。

张弛、方丽平的这部专著，是此类方向的可贵尝试。

作为一个具有丰富、跌宕的生活经验的小说家，昆德拉崇尚虚构，讴歌思想，强调形式力量在小说中的作用。虚构与非虚构，小说与历史，常常被视为相互对立的概念，个中的褒贬意味不言而喻。在生活当中，当我们看到一个人过于沉迷于小说时，我们会说：醒醒吧，这只不过是小说，不是事实，也不是历史。往往这样一句话，可以当头棒喝，让人回到现实中来，也就是回到理性、理智上来。因此，我们很快就会发现，虚构仿佛成了理智、理性的反面，是虚幻，是梦。中国古代最重要的小说《红楼梦》中就有"太虚幻境"的梦。

然而，当我们把目光扫向现代小说，我们发现，任何经典都是高度理性和严谨的产物。也许，正是在这里，另一个主题词进入我们的视野，那就是形式。任何形式都是一种艺术和美学的选择，不是梦幻，而是人的高度理性的产物。小说家的这种理性，无论是体现在其关于自己作品的表述中，还是直接体现在小说创作中，都具备了阐释的基础，具备了某种诗学的元素。

在现代小说的初期，虚构/非虚构与虚幻/现实的"等同"，就引起了重要小说家的注意，甚至成为重要的小说的内容。最典型的例子就是福楼拜的《包法利夫人》。包法利夫人读了那么多小说（浪漫主义的），从而形成了一个自己的虚幻世界，或者说，认为世界应当是那样子的。于是开启了她走向灭亡的道路，而这条道路是极其可怕的现实。福楼拜被认为是一位现实主义大师。作为虚构产物的包法利夫人，真实到了被法官判定"有伤风化"的地步。然而，福楼拜作为现代小说始祖一样的人物，真的是最早提出这个问题吗？当我们追溯一下，就会发现，大名鼎鼎的《堂吉诃德》从一开始就是这样一个生活在虚幻中的人与现实剧烈碰撞的故事。因此，昆德拉把《堂吉诃德》视为小说的鼻祖，它从一开始就指出了虚构小说中虚幻与真实可能发生的冲突。

事实上，即便我们跳出小说的种类，比如去看戏剧，那么，无论是莎士比亚的戏剧，还是莫里哀的喜剧，都充斥着生活在自己虚幻世界里的人物。在莫里哀大量的喜剧中，让生活在虚幻中的人看到现实，比什么都难。所有的喜剧人物都生活在自己虚幻的世界里，与现实的冲突，构成了最大的喜剧张力，无论是《吝啬鬼》中的阿巴贡，还是《伪君子》中受骗的主人奥尔贡，还是《贵人迷》中的汝尔丹。而且，往往是仆人、下人、小人物能够生活在现实中，其他无论是贵族，还是主人，都容易生活在虚幻之中。在法国文学中，在雅克与他的主人的关系中，雅克总是比主人清醒，费加罗总是比他所服务的贵族更聪明，也就是更接近生活的智慧。昆德拉的小说从东欧国家的文学史和创作中汲取了诸多灵感，尤其是从卡夫卡、穆齐尔、布洛赫那里；同时，他身上的一种喜剧天分，对"戏剧性"的敏感和追求，也为他的作品带来了巨大的美学价值。可以说，"笑"是昆德拉小说的重要美学元素。昆德拉不像柏格森那样去理性地分析"笑"，但同时，"笑"确实成为一个重要"主题"，即使作品得以展开，也成为思考的对象。

浪漫主义者们仿佛抛开了虚构与非虚构这个问题，因为他们索性就彻底生活在了虚幻之中，一种理想化、浪漫的情调贯穿所有作品。然而，即便是浪漫主义者，在他们尽情虚构的时候，也会强调一种他们称之为"所在地的色彩"的东西，可以说是一种"环境本色"（couleur locale）。也就是说，即便是发生在遥远的中世纪，即使主人公是异国情调的吉卜赛人，即便事件从法国移到了西班牙，甚至移到了东方，那些人物也必须从装饰打扮到语言谈吐，都符合其所处环境的特色。因此，浪漫主义者成了最讲究历史资料考证的人。这方面最有代表性的作家就是雨果。他对历史资料的重视，在《巴黎圣母院》这样的作品中达到了极致，以至于巴黎圣母院作为建筑，也仿佛成了小说中的一个人物，作者为之着墨之多令人赞叹。这在让《巴黎圣母院》成为传世杰作的过程中，成为一个非常重要的积极因素。当巴黎圣母院着火的时候，人们突然意识到，也许雨果的作品，将比现实中那个历经考验而耸立至今的著名建筑更加具有生命力。

这个问题也涉及小说的一个非常重要的种类，也是法国文学史上一个重要的阶段，那就是历史小说。19 世纪初期，法国流行英国的历史小说，主要是司各特的小说。司各特的小说几乎影响了所有法国大作家，逼着他们或者在历史小说上有所突破（比如大仲马），或者另起炉灶，走上关注现实的道路，比如司汤达和巴尔扎克。

同时，小说的虚构并不满足于对历史的重新解读或者个人解读。我们之所以期待小说与虚构，就是因为伟大的小说，如昆德拉所说，可以照亮人的"存在"的一个新的点，照亮我们以前从来都没有关注过的地方。最早欣赏昆德拉的法国文学大家路易·阿拉贡就提出过一个概念，认为小说是"求真的说谎"（mentir-vrai）。在文学中，并不存在一种实质性的东西，一种有了它就一定是文学的东西。现代文学作为一种非宗教、非形而上的智力与语言的产物，深深地受到它所处的时代、社会和文化的影响，并试图对全新的问题进行回应。因此，虚构还有一种前瞻性。这种前瞻性是历史所没有的。如果说，我们阅读历史，阅读非虚构作品，是希望通过归纳，看出一些社会发展的规律，从而试图更好地把握未来，那么，虚构则是运用我们的想象力，展现某种可能的未来。一些科幻小说如《三体》的成功，正好迎合了我们时代的一种需求，回应了一种时代的焦虑。但同时，正如儒勒·凡尔纳无论具有多么大的前瞻性和想象力，都未能被视为最伟大的作家一样，科幻小说作为小说种类，依然处于小说的边缘。石黑一雄的小说《克拉拉与太阳》引起了人们的关注，就是因为一个传统意义上的严肃文学家，诺贝尔文学奖得主，也关注起了科幻问题。那是因为小说作为现代的产物，是对人的存在的关注，而人的存在，如今尤其受到了高科技所带来的冲击；或者说，高科技的冲击是人类存在的一个新境遇。同时，这种对高科技、科幻的关注，依然属于存在领域。

不久前，赵汀阳在哲学领域提出了一个观点：存在问题并非哲学的根本问题。这样的一个说法，作为东西方思想的比较，自然有其学术意义。然而，由于现代小说的很大一部分已经与"存在"紧紧地联系在一起，所以，当人们试图把"存在"请出思想场域的时候，与水一起被倒出去的，将是"小说"这个水盆中的婴孩。小说面临的危机是明显的，正如虚构所面临的危机。我们很清楚，这一危机的实质是人的危机。

全球疫情来临时，人们大量购买加缪的《鼠疫》，以从中获得安慰甚至寻求解脱之道。这告诉我们：文学是建立在人的经验之上的。而只要人还相信经验，求助于经验，作为经验的文学，就一定还是人们所需要的。

事实上，虚构的敌人，不是非虚构，更不是历史。虚构的敌人是虚拟世界。无论是虚构还是非虚构，人都借助于自己的经验，历史更是丰富了人的经验，为人的经验提供养分。经验是人坚实的大地，即便是虚构的经验。然而，虚拟世界中的人，则仿佛失重的人，仿佛被举起而再也不能碰到大地的安泰。他飘浮在空中，失去了将其拯救的构建起价值与意义的形式能力。所以，当昆德拉开始《庆祝无意义》的时候，他已经进入了他小说探寻的终极阶段。他所能等待的，是新的小说，新的虚构。

在昆德拉的思考当中，两次世界大战是改变人类命运的最重要的事件。按照他的说法，这两次"世界"大战，虽然具体来讲只局限于一些区域，却让人意识到了无处可逃，让现代人看到了人的真正境遇。如今，一场遍及全球的疫情，让人真正感受到了何谓"世界性"，何谓"人人相关"。与时代紧紧相连、紧密呼吸的小说在时刻回应着时代的问题。作为一种非宗教、非形而上的表达方式和文学体裁，小说让我们意识到了一场疫情在提醒我们的东西：我们是脆弱的芦苇，但是思想着的芦苇。人的问题，终将依靠人来解决。人的命运，处在未知的创造中。在石黑一雄的《克拉拉与太阳》中，有一句话："太阳总有办法照到我们，不管我们在哪里。"事实上，不管我们抵达了哪里，虚构之光总有办法照到我们，甚至照出我们的未来。

这也是昆德拉小说诗学的力量所在。

董强

2021年5月4日于北大燕园

导　论

　　在世界文学发展史中，诗歌长期占据着主导地位，甚至强制性地规定了其他文学体裁的表现形式。

　　尽管诗歌体对白和独白很不自然，诗体戏剧在西欧却延续到19世纪。德国诗人约翰·沃尔夫冈·冯·歌德（1749—1832）以其无与伦比的杰作《浮士德》，证明了诗剧对于现代世界仍然具有强大的表现力。在传统的中国戏剧中，诗体对白和独白则延续至今。即使是诞生于20世纪中国的一些地方性戏曲，也仍然自觉地采用了这种形式。需要指出的是，散文体的"中国话剧"随"五四"新文化运动而产生，始终无法取代传统戏曲，而且在近三十年来大为衰落。

　　欧洲古代长篇叙事采用了让现代人觉得相当别扭且很受局限的诗歌形式，却在相当长的时段里大受欢迎，甚至成为后人们不得不尊崇的文学经典，如古希腊的《伊利亚特》和《奥德赛》[1]、古罗马的《埃涅阿斯纪》和《变形记》、中世纪欧洲的民族史诗，以及但丁的《神曲》等。直到中世纪末期，诗歌体叙事才被散文体叙事完全取代，成为西方现代小说的滥觞。

由于历史书写的发达，汉语叙事文学很早就具备了比较成熟的叙事技巧，在《左传》《战国策》和《史记》中，不少篇章都是精彩的叙事文学作品。有意思的是，唐代诗歌的繁荣使诗歌几乎成为叙事文学必不可少的组成部分。作者让人物吟诗作赋，以诗相赠，作者本人甚至以诗歌评论人物事件，表达创作思想。这种叙事文学的写作方式带有很强的炫才特点[2]，却一直延续到20世纪初期的鸳鸯蝴蝶派小说，由此可见其艺术魅力。直到五四运动以后，在现代西方小说影响下诞生的纯粹散文体叙事作品，才成为中国小说的主流。

作为散文体叙事性虚构作品的小说，在西方的历史不过数百年，在中国也只有一百多年，而且一直处在变化之中，尚未定型，也无法定型。现代小说杰作不胜枚举，还可以借助全球化的推力，通过译本来影响许多人。在第二次世界大战以后，小说诗学成为许多学者的研究对象。就连一些卓有成就的小说家也参与其中，既实践小说创作，又反思小说本身。因此，对小说诗学的研究很有意思，也很有难度；既有智性的乐趣，也有思维的挑战。

（一）

自19世纪以来，以长篇小说为代表的散文体叙事性虚构作品取得了巨大的成功。这种成功表现为产出数量巨大：仅仅是在西欧和北美，现在每年都会出版数千部新的长篇小说，更不必说年年都会有难以计数的小说再版。这种成功还表现为读者群体庞大：随着义务教育在许多国家的普及，受过高等教育的人口比例大幅度提高，小说读者涵盖了几乎所有的社会阶层。也正是从19世纪开始，在文学发达的所有社会里,先后都经历了这样的嬗变过程:小说取代诗歌,成为主导性文学体裁。从全球范围来看,今天能够阅读并且喜欢阅读诗歌的人数肯定要远远超过一个世纪以前,但是,较之于小说读者的数量,诗歌读者的数量只能说是少得可怜。今天很少有人会再坚持把小说视为不能登大雅之堂的东西[3],然而许多人也对诗歌无动于衷,毫无兴趣了[4]。

在新文化运动催生了中国现代文学之前,诗歌一直主导着中国文学的发展历程。但是,在不到十年的时间里,中国文学至少发生了两大变化:其一是白话自由诗取代了文言格律诗,成为中国现代诗歌的正宗;其二是小说取代了诗歌在中国文学中长达两千五百年的宗主地位,成为中国现代文学最有影响力的体裁[5]。有感于诗歌影响力在中国现代社会的衰落,朱光潜(1897—1986)在感慨之余,还是力劝人们读诗,以培养生命的敏感,养成人生的趣味:

> 诗人和艺术家的眼睛是点铁成金的眼睛。生命生生不息,他们的发现也生生不息。如果生命有末日,诗总会有末日。到了生命的末日,我们自无容顾虑到诗是否还存在。但是有生命而无诗的人虽未到诗的末日,实在是早已到生命的末日了,那真是一件最可悲哀的事。"哀莫大于心死",所谓"心死"就是对于人生世相失去解悟和留恋,就是对于诗无兴趣。读诗的功用不仅在消愁遣闷,不仅是替有闲阶级添一件奢侈;它在使人到处都可以觉到人生世相新鲜有趣,到处可以吸收维持生命和推广生命的活力。
>
> 诗是培养趣味的最好的媒介,能欣赏诗的人们不但对于其他种种文学可有真确的了解,而且也绝不会觉得人生是一件干枯的东西。[6]

诗歌在现代社会的影响力衰弱到了这样一个地步，甚至在以文学研究为职业的学者当中，许多人也毫无读诗的兴趣。这当然是令人遗憾的，但是，不读诗并不意味着没有生命的活力与艺术的趣味。正如朱光潜自己所说的那样，"第一流小说中的故事大半只像枯树搭成的花架，用处只在撑扶住一园锦绣灿烂生气蓬勃的葛藤花卉。这些故事以外的东西就是小说中的诗。"[7] 因此，必须承认在培养人们的文化敏感性方面，小说也可以起到一定的作用："小说迅速而意味深长地反映着社会与经济的多重现实，并帮助其消费者们形成对这些现实的多重幻想（fantasies）。"[8]

弗兰兹·卡夫卡（1883—1924）的文字是干枯的，让人想到在深秋或隆冬时节的一棵老树，叶子落尽，孤零零地屹立在茫茫原野上，在肃杀的氛围中，其静穆让人有一种混合着压抑的庄严感。然而，米兰·昆德拉（1929—2023）在卡夫卡的作品中看到了最高程度的诗意："人们不可能走得比卡夫卡在《审判》中走得还要更远；他创造了极其非诗意世界的极其诗意的形象。所谓'极其非诗意世界'，是说：个人自由、个体特征在其中找不到位置的一个世界，人在其中只是超人类力量——官僚主义、技术、历史——的工具的一个世界。所谓'极其诗意的形象'，是说：卡夫卡并没有改变世界非诗意的本质和特征，就以他诗人的巨大幻想改造和变换了这一世界。"[9]

对于阿尔贝·加缪（1913—1960）来说，由于传统理性丧失了进行有效解释的能力，人与世界不再能够被整合为基于有机联系的统一体，人与世界彻底分裂，二者存在的理由与意义都缺失了或被剥夺了，人突然发现自己所面对的世界不再向他敞开，甚至变得很有敌意。

导　论

　　退一步来看陌生性：察觉到世界是"密闭的"；瞥见一块石头在哪一点上是奇特的，对我们来说是不可简化的；大自然以何种强度，让一个景观可以否认我们。在所有美的事物底部，都隐藏着一些非人的东西，而起伏的山丘、天空的惬意、树木的图画，就在那一刻失去了我们添加给它们的虚幻意义，从此比失落的天堂更为遥远。世界的原始敌意穿越数千年，重新向我们升起。有那么一片刻，我们不再理解世界，因为几个世纪以来，我们在它里面只理解我们置于其中的那些形象和轮廓，而从此我们缺乏使用这种技巧的力量。世界逃避了我们，因为它又变成了它自己。被习惯掩盖了的这些背景又变成了它们所是的样子。它们正在远离我们。与此相同的是，有时候，在一个女人熟悉的面孔下，我们发现几个月或几年前我们爱过的那个人就像是陌生人，我们也许甚至会渴望突然让我们如此孤独的东西。然而，时机尚未到来。只有一件事：这个世界的密闭性和陌生性，就是荒谬。[10]

　　荒诞会让人感到压抑、沉重、绝望，却难以让人产生诗意。然而，卡夫卡却看到了诗意，并把它描绘了出来。《审判》的主人公K心力交瘁地四处奔波，口干舌燥却徒劳无功地自我辩解，试图让人们相信他是纯粹无辜的，对他的指控是毫无理由的。"然而，纵使在这样一个无出路的环境中，也有一些窗户在瞬间里突然打开。他不能从这些窗户上逃出去，因为这些窗户稍稍打开之后便立即关上。不过，他至少还能透过窗户看到被闪电照亮的空间，看到外面世界的诗意。无论如何，这诗意毕竟存在，就像是一种永远现存的可能性。它在他被逼得走投无路的生活中，投入一丝银亮的反光。"[11] 在

K第一次被审问的场景中，昆德拉看到了卡夫卡式的诗意："以这种无法兼容之事件的难以想象的相遇（卡夫卡式的美妙诗意，粗野而不真实！），又一扇窗打开了，它打开，向着远离审判的景象、向着庸俗的欢乐、向着K被剥夺得干干净净的庸俗的欢乐的自由。"[12] 当然，卡夫卡展现的不是传统的诗意，即和谐的、愉悦的、优雅的、唯美的诗意，而是紧张的、虐心的、粗俗的、审丑的诗意。这让我们联想到鲁迅（1881—1936）在《墓碣文》中所描写的心灵状态："于浩歌狂热之际中寒；于天上看见深渊。于一切眼中看见无所有；于无所希望中得救。"[13]

波兰小说家马雷克·边齐克（1956— ）的《特沃基》叙述了第二次世界大战末期，发生在华沙的一座精神病院里的故事。主人公是几个用假身份证应聘以逃避纳粹捕杀的年轻犹太人。"最让人印象深刻的是，这些年轻人和我们这个时代的年轻人并不相似，他们害羞、腼腆、笨拙，满腔的道德与仁慈的天真渴望，他们在某种充满执拗的善意的奇异氛围里经历着他们'纯洁的爱'，其间因爱而生的嫉妒与失望从来不曾转化为恨意。"[14]

然而，这种单纯美好却不是意大利小说家乔万尼·薄伽丘（1313—1375）《十日谈》中的贵族青年们所经历的。后者为躲避瘟疫肆虐、尸体枕藉的城市，到了乡下，远离了致命的危险和城市的喧嚣，还能够享受田园生活并继续锦衣玉食。薄伽丘对读者们许诺说："我不希望你们在翻开本书之前就给吓退，以为阅读时会唏嘘不已、潸然泪下。其实我这个悲惨的开头无非是旅行者面前的一座峻险荒凉的大山，山那边就是鸟语花香的平原。翻山越岭固然劳累，一马平川却赏心悦目。"[15]

在《特沃基》中的几个年轻人,却时刻处在生命危险之中:"他们所经历的田园诗正是恐怖之子;那种恐怖是隐藏的,却始终存在,始终潜伏、窥伺着。"昆德拉注意到"小说里有几页都是这样,有些话像迭句一般重现,叙事变成歌,带着读者起起伏伏"。他自问自答说:"这音乐、这诗歌从何而来?在生命的散文里;在平庸到不能再平庸的事情里(……)"[16]然而,这种诗意是残酷的。在大地上,人对人的恶意攻击和残忍杀戮,与自然界一如既往的生机勃勃,似乎没有违和感地并存着:"一边是日常性的田园诗,重新寻获、重获价值、化身为歌的田园诗;另一边,是吊死的年轻女孩。"[17]

这种现代诗意有点像是严肃的恶搞,它排除了传统的审美方式,或者使其显得不合时宜,却不排除对诗意的发现和展示。在美国诗人埃德加·爱伦·坡(1809—1849)的那些被当时读者视为不合时宜的小说和诗歌中,法国诗人夏尔·波德莱尔(1821—1867)得到了极大的启示,使他有了对诗歌的根本理解:"诗的本质不过是,也仅仅是人类对一种最高的美的向往,这种本质表现在热情之中,表现在对灵魂的占据之中,这种热情是完全独立于激情的,是一种心灵的迷醉,也是完全独立于真实的,是理性的材料。因为激情是一种自然之物,甚至过于自然,不能不给纯粹美的领域带来一种刺人的、不谐和的色调,它也太亲切,太猛烈,不能不败坏居住在诗的超自然领域中的纯粹的愿望、动人的忧郁和高贵的绝望。"[18]这难道不是现代作家居斯塔夫·福楼拜(1821—1880)、费多尔·陀思妥耶夫斯基(1821—1881)、列夫·托尔斯泰(1828—1910)、爱弥尔·左拉(1840—1902)、马塞尔·普鲁斯特(1871—1922)、詹姆斯·乔伊斯(1882—1941)、弗吉尼亚·伍尔芙(1882—1941)、埃兹拉·庞德（1885—1972）、托马斯·斯特恩斯·艾略特（1888—1965，下文简称 T. S. 艾略特）、威廉·福克纳（1897—1962）、欧内斯特·海明威（1899—1961）、奥克塔维奥·帕斯（1914—1998）、加西亚·马尔克斯（1927—2014），以及现代艺术家居斯塔夫·库尔贝（1819—1877）、亨利·卢梭（1844—1910）、保罗·高更（1848—1903）、安东尼奥·高迪（1852—1926）、文森特·梵·高（1853—1890）、爱德华·蒙克（1863—1944）、巴勃罗·毕加索（1881—1973）、胡安·米罗（1893—1983）、亨利·摩尔（1898—1986）、萨尔瓦多·达利（1904—1989）、杰克逊·波洛克（1912—1956）们所寻求的么？

由于小说密切地关联着其他的现代话语模式（modes of discourse），诸如新闻、广告、历史、社会学、科学、电影，它已经变成了最有深意的文学写作形式。我们甚至可以这样说：较之于古代伟大的史诗，优秀的小说更有可能激发当代读者的文化敏感。

在欧洲语言中，"长篇小说""短篇小说"以及介于二者之间的"中篇小说"，以不同的术语加以区别。但是，在汉语中，三者统称为"小说"，根据篇幅而区分长短。所以，我们需要说明的是，在本研究中，当我们提到"小说"的时候，指的是被视为古代史诗之现代表现形式的长篇小说，而不是从古代故事发展而来的短篇小说。

（二）

"小说无疑是西方近代以来最具优势的文体，它产出量巨大，拥有广泛的读者和极大的吸引力。小说也是一种具有鲜明现代标志的文类。小说对文学中现代性的呈现做出了巨大的贡献。"[19]伊恩·瓦特（1917—1999）认为西方小说的兴起与西方社会形态的巨大变化密切相关："这种变化即文艺复兴以来西方文化的巨大变迁，它以另一种大有区别的图景，取代了中世纪时对统一的世界的描绘。从根本上说，它向我们展示了一种发展的、而且是意外的、特定的个人在特定时间和特定地点获得的特定经验的聚合体。"[20] 正是现代性在西方的发生和展开，造成了这个巨大的变化：相对完整和统一的基督教世界趋于解体，催生了众多的主权国家，引发了基督教内部的宗教战争，迫使或促使无数个人来反思自己的生活、信仰与认同，从而做出基于个人判断却影响深远的决定。即便是普通人，其决定也可能会影响其一生或一段时期的机遇。

文艺复兴造成了西方人宗教心理的明显变化。在中世纪，对许多人来说，其基督教信仰有两个重要的特征：一是"我们信上帝"——除了神学家以外，大部分人很少反思自己的信仰，表现为从众、从俗和尊崇权威；二是"我要上天堂"——人们认为世界已经败坏至极，不值得置身其中去认真努力，而应该及早抽身（比如去修道院），甚至用苦待身体的各种极端方法，为的是死后能够上天堂。文艺复兴对世俗生活的肯定，使"幸福"也成为人们竭力追求的合理目标：活着要幸福，死后上天堂。我们可以把这种变化称为西方人宗教思维范式的转变。它意味着西方人的生活重心与核心目标发生了偏转。能不能上天堂取决于人，更取决于神；能不能幸福，虽然取决于神，却更取决于人。

在文艺复兴时期，西方人（准确地说，是西欧人）的自我意识发生了普遍的觉醒。这使他们越来越明确地意识到形式现实主义作为叙事文学作品的前提："这个前提，或者说是基本常规，就是小说是人类经验的充分的、真实的记录。因此，出于一种义务，它应该用所涉及人物的个性、时间地点的特辑性这样一些故事细节来使读者得到满足，这些细节应该通过一种比通常在其它文学形式中更具有参考性的语言的运用得以描述出来。"[21]

中世纪史诗叙述的是"我们的故事"，是关于国家、民族、族群等共同体的故事，而人们在其中寻求的是一种集体认同和使命传承。"小说兴起于现代，这个现代的总体理性方向凭其对一般概念的抵制……或者至少是意图实现的抵制——与其古典的、中世纪的传统极其明确地区分开来。"[22] 文艺复兴以来的小说叙述的则是"我的故事"或"他（她）的故事"。即使是史诗性的"我们的故事"或拟人化的动物故事，其个人化的特征也非常明显，即总是通过个性色彩强烈的个人或个体的命运或遭遇，来进行集体性的、群体性的观照，为的是打动个人化的读者，激发其思考，呼唤其认同。

廉价纸张制造技术与活字排版印刷技术在欧洲的发明和应用，极大地降低了书籍的生产成本。封建制的解体与现代主权国家（nation-state）的建立，使西欧各国内部商品流通的壁垒大大减少。大航海时代开启的全球化进程，使西欧各国更加注重工商业并鼓励对外贸易，作为一种文化产品的书籍也因此而得以在整个欧洲境内广泛流通。同时，制度化的教会学校[23]，以及日益增多的家庭教师，使得西欧识字人口大幅度增加，这使得巨大的图书市场得以成形。显然，喜爱阅读通俗故事的人要远远多于喜爱研读《圣经》的人，而文艺复兴时期重新激发起来的冒险精神，又大大增强了欧洲人对于异域情调和奇闻逸事的兴趣。这就为长篇传奇故事预留了一个庞大的读者群。"小说在历史上曾被称为'市民史诗'，其原因在于它当时的主要读者群——中产阶级具有突出的社会地位。它被看作是这个阶级对现实认识的表现，或者换言之，对于那个世俗的、注重物质的同时也是道德化的现实表现。"[24]

（三）

在从事英国文学研究的学者中，有些人认为欧洲长篇小说起源于18世纪，把丹尼尔·笛福（1660—1731）的《鲁滨孙漂流记》（1719）视为欧洲第一部长篇小说。从欧洲小说发展史的角度来看，这个说法显然难以令人信服。但是，这个说法值得关注的重点是把18世纪视为欧洲长篇小说发展史上引人注目的阶段。确实，这种变化在英国文学中表现得特别明显。与此前英国的长篇叙事作品相比，丹尼尔·笛福、塞缪尔·理查逊（1689—1761）[25]、亨利·菲尔丁（1707—1754）等人的创作显得很不相同。"先前的作品在一个重要点上和古代希腊、罗马作家是相同的：总是用传统题材；而笛福等人则不同，他们是英国文学史上不从神话、历史传说、历史，或先前的文学作品中借用题材的第一批作家。他们直接在传统之外寻找题材，或者完全虚构，或者部分依据当代发生的事件。"[26]

英国文学评论家和小说家马尔科姆·布拉德伯里（1932—2000）认为英国小说的兴起，"与经验主义者和怀疑论者用作探究周围熟悉环境的工具的散文之兴起同步"，因而具有"现实主义倾向和不拘一格（a-genericism）的形式"[27]。文学当然是对现实的反映，但这种反映不可能是完全客观的、直接反射式的、认识论意义上的。"文学并不是一面镜子，却首先是一种审美的、文化的，因而是变形的现实。"[28]文学对现实的观照，必然受到作家本人的审美偏好、价值观念、人生态度、文化理想等因素的影响，因而具有很强的主观色彩和个人风格。同时，任何人，即使是具有超前理念和强大创造力的文艺天才，都无法完全摆脱其所生活的时代及其所置身的社会。时代精神（Zeitgeist）对人们的心理倾向、精神状态、价值判断、艺术趣味具有强大的塑造能力，使同一时期、同一社会（同一政治共同体、文化共同体或语言共同体）的人们，在保持丰富的个体差异的同时，表现出明显的共同特征。时代精神的主要基础是哲学思潮，并在宗教、政治、经济、社会、文化、艺术、文学甚至科学等领域发生作用，引起回应，改变甚至重塑人们的世界观、人生观与价值观（包括艺术价值观）。法国文学史家居斯塔夫·朗松（1857—1934）说得非常到位："文学是哲学的一种通俗化（vulgarisation）表现——我们使用的是'通俗化'这个词最高尚的意思。正是通过文学，所有伟大的哲学思潮才传遍了我们的社会，而这些哲学思潮决定着社会的进步，或者至少决定着社会的变化。"[29] 因此，如果说文艺复兴时期的拉伯雷和塞万提斯凭着敏锐的直觉，感受到了社会形态的变化，他们对将要到来的世界是半信半疑、喜忧参半的。

在《巨人传》和《堂吉诃德》中，主人公历尽千辛万苦，最终的结局仍然是回到熟悉的旧世界，与之和解，与其认同，而不是迈进人文主义者梦想的新世界。也许，正如托马斯·莫尔（1478—1535）《乌托邦》的标题所提示，理想的新世界是"无何有之地"。以"想做什么就做什么"为院训的德廉美修道院，终究不过是幻想（《巨人传》第一部第五十二至五十七章），而头脑简单、心地善良的桑乔得偿所愿，做了海岛总督，却不过是公爵夫妇以恶搞为乐的无聊恶作剧（《堂吉诃德》第二部第四十二至五十三章）。在开创现代西方小说史的这两部作品中，不断的高谈阔论和放肆笑声，掩盖不住力透纸背的叹息，在表面的欢乐背后是深深的忧郁，而忧郁是文艺复兴时期文学艺术的重要主题。然而，18世纪的英国小说家们要比拉伯雷和塞万提斯幸运一些。对他们来说，经济上的资本主义、政治上的君主立宪、宗教上的宽容态度、哲学上的经验主义，以及科学研究和人文学术的迅猛发展，使他们能够更加从容而自信地审视正在变化着的周围世界，既想将其纳入自己的认知系统，也打算根据观察来修正自己的经验教训。

伊恩·瓦特的《小说的兴起——笛福、理查逊、菲尔丁研究》（以下简称《小说的兴起》）着眼于长篇小说在18世纪的书写、传播和阅读。他指出了这个重要的事实："理查逊和菲尔丁都自视为一种新文体的创立者，而且他们也都认为自己的创作具有与古旧过时的传奇文学相决裂的意向。"[30] 他令人信服地证明了笛福、理查逊、菲尔丁等人所撰写的作品，正如"novel"[31]这个词汇所表达的，确实是一种新的文学体裁：它们讲述的是新近发生的事情（至少作者是如此宣称的），是具有强烈个人色彩的独特经历（尽管出自作者的虚构和想象），是个人亲身感受的空间经验（故事也许就发生在当代读者所处的环境之中）。尽管他把自己的研究范围限定在18世纪的英国，但其论著的标题却因其明确的限制，很容易给一些读者造成误导，以为现代小说兴起于18世纪的英国。

"西方文学是一个统一的整体。我们不可能怀疑古希腊文学与古罗马文学之间的连续性，西方中世纪文学与主要的现代文学之间的连续性……"[32] 如果我们把视野从英伦三岛扩展到整个欧洲（至少扩展到西欧），就会发现：在3世纪时，希腊语文化区就颇为盛行传奇小说。完整留传至今的《安提亚和哈布罗科米斯的以弗所故事》[33]即是其中的佼佼者。"毫无疑问,希腊两位最佳小说家是隆顾斯和赫利俄多儒斯。隆顾斯的小说纯文艺和诗意特别浓厚,赫利俄多儒斯的小说,则以情节曲折叙事生动见长。赫利俄多儒斯如同一个新运动的创始人一样,进行创作。他思想健康、精力充沛,满怀热情和自信心。即使在今天我们这个时代里,他的小说也还令人爱不释手。"[34] 受到希腊语文学的影响,拉丁语传奇小说也相当繁荣,其中最著名的是阿普列尤斯(又译为阿普列乌斯,约125—约180)的《变形记》(俗称《金驴记》)。"时至今日,阿普列尤斯仍然在古代叙事文坛和小说发展方面占有不可动摇的历史地位。"[35]

然而,历史的悖论是罗马帝国正是在3世纪由盛转衰:"军事混乱和经济危机开启了一个过渡期,这一时期见证了罗马帝国的解体和中世纪世界的兴起。从政治史和社会史的角度来看,这一过渡是渐进的,延续了数个世纪。然而,从思想史上看,这一改变很突然。古典文化所特有的理性和尘世态度几乎在一夜之间完全反了过来。思想生活开始被超脱尘世的哲学和宗教所主导。其典型特征是对信仰和启示的依赖,是神秘主义和魔法。"[36] 罗马帝国的分裂,尤其是日耳曼人的入侵导致西罗马帝国的灭亡,使西欧落入了"黑暗时代",表现为自给自足的领地经济和分封建制的政治体系,跨区域贸易和城市文化消失,思想和文化生活衰落。

公元800年,法兰克国王查理加冕为皇帝,使西欧大部分地区重新成为统一的政治共同体。他积极推动修道院建设和宫廷教育,造就了短时间的"文艺复兴"。843年,查理大帝的三个孙子通过《凡尔登条约》而三分天下,使西欧再次分裂,但也为未来的法兰西王国、意大利王国和德意志第一帝国奠定了法理基础。在这三个国家之中，法国的政治影响最大，军事实力最强。1050年左右，法国再次出现了复兴，贸易趋于活跃，城市得以再生。在基督教的大框架下，法国的世俗文化获得最为引人注目的发展，以至于有的历史学家用"中世纪人文主义"来指称1100至1320年这段时间的法国文化。也有历史学家称之为"人文主义基督教"。这样的表述，"既强调了基督教持续占据主导地位，亦强调了与中世纪早期苦行主义的对立——这种对立反映了基督教的一种内在张力"[37]。

这样的文化氛围有利于世俗文学的发展和传播。"中世纪西方的官方文化是一种拉丁语教士文化。然而，另有一种与之平行的世俗文化，通过俗语的渠道进行传播。起初，这是一种非书面语的文化，有故事、歌谣，也可能有史诗。"[38]庄严肃穆的史诗渐渐让位于娱乐性更强的传奇。"传奇"的法语词汇是"roman"，本意是法兰西民众所讲的粗俗拉丁语（有别于经典拉丁语），后来转指用粗俗拉丁语（即处于形成期的法语）所讲的具有传奇色彩的故事。"传奇故事（我们所指的是这个词最初的含义）无论从形式还是其主题来看，乃是一种伟大的创新。尽管直到1200年前后，都用一种八音节的平韵诗句写成，但传奇故事却是中世纪文学中第一种非歌唱性的文学样式。这种样式是用来供人们大声朗诵的，并为故事的发展起到了非常重要的作用。"[39]

中世纪文化生活的相对贫乏，以及贵族普遍的文盲状况，使吟唱性的诗歌体传奇大受欢迎。在12世纪，随着学校的兴办和城市的繁荣，不仅大大提高了贵族阶层的识字率，也让新兴的市民阶层成为受教育的对象。法语的传奇也突破了诗歌体的限制，转向了更能发挥创作自由的散文体传奇，出现了最伟大的传奇作家克雷蒂安·德·特鲁瓦（约1135—约1183）。"在心中有上帝的同时，身外还有世界：克雷蒂安的全部作品都假设这一理想是可以达到的。"[40]他以高超的手法，塑造了一系列理想的骑士，试图界定一种新的骑士伦理，"要调和风雅的潮流与对世俗神圣性的向往"[41]。克雷蒂安的骑士传奇不仅在法国大受欢迎，也传播到了周边国家。一些国家直接采用"roman"这个法语词汇，或者对其词形略加改变，以指称这种引人入胜的世俗题材故事。由此可见法语传奇故事对中世纪晚期世俗题材叙事文学的影响力之大。

我们之所以要做这样一个追根溯源的探讨，并不是要为"古已有之"这种对新事物的无动于衷态度进行辩护，而是想要说明这个事实：现代意义上的欧洲长篇小说确实出现于文艺复兴时期，但它绝不是横空出世，而是在具体的历史时空之中长期演变的必然结果。在这一演变过程中，最具有里程碑意义的两部作品是法国作家拉伯雷（约1494—约1553）的五卷本《巨人传》（1532—1562）和西班牙作家塞万提斯（1547—1616）的《堂吉诃德》（1605—1615）。

与风雅小说（le roman courtois）相比，《巨人传》突梯滑稽、逗笑取乐，甚至有些粗野鄙俗，以至于17世纪的法国著名作家拉布吕耶尔（1645—1696）说"拉伯雷尤其令人无法理解"，《巨人传》是"细腻而聪敏的道德与淫秽下流的伤风败俗的怪诞的结合"[42]。作为18世纪启蒙运动领袖，伏尔泰（1694—1778）则严厉地谴责拉伯雷"厚颜无耻"和"龌龊下流"[43]。

对骑士小说而言，《堂吉诃德》简直可以说是荒唐至极，毫无正经，没有理想，以至于17世纪西班牙批评家瓦尔伽斯（1589—

1641）说塞万提斯是个才子，但不学无术。[44]就连最早重视《堂吉诃德》的英国读者们也对塞万提斯多有微词，"谭坡尔（William Temple）甚至责备塞万提斯的讽刺用力过猛，不仅消灭了西班牙的骑士小说，连西班牙崇尚武侠的精神都消灭了"[45]。

在某种程度上，这两部小说都属于"旧瓶装新酒"，是在继承的基础上完成了创新，在一本正经的搞笑中，出色地传递了即将到来的现代社会的一些重要信息。它们既是现代性展开的产物，也是传统社会迈入现代社会的宣言。这个宣言不是慷慨激昂的战斗檄文，而是令人开怀的放声大笑。催生并伴随着西方进入现代社会的，不仅有1453年君士坦丁堡交战的隆隆炮声（西方在东方的败退）和1492年哥伦布航船上发射的示威炮声（西方对非西方的征服），还有拉伯雷肆无忌惮的朗朗笑声（尽管这种笑声在《巨人传》第三卷转变为解决"要不要结婚"的困惑[46]而展开"上穷碧落下黄泉"的劳累奔波），以及塞万提斯充满善意的单纯笑声（这种笑声里有一种痛彻肺腑却挥之不去的惆怅或者说是忧郁[47]）。基于现代小说与现代社会相始终的事实，昆德拉不无道理地认为：塞万提斯应该与法国哲学家勒内·笛卡尔（1596—1650）一同被视为现代社会的奠基人。[48]

（四）

"亚里士多德认为城市合适的规模，应受市民在某个会场处理其事务之需要的限制；超越了这规模，文化就不再是口头的了，于是文字成了互相联系的主要媒介。随着后来印刷术的发明，就形成了路易斯·芒福德称之为'纸的虚假环境'的现代都市化的那种典型特征，靠着它，'一切可见的和真实的事物……只是成了被转化为纸的东西'。"[49]《巨人传》和《堂吉诃德》虽然没有为两位作者带来可观的收益（当时尚未制定版权保护的法律），却造成了巨大的商业成功（书商们的成功），也比哲学著作更好地传播了文艺复兴所确立的新的世界观和人生观。除了前面已经谈过的识字人口显著增加以外，这种成功还得益于至少两种因素：城市繁荣所造成的人口大幅度增加，以及印刷技术使书籍更为廉价（相对于中世纪手抄本而言）。

"一切主要的文学样式原来都是口头的，并且这种形式直到印刷发明后很久还继续影响着它们的目的和惯例。"[50]伊恩·瓦特指出：在伊丽莎白时代（1558—1603），"不仅是诗歌，甚至散文的创作都是主要为着让人类的声音来表演的"[51]。有意思的是，直到今天，世界各地仍然在举办规模不等的文学作品朗诵会。即使是不为朗读而写的现当代小说，也借助于新媒体，让人们通过聆听来进行文学欣赏。

1688年的"光荣革命"在英国确立了现代政治与经济制度，使其迅速成为西欧最为富强和繁荣的国家，而文化市场的发达对文学创作起到了直接促进的作用。启蒙运动发端于苏格兰，兴盛于法兰西，影响则扩展到了全欧洲，甚至延伸到大西洋彼岸的南北美洲。启蒙思想家们极为重视用文学作品来对公众进行讽喻和启迪。在18世纪的英法两国，无论是从数量上看待，还是从质量上要求，小说都成为影响最大的文学体裁，而且发展出了自传体小说、哲理小说、书信体小说、教育小说等多种小说类型。另一个引人注目的现象是"小说家的艺术自觉性大大提高了，不仅在创作实践中发展了小说艺术，还积极探索这种新形式的美学（后者突出地表现在菲尔丁身上）"[52]。

19世纪被视为西方小说的黄金世纪。作为第一个传遍欧洲的文学运动,"浪漫主义文学的代表形式是诗歌,人们往往因此而忽略了一个非常重要的事实:正是从浪漫主义时代开始,小说逐渐成为欧美文学的最有代表性的产品。"[53]司各特(1771—1832)所创造的历史小说,"不仅扩大了小说的领域,而且解决了历史生活和私人生活的联系的任务,启发了巴尔扎克、雨果、萨克雷、狄更斯、普希金等都深受他的影响"[54]。法国的浪漫主义运动以夏多布里昂(1768—1848)的《阿达拉》(1801)与《勒内》(1802)先后发表为标志。这比德国晚了三十年,比英国晚了十年。但是,以雨果(1802—1885)为代表的一批作家,很快使法国成为浪漫主义的文学重镇和浪漫主义扩大传播范围的中继站。浪漫主义对俄国作家的巨大影响,推动了俄国文学的现代化进程,使其与西欧文学几乎同步发展。如果说在19世纪中期,屠格涅夫(1818—1883)等俄国作家获得了西欧小说家们欣赏的话,到了19世纪末,陀思妥耶夫斯基和列夫·托尔斯泰已经成为令西欧作家们高山仰止的大作家了。

(五)

自拉伯雷、塞万提斯开始,严肃的小说家们都在从事创作的同时,认真地思考着小说诗学。但是,在大多数情况下,这种思考是即兴表达的,主要通过叙述者插话或故事人物发表看法的方式。[55]在18世纪,诗歌仍然占据着欧洲文学的主导地位,戏剧次之,小说因其大众性、娱乐性和形式的不确定性,还不能受到文人雅士的严肃对待。但是,小说越来越繁荣,在文化生活中的影响力越来越大,艺术水平也有了长足的发展。由于思想境界和审美趣味都很高的作者纷纷加入（最为明显的表现是英国文人作家群和法国启蒙作家群的出现），不但大大提高了小说的质量，也使小说家的艺术自觉性大大提高了。他们不仅在创作中有意识地进行艺术探索，还努力对他人和自己的小说创作进行理论总结，甚至试图制定出关于这种新形式的一套法则，以便让这种缺少规范的新文体有章可循。

"菲尔丁是最早有能力思考一种小说诗学的小说家之一。"[56] 在《弃儿汤姆·琼斯的历史》每一卷（共有十八卷）的第一章，他都会和读者谈论他对小说写作的思考。这种既有系统设计，又不拘一格的小说诗学反思，被昆德拉称为"一种轻盈、赏心悦目的理论"，"因为一位小说家就是这样进行理论思考的：小心翼翼地保护他自己的语言，对学者的套话避如蛇蝎"[57]。菲尔丁也是西方小说史上第一个小说家，以非理论化的语言，系统性地阐述了极具个人特征，又有普遍关涉的小说诗学。他的创作自觉与诗学自觉都是里程碑式的。

19世纪以来的欧美小说家，常常通过前言、后记的形式，把自己对小说诗学的阶段性思考，与作品一起交付给有心的读者。职业文学批评家的出现及对读者产生的巨大影响力，激发了更多作家去利用自己的创作经验，以随笔的形式来系统化地探讨小说诗学。"在西方小说理论发展史上，美国出生的英国作家亨利·詹姆斯（1843—1916）具有突出地位。他既是西方现代心理分析小说的先驱之一，又是西方小说美学的奠基人。"[58] 他的长篇随笔《小说的艺术》（1884）被视为体现了现代小说家诗学自觉的开山之作，影响深远。文学批评家马克·肖勒认为："现代小说批评产生于现代小说兴起之际，开始于福楼拜、詹姆斯、康拉德等人的小说以及他们的小说评论中，詹姆斯对这些作品的评论尤其不容忽视。"[59] 更多的小说家则是通过其作品的前言或后记来表达他们的反思。这一传统也为20世纪许多作家所继承。

20世纪以来，尤其是第二次世界大战以后，在许多大学和人文社科学术机构里，小说研究都受到了高度重视。1960年代以来，随着叙事学的兴起和蓬勃发展，对小说艺术的研究已经越来越系统，也越来越深入和细致。出自学者之手的"小说理论""小说美学""小说叙事学"专著不胜枚举，其中有些已经成为小说理论的经典之作，比如被《美国大百科全书》誉为"小说美学里程碑"的韦恩·布斯（1921—2005）的《小说修辞学》[60]、法国哲学家保尔·利科（1913—2005）的《虚构叙事中时间的塑形：时间与叙事卷二》[61]、法国文学批评家热拉尔·热奈特（1930—2018）的《叙事话语》和《新叙事话语》[62]等。

但是，小说家们并未因此而放弃自己的探索和思考。英国小说家和文学批评家爱德华·摩根·福斯特（1879—1970）的《小说面面观》（1927）、英国作家、诗人兼评论家埃德蒙·缪尔（1887—1959）的《小说结构》（1928）都是被广泛阅读的名著。从1940年代以来，任教于大学的"学院派作家"成为一个重要的文学现象，其中以卓有成就的小说家居多。显然，学院派作家比非学院派作家有更多的理论自觉，也比缺乏创作经验的纯粹文学学者更有反求诸己的先天优势。这方面最具代表性的是英国小说家戴维·洛奇（1935— ）。他既写出了《小世界》这样妙趣横生、寓意深刻、大获成功的小说，也编选了颇负盛名、厚重博大、学术性极强的《二十世纪文学评论》[63]，还以专栏文章的形式，写成了一本有理有据、深浅适当、引人入胜的《小说的艺术》[64]。

此外，还有不少小说家通过读书笔记、讲座记录、专题研究的形式，参与讨论小说诗学。因此，尽管小说研究的学院化倾向越来越强烈，我们探讨小说诗学之时，仍然需要高度重视小说家们对这一问题的思索。

（六）

出生于捷克的法国小说家米兰·昆德拉多次获得国际性文学大奖，多年里一直是诺贝尔文学奖的热门候选人。他每一部新作的出版，都被视为世界文学的重要事件。仵从巨认为："在欧美当代小说家中，似乎没有谁比睿智的米兰·昆德拉更为自觉地关注并探究'存在'，存在的主题是他的"出发与归宿""[65]。彭少健指出："昆德拉的小说本身就是探索存在的艺术哲学，与他的小说理论一样，是用文学形象说明人生存在、世界存在与小说艺术存在的哲学之思"[66]。

作为具有极强的自我意识与诗学自觉的杰出小说家，昆德拉自其写作生涯之始，即不断地对自己的小说写作、对小说诗学进行反思。他甚至像塞万提斯、菲尔丁、劳伦斯·斯特恩（1713—1768）、简·奥斯汀（1775—1817）这些早期的现代小说家那样，在叙事过程中，忍不住（其实更多的是有意为之）发表自己对小说诗学的思考，甚至是对于音乐、诗歌、造型艺术等的长篇大论。

1960年，尚未有长篇小说创作经验的昆德拉，写出了一本他后来视为"小学生练习本"（cahier d'écolier）的论文集。虽然是讨论捷克作家弗拉蒂斯拉夫·万楚拉（1891—1942），他却将其命名为《小说的艺术》，由此可见当时年轻气盛的昆德拉的雄心壮志。在他后来的一系列文章和访谈录中，他都致力于对小说诗学的思考。1986年，其中的七篇以《小说的艺术》之名结集出版。从这书名可以看见他不减的理论雄心和他对自己早年理论习作的难忘之情。他坦率地说："我并不擅长理论。以下思考是作为实践者而进行的。每位小说家的作品都隐含着作者对小说历史的理解，以及作者关于'小说究竟是什么'的想法。在此，我陈述了我小说中固有的、我自己关于小说的想法。"[67] 他进一步解释说："这里的七篇文章写作、发表或宣讲于一九七九至一九八五年间。尽管当时都独立成篇，但我在构思时是想到以后要把它们汇集成册的。一九八六年，这一想法实现了。"[68]

1993 年，昆德拉九篇关于小说的随笔以《被背叛的遗嘱》之名出版。2005 年，由他的七篇随笔构成的《帷幕》问世。2009 年，他由九篇随笔构成的《相遇》再次引发热议。从世界范围看，能够像昆德拉这样，在保持着创作高产的同时，持续进行密集的诗学思考，并写出大量富有创见的理论随笔的现代小说家，实在是比较罕见的。

昆德拉不把自己的思考视为"理论"——那是他不怎么看得上眼的"理论家"们的产品。他赞扬菲尔丁对"文学官员们"（菲尔丁对文学批评家的讽刺性称呼）制定的清规戒律所做的自觉抵制，不言而喻地将菲尔丁引为同道。他也很赞同维托尔德·贡布罗维奇（1904—1969）的看法，认为"一个没有能力谈自己的书的作家，不是一个'完整的作家'"[69]。较之于纯粹的文学教授，小说家谈论小说艺术的话，会有什么不同呢？

一个小说家谈论小说的艺术，并非一个教授在他的讲席上高谈阔论。更应当把他想象成一个邀请您进入他画室的画家。画室内，画作挂在四面墙上，都在注视着您。他会向您讲述他自己，但更多的会讲别人，讲他喜欢的别人的小说，这些小说在他自己的作品中都是隐秘存在着的。根据他自身的价值标准，他会当着您的面将小说历史的整个**过去**重铸一遍，并借此来让您猜想他的小说诗学。这一诗学只属于他自己，因此，很自然地，与别的作家的诗学相对立。所以，您会觉得，自己带着惊讶，下到了大写的历史的底舱，在那里，小说的**未来**正在被决定，正在形成，正在创造，在争论，在冲突，在对立。[70]

虽然昆德拉自谦地称这些文章和访谈录是"一个没有哪怕是一丁点理论雄心的实践者的自白"[71]，它们却在文学界引起了强烈的反响。这些随笔集每一次出版都会引起广泛的关注，并迅速被译成许多国家的文字，受到普通读者和专业学者的一致好评，成为我们研究现代小说诗学必不可少的参考文献。

昆德拉的思考对当代小说诗学的贡献到底有多大？对这个问题的回答当然可以是仁者见仁，智者见智。李凤亮认为："就总体而言，昆德拉的小说诗学是一种审美存在论诗学。"[72]景凯旋则给出了更高的评价："昆德拉在其小说和文论中提出的问题不仅是根本性的，而且是世界性的。"[73]人们当然可以批评这样的高度评价缺乏可靠的论证。但是，可以肯定的是，他的诗学思考虽然不成体系，却有不少真知灼见。因此，对其小说诗学的系统研究，能够帮助我们更好地把握文艺复兴以来西方小说和广义的"现代小说"的源流和脉络，正确理解并合理评价昆德拉小说写作的文学价值、文化内涵和历史意义，并深化我们对于普遍意义上的小说诗学的探讨，裨益于中国学界对国内外现当代小说的理解和研究。

相对于昆德拉的声名，对其小说诗学的研究，无论是在国外还是国内，都相对薄弱。在昆德拉小说诗学的研究领域，目前主要存在以下几方面的问题：

第一，国内外尚未出版对昆德拉小说诗学做全面系统研究的专著，已有论著的研究基本不包括2005年以后出版的《帷幕》和《相遇》；

第二，在上海译文出版社组织重译昆德拉著作之前，《小说的艺术》和《被背叛的遗嘱》的中译本虽然流传甚广，但错谬很多，导致了国内研究者对昆德拉小说诗学思想的理解偏差甚至误解；

第三，大部分研究者没有把昆德拉小说诗学放在西方现代文化发展的大视野中考察，对于"小说"与"现代性"的关系缺乏深入分析；

第四，不少研究者没有把昆德拉小说诗学放在西方现代小说诗学的传统之中，从而发现他对西方小说诗学传统的继承，以及昆德拉小说诗学观的独到深刻之处。

（七）

"人们通常孤立地阅读或撰写一个个作家的传记或批评文字，这些著作把诗人看作是其诗歌的唯一创造者。我们经常危险地把作家和文本的关系看作是一个封闭系统，虽然实际上文学生产的过程必须是两端都开放的。作家从他周围巴别[74]式的七嘴八舌中获取词句、思想和结构，而他的文本又是加入这同一场讨论的一个回声。简言之，是一个社会过程的组成部分。"[75]在文学研究的文化转向发生之前数十年，米哈伊尔·巴赫金（1895—1975）就指出了通过动态的文化系统来考察文学作品的必要性："文学作品首先须在它问世那一时代的文化统一体（有区分的统一）中揭示出来。但也不能把它封闭在这个时代之中，因为充分揭示它只能是在长远时间里。"[76] 即使是文艺学这样比较纯粹的理论研究，他也认为"应与文化史建立更密切的关系"，因为"文学是文化不可分割的一部分，脱离了那个时代文化的完整语境，是无法理解的"[77]。他强调说："不应该把文学同其余的文化割裂开来，也不应像通常所做的那样，越过文化把文学直接与社会经济因素联系起来。这些因素作用于整个文化，只是通过文化并与文化一起作用于文学。"[78]

针对开创了西方现代文学理论的俄国形式主义及其影响，巴赫金承认其出现的必要性及其学术贡献："我们在相当长的时间里特别关注了文学的特性问题。这在当时也许是必须的、有益的。"但他也毫不客气地指出形式主义的缺陷，认为"狭隘的专业化与我国优秀的学术传统是格格不入的"，难以比肩于"波捷布尼亚、特别是维谢洛夫斯基著作那种广阔的文化视野"[79]。

巴赫金认为，在文学研究中，对文化领域的忽略造成了文学研究中的反应迟钝、见解肤浅：

> 由于迷恋于专业化的结果，人们忽略了各种不同文化领域间的相互联系和相互依赖的问题，往往忘记了这些领域的界线不是绝对的，在不同的时代有着不同的划分；没有注意到文化所经历的最紧张、最富成效的生活，恰恰出现在这些文化领域的交界处，而不是在这些文化领域的封闭的特性中。在我国的文学史著作中，通常要描述文学现象所处时代的特征，但这种描述，在多种情况

下与通史毫无差别，没有专门分析文化领域及其与文学的相互作用。而且也还没有进行这种分析的方法。而所谓一个时代的文学过程，由于脱离了对文化的深刻分析，不过是归结为文学诸流派的表面斗争；对现代（特别是19世纪）来说，实际上是归结于报刊上的喧闹，而后者对时代的真正的宏伟文学并无重大影响。那些真正决定作家创作的强大而深刻的文化潮流（特别是底层的民间的潮流）却未得到揭示，有时研究者竟一无所知。在这种情况下，难以深入到伟大作品的底蕴，于是文学本身就使人觉得是某种委琐，而不是严肃的事情。[80]

英国学者玛里琳·巴特勒（1937—2014）提醒我们注意这个事实："书籍的孕育过程长于几周或几个月。它的摇篮比单独某人的书房要大得多。书是由它的公众——即它实际得到的读者和作家心目中的大众——制造的。文学，如所有的艺术，如语言，是一种集体活动，受到种种社会力量的有力制约。在某给定时间、某特定社团中需要并可能说些什么——这与其说是心理学的，恐怕不如说是人类学的领域。"[81]无论如何强调作家的特异禀赋、独特性格（落落寡合甚至孤僻无友）和独出心裁，都必须承认"作家是公民，而非浪漫神话中的孤立个体"。这一点不言自明："在任何群体中，造就艺术的那些东西：趣味、见解和价值观念等等，都是由社会集体生成的。虽然作家被赋予了表达时代精神的唇舌，他们同时也是被时代所造就的。"[82]

半个世纪以来叙事学的迅猛发展，已经催生了小说诗学的丰硕成果。叙事学对技术的研究非常精彩，但我们更感兴趣的是意义问题，即"为何写小说"的问题，而不是"如何写小说"的问题。我们不否认小说叙事学的巨大贡献，但我们觉得有必要拓展小说文化学的领域。"不可能孤立地、封闭地研究欧洲小说及其发展，我们的研究必然涉及与欧洲小说发展有关的各种社会的、文化的因素，但我们的研究的直接对象只能是欧洲小说及其发展。"[83] 有鉴于此，我们把对昆德拉小说诗学的研究，置于变动中的西方文化的大背景下，特别关注其与现代性的密切关系，以及随着现代性展开而演变的内在逻辑。

（八）

在《美学》里，黑格尔（1770—1831）高度评价现代小说，将其视为史诗的现代形式。他同时也很抱憾地说："对于这些艺术品种，我们在这里不能叙述它们从起源到现在的发展史，就连描绘粗线轮廓也不可能。"[84]

一个半世纪之后，博学多闻的艾布拉姆斯（1912—2015）仍然承认很难给小说下定义："'小说'（novel）这一术语现被用来表示种类繁多的作品，其唯一的共同特性是它们都是延伸了的、用散文体写成的'虚构小说'（fiction）。"[85] 作为享有盛誉的一部文学术语的编撰者，他何尝不想为"小说"赋予更为严密和明晰的定义呢？困难在于"小说的模式多种多样，包括塞缪尔·理查逊的《帕美勒》和劳伦斯·斯特恩的《项狄传》；简·奥斯丁的《爱玛》和弗吉尼亚·伍尔芙的《奥兰多》；查尔斯·狄更斯的《匹克威克外传》和亨利·詹姆斯的《鸽翼》；列夫·托尔斯泰的《战争与和平》和弗朗兹·卡夫卡的《审判》；欧内斯特·海明威的《太阳照样升起》和詹姆斯·乔伊斯的《芬尼根的觉醒》；多丽丝·莱辛的《金色笔记本》和弗拉基米尔·纳博科夫的《洛丽塔》。"[86]

巴赫金指出："小说从来不让自己任何一个变体稳定不变。在小说发展的整个历史上，始终贯穿着对小说体裁中那些力求模式化的时髦而主导的变体施以讽拟或滑稽化。（……）小说的这种自我批判态度，是它在体裁形成过程中的一个极好的特点。"[87]特里·伊格尔顿（1943— ）认为"后现代主义是一个'一成不变却又变化无穷'（neverchanging everchanging）的文化，就像晚期资本主义：一刻也不停滞，但永远不会变得面目全非。"[88]现代小说何尝不是如此？

现代小说之所以具有这种变动不居的特征，原因就在于它与现代性的内在关联和密切互动。这是波德莱尔对"现代性"所做的著名定义："现代性就是过渡、短暂、偶然，就是艺术的一半，另一半是永恒和不变。"[89]这个定义与艾布拉姆斯对"小说"所做的定义有一个共同特点，即不着眼于严密的限定，而着眼于对根本特征的把握。法国象征主义诗人阿尔蒂尔·兰波（1854—1891）更像是对自己和所有现代人下了一道不容置疑的命令："必须绝对地现代。"（«Il faut être absolument moderne.»[90]）既然现代性意味着持续地处在过渡与变化状态和持续地面向无限的未来，它也就意味着不断的自我否定和完全的不确定性。"我们在不断的变化中寻求现代性却从未将它捕获。它总是逃掉，每次相遇都会潜逃。我们拥抱它，它却转瞬即逝；它只是一阵微风而已。它是一瞬间，一只在一切地方，又不在任何地方的鸟儿。我们想活捉它，可它却张开翅膀并化为乌有，化作一束音节。我们还是两手空空。于是领悟之门微微打开，'另一个时间'，真正的时间出现了，这就是我们一直在不自觉地寻求的时间：现在，现时。"[91]

早在"现代性"成为国际学术热点之前，巴赫金就富有洞察力地看到了它与现代小说的密切关系：

> 正是现实生活中的变化对小说起着决定的作用，也决定了小说在该时期的统治地位。小说是处于形成过程的唯一体裁，因此它能更深刻、更中肯、更锐敏、更迅速地反映现实本身的形成发展。只有自身处于形成之中，才能理解形成的过程。小说所以能成为现代文学发展这出戏里的主角，正是因为它能最好地反映新世界成长的趋向；要知道小说是这个新世界产生的唯一体裁，在一切方面都同这个新世界亲密无间。小说过去和现在从许多方面预示着整个文学的发展前景。[92]

他甚至注意到了小说对其他的古老文学体裁的影响，即为它们赋予了小说特有的现代性："小说一占据主导地位，便会促进所有其他体裁的更新，它把自己形成、成长和尚未完结的特点传染给了其他体裁。它威严地把它们都纳入自己的轨道，正是因为这个轨道与整个文学发展的基本方向相一致。"[93] 这就使得作为文学理论研究对象和文学史研究对象的现代小说，较之于其他文学体裁，具有一种极其特殊的重要性。

我们在上文说到的其他体裁的小说化，表现在哪里呢？其他体裁变得自由了一些，可塑性强了一些；它们的语言借助非标准语的杂语事实，借助标准语中的"小说"成分而得到更新；它们要出现对话化；其次它们中间广泛渗进了笑谑、讽刺、幽默，渗进了自我讽拟的成分。最后（这也是最主要的），小说赋予了这些体裁以问题性，使它们有了一种特殊的意义上的未完结性，并同没有定形的、正在形成中的现代生活（未完结的现在）产生密切的联系。所有这些现象出现的原因，我们在下文将会看到，就在于诸多体裁都被移置到一个新的特殊的塑造艺术形象的领域中（即与未完结的现代生活密切交往的领域中）；这是由小说首先开拓掌握的一个领域。[94]

（九）

由于小说处在持续的千变万化之中，企图通过对其条分缕析、概括归纳而做出一劳永逸的理解和阐释，注定是不可能的、徒劳的。

文学理论一碰到小说，就表现得完全束手无策。对付其他的体裁，它论述起来信心十足，切中要害，因为这是现成的定型的研究对象，十分明确，清清楚楚。这些体裁在其发展过程中的整个古典时期，一直保持着自己的稳定性和程式化，而不同时代不同流派、派别导致的各种变体，都是表面的现象，不触及它们的坚实的体裁骨架。就实质而言，关于这些现成体裁的理论，直到今天也未能对亚里士多德早已说过的话做出重要的补充。亚里士多德的诗学至今仍然是体裁理论所依据的不可动摇的基础（尽管有时这基础渗透至深，人们看不出来）。只要不涉及小说，一切都很顺利。可是，一些体裁刚刚发生小说化的现象，就弄得理论走投无路。面对小说问题，体裁理论不能不进行根本的改造。[95]

因此，我们的研究不追求理论的严密和技术的分析（因为这不适合于小说的实际情况），而着眼于对小说精神的总体把握和根本定位。我们的研究以《小说的艺术》《被背叛的遗嘱》《帷幕》和《相遇》）的法文原版和中文译本为基础，结合昆德拉本人的小说作品，广泛参考西方和中国关于小说诗学和小说史的研究成果，在西方现代文化与小说诗学的传统和演变大背景下，对昆德拉小说诗学思考进行阐发和分析，揭示其对西方小说诗学传统的继承发展及其诗学观的独到深刻之处。在贯通西方小说发展脉络的同时，我们试图打通理解中西方现代小说诗学的内在精神和技巧探索，进而理解现代世界的本质和现代人的境况，从而达到对"现代小说"的深入理解。

我们的研究目标如下：

第一，把昆德拉小说诗学放在西方现代文化发展的大视野中考察，对"小说"与"现代性"的关系进行深入分析，解释昆德拉一再强调的"小说"与西方现代人存在处境的密切关联；

第二，把昆德拉小说诗学放在西方现代小说诗学的传统之中，从而发现他对西方小说诗学传统的继承，以及昆德拉小说诗学观的独到深刻之处；

第三，揭示昆德拉"欧洲小说"观内涵的特定性和超地域的普适性，厘清发端于西方并向全球展开的"现代性"之历史与"欧洲小说"之演进的内在逻辑联系；

第四，分析"现代小说"的精神特质，小说的存在理由和判定真正的"现代小说"的标准。

导 论

注释：

[1] 杨宪益将书名意译为《奥德修纪》，但音译的《奥德赛》流传更广，接受度更高。我们在本书中统一采用后者。

[2] 唐代传奇作家意图通过叙事与诗歌结合的作品，向考官和同仁展示其文学才华。后世的传奇作家则自觉不自觉地延续了这个传统，力图证明自己的全面创作能力。在阅读《三国演义》《水浒传》《金瓶梅》《西游记》和《红楼梦》等古典叙事名著时，不少现代读者（尤其是年轻读者）都会跳过诗词，因为不影响故事发展的理解。有些外国译者也在译本中不翻译中国古典小说中无关紧要的诗词，以免让外国读者觉得叙事过于拖沓累赘。《红楼梦》的经典地位不容置疑，但不止一位现代研究者对其中的诗词并不欣赏，批评曹雪芹只是为了炫才。这种批评当然过于偏激，不理解在曹雪芹生活的时代，读者和作者对小说形式的共识和期待，使他不能不在作品中嵌入诗词歌赋。这也可以解释在文学性很差的公案小说中，何以会插入前人的诗词和作者自创的诗词。

[3] 英国小说家简·奥斯汀如此感叹：她笔下两位大家闺秀的共同爱好是是读小说，却因为社会的偏见而不敢公开承认她们读的是有价值的东西。讲到这里，她忍不住停下叙述，发了一通牢骚："我不愿意和一般小说家一样，学他们那种卑鄙而愚蠢的做法，他们自己是写小说的，却轻蔑、非难小说，结果和自己的死敌串通一气，用最难听的话来诬蔑这些作品。他们还从来不准自己作品里的女主角看小说，如果她偶尔拿起一本的话，也必定是怀着憎恶的心情来翻翻那索然无味的篇章。哎！如果一本小说的女主角连另一本小说的女主角的爱护都得不到，那么还有谁能来照顾她关怀她呢？我不赞成这样做。让评论家闲疯了的时候去辱骂那些流露着丰富想象的作品吧，让他们用那些目前充斥报章的陈辞滥调去歪曲每本新书吧！我们要团结，我们都是受害者。虽然无论什么文艺形式都不能像我们的作品这样，给人多方面而且真实的乐趣。可是没有任何一种作品曾经遭受过如此的诽谤。由于自傲、无知和风气使然，我们的敌人多得几乎和我们的朋友相等。有人把《英国史》缩写得只剩百分之九，有人把密尔顿、蒲伯和普赖厄的

几行诗，《观察家》里的一篇杂文，以及斯特恩作品里某一章拼凑成集出了版，于是大家便去颂扬他们的才干。可是小说家的才能却几乎可说是普遍为人蔑视，小说家的劳动受到轻视，同时他们这种需要天才、智慧和艺术趣味的工作也得不到大家的尊重。"（简·奥斯汀：《诺桑觉寺》，麻乔志译，重庆：重庆出版社，2008年第1版，第26—27页。）

[4] 朱光潜："一个人不欢喜诗，何以文学趣味就低下呢？因为一切纯文学都要有诗的特质。一部好小说或是一部好戏剧都要当作一首诗看。诗比别类文学较谨严，较纯粹，较精致。如果对于诗没有兴趣，对于小说、戏剧、散文等等的佳妙处也终不免有些隔膜。不爱好诗而爱好小说戏剧的人们大半在小说和戏剧中只能见到最粗浅的一部分，就是故事。所以他们看小说和戏剧，不问他们的艺术技巧，只求它们里面有有趣的故事。他们最爱读的小说不是描写内心生活或者社会真相的作品，而是《福尔摩斯侦探案》之类的东西。爱好故事本来不是一件坏事，但是如果要真能欣赏文学，我们一定要超过原始的童稚的好奇心，要超过对于《福尔摩斯侦探案》的爱好，去求艺术家对于人生的深刻的观照以及他们传达这种观照的技巧。第一流小说家不尽是会讲故事的人，第一流小说中的故事大半只像枯树搭成的花架，用处只在撑扶住一园锦绣灿烂生气蓬勃的葛藤花卉。这些故事以外的东西就是小说中的诗。读小说只见到故事而没有见到它的诗，就像看到花架而忘记架上的花。要养成纯正的文学趣味，我们最好从读诗入手。能欣赏诗，自然能欣赏小说戏剧及其他种类文学。"（朱光潜：《谈谈诗与趣味的培养》，见《我与文学及其他》，收入《朱光潜全集》，合肥：安徽教育出版社，1987年第1版，第3卷，第349—350页。）

[5] 参见钱理群、温儒敏、吴福辉：《中国现代文学三十年》（修订本），北京：北京大学出版社，1998年第1版，第58—61页。

[6] 朱光潜：《谈谈诗与趣味的培养》，见《我与文学及其他》，收入《朱光潜全集》，合肥：安徽教育出版社，1987年第1版，第3卷，第354页。

[7] 同上书，第350页。

[8] Roger Fowler, *Linguistics and the Novel*, London & New York: Routledge, 1989, p.1.

[9] 米兰·昆德拉：《被背叛的遗嘱》，余中先译，上海：上海译文出版社，2003 年第 1 版，第 232 页。

[10] Albert Camus, *Le Mythe de Sisyphe*, Paris: Gallimard, coll. «Folio / Essai», 1995, pp.30-31.

[11] 米兰·昆德拉：《被背叛的遗嘱》，余中先译，第 232 页。

[12] 同上书，第 234 页。

[13] 鲁迅：《野草》，见《鲁迅全集》，《鲁迅全集》修订编辑委员会编注，北京：人民文学出版社，2005 年第 1 版，第 2 卷，第 207 页。

[14] 米兰·昆德拉：《相遇》，尉迟秀译，上海：上海译文出版社，2010 年第 1 版，第 40—41 页。

[15] 薄伽丘：《十日谈》，王永年译，北京：人民文学出版社，1994 年第 1 版，第 7 页。

[16] 米兰·昆德拉：《相遇》，尉迟秀译，上海：上海译文出版社，2010 年第 1 版，第 41 页。

[17] 同上书，第 42 页。

[18] 夏尔·波德莱尔：《再论埃德加·爱伦·坡》，见《波德莱尔美学论文选》，郭宏安译，北京：人民文学出版社，1987 年第 1 版，第 206 页。

[19] 张欣：《耶稣作为明镜——20 世纪欧美耶稣小说》，北京：宗教文化出版社，2010 年第 1 版，第 7 页。

[20] 伊恩·瓦特：《小说的兴起——笛福、理查逊、菲尔丁研究》，高原、董红钧译，北京：生活·读书·新知三联书店，1992 年第 1 版，第 26 页。引者对标点做了改动。

[21] 同上书，第 27 页。

[22] 同上书，第 4 页。

[23] 1179 年，在召开第三次拉特兰会议时，罗马教宗亚历山大三世要求所有教会大力兴办学校。当时每一个教区都在教堂附设学校，由本堂神父指定教堂文书兼任学校教师，高一级的学校则属于修道院或大教堂管辖。13 世纪初，仅法兰西的修道院就附设了七十所学校。管理学校成为当时法国修道院的一项重要工作。13 世纪以后，有不少教会学校演变成大学，如

著名的巴黎大学、牛津大学等。一些著名的神学家，如阿伯拉尔、托马斯·德·阿奎那和约翰·邓斯·司各特等都在这些大学的讲坛上讲过课，并培养了不少人才。在这些学校里，亚里士多德和柏拉图的著作、欧几里得的《几何原本》，算术、代数、三角和天文学以及罗马法等都成了学生们学习的主要课程。

[24] 罗吉·福勒（主编）：《现代西方文学批评术语词典》，袁德成译，朱通伯校，成都：四川人民出版社，1987年第1版，第181页。

[25] 英国小说家"Samuel Richardson"的姓氏在中文中有多种译法：理查逊、理查生、理查森等。为了避免造成阅读的混乱，在本书中，我们一律写做"理查逊"。

[26] 龚翰熊（主编）：《欧洲小说史》，成都：四川大学出版社，1997年第1版，第1页。

[27] Malcolm Bradbury, "Novel", in Peter Childs and Roger Fowler (eds.), *The Routledge Dictionary of Literary Terms*, Abingdon (Oxon): Routledge, 2006, p.157.

[28] Jean Charles Payen, *Littérature française: Le Moyen Age*, Paris, Arthaud, 1984, p.7. (Tome 1 de la collection « Littérature française / poche », dirigée par Claude Pichois.)

[29] Gustave Lanson, *Histoire de la littérature française*, Paris: Librairie Hachette, 1920, p.IX.

[30] 伊恩·瓦特：《小说的兴起——笛福、理查逊、菲尔丁研究》，高原、董红钧译，北京：生活·读书·新知三联书店，1992年第1版，第2页。

[31] "在英语中，指称小说的是 novel，它衍生于意大利语中的 nouvela，后者的本义是指'小巧新颖的东西'，后来用于既指一种文类——短小的故事（如《十日谈》中的那些故事），也指'新闻'。'新闻'意味着一种新的叙述文字，所叙述的是不久前发生的事实。英语中的 novel 可以指'新的'、'年轻的'、'新鲜的'（new, young, fresh），这些含义也影响了作为文体的 novel 的含义。这种词源方面的探讨支持了前面谈到的关于小说内涵的规定性，从而也支持了关于小说起源于18世纪的观点。"（龚翰熊主编：《欧洲小说史》，成都：四川大学出版社，1997年第1版，第1—2页。）

[32] 勒内·韦勒克、奥斯汀·沃伦：《文学理论》，刘象愚、邢培明、陈圣生等译，北京：生活·读书·新知三联书店，1984年第1版，第44页。

[33] 作者是生活在2至3世纪以弗所的色诺芬（Xenophan of Ephesus）。在现代英语中，这部传奇通常被称为 The Ephesian Tale of Anthia and Habrocomes。它叙述了一对情人的惊险经历。他们结婚以后遭遇了海盗劫掠，夫妻分离，到处流浪，历经苦难，最后在罗得岛破镜重圆。

[34] 吉尔伯特·默雷：《古希腊文学史》，孙席珍、蒋炳贤、郭智石译，上海：上海译文出版社，1988年第1版，第427页。

[35] 王焕生：《古罗马文学史》，北京：人民文学出版社，2006年第1版，第403页。

[36] 戴维·L.瓦格纳：《中世纪的七艺》，张卜天译，长沙：湖南科学技术出版社，2016年第1版，第20页。

[37] 同上书，第28页。

[38] Jean Charles Payen, *Le Moyen Age I, des origines à 1300*, tome I de la collection « Littérature française » dirigée par Claude Pichois, Paris: Arthaud, 1970, p. 33.

[39] 让-皮埃尔·里乌、让-弗朗索瓦·西里奈利（主编）：《法国文化史》第1卷（《中世纪》），杨剑译，上海：华东师范大学出版社，2006年第1版，第191页。

[40] Jean Charles Payen, *Le Moyen Age I, des origines à 1300*, tome I de la collection « Littérature française » dirigée par Claude Pichois, Paris: Arthaud, 1970, p. 162.

[41] *Ibid.*, p. 163.

[42] Jean de La Bruyère, *Les Caractères*, texte de la dernière édition revue et corrigée par l'auteur, publiée par E. Michallet, 1696, URL: http://www.bouquineux.com /?telecharger=707&La_Bruyere-Les_caracteres.（让·德·拉布吕耶尔：《品格论》，梁守锵译，广州：花城出版社，2013年第1版，上册，第92页。

[43] 米哈伊尔·巴赫金：《拉伯雷的创作与中世纪和文艺复兴时期的民间文化》，见《巴赫金全集》，第6卷，李兆林、夏忠宪等译，石家庄：河北教育出版社，1998年第1版，第164页。

[44] 杨绛：《译本序》，见米盖尔·德·塞万提斯：《堂吉诃德》（上下册），杨绛

译，北京：人民文学出版社，1978年第1版，第5页。

[45] 同上。

[46] "结婚还是不结婚？"巴奴日的困惑已经成为我们时代里严重的社会问题。我们因此不得不钦佩拉伯雷先知般的预见能力。

[47] 这种忧郁让我们想到莎士比亚的《哈姆雷特》和德国画家丢勒的《忧郁》。

[48] 米兰·昆德拉：《小说的艺术》，董强译，上海：上海译文出版社，2004年第1版，第5页。

[49] 伊恩·瓦特：《小说的兴起——笛福、理查逊、菲尔丁研究》，高原、董红钧译，北京：生活·读书·新知三联书店，1992年第1版，第219—220页。

[50] 同上书，第220页。

[51] 同上。

[52] 龚翰熊：《西方小说艺术》，成都：四川大学出版社，1994年第1版，第7页。

[53] 同上。

[54] 同上书，第8页。

[55] 明清长篇小说源于说书者的话本，但面向的是受过儒家教育的读书人，而不是几乎目不识丁的市井小民。因此，作者们在追求故事生动感人效果的同时，也竭力使故事传递的价值观和人生观合乎正统观念，但还没有强烈的艺术自觉。直到明末清初，张竹坡、金圣叹等小说批评家对不登大雅之堂却又流传广泛的《金瓶梅》《水浒传》等作品的点评，强化了读者们对这些通俗小说艺术品位的认识和认同，也激发了长篇小说家们的艺术自觉。最有代表性的例子是《红楼梦》：在第一回里，曹雪芹通过灵性已通的女娲弃用石头之口，批判了"千部一腔，千人一面"的才子佳人小说，为自己基于真实生活经验的传奇辩护；在第五十四回里，曹雪芹又借贾母之口，对才子佳人的套路作品作了严厉的批判。有意思的是，与张竹坡、金圣叹等人对既成小说进行批评的做法不同，曹雪芹的密友脂砚斋（也有人认为就是曹雪芹本人）以小说批评家的身份，直接跟进《红楼梦》的写作过程，与作者展开互动，使作者始终保持清醒的小说艺术自觉。在19世纪，也有一些欧洲作家采用朗读的方式，请亲朋好友对自己正在创作的小说加以评论，并根据反馈意见修改已完成部分，或对故事进程、人物命运等加以调

整。在 20 世纪的一些国家，由于主流意识形态的变化和压力，某些小说家（当然还有诗人、戏剧家、导演等）改写或重写自己的作品，也是值得研究的文学史现象。

[56] 米兰·昆德拉：《帷幕》，董强译，上海：上海译文出版社，2006 年第 1 版，第 7 页。

[57] 同上书，第 8 页。

[58] 龚翰熊：《西方小说艺术》，成都：四川大学出版社，1994 年第 1 版，第 20 页。

[59] Arthur Mitzener, "The Novel of Manners in America", in *Kenyon Review*, No. 12, 1950, p. 2. 转引自申丹、韩加明、王丽亚：《英美小说叙事理论研究》，北京：北京大学出版社，2005 年第 1 版，第 101 页。

[60] Wayne C. Booth, *The Rhetoric of Fiction*, 2nd edition, Chicago & London: The University of Chicago Press, 1983. 韦恩·布斯：《小说修辞学》，傅礼军译，南宁：广西人民出版社，1987 年第 1 版；韦恩·布斯：《小说修辞学》，华明、胡晓苏、周宪译，北京：北京大学出版社，1987 年第 1 版。

[61] Paul Ricœur, *Temps et récit*, Paris: éd. Seuil, 1983, 3 vols. Paul Ricœur, *Time and Narrative*, trans. by Kathleen Mclaughlin & David Pellauer, Chicago & London: The University of Chicago Press, 1984, 3 vols. 保尔·利科：《虚构叙事中时间的塑形：时间与叙事卷二》，王文融译，北京：生活·读书·新知三联书店，2003 年第 1 版。

[62] Gérard Genette, *Discours du récit et nouveau discours du récit*, Paris: éd Seuil, 1987. 热拉尔·热奈特：《叙事话语·新叙事话语》，王文融译，北京：中国社会科学出版社，1990 年第 1 版。

[63] 戴维·洛奇（编选）：《二十世纪文学评论》，葛林等译，上海：上海译文出版社，上册，1987 年第 1 版；下册，1993 年第 1 版。David Lodge (ed.), *Modern Criticism and Theory: A Reader*, revised and expanded by Nigel Wood, Harlow (UK): Pearson Education Limited, 2000.

[64] David Lodge, *The Art of Fiction: Illustrated from Classic and Modern Texts*, New York: Viking Penguin, 1993. 戴维·洛奇：《小说的艺术》，《戴维·洛奇文集》第 5 卷，王峻岩等译，北京：作家出版社，1997 年第 1 版。

[65] 仵从巨:《存在:昆德拉的出发与归宿》,载《上海师范大学学报》(哲学社会科学版),1996年第4期,第62页。

[66] 彭少健:《米兰·昆德拉的小说:探索生命存在的艺术哲学》,上海:东方出版中心,2009年第1版,第2页。

[67] 米兰·昆德拉:《小说的艺术》,董强译,上海:上海译文出版社,2004年第1版,题词第1页。

[68] 同上书,题词第2页。

[69] 米兰·昆德拉:《帷幕》,董强译,上海:上海译文出版社,2006年第1版,第100页。

[70] 同上书,第99—100页。

[71] Milan Kundera, *L'art du roman*, Paris: Gallimard, coll. « Folio / poche » , 1995, p.7.

[72] 李凤亮:《诗·思·史:冲突与融合——米兰·昆德拉小说诗学引论》,北京:商务印书馆,2006年第1版,第297页。

[73] 景凯旋:《在经验与超验之间》,北京:东方出版社,2018年第1版,第131页。

[74] 在《圣经·旧约》的《创世记》第11章,人们企图建造一座通天塔,以显示人类的聪明、才智和能力。上帝变乱了众人的语言,彼此无法沟通,工程停止,计划失败,人们也四散而去。那座城被称为"巴别",意思是"变乱",那座塔也就被人们称为"巴别塔"。

[75] 玛里琳·巴特勒:《浪漫派、叛逆者及反动派》,黄梅、陆建德译,沈阳:辽宁教育出版社/牛津大学出版社,1998年第1版,第14页。

[76] 米哈伊尔·巴赫金:《答〈新世界〉编辑部问》,见《巴赫金全集》,第4卷,白春仁、晓河、周启超等译,石家庄:河北教育出版社,1998年第1版,第368页。

[77] 同上书,第364页。

[78] 同上。

[79] 同上书,第364—365页。

[80] 同上书,第365页。

[81] 玛里琳·巴特勒:《浪漫派、叛逆者及反动派》,黄梅、陆建德译,沈阳:

辽宁教育出版社 / 牛津大学出版社，1998年第1版，第14页。

[82] 同上书，第14页。

[83] 龚翰熊（主编）：《欧洲小说史》，成都：四川大学出版社，1997年第1版，《序言》，第6页。

[84] G. W. F. 黑格尔：《美学》：朱光潜译，北京：商务印书馆，1979年第1版，第三卷下册，第185页。

[85] M. H. 艾布拉姆斯：《文学术语词典》（第7版，中英对照），吴松江主译，北京：北京大学出版社，2009年第1版，第381页。引文中的英语词汇为本书作者根据第380页原文添加。

[86] 同上书，第381页。引者对人名和书名做了个别改动，以与本书其他地方保持一致。

[87] 米哈伊尔·巴赫金：《史诗与小说——长篇小说研究方法论》，见《巴赫金全集》，第3卷（小说理论），白春仁、晓河译，石家庄：河北教育出版社，1998年第1版，第508—509页。

[88] 特里·伊格尔顿：《文学阅读指南》，范浩译，郑州：河南大学出版社，2015年第1版，第203页。

[89] 夏尔·波德莱尔：《现代生活的画家》，见《波德莱尔美学论文选》，郭宏安译，北京：人民文学出版社，1987年第1版，第485页。

[90] Arthur Rimbaud, *Poésies. Une saison en enfer. Illuminations*, texte présenté, établi et annoté par Louis Forestier, seconde édition revue, Paris: Gallimard, coll. « Poésie » , 1984, p.152.

[91] 奥克塔维奥·帕斯：《受奖演说：对现时的寻求》，见《帕斯选集》，赵振江等编译，北京：作家出版社，2006年第1版，上卷，第573页。

[92] 米哈伊尔·巴赫金：《史诗与小说——长篇小说研究方法论》，见《巴赫金全集》，第3卷（小说理论），白春仁、晓河译，石家庄：河北教育出版社，1998年第1版，第509页。

[93] 同上书，第509—510页。

[94] 同上书，第509页。

[95] 同上书，第510页。

第一章
现代性的展开与现代小说的兴起

在评论哥伦比亚小说家马尔克斯的《百年孤独》时,昆德拉特别明确地指出:"小说,是与现代一同诞生的。"[1]众所周知,以笛卡尔的"我思"(cogito)为特征的早期现代思想,把个人变成了"唯一真正的主体",变成了马丁·海德格尔(1889—1976)所说的"一切的基础"。昆德拉别具只眼,把人的主体性之确立与现代小说的诞生联系在一起:"人作为个体立足于欧洲的舞台,有很大部分要归功于小说。在远离小说的日常生活里,我们对于父母在我们出生之前的样貌所知非常有限,我们只知道亲朋好友的片片段段,我们看着他们来,看着他们走。人才刚走,他们的位子就被别人占了——这些可以互相替代的人排起来是长长的一列。只有小说将个体隔离,阐明个体的生平、想法、感觉,将之变成无可替代:将之变成一切的中心。"[2]

然而，随着现代性的展开和推进，在历史（黑格尔意义上自我实现的"大写历史"）、权力（无法自我抑制地企图掌控一切的权力）、技术（被人发明制造出来反过来辖制人的技术）等现代性产物的多重碾压之下，人的主体性悖论性地走向萎缩，甚至趋于消亡。从笛卡尔宣告"我思故我是"，到米歇尔·福柯（1926—1984）宣称"人死了"[3]，这是多么大的反差，多么令人痛心而无可奈何！但是，昆德拉却出人意外地在小说中看到了一线希望："从现代的初期开始，小说就一直忠诚地陪伴着人类。它也受到'认知激情'（被胡塞尔看作是欧洲精神之精髓）的驱使，去探索人的具体生活，保护这一具体生活逃过'对存在的遗忘'，让小说永恒地照亮'生活世界'。"[4]

因此，探讨现代小说诗学，尤其是昆德拉的小说诗学，就不能不从现代性问题开始。

一　现代性展开造成的西方文化断裂

人与动物的一大区别是动物始终处在自然状态，基本上受到本能的驱使，而人类创造了文化，其行为更多地受到观念的影响和指引。瑞士文化史家雅各布·布克哈特（1818—1897）指出："在狭义上联结了物质需求和精神需求的文化，是为了物质生活的促进，且作为精神生活与道德生活的一种表现，而**自发地**涌现出来的全部事物的总和，即所有的社会交往、技术、艺术、文学和科学。它是变化的、自由的、不必然普遍的领域，是所有那些不能诉诸强制性权威的事物。"[5] 美国人类学家阿尔弗雷德·路易斯·克罗伯（1876—1960）认为，文化"代表了人类群体的显著成就，包括他们在人工物品中的体现"，它由"外显的和内隐的行为模式构成"，它通过象征符号来获致和传递行为；"文化的核心部分是传统地、历史地获致和选择的观念，尤其是它们所带的价值"。他还认为文化体系具有两个特征：它既是人类活动的产物，又是人类"进一步活动的决定因素"。[6] 英国文学理论家伊格尔顿断定："人类的身体使得人只能通过文化生存和繁衍。文化是我们的本能。没有文化，我们会很快死亡。因为我们的身体做出了重大调整，以适应文化——因为意义、象征、诠释等对于我们人类是必不可少的——我们能和来自其他文化的人交流，而不能和白鼬交流。"[7]

德国生命哲学家鲁道夫·奥伊肯（1846—1926）[8]认为，人类历史是精神生活的具体化。人处在自然生活与精神生活的交汇处，既依赖于自然生活，又加入精神生活，并借助于精神生活的力量，以克服自然界的束缚，从而获得自我解放。正是因为人有精神生活，人类才得以远离动物生活，形成一个独特的整体，并构建个人与整体的内在关系，从而造就人类特有的历史文化。人类历史发展的每一个时期都有相应的特殊文化结构，使文化呈现为一个整体，构成一个"精神生活系统"（Lebenssystem）。如果没有这样一个精神生活系统的话，人类生活、世界生活将变成一盘散沙。[9]

文化是由作为参照并具有象征意味的基点（symbolic points of reference）构成的一个"价值空间"（value space），使生活在该文化共同体中的成员得以获得对"意义"（meaning）的感知。奥地利裔美籍哲学家、社会学家阿尔弗雷德·许茨（1899—1959）[10]认为，人不是简单地对外界做出反应，而是在赋予行动以意义的基础上，根据被赋予的意义来解释社会和指导行动。文化照亮了混沌、嘈杂，有时候甚至是单调乏味的"日常生活世界"（daily-life world），人们在其中获得价值和意义。在文化共同体内，每个成员的意识并不是纯粹个人的和主观的，而是在相互影响的。人们因此产生了共同的相互联系，具有了共同的理解，形成了共同的观念。[11]

文化承载和传递至少在一个文化共同体内部得到公认的价值观。"价值观是文化中最深层的部分，它是人们关于什么是最好的行为的一套持久的信念，它是人们在社会化的过程中获得的，它支配着人们的信念、态度、看法和行动，成为人们行动的指南。文化与价值之间的关系是密不可分的。"[12] 因此，文化之于文化共同体内成员的一个重要功能就是创造文化认同的可能与途径。"文化认同是指个体对某个文化的认同程度，具体说是个体自己的认知、态度和行为与某个文化中多数成员的认知、态度和行为相同或相一致的程度。"[13]

英国文化研究专家斯图亚特·霍尔（1932—2014）与托尼·杰斐逊（1945—　）指出：文化是一个群体的社会关系建立和形成的方式，也是体验、理解和解释那些形态的方式。一个群体或阶级的"文化"，就是该群体或该阶级特有的和独特的"生活方式"，即"体现在各种制度、社会关系、信仰体系、惯例和习俗、物体的使用和物质生活之中的意义、价值与观念"。各种物质生活体制与社会生活体制都需要通过文化来表现自身。一种文化包括了"各种意义的地图"，使各种事物能够为该文化体系的成员们所理解。这些"意义的地图"不仅萦绕在人们的头脑之中，还在社会组织与人际关系的各种模式中被客观化了，个人通过它们获得了认同，得到了整合，变成了"社会化的个人"。[14]

具体到西方人的文化认同，享誉国际的匈牙利系统哲学家欧文·拉兹洛(1932—)指出:"在希腊文明的黄金时代,起指导作用的理想是过美好的生活。继之发挥作用的是西方的基督教教义,上帝的天国接替美好的生活成为下一个指导思想。这种情况一直没有发生变化。直到近代,事物的外部秩序重新成为精神和理性寻幽探微的对象,人才开始采用新的价值标准。"[15]

美国历史哲学家海登·怀特(1928—2018)注意到这个事实:从生物学的角度来看,人们受制于遗传因果关系,但在谈论历史的时候(历史是人类所特有的),"举手投足**仿佛他们可以选择自己的祖先似的**"[16]。这种选择其实是一种跨文化认同。在数百年时间内,古罗马人做了两次跨文化认同:他们先是认同了希腊文化,后又认同了基督教。"公元三世纪军事混乱和经济危机开启了一个过渡期,这一时期见证了罗马帝国的解体和中世纪世界的兴起。从政治史和社会史的角度来看,这一过渡是渐进的,延续了数个世纪。然而,从思想史上看,这一改变很突然。古典文化所特有的理性和尘世态度几乎在一夜之间完全反了过来。思想生活开始被超脱尘世的哲学和宗教所主导。其典型特征是对信仰和启示的依赖,是神秘主义和魔法。"[17]

日耳曼部落的大规模入侵,虽然倾覆了西罗马帝国,却未能撼动人们对基督教的认同。这些部落在纷纷建立自己王国的同时,先后皈依了基督教。在被后世称为中世纪的一千年里,基督教成为欧洲各个国家、民族共同的价值参照和文化系统。

在**基督教文明**的第三到第八世纪之间:**人们不再把希腊罗马人当作祖先,而是开始以犹太—基督教后裔自居**。这种文化血统的**虚**

构,暗示了对罗马社会文化系统的弃绝。当西欧人开始以古老的基督教后裔自居;当他们再举手投足,**俨然**他们**基因里流淌着**基督前辈的血液;简言之,当他们开始尊崇基督教之过去并渴望以此理想模式创建独一无二的将来时,当他们不再尊崇罗马的过去,不把它当作**自己的**过去时,罗马的社会文化系统已不复存在。[18]

中世纪的人们按照基督教神学思想来理解世界和人生。整个宇宙被解释为由上帝创造并掌管着,秩序井然,赏罚分明。虽然原罪造成了原始秩序的破坏,使人间充满了罪恶,但绝对公义的上帝保证了善恶有报的结局,而耶稣基督的救赎之功使人有了脱离死亡,进入永生的可能性。对人们来说,现世就像是一个舞台,"人作为演员不知不觉地扮演着由上帝分派给他的角色。在一个由稳定甚至是静止观念支配、经济文化上处于静态的社会中,这类想法是自然而然的——这样的社会害怕变化,人们从完全以神学为中心的人生观来看待世俗价值观念。"[19]

直到13世纪,欧洲人仍然根据自然时间,依照日期与季节的节律生活。在13世纪后期发明机械钟之前,人们没有准确测量时间的手段,实际上也没有什么事情需要精确地测量时间。教堂的钟声是周边居民判断时辰的主要依据,但敲钟人并没有测量时间的准确手段。这种不受时间催促的生活,使中世纪的心灵"能够以一种悠闲的态度存在,因而也不会为控制未来而操多大心"[20]。在克雷蒂安的《圣杯故事》里,从丑女造访亚瑟王宫到主人公向隐修士忏悔,对于佩塞瓦来说,其间相隔了整整五年;然而,对高文来说,却只不过相隔了几天而已。"这是出于作者或整理加工者的疏忽,还是由于他们觉得故事发展的精确时间无关紧要？手抄本在此问题上的一致性，表明了这一点：这些前后抵触的地方根本就不会让公众大惊小怪。（……）在传奇中，一系列事件不够确切地接连发生，听众仍能感到满意，因为他们对作品的布局更敏感，而对时间顺序排列的严格性则不那么较真。"[21]

对于欧洲人的时间观念从中世纪向现代的转变，获得诺贝尔文学奖的墨西哥诗人帕斯做了一番精彩的梳理：

> 基督教以一种直线的、连续的、不可逆转的时间来反对古希腊罗马的周期性的时间观念，这种时间有始有终，从亚当和夏娃的堕落到最后的审判。面对这个历史的、有限的时间，曾有另一种超自然的、在死亡面前牢不可破的、不可替代的时间：永恒。因此世间历史唯一的真正具有决定意义的事件就是舍身救世；基督的降临和牺牲代表两种时间的交叉：永恒与暂时，人类有限的可以替代的时间与另一个世界的时间，后者既不变化也不可替代，永远是其自身。"现代"始于对基督教永恒的批判和另一种时间的出现。一方面，基督教有始有终的有限的时间变成几乎无限的、自然演变和历史的、向未来敞开的时间。另一方面，现代性使永恒失去了价值：完美转移到未来，不是在来世而是在现世。我几乎不必提起黑格尔的有名的形象：理性的玫瑰花被钉上现时的十字架。他说，历史是一个十字架：基督的神秘变为历史的行动。通向绝对之路要经过时间，这就是时间。而时间，在它的各种不同的方式之间，被推迟的完美却总是属于未来。变化与革命就是人类向未来和他们的天堂运动的体现。[22]

在中世纪基督教的神学思考与信仰实践中，存在两个重要的问题：一个是几乎压倒一切的原罪论（对它的过分强调甚至使许多人忘记了基督的救赎），另一个是对现世生活的严重忽视（对天堂的强调鼓励了普遍的消极避世思想）。"只要人们发觉现世本身不尽如人意，人们就会对基督教的主张感兴趣；但只要他们在生活中找到适当的计划和目的，他们的这种兴趣就很可能减弱。随着经济的增长使生活范围不断扩大，专注于来世的宗教实际上会普遍衰落。但更重要的是，任何一种对上帝的信仰，都日益成为一种形式——当它实际上还没有被人们所摈弃时。"[23]

在意大利文艺复兴时期，情况开始发生了显著的变化。"神学的时间概念没有陡然消失，但是从那时开始，它就不得不同实际时间（行动、创造、发现、变革的时间）很宝贵这样一种新的意识共存，并且双方的关系日益紧张。"[24] 也正是在这一时期，西方历史被划分为古代、中世纪和现代，并且逐渐得到了广泛的认可。"古典时代和灿烂的光明联系在一起，中世纪成为浑如长夜、湮没无闻的'黑暗时代'，现代则被想象为从黑暗中脱身而出的时代，一个觉醒与'复兴'、预示着光明未来的时代。"[25]

文艺复兴时期的那些敏感心灵以重新发现和认同古代希腊文化的"向后看"方式，为自己确立了"向前看"的文化理念，将自己从为永恒而忽视现世的思维困境中解救来了出来。"文艺复兴对于古代的发现是第一次的尝试，试图打破传统的羁绊，通过回到原始材料本身的方法，建立起一个不再处于传统重压下的往昔。"[26] 因此，它是披着"复古"外衣的一场文化革命。历史学家汪荣祖（1940— ）指出：西方的"现代"与中世纪是一种"断裂"（rupture）的关系，是

"进入全新的境界"。文艺复兴时期的人们不仅想要突破传统，而且自信他们已经突破了传统。他们要突破的传统是基督教，其动力是古代世俗文化。因此，文艺复兴产生的现代性逐渐脱离了基督教，转而与世俗世界观（secular view of the world）相结合。[27] 法国社会学家阿兰·图海纳（1925—2023）则使用"革命"来指称现代性："西方把现代性作为一场**革命**来经历和思考。理性不承认任何已经获得的东西；相反，它扫除了没有立足于科学的那些信仰，以及社会与政治的组织形式。"[28]

美国学者理查德·塔纳斯（1950—　）对西方人思想的这一变化过程，做了要言不烦的精彩梳理：

> 15—17 世纪，是西方新的自我意识和人类自主观念的熹微初露的时期。这种新的意识和观念的表现是：对世界十分好奇、对自己的判断充满信心、怀疑正统观念、公开蔑视权威、为自己的信仰和行为负责、仰慕古典时代而尤其寄托于更美好的未来、为人类而感到骄傲、意识到自己与自然截然不同、意识到作为个体的创造者他自己的艺术的本领、确信自己认识和驾驭自然的才智和能力，并且基本上不那么需要依靠一个无所不能的上帝。这种现代思想的出现，其根源在于反抗中世纪的基督教教会和古代的权威，但又依赖于这两个母体，并且由这两个母体孕育而生长发展。现代思想的出现采取了文艺复兴、宗教改革和科学革命这三种相互区别的并且相互具有辩证关系的形式。它们共同结束了欧洲天主教会的文化统治，确立了现代世界更加个人主义的、怀疑的以及世俗的精神。科学从这一深刻的文化变革中兴起而成为西

方的新的信仰。[29]

文艺复兴被当时的人们视为一个新的历史周期的开始。"它的整个时间哲学是基于下述信念：历史有一个特定的方向，它所表现的不是一个超验的、先定的模式，而是内在的各种力之间必然的相互作用。人因而是有意识地参与到未来的创造之中：与时代一致（而不是对抗它），在一个无限动态的世界中充当变化的动因，得到很高的酬报。"[30]德裔美国政治哲学家利奥·施特劳斯（1899—1973）指出："按照一种相当通行的想法，现代性是一种世俗化了的圣经信仰；彼岸的圣经信仰已经彻底此岸化了。简单不过地说：不再希望天堂生活，而是凭借纯粹人类的手段在尘世上建立天堂。"[31]法国社会学家图海纳认为："在其最为雄心勃勃的形式上，现代性的理念是这样的断言：人是由他所做的事情造成的，因此，在生产与个人生活之间，存在着越来越紧密的一种对应——生产因科学、技术或管理、通过法律来调整的社会组织而变得更有效率，个人生活则被利益和摆脱一切束缚的意愿推动着。"[32]

在《现代性的后果》中，英国社会学家安东尼·吉登斯（1938—　）指出：在现代与传统之间，存在着一种"现代性的断裂"（discontinuities of modernity）："现代性以前所未有的方式，把我们抛离了所有类型的社会秩序的轨道，从而形成了其生活形态（……）现代性卷入的变革比过往时代的绝大多数变迁特性都更加意义深远。"[33]

二 "一切坚固的东西都烟消云散了"

在《共产党宣言》(1848)中,马克思、恩格斯指出:在哥伦布开创了大航海时代以后,随着西欧市民社会的发展,中世纪那种超稳定状态被打破了,新的社会形态表现为这样的特征:"生产的不断变革,一切社会状况不停的动荡,永远的不安定和变动。"[34] 而且,随着这种源于西欧的现代性从城市向农村的展开,从西欧向全世界的展开,"它使乡村依赖城市,它使野蛮和半开化国家依赖于文明国家,使农民的民族依赖于市民的民族,使东方依赖于西方。"[35]

在《一切坚固的东西都烟消云散了——现代性体验》中,美国学者马歇尔·伯曼(1940—2013)指出:"今天,全世界的男女们都共享着一种重要的经验——一种关于时间和空间、自我和他人、生活的各种可能和危险的经验。"[36] 他把这种经验称为"现代性"体验:"发现我们自己身处一种环境之中,这种环境允许我们去历险,去获得权力、快乐和成长,去改变我们自己和世界,但与此同时它又威胁要摧毁我们拥有的一切,摧毁我们所知的一切,摧毁我们表现出来的一切。"[37] 如果说传统是各式各样、各具特色的,现代性则使个体趋同性地表现出持续求变求新的强烈意愿。这种意愿甚至是现代人的绝对律令,正如法国诗人兰波通过诗句所表达的:"必须绝对地现代。"因此,以张扬个性、弘扬主体性为旨归的现代性,在导致一些古老帝国解体并催生出众多的民族国家的同时,也悖论性地促成了古代哲学家、政治家们梦寐以求的大同世界:"现代的环境和经验直接跨越了一切地理的和民族的、阶级的和国籍的、宗教的和意识形态的界限;在这个意义上,可以说现代性把全人类都统一到了一起。"然而,这不是宣告"历史的终结"和"历史的自我实现",而是新的纠葛和痛苦:"这是一个含有悖论的统一,一个不统一的统一:它将我们所有的人都倒进了一个不断崩溃与更新、斗争与冲突、模棱两可与痛苦的大漩涡。"[38]更加糟糕的经验是,人们无法拒绝和逃避这个现代世界,同时又失去了任何可靠的基础和支撑,因为持续而剧烈的变化极大地冲击和瓦解着人们的社会关系、文化生活、精神状态:"一切固定的僵化的关系以及与之相适应的素被尊崇的观念和见解都被清除,一切新形成的关系等不到固定下来就已陈旧。一切坚固的东西都烟消云散,一切神圣的东西都被亵渎。人类终于不得不用冷静的眼光来面对其生活的地位及其相互关系。"[39]正如利奥·施特劳斯所说:"现代性最具特色的东西便是其多种多样以及其中的剧变频仍。"[40]

现代性始于对既有的宗教、哲学、伦理、法律、历史、经济、政治的全面批判。它所建构的一切都是批判的产物;换句话说,现代性是通过否定来肯定的,但现在被肯定的东西,在将来很有可能成为被否定的对象。也就是说,现代性本身就有自我否定和自我消解的内部逻辑。用以打造现代社会的基本思想和观念,诸如"进步""演变""变革""自由""民主""科学""技术"等,都随着18世纪启蒙运动的发展而获得广泛认同。但是,在20世纪中期以来,它们也变成了被批判的对象。帕斯历数了伴随着现代性的展开而发生在许多领域的无休止的批判现象:

> 对自身的批判:形而上学的批判及其对于变化的不可渗透的真理:休谟和康德。对世界、现在和过去的批判;对传统的价值

和自信的批判；对组织和信仰、王位和神坛的批判；对风俗以及对关于激情、情感和性的思考的批判；卢梭、狄德罗、拉克洛、萨德、吉本和孟德斯鸠的历史的批判；对"非我"的发现：中国人、波斯人、美洲印第安人；在天文、地理、物理、生物等方面的前景的变化……最后是批判在历史上的体现：美国独立革命、法国革命以及西班牙和葡萄牙在美洲领地的独立运动。[41]

随着全球化自西欧向全世界的推进，现代性的自我矛盾与自我分裂，在更大范围内和更高程度上，得到了更为充分的暴露。"西方人文主义并未能幸运到能逃避其内在矛盾的发展，因而它自身就是分裂的。文艺复兴运动的主题是'人'，它转变成现代性的哲学表达就是主体性，但是后现代主义今天不但宣称哲学根本上要放弃那个大写的'真理'，主体性消失了，甚至说'人已死了'。与此相伴的是所谓'生活世界的殖民化'：自然科学特别是技术与市场机制的扩展，迅速地改塑着人文学科的空间，即使是学院体制内部也不能幸免。"[42]

文艺复兴时期将"坐而思"变成了"起而行"，但是，采取行动之前的美好愿望并不必然导致美好的结果。没有行动的生活是单调重复的，采取行动却可能颠覆人生，甚至导致行动者的死亡。实际上，在中世纪晚期，随着十字军东征和国内外贸易的繁荣，西欧人的心态已经悄然发生了变化，从消极坐待转向积极进取。在13世纪法国流行的风雅传奇和骑士传奇中，主人公们采取行动的动机在宗教层面上是高尚的，为的是赋予行动以崇高的意义。就连《特利斯当与伊瑟传奇》的作者们也采取了这种话语策略。特利斯当与伊瑟的恋情在宗教、政治、伦理和风俗层面上都不合乎要求，但作者们用"神就是爱，爱来自于神"这样绝对权威的基督教教义来为他们进行辩护。从这个传奇的作者与版本之多，可以想象其受欢迎的程度。从接受美学的角度来看，显然这个传奇故事满足了许多听众与读者的心理期待与审美预期。这个传奇故事与众不同之处，在于作者们一开始就交代了故事的悲剧结局，即男女主人公双双死亡，[43]而不是格林童话常见的结尾："从此，他们过上了幸福的生活。"[44]既然在故事尚未展开之前，听众与读者就已经知道了其悲惨的结局，他们为什么还要为这个故事而着迷呢？两位主人公被不可抗拒的内在激情催促着，明明知道他们相爱的行为触犯了多重禁忌，不仅得不到人们的祝福，还有性命之虞，却不顾一切后果地采取行动，这难道是弗洛伊德所说的死亡本能的体现吗？这难道不是酝酿着精神变革时期人们的普遍困惑吗？当骑士为了上帝、君主、国家和家族勇敢赴死时，他确信自己的行为是高尚的，死亡会成为他进入天堂的窄门。但是，当骑士为了不合乎宗教信仰、政治秩序和伦理规范的私情，在行动中走向死亡时，他能肯定自己必然走向上帝和天堂吗？在这个悲剧故事的结尾，两位主人公被葬在教堂门外的两边，但他们的坟墓里长出来的藤在空中纠缠在一起。通过这种象征性的结局，作者使他们的违规犯禁行为获得了神与人的原谅。但是，问题仍然没有解决：如果行动必然导致世俗意义上的死亡，人还能够义无反顾地投入行动吗？

现代性以其指向无限未来的绝对律令，使未来成了做出决定和采取行动的唯一参照系。然而，这个未来就像地平线一样，随着人的前进步伐而不断向后退却，近在眼前，却永远无法抵达。

现代性激发人们通过积极自主的行动去创造自己的未来，但由于缺乏可靠的参照与坚实的基础，其走向无限的过程却悖论性地通向了虚无。

> 现代性以对双重无限的发觉开始：宇宙的和心理的。人突然感到他实实在在缺乏的，就是地面。新科学开拓了空间，人的眼睛从这个缝隙中发现了背叛思想的东西：无限。这样，新生的现代性，通过其诗人和艺术家，发现了一种新的眩晕。但丁的世界是有限的，所以能勾勒出地狱、炼狱和天堂的轮廓。然而那有限的世界是永恒的：人类注定要世世代代生活下去，在"最后的审判"之后，一点也不会改变。永恒瓦解了时间和更替：我们永远同现在一样。中世纪的基督徒生活在有限的世界中，而且无论是升入天堂还是坠入地狱，都注定要成为永恒；我们生活在无限的宇宙中，而且注定要永久地消失。就某种意义上说，我们的本质是悲剧性的，无论是古代的异教徒还是中世纪的基督徒，对这种意义都不曾怀疑过。[45]

其结果是人们失去了在过去行之有效的判断标准，却无法建立新时代可靠的评价体系。"现代性的危机表现或者说存在于这样一宗事实中：现代西方人再也不知道他想要什么了——他再也不相信自己能够知道什么是好的，什么是坏的；什么是对的，什么是错的。寥寥几代之前，人们还是普遍确信人能够知道什么是对的，什么是错的；能够知道什么是正义的（just）或者好的（good）或者最好的（best）社会秩序——一言以蔽之，人们普遍确信政治哲学是可能的，也是必要的。"[46]基于理性主义的现代性，却丧失了理性建构的能力，从而导致了现代文化的危机："正如人们公认的，现代文化是特别理性主义的，相信理性的权力（power）；这样的文化一旦不再相信理性有能力赋予自己的最高目的以效力，那么，这个文化无疑处于危机之中。"[47]

文艺复兴给西欧人带来了巨大希望，也让他们变得无比困惑。当人们以未来为参照时，却发现：未来给人们以对未来幸福的承诺，却不保证这种承诺成为现实。于是，成为什么样的人（what to be）、采取什么样的行动（what to do），就变成了个人必须认真思考并诚实回答的问题，因为像祖先和他人（同阶层的）那样生活，不必自己费心考虑和决定的时代已经过去了。这些问题沉甸甸地压在人们心头，挥之不去。

在《巨人传》第三部第九章，能言善辩的巴奴日忽然动了结婚的念头，却无法确定婚后是否会获得忠诚的关系与稳定的幸福。[48]如果套用哈姆雷特的语式，巴奴日的问题可以这样来表述："结婚，还是不结婚：那就是问题之所在。"他学富五车，会讲很多外语，但对自己的切身问题却找不到答案。庞大固埃虽然见多识广，饱读诗书，却无法给出肯定的答复。显然，在第一部第四十七章，拉伯雷为德廉美修道院设计的院训"随心所欲，率性而为"（«Fais ce que voudras.»），并不能成为巴奴日义无反顾地采取行动的可靠依据。

如果说巴奴日的困惑是形而下层次的，那么，在半个世纪之后，哈姆雷特的困惑就是形而上层次的，即如何才能"是其所是"（"To be, or not to be: that is the question."）。这个问题超出了人的能力，因为文艺复兴激发出来的巨大活力，恰好就在于摆脱了中世纪形而上学的束缚。没有了道成肉身对绝对真理的彰显，不再以绝对的独一真神为思想的参照，人们对形而上学问题的思考尽管可以丰富多彩，却不再有终极答案，只会加重个人的困惑。

出生于奥地利犹太人家庭的英国哲学家路德维希·维特根斯坦（1889—1951）指出："一种文化犹如一个组织，每个成员都可以在那里分得一席之地，然后，成员们按照整体精神进行工作。'组织'根据每个成员做出的贡献来衡量他应有的权力，这应该是非常公正的。然而，在没有文化的时代，力量是分散的，个人的力量在面对邪恶势力的顽强抵抗中已经衰竭。"[49] 当唯一的真理被分解为许多的真理，世界就陷入了绝对的相对主义，判定对错因而变得无比困难，甚至不再可能。当中世纪的神学独断变成了文艺复兴的各抒己见，当众声喧哗以万众狂欢的喜剧形式出现，自我分裂与面具人生就成为无可避免的结果与现状。正如苏联学者巴赫金所注意到的那样，这种情况在小说中表现为复调和杂语。美国哲学家纳尔逊·古德曼（1906—1998）说："对意义（sense）和胡说（nonsense）进行区分这项英勇之举的失败，好比整理正确与错误之间的差别所做的各种有价值努力失败一样，在某种程度上已经鼓励了'怎么都行'（anything goes）的放荡教义。无论怎么行事都是对的（whatever you can get away with is right），这种堕落的箴言，有其对应的主张：无论怎么做都是不可能错的（whatever works is clear）。如此粗野的实用主义值得提起，只是因为它似乎颇为流行。"[50]

在长诗《空虚的人们》（*The Hollow Men*，1925）中，T. S. 艾略特指出：人能想的与他能做的，二者之间存在着无法弥补的落差：

在理念

与现实之间

在运动

与行为之间

落下了阴影

因为你的是天国[51]

在孕育

与创造之间

在情感

与回应之间

落下了阴影

生命是太长久了

在欲望

与痉挛之间

在潜在

与存在之间

在本质

与降临之间

落下了阴影

因为你的是天国[52]

三 笛卡尔将思考变成了个人的强制特性

英美批评家倾向于把《鲁滨孙漂流记》视为第一部长篇小说，欧洲大陆的批评家们则把这一地位赋予了《堂吉诃德》，或者更早一些的《巨人传》。当然，从体现现代性的充分程度与深刻程度来看，《堂吉诃德》是名副其实的现代小说开山之作。昆德拉说："现代的到来，是欧洲历史上的关键时刻。上帝成了**隐匿的上帝**，人成了一切的基础。欧洲的个人主义诞生了，并随之产生了艺术、文化与科学的新局面。"[53]

法国哲学家兼数学家笛卡尔被公认为西方现代思想的奠基人。"笛卡尔的伟大主要在其方法，在其怀疑一切的决心的彻底性；他的《谈谈方法》(1637年)和《形而上学的沉思》对现代思想的产生贡献卓著。据此，对真理的追求被想象成为完全是个人的事，从逻辑上说，这是独立于过去的思潮传统之外的，实际上，正唯与过去的传统相背离，才更有可能获得真理。"[54]

从《谈谈方法》开始，笛卡尔放弃了用拉丁文撰写学术论著的做法，改用依然被学者们鄙视的法语来表达思想。如果说诗人皮埃尔·德·龙沙（1524—1585）用自己的作品证明了法语可以表达丰富细腻的情感，笛卡尔则用自己晓畅明白的哲学论著证明了法语可以表达严密深刻的思想。也正是在《谈谈方法》里，笛卡尔独立思考的个人作为其哲学的出发点："'我想，所以我是'（Je pense, donc je suis.）[55] 这条真理是十分确实、十分可靠的，怀疑派的任何一条最狂妄的假定都不能使它发生动摇，所以我毫不犹豫地予以采纳，作为我所寻求的那种哲学的第一条原理。"[56] 从他的这条原理可以看出：笛卡尔认为"思"（penser）与"是"（être）具有"同一性"（identité），"个人身份"因而得以确立。

这条原理一旦确立，随后就会自然而然地产生这样的问题：我是什么？显然，"我"不只是这个身体，也不只是自我意识、灵魂等。笛卡尔使用了排除法，得出了这样的结论："我可以设想我没有形体，可以设想没有我所在的世界，也没有我立身的地点，却不能因此设想我不是。恰恰相反，正是根据我想怀疑其他事物的真实性这一点，可以十分明显、十分确定地推出我是。"[57]他认为只要停止了思想，就没有理由相信"我是过"。也就是说，"我思"必须是始终现在仍然进行并继续进行下去的一件事情，停止"我思"就同时停止了"我是"。我们可以将其改写为否定语式："我不思，故我不是。"（Je ne pense pas，donc je ne suis pas.）"不思"就"不是"，"同一性"和"主体性"（subjectivité）就无法确立，"身份"和自我（moi）也无从获得。因此，现代社会的"身份危机"（又称"认同危机"）其实是"是"的危机：不知道"我"从哪里来，也不知道"我"要去哪里，不知道"我"是什么或者是谁，不知道"我"为什么"在那里"（être-là）或"在世上"（être dans le monde），不知道"我"值不值得活下去。

他得出了这样的重要结论："因此我认识了我是一个本体，它的全部本质或本性只是思想。它之所以是，并不需要地点，并不依赖任何物质性的东西。所以这个我，这个使我成其为我的灵魂，是与形体完全不同的，甚至比形体容易认识，即使形体并不是，它还仍然是不折不扣的它。"[58]在西方哲学史上，笛卡尔是第一个把个人视为本体，并把思想视为人的本质的思想家[59]。这样，"在思考的我"

就成为真理的判断者。尽管笛卡尔仍然为上帝预留了至高的位置，但在实际上，这个"在思考的我"却是唯一的判断者。于是，他自然而然地做出推论："凡是我十分清楚、极其分明地理解的，都是真的。"然而，他紧接着就发现实行起来并不容易："要确切指出哪些东西是我们清楚地理解的，我认为多少有点困难。"[60]

既然"我思"是人的本质，一切事物就都必须接受思想的质疑，而不再是理所当然的[61]。所以，"只要我们在科学里除了直到现在已有的那些根据以外，还找不出别的根据，那么我们就有理由普遍怀疑一切，特别是物质性的东西。"[62]他以切身经历证明普遍怀疑之必须："由于很久以来我就感觉到我自从幼年时期起就把一大堆错误的见解当作真实的接受了过来，而从那时以后我根据一些非常靠不住的原则建立起来的东西都不能不是十分可疑、十分不可靠的，因此我认为，如果我想要在科学上建立起某种坚定可靠，经久不变的东西的话，我就非在我有生之日认真地把我历来信以为真的一切见解统统清除出去，再从根本上重新开始不可。"[63]普遍的怀疑是重建确定性的开端，但重建确定性需要有一个可靠的基础或者支点："阿基米德只要求一个固定的靠得住的点，好把地球从它原来的位置上挪到另外一个地方去。同样，如果我有幸找到哪管是一件确切无疑的事，那么我就有权抱远大的希望了。"[64]这个支点就是"我"，确切地说，即"在思考的我"：

> 严格来说我只是一个在思维的东西，也就是说，一个精神，一个理智，或者一个理性，这些名称的意义是我以前不知道的。那么我是一个真的东西，真正存在的东西了；可是，是一个什么

东西呢？我说过：是一个在思维的东西。[65]

那么我究竟是什么呢？是一个在思维的东西。什么是一个在思维的东西呢？那就是说，一个在怀疑、在领会、在肯定、在否定、在愿意、在不愿意，也在想象、在感觉的东西。[66]

我们可以看到：笛卡尔最终能够确定的唯一事实，就是这个"在思考的我"通过表现为怀疑和领会的思考而证明自己存在着；至于思考是否能够导致重建确定性，则是无法确定的事情。也就是说，笛卡尔的"我思"能够让人理直气壮地怀疑和抛弃既有的观念，却不能保证人们随后重新建立可靠的信念。这种理性主义带有通向怀疑主义和虚无主义的内在逻辑。

黑格尔指出："怀疑主义不应该被看成一种单纯怀疑的学说。怀疑主义者也有其绝对确信不疑的事情，即确信一切有限事物的虚妄不实。"[67]曾经有过两种怀疑主义者：单纯怀疑的人和真正的怀疑主义者。前者"仍然抱着希望，希望他的怀疑终有解决之时，并且希望着在他所徘徊不决的两个特定的观点之间，总有一个会成为坚定的真实的结论"，后者"对于知性所坚持为坚固不移的东西，加以完全彻底的怀疑"。黑格尔把后一种思想称为"古代的高尚的怀疑主义"，因为"彻底怀疑（或绝望）所引起的心境，是一种不可动摇的安定和内在的宁静"。[68]近代怀疑主义先于批判哲学而发生，又从批判哲学中衍变，"其目的仅在于否认超感官事物的真理性和确定性，并指出感官的事实和当前感觉所呈现的材料，才是我们所须保持的"。黑格尔批评仇视怀疑主义的态度，认为"只有抽象理智的有限思维才畏惧怀疑主义，才不能抗拒怀疑主义"。他说："哲学把怀疑主义作为一个环节包括在它自身内，——这就是哲学的辩证阶段。但哲学不能像怀疑主义那样，仅仅停留在辩证法的否定结果方面。怀疑主义没有认清它自己的真结果，它坚持怀疑的结果是单纯抽象的否定。"[69]

当笛卡尔的"在思考的我"成为对真伪、对错进行判断的理性法官以后，在基督教神学与实践中作为绝对真理的确立者、彰显者、保障者和判断者的上帝，就有可能被彻底加以边缘化、虚拟化，只是一个影子而已，不再与世界和人发生实质性的关联。[70]这正是昆德拉所观察到的现代社会的宗教状况："世界的非神化（Entgötterung）是现代社会的一大特殊现象。非神化并不意味着无神论，它指的是这样一种情景：个人，有思想的自我，代替了作为万物之本的上帝；人可以继续保持他的信仰，去教堂跪拜，在床前祷告，然而他的虔诚从此将只属于他的主观世界。在描述了这一情景之后，海德格尔总结道：'诸神就这样终于离去。留下的空白被神话的历史学与心理学的探险所填补。'"[71]

四　个人主体意识的觉醒与小说的兴起

需要注意的是，以马丁·路德（1483—1546）为代表的宗教改革运动也是文艺复兴的产物，是理性主义和个人主义在已经古老而僵化的基督教内部的一场革命。[72]这次运动旨在建立基督徒个人与神的直接联系，而不必再经过教会和神父的中介。根据马克斯·韦伯（1864—1920）的研究，新教中的加尔文主义通过"圣召"[73]观念，赋予世俗生活以神圣意义，成为资本主义的精神动力。"现世注定是为了——而且只是为了——神的自我光耀而存在，被神拣选的基督徒的使命，而且唯一的使命，就是在现世里遵行神的戒律，各尽其本分来增耀神的荣光。但是，神要的是基督徒的社会事功，因为，他要社会生活形态依照他的戒律，并相应于此一目的而被组织起来。加尔文派信徒在世上的社会活动，单只是'为了荣耀神'（in majorem gloriam）。所以，为了此世的整体生活之故而从事的职业劳动，也就带有这种性格。"[74]产生于法国南部的加尔文主义教派信徒（胡格诺）因为遭到镇压和驱逐，将这种基督教个人主义思想带到了瑞士日内瓦地区、荷兰和英格兰。资本主义也并非巧合地最先在这三个国家与地区获得了发展与繁荣。因其人口数量、经济体量的相对优势，英格兰的资本主义表现得最为引人注目。

任何时代的文学都与"人"相关，然而，有关"个人"的观念却并非亘古即有的老话题，而是变化了的历史境遇中出现的新思想。17世纪以前，西方通行的世界观认为，神设定的"众生序列"（the Great Chain of Beings）把所有人的存在按一定等级秩序联系在一起，构成一个整体。社会秩序中的位置和角色是固定的，充任某一角色的具体的人——如一个士兵和另一个士兵，一个妻子和另一个妻子——则是可以互换的。重要的是作为整体组成部分的社会角色而非具体的个人。16世纪、17世纪以降，工商业和海外殖民事业的快速发展，城市扩张和传统农业破产等等一系列变化，使旧有的阶级、家族和行业关系等等纷纷松动甚至解体。人们不再生来从属于某个相对固定的社会群体，不得不重新为自己定位，重新探求并塑造自己的角色和人生意义。这种典型的现代处境生出很多新的机会、新的诱惑、新的焦虑和新的观念。一方面人们在思考人生时开始强调经济价值并试图把宗教纳入其中；另一方面，"'个人'的观念变得越来越重要"。[75]

中世纪社会在总体上是集体社会，人们附属于其所属的宗教、政治、文化共同体，通过自觉的认同（很多时候是无意识的认同，即不假思索的认同），人们获得了自己的归属感和意义感。但是，通过给予个人意识中的思维过程以至高无上的重要地位，笛卡尔将脱离了一切外在联系和束缚的个人，变成了几乎是唯我独尊的理性法官。他的学说在英国引起了极大的关注，"洛克、巴特勒主教、伯克利、休谟和里德都争论过这个问题，争辩甚至上了《旁观者》杂志。"[76] 上述诸人的哲学思考，使英国经验主义得以确立，并对英国和未来的美国发生深刻的影响。

与此同时，作为加尔文主义在英国的变体，清教徒完成了思想范式的转换和行为方式的改变："在17世纪和18世纪的英格兰和新英格兰，清教徒从以上帝基督的名义批判旧秩序，转变到支持中产阶级的新经济活动。在这一过程的终点，经济人羽毛丰满地出现了；而贯穿始终的是，人类本性被看成是天赋的，人类的需要或者用于满足人类需要的东西被看作是行为的唯一准则。功利和利益被看作是清楚明了的观念，不需要任何进一步的证明。"[77]

笛福《鲁滨孙漂流记》的主人公，因为基督教信仰而获得不畏艰险的勇气，并运用自己的聪明才智，不仅在落难的荒岛上生存下来，而且将文明带给了蛮荒之地。在故事的结尾，主人公这样概括自己的生活经历："我这一生有如造物的彩色版，变化多端，世间罕有；虽然开始的时候有些愚昧无知，但结局却比我所敢希望的幸福得多。"[78]伊恩·瓦特将这部小说视为"虚构故事史的里程碑"，原因在于它属于"第一批体现了形式现实主义所有要求的重要的叙事作品"[79]。伦理学家阿拉斯代尔·麦金太尔（1929— ）认为："为经济价值观进行辩护和把宗教价值观吸收进经济价值观，仅仅是这个故事的一个方面。"[80]在这部小说出现之前，"个人"这个概念已经变得越来越重要。《鲁滨孙漂流记》的出版和流行表明"个人已在舞台上叱咤风云了"。它甚至"成了包括卢梭和亚当·斯密在内的那一代人的圣经"。麦金太尔指出：这部小说强调了个人的经验及其价值，而小说将会成为现代社会主要的文学形式；社会也将成为个人意志斗争与冲突的场所。[81]

上面最后一句话可能会引起误解。对麦金太尔来说，不言自明的是，个人主义（individualism）与利己主义（egoism）是两回事。真正的个人主义看重自己的利益和价值，也尊重他人的利益和价值，而利己主义只看得到自己的利益和价值，甚至可以为了私利而毫无底线地损害他人。个人主义追求双赢，利己主义谋求通吃。英国哲学家鲍桑葵（1848—1923）的解释有助于我们理解鲁滨孙式的"个人"：

> 所有那些伟大的事情都在"利他主义"之上，都基于人的普遍本性。事实上，排他性是最坏意义上的"个性"，是我们试图加以避免的。最真实的个人情感是最最普遍的，比如悲剧情感。比方说，当我们考虑个人的材料方面，亦即他们所注意和追求的对象时，我们就会看到，从世上伟大事物的角度看，他们的共性有多

大,而他们的独特性是多么微不足道。以基督教、戏剧、英国宪法或机械发明的发展为例,人们可以在每一个领域中区分出不同的阶段和价值明确无法区分出个体所做的贡献。这些个体的"内容"是不规则地重叠在一起的。清晰的结构是对象的结构,而正是这些对象构成了他们的生命和价值。毫无疑问,每个人与这些对象的关系是不同的,但他的成就与其他人的成就是相互交融的,而他不同于其他人的独特性则显得仅仅是外在的和表面的。至于在多大程度上这些"个人"的内容可以相互重叠,这是无规则可寻的。[82]

在《小说的兴起》中,伊恩·瓦特认为笛福、理查逊和菲尔丁等人的作品最早、最典型地体现了现代小说的问题意识,即对现代"个人"的关注。黄梅认为"18世纪英国小说就'自我'问题展开的反复推敲和切磋,实质上就是构建所谓'现代主体'的过程"[83]。

直到19世纪中期,在欧洲文学中居于正统和主导地位的仍然是诗歌和戏剧。但是,18世纪小说在英国的繁荣和对社会的积极影响,以及法国启蒙哲学家们以哲理小说的形式来传播思想,都改变了人们对小说的看法,为其成为正统和主流打下了良好的基础。

第一章 现代性的展开与现代小说的兴起

注释：

[1] 米兰·昆德拉：《相遇》，尉迟秀译，上海：上海译文出版社，2010 年第 1 版，第 48 页。

[2] 同上。

[3] 参见彼得·毕尔格：《主体的退隐》，陈良梅、夏清译，南京：南京大学出版社，2004 年第 1 版，第 4—9 页、第 173—185 页。

[4] 米兰·昆德拉：《小说的艺术》，董强译，上海：上海译文出版社，2004 年第 1 版，第 6 页。

[5] Jacob Burckhardt, *Reflections on History*, trans. by M. D. H., London: George Allen & Unwin Ltd., 1950, p.33.

[6] 引自傅铿：《寻找认识人类的镜子——评本尼迪克特〈文化模式〉》，见黄万盛（主编）：《危机与选择——当代西方文化名著十评》，上海：上海文艺出版社，1988 年第 1 版，第 174 页。

[7] 特里·伊格尔顿：《理论之后》，商正译，北京：商务印书馆，2010 年第 1 版，第 153 页。

[8] 鲁道夫·奥伊肯（Rudolf Eucken）于 1908 年获得诺贝尔文学奖。他的学说由蔡元培介绍到中国学术界，在"五四"时期曾发生较大影响。蔡元培将他的姓氏译为"倭铿"。

[9] 黄颂杰等（编撰）：《现代西方哲学辞典》，上海：上海辞书出版社，2007 年第 1 版，第 95 页。

[10] 阿尔弗雷德·许茨（Alfred Schütz）是现象学社会学的创始人，其《社会世界的意义建构》影响甚大。

[11] 黄颂杰等（编撰）：《现代西方哲学辞典》，上海：上海辞书出版社，2007 年第 1 版，第 309 页。

[12] 郭莲：《文化价值观的比较尺度》，载《科学社会主义》，2002 年第 5 期，第 53 页。

[13] 马绍玺：《在他者的视域中》，北京：社会科学文献出版社，2007 年第 1 版，第 17 页。

[14] 霍尔、杰斐逊：《通过仪式进行抵抗》，转引自托尼·贝内特：《走向文化研究的语用学》，见陶东风（主编）：《文化研究精粹读本》，北京：中国人民大学出版社，2006年第1版，第222页。

[15] 欧文·拉兹洛：《文化与价值》，见冯利、覃文广（编）：《当代国外文化学研究》（译文集），北京：中央民族学院出版社，1986年第1版，第2页。

[16] 罗伯特·多兰：《编者引言：人文主义、形式主义和历史话语》，见海登·怀特：《叙事的虚构性：有关历史、文学和理论的论文（1957—2007）》，罗伯特·多兰编，马丽莉、马云、孙晶姝译，南京：南京大学出版社，2019年第1版，第28—29页。

[17] 戴维·L. 瓦格纳：《中世纪的七艺》，张卜天译，长沙：湖南科学技术出版社，2016年第1版。

[18] 罗伯特·多兰：《编者引言：人文主义、形式主义和历史话语》，见海登·怀特：《叙事的虚构性：有关历史、文学和理论的论文（1957—2007）》，罗伯特·多兰编，马丽莉、马云、孙晶姝译，南京：南京大学出版社，2019年第1版，第28—29页。

[19] 马泰·卡林内斯库：《现代性的五副面孔：现代主义、先锋派、颓废、媚俗艺术、后现代主义》，顾爱彬、李瑞华译，北京：商务印书馆，2002年第1版，25页。

[20] 同上。

[21] Jean Charles Payen, *Le Moyen Age I, des origines à 1300*, tome I de la collection Littérature française dirigée par Claude Pichois, Paris: Arthaud, 1970, p. 78.

[22] 奥克塔维奥·帕斯：《诗歌与现代性》，见《批评的激情》，赵振江译，昆明：云南人民出版社，1995年第1版，第24—25页。

[23] 阿拉斯代尔·麦金太尔：《伦理学简史》，龚群译，北京：商务印书馆，2003年第1版，第205页。Alasdair MacIntyre, *A Short History of Ethics: A History of Moral Philosophy from the Homeric Age to the Twentieth Century*, 2nd edition, London: Routledge, 1998, p. 96.

[24] 马泰·卡林内斯库：《现代性的五副面孔：现代主义、先锋派、颓废、媚俗艺术、后现代主义》，顾爱彬、李瑞华译，北京：商务印书馆，2002年第

1 版，第 25 页。

[25] 同上书，第 25—26 页。

[26] 汉娜·阿伦特：《传统与现代》，洪涛译，见贺照田（主编）：《西方现代性的曲折与展开》，长春：吉林人民出版社，2002 年第 1 版，下册，第 405—406 页。

[27] 汪荣祖：《章太炎对现代性的迎拒与文化多元思想的表述》，见汪荣祖：《学人丛说》，北京：中华书局，2008 年第 1 版，第 124 页。

[28] Alain Touraine, *Critique de la modernité*, Paris: Fayard, 1998, p. 25.

[29] 理查德·塔纳斯：《西方思想史》，吴象婴、晏可佳、张广勇译，上海：上海社会科学院出版社，2011 年第 1 版，第 312 页。

[30] 马泰·卡林内斯库：《现代性的五副面孔：现代主义、先锋派、颓废、媚俗艺术、后现代主义》，顾爱彬、李瑞华译，北京：商务印书馆，2002 年第 1 版，第 27—28 页。

[31] 利奥·施特劳斯：《现代性的三次浪潮》，丁耘译，见贺照田（主编）：《西方现代性的曲折与展开》，长春：吉林人民出版社，2002 年第 1 版，上册，第 87 页。

[32] Alain Touraine, *Critique de la modernité*, Paris: Fayard, 1998, p. 11.

[33] 安东尼·吉登斯：《现代性的后果》，田禾译，南京：译林出版社，2000 年第 1 版，第 4 页。

[34] Karl Marx & Frederich Engels, *Manifesto of the Communist Party*, edited & annoted by Frederich Engels, Chicago: Charles H. Kerr & Compagy, 1906, p. 17. 卡尔·马克思、弗里德里希·恩格斯：《共产党宣言》，见中共中央马恩列斯著作编译局（编译）：《马克思、恩格斯选集》，北京：人民出版社，1995 年第 1 版，第 1 卷，第 275 页。

[35] *Ibid*., p. 19. 同上书，第 276—277 页。

[36] Marshall Berman, *All That is Solid Melts into Air: The Experience of Modernity*, New York & London: Penguin Books, 1982, p. 15. 马歇尔·伯曼：《一切坚固的东西都烟消云散了——现代性体验》，徐大建、张辑译，北京：商务印书馆，2003 年第 1 版，第 15 页。

[37] 同上。

[38] 同上。

[39] Karl Marx & Frederich Engels, *Manifesto of the Communist Party*, edited & annoted by Frederich Engels, Chicago: Charles H. Kerr & Compagy, 1906, p. 17. 卡尔·马克思、弗里德里希·恩格斯：《共产党宣言》，见中共中央马恩列斯著作编译局（编译）：《马克思、恩格斯选集》，北京：人民出版社，1995年第1版，第1卷，第275页。

[40] 利奥·施特劳斯：《现代性的三次浪潮》，丁耘译，见贺照田（主编）：《西方现代性的曲折与展开》，长春：吉林人民出版社，2002年第1版，上册，第88页。

[41] 奥克塔维奥·帕斯：《诗歌与现代性》，见《批评的激情》，赵振江译，昆明：云南人民出版社，1995年第1版，第23—24页。

[42] 高瑞泉：《序"中国的现代性与人文学术"丛书》，见顾红亮、刘晓虹：《想象个人》，上海：上海古籍出版社，2006年第1版，第5页。

[43] "列位看官，你们可愿听一个生相爱、死相随的动人故事？这是事关特利斯当与伊瑟王后的一段佳话。两人相亲相爱，经过几多悲欢离合，最后在同一天里相偕死去。欲知详情，且听我慢慢道来。"见约瑟夫·贝迪埃：《特利斯当与伊瑟》，罗新璋译，北京：人民文学出版社，2003年新1版，第1页。

[44] 如《小弟弟和小姐姐》（第41页）、《白蛇肉》（第57页）、《没有手的女孩》（第99页）《玫瑰小姐》（第152页）等。见雅可布·格林、威廉·格林：《格林童话全集》，魏以新译，北京：人民文学出版社，2002年第1版。

[45] 奥克塔维奥·帕斯：《诗歌与现代性》，见《批评的激情》，赵振江译，昆明：云南人民出版社，1995年第1版，第14页。

[46] 利奥·施特劳斯：《现代性的三次浪潮》，丁耘译，见贺照田（主编）：《西方现代性的曲折与展开》，长春：吉林人民出版社，2002年第1版，上册，第86页。

[47] 同上书，第87页。

[48] 弗朗索瓦·拉伯雷：《巨人传》，成钰亭译，上海：上海译文出版社，1981年第1版，上册，第463—465页。

[49] Ludiwig Wittgenstein, *Remarques mêlées*, trad. de l'allemand par G. H. von Wright, présenté et noté par Jean-Pierre Cometti, Paris: GF Flammarion, 2002, p.58. 维特根斯坦:《文化的价值》,钱发平编译,重庆:重庆出版社,2006,第9—10页。

[50] 纳尔逊·古德曼:《事实、虚构和预测》,刘华杰译,北京:商务印书馆,2007年第1版,第51—52页。引者对译文略有修改,括号中的原文为引者添加,见 Nelson Goodman, *Fact, Fiction, and Forecast*, 4th edition, Cambridge (Massachusetts): Harvard University Press, 1983, pp.31-32.

[51] 根据《马太福音》的记载,耶稣在《登山宝训》一开始即宣告说:"虚心的人有福了,因为天国是他们的。"(和合本5:3)这句话的钦定本(KJV)英文翻译是:"Blessed are the poor in spirit: for theirs is the kingdom of heaven." 在《主祷文》中,他教导门徒如此祷告:"愿你的国降临,愿你的旨意行在地上,如同行在天上。"(和合本6:10)其钦定本的翻译是:"Thy kingdom come, Thy will be done in earth, as it is in heaven." T. S. 艾略特这句诗可能是对这些经文的改写。如此,诗句中特指的"你的"(Thine)就是指"(耶稣基督所显明的)神的",而特指的"王国"(Kingdom)就是指"天国"。从这个角度来看,这句突兀的诗才可以得到合理的解释。

[52] Thomas Stearns Eliot, *The Complete Poems and Plays of T. S. Eliot*, London: Faber & Faber, 1969, p.85.

[53] 米兰·昆德拉:《小说的艺术》,董强译,上海:上海译文出版社,2004年第1版,第180页。

[54] 伊恩·瓦特:《小说的兴起——笛福、理查逊、菲尔丁研究》,高原、董红钧译,北京:生活·读书·新知三联书店,1992年第1版,第5页。

[55] 王太庆不满意人们将这句名言译为"我思故我在",我们认为可以改译为"我思故我是",既简洁,又传达了原意。

[56] 勒内·笛卡尔:《谈谈方法》,王太庆译,北京:商务印书馆,2000年第1版,第8页。

[57] 同上书,第27页。

[58] 同上书,第28页。

[59] 帕斯卡尔虽然批评了笛卡尔的理性主义，但他自己也高度重视"我思"，视之为人在宇宙之中傲然挺立的唯一依据。"人只不过是一根苇草，是自然界最脆弱的东西；但他是一根能思想的苇草。用不着整个宇宙都拿起武器来才能毁灭他；一口气、一滴水就足以致他死命了。然而，纵使宇宙毁灭了他，人却仍然要比致他于死命的东西更高贵得多；因为他知道自己要死亡，以及宇宙对他所具有的优势，而宇宙对此却是一无所知。因而，我们全部的尊严就在于思想。正是由于它而不是由于我们所无法填充的空间和时间，我们才必须提高自己。因此，我们要努力好好地思想；这就是道德的原则。"（布赖斯·帕斯卡尔：《思想录：论宗教和其他主题的思想》，何兆武译，北京：商务印书馆，1985年第1版，第157—158页。）

[60] 勒内·笛卡尔：《谈谈方法》，王太庆译，北京：商务印书馆，2000年第1版，第28页。

[61] 笛卡尔认为上帝不是思考的对象，而是信仰的对象。除此以外的一切都是思考的对象，也是怀疑的对象。这就使人间的一切权威都失去了被人无条件尊崇和服从的理由。

[62] 勒内·笛卡尔：《第一哲学沉思集：反驳和答辩》，庞景仁译，北京：商务印书馆，1986年第1版，第10页。

[63] 同上书，第14页。

[64] 同上书，第21页。

[65] 同上书，第26页。

[66] 同上书，第27页。

[67] G. W. F. 黑格尔：《小逻辑》，贺麟译，北京：商务印书馆，1980年第1版，第180页。

[68] 同上。

[69] 同上书，第181页。

[70] 在18世纪启蒙运动时期，有一些哲学家认为：上帝完成了创造世界的工作以后，就退隐了。他们的言下之意，就是世界完全是人自己的世界，创造更美好的世界也完全是人自己的工作，而充分运用理性，即可建设更美好的生活。笛卡尔的"在思考的我"因而变成了"在思考的我们"，从而把笛

卡尔的个人主体性变成了集体主体性（卢梭的"公意"观念就是这种集体主体性的产物），将中世纪基督徒梦想的天堂，变成了启蒙思想们在地上建设理想社会的渴望。尽管法国大革命的实践令人震撼地走向了启蒙运动的反面，这种集体理性（或集体主体性）思想在 20 世纪仍然吸引了许多国家的政治家、智识人和普通民众。

[71] 米兰·昆德拉：《被背叛的遗嘱》，余中先译，上海：上海译文出版社，2003 年第 1 版，第 8—9 页。

[72] 不止一个学者认为现代性只能首先在基督教神学内部生发，并在基督教社会内部展开。

[73] 韦伯使用的德语词汇是"Beruf"，其对应的英语词汇有"occupation""profession""career""trade""vocation"和"calling"。在韦伯的语境中，应该译为有使命的"志业"，而不是普通的"职业"。

[74] 马克斯·韦伯：《新教伦理与资本主义精神》，《韦伯作品集》第 12 卷，康乐、简惠美译，桂林：广西师范大学出版社，2004 年第 1 版，第 89 页。

[75] 黄梅：《推敲"自我"：小说在十八世纪的英国》，北京：生活·读书·新知三联书店，2003 年第 1 版，第 7—8 页。

[76] 伊恩·瓦特：《小说的兴起——笛福、理查逊、菲尔丁研究》，高原、董红钧译，北京：生活·读书·新知三联书店，1992 年第 1 版，第 11 页。

[77] 阿拉斯代尔·麦金太尔：《伦理学简史》，龚群译，北京：商务印书馆，2003 年第 1 版，第 206 页。原文见 Alasdair MacIntyre, *A Short History of Ethics: A History of Moral Philosophy from the Homeric Age to the Twentieth Century*, 2nd edition, London: Routledge, 1998, p.96.

[78] 丹尼尔·笛福：《鲁滨孙漂流记》，徐霞村译，北京：人民文学出版社，2002 年第 1 版，第 238 页。

[79] 伊恩·瓦特：《小说的兴起——笛福、理查逊、菲尔丁研究》，高原、董红钧译，北京：生活·读书·新知三联书店，1992 年第 1 版，第 113 页。

[80] Alasdair MacIntyre, *A Short History of Ethics: A History of Moral Philosophy from the Homeric Age to the Twentieth Century*, 2nd edition, London: Routledge, 1998, p.96. 阿拉斯代尔·麦金太尔：《伦理学简史》，龚群译，北京：商务

印书馆，2003年第1版，第207页。

[81] 同上。

[82] 伯纳德·鲍桑葵：《个体的价值和命运》，李超杰、朱瑞译，北京：商务印书馆，2012年第1版，第3—4页。

[83] 黄梅：《推敲"自我"：小说在十八世纪的英国》，北京：生活·读书·新知三联书店，2003年第1版，第9页。

第二章
从史诗到小说的文体嬗变

从文体嬗变的角度，昆德拉认为"史诗艺术在十六和十七世纪抛弃了韵文，从而成为一门新的艺术"[1]，即小说。把小说视为史诗的现代形式，并非昆德拉的创见。关于这个话题，人们已经做了相当多的讨论，但仍然值得继续研究，因为将小说视为史诗的对映体（antipode），以史诗为参照，确实有助于我们深刻理解从传统到现代的断裂，以及现代社会与文化的特质以及根本问题。

然而，对于史诗向小说明显转变的发生时间和表现方式，昆德拉的说法存在着明显的事实错误。这有可能误导不熟悉中世纪和文艺复兴时期欧洲文学（尤其是叙事文学）发展史的读者。现代欧洲小说最直接的源头是中世纪的英雄传奇，而英雄传奇又是从史诗演进而来，且经历了从韵文到散文的形式变化。早期英雄传奇是用韵文写的，是有整齐的音节和规则的押韵的长篇叙事诗。这种形式对于叙述故事构成了很大的限制，于是逐渐发展出了散文和韵文交错的混合形式，并进一步向完全散文形式的传奇演变。事实上，在13世纪的法国史诗创作中，放弃押韵并采用散文，以摆脱强制而僵硬的形式的束缚，从而更加自由地叙述骑士们冒险犯难的丰功伟绩，已经蔚然成风了。另外一个明显的事实是，被昆德拉和不少现代学者视为现代小说奠基之作的《堂吉诃德》，其戏仿（parody）的直接对象是中世纪后期的散文体骑士传奇，而不是严格意义上的古代史诗。

加拿大文学批评家诺思罗普·弗莱（1912—1991）指出："如果从形式的角度来考察一下虚构文学（fiction），那么我们就能见到它是由小说（novel）、自白体（confession）、解剖式作品（anatomy）及传奇（romance）这四股主要的线搓成的绳子。这几种形式可能有六种结合的方式，都可找到代表作。"[2] 尽管他对这四种形式的各自特点都做了说明，我们未必同意他的"四分法"。但是，他将小说和传奇视为两种截然分明的小说形式，却让我们不得不重视并对二者加以区分。

弗莱认为："散文体传奇（prose romance）是一种独立的虚构作品（fiction）形式，应将它区别于小说（novel），并从小说这一名称如今所覆盖的一大堆混杂的散文作品中将它区分出来。"[3] 有些法国学者也表达了类似的观点：在中世纪被称为"roman"的那些叙事作品，与我们今天习见的"roman"根本上就是两回事。[4]

从弗莱的意见表述中，我们看到英语至少可以用不同的术语来区分传奇和小说，但在上述法国学者的表述中，"传奇"与"小说"使用的是同一个词汇。另外，中世纪的"传奇"，无论是用韵文写成还是用散文写成，都被称为"roman"。即使有时候会用"roman en prose"来表示"散文体传奇"，但这种附加说明不具有术语的强制性。有意思的是，直到今日，法语仍然使用"roman"来指称现代的"小说"。也就是说，在其他语言中用不同的词汇加以区分的中古"传奇"和现代"小说"，法国的读者和学者却不加区别，而且也不觉得有创造新词进行区分的必要性。因此，当我们说中世纪法国"传奇"和现代法国"小说"时，其实是对同一个术语的不同翻译，为的是通过译名的差异化处理方式，对同一名称下具有明显差异的事物加以区分。[5]

在欧洲国家之中，法国的中世纪文学最为发达，其史诗的艺术水平最高，其传奇的数量和影响最大，其文学内部的演变脉络最为清晰。因此，要说清楚从史诗到小说的演变，我们需要更多地以法国中世纪文学和文艺复兴时期的文学为考察对象，并扩展到从古希腊以来的西方文学之中，才能看清楚二者的联系与区别，进而深入理解小说这种现代最重要的叙事文学的特质。

一 作为文化共同体记忆与认同的史诗

史诗是以历史事件为蓝本的规模巨大的叙事长诗。所谓的"历史事件"可能是真正发生过的事件，也可能是出于虚构却被认为真实发生过，即人们信以为真的事件。《伊利亚特》叙述的特洛伊之战得到了考古发掘的证实，而《罗兰之歌》中导致罗兰之死的战斗在历史中有记载，只是被修改为伊斯兰教军队与基督教军队的冲突。至于《埃涅阿斯纪》的故事，尽管出自虚构，但罗马人信以为真，作为罗马人接替希腊人承受上苍托付的神圣依据。

作为史诗素材的历史事件，要先变成传说（这是历史事件成为史诗素材的前提），并在口口相传的过程中被夸大和变形，然后再被史诗作者自由发挥，并赋予诗歌的形式。史诗讲述的事件基本上都发生在数百年之前，史诗作者常常把自己所处时代的特色投射到史诗人物身上。之所以选择诗歌的形式，是因为在史诗被文字记录下来之前，音节齐整、前后押韵的句子更便于记忆，而且整齐的音节和应和的韵脚，更容易在听众心中激起律动和回应。麦金太尔指出：

> 史诗与传奇所刻画的是一个已经体现了史诗或传奇之形式的社会。其诗歌所阐明的是其在个人和社会生活中的形式。这种说法仍然无法确定是否真的有过诸如此类的社会；但它至少意味着，如果真的有过这样的社会，那么只能通过它的诗歌来充分地理解它们。当然，诗歌与传奇并不单纯是它们所要刻画的那个社会的翻版。因为很显然，诗人或传奇的作者自称具有一种其所描写的角色所没有的理解力，诗人并不受制于限定着其角色们的本质条件的那些限制。对《伊利亚特》尤其值得注意。[6]

说到"规模巨大"，是因为史诗讲述的是关于英雄、武士的业绩，在其中整合了神话、传说、民俗与历史。随着一个或几个主要英雄的事迹之展开，时间会长达数年或数十年，空间会跨越多个地方甚至众多国家，而围绕着主人公，会出现成百上千的人物，构成一副流动的宏大历史画卷。

至于歌咏历史事件的叙事诗要多长才能称得上史诗，我们无法给出明确的规定，但流传至今的经典史诗可以为我们做个参照：《伊利亚特》长达15693行，《奥德赛》长达12110行，《埃涅阿斯纪》长达9896行,就连相对短小的《罗兰之歌》也有4004行。我们对史诗长度的期待,正如我们对长篇小说的期待,有一种约定俗成的判断标准。

史诗基本上可以分为两类:第一类是口传史诗或原始史诗,第二类是文人史诗。第一类史诗属于口头文学,出自口头创作,通过口口相传,直到很久之后(有时是数百年之后),才被文字记录下来,因此常常有很多不同的版本,比如《伊利亚特》《奥德赛》《罗兰之歌》。第二类则是一开始就被写成了文字,其问世的时间非常清楚,比如维吉尔的《埃涅阿斯纪》。文艺复兴以来出现的基本上都是文人史诗,其中最成功的是葡萄牙诗人路易·德·卡蒙斯(1524—1580)根据达伽马航海壮举而写成的《卢济塔尼亚人之歌》。

"史诗出现在一个族群开始意识到自己的存在,并寻求在荣耀的根源上建立其同一性之时。它也常常带有一种强烈的国族主义[7]特征。史诗旨在通过讲述祖先们的辉煌业绩,向后代传递一个族群的集体记忆。"[8]史诗关涉的历史事件主要是战争、征服、英勇的冒险,或其他有意味的神话性的、传说性的事迹。这些事迹之所以重要,是因为它们关联着一个文化共同体的核心传统与核心信念。史诗以一种宏伟庄严的方式,体现了一个国族(nation)的历史与渴望,因而常常具有强烈的国族意味(national significance)。我们说"国族"而不是"民族",是因为这里不是指人种意义上的民族,而是国际政治意义上构成一个独立国家的全体人民。而且,这个"国族"可以是单一的民族,也可以是多个民族构成的政治共同体。

史诗与神话相近,它吟唱的是一个民族的一段历史,这段历史关乎该民族共同体内部的一个传统,是其社会、政治、宗教、经济、文化等的综合表征，向该共同体成员传递道德准则与审美规范。史诗通常是在一个国族对其历史的、文化的和宗教的遗产进行总结的时期，在社会的口传文化中发展起来的。它常常聚焦于一个犯险克难、义勇双全的英雄身上，有时候是半人半神，频繁地提到人类与神明的互动。然而，史诗所讲述的事件会影响到普通人的生活，常常会改变国族的发展历程。

　　史诗歌颂的对象常常是民族英雄，承载的是一个民族的集体记忆，寻求民族成员的集体认同。从文学史来看，除了像《埃涅阿斯纪》这样被刻意制造的史诗，其他大部分古代史诗的作者都不为人知。而且，在最终被记录下来之前，史诗被许多代人传唱，每个传唱者都会对史诗加以增删。因此，史诗名副其实地是一种集体参与的文学创作。史诗的人物，即使历史上确有其人，但在成为史诗人物之后，就摆脱了事实的约束，而成为集体想象的对象，被人们赋予自己的希望和期待。"严格地说，史诗中的英雄绝不是一个个人。这一点自古以来就被看作为史诗的本质标志，以致史诗的对象并不是个人的命运，而是共同体（Gemeinschaft）的命运。"[9]正如英国学者帕特·罗杰斯所说："一个国族（nation）通过艺术完成其自我认知（self-recognition）、自我意识（self-awareness）和自我定义（self-definition）。在文学中，一个种族（race）——这里是指一个语言共同体（linguistic community）——面对（confronts）自己的雄心与绝望（its own aspirations and despairs）。我们会从中发现它与自己的谈话，它与他者们（others）的争执（quarrel），它的内在思想（inner thoughts）和外在经验（outer experience），它的隐秘沉思（private meditations）和它的公开表述（public utterances）。"[10]

第二章 从史诗到小说的文体嬗变

亚里士多德是第一个对史诗进行理论阐述的哲学家。在《诗学》里，他首先认定史诗和悲剧、喜剧、酒神颂，以及大部分双管箫音乐和竖琴音乐，都是摹仿，"只是有三点差别，即摹仿所用的媒介不同，所取的对象不同，所采用的方式不同。"[11] 对于史诗与悲剧的异同之处，他做出了这样的分析：

> 史诗和悲剧相同的地方，只在于史诗也用"韵文"来摹仿严肃的行动，规模也大。不同的地方，在于史诗纯粹用"韵文"，而且是用叙述体。就长短而论，悲剧力图以太阳的一周为限，或者不起什么变化，史诗则不受时间的限制。
>
> 至于成分，有些是两者所同具，有些是悲剧所独有。因此能辨别悲剧好坏的人，也能辨别史诗的好坏。因为史诗的成分，悲剧都具备，而悲剧的成分，则不是在史诗里都找得到的。[12]

虽然亚里士多德说过悲剧是比史诗更高级也更受重视的体裁[13]，但他谈到了史诗相对于悲剧的明显优势。在西方文学史的绝大部分时间里，直到小说兴起之前，史诗与传奇都是广义的叙事文学之中主导性的体裁。由荷马的《伊利亚特》和《奥德赛》，以及维吉尔的《埃涅阿斯纪》作为最高代表的史诗，占据着荣耀的地位。这不仅是因其古老，还因其严肃承载着一个文明的价值所表现的整体意义。由古典史诗所代表的成就，意味着它本身被诗人理解为最激发其雄心壮志去从事写作的体裁，也意味着一部成功的史诗就是一个文明的艺术顶点。

对于伦理学家麦金太尔来说，在希腊、中世纪或文艺复兴等按照古典框架的某个样式被构建起来的文化中，讲述故事是道德教育的主要手段，旨在推崇和推广符合道德的思想与行动。"在基督教、犹太教或伊斯兰教盛行的地方，宗教故事都是最重要的，而每一种文化也都有其自身特有的故事。不过，这些文化中的每一种，无论希腊还是基督教，还拥有一系列来源于并讲述着自身已经消逝了的英雄们的故事。"[14]比如，在公元前6世纪的雅典，背诵《荷马史诗》就被确立为一种公共庆典。针对史诗所歌咏的历史事件发生的时间，与史诗被传唱或写定的时间之巨大差距，麦金太尔提出了这样的问题：史诗"究竟在多大程度上为我们提供了有关它们所描述的社会的可靠的历史证据？"这当然是一个根本无法给出准确答案的问题。如果史诗的传唱者和听众，以及写作者和读者，都不在意史诗的历史真实性，那么，人们在意的是什么呢？麦金太尔认为："这类叙事确实提供了关于其最后写就的社会的或充分或不充分的历史记忆。它们不仅为当代有关古典社会的讨论提供了一种道德背景、一种有关现在已被超越或部分被超越，但其信念与概念依然具有部分影响力之道德秩序的说明，而且，提供了一种与当代的发人深省的对比。因此，理解英雄社会——无论它是否真地存在过——是理解古典社会及其后继者的一个必不可少的部分。"[15]

在关于《奥德赛》的研究中，生于美国的英国古典学者 M. I. 芬莱（1912—1986）指出："归根结底，社会的基本价值是指定的、预定的，一个人在社会中的位置以及与之俱来的特权与义务也是指定的、预定的。它们并不是分析或辩论的主题。其他一些出路不是没有，但只把极为狭窄的边缘，留给我们所说的判断之运用（比如区别工作技巧，包括战斗策略的知识）。"[16]麦金太尔认为芬莱对荷马史诗中所展现的社会的描述,同样适用于冰岛、爱尔兰等其他英雄社会。

> 每一个个体都在一个明晰而又高度确定的角色与地位系统内,拥有一个既定的角色与地位。其关键结构是亲属结构与家庭结构。在这样一个社会里,一个人通过认识他在这些结构中的角色而知道自己是谁;而且通过这种认识,他还了解了他应尽何种义务(what he owes)以及每一其他角色与地位的占有者应对他尽何种义务(what is to owe to him)。古希腊语中的"dein"以及与此相似的古英语中的"ahte",一开始并不明确区分"应当(ought)"和"欠或负有义务(owe)";而冰岛语中的"skyldr"一词则把"应当(ought)"与"有亲缘关系(is skin to)"联系在了一起。[17]

在写于 13 世纪的《湖上的朗斯洛》(又称《散文体朗斯洛》)中,朗斯洛准备出发,要通过征战来扬名天下。临行之前,湖上夫人对他的谆谆教诲,可以说是对自《罗兰之歌》以来数百年里所讴歌的骑士道德的高度概括。

> 切切记住:骑士制度之创立并非玩笑之举,也并非是因为从前的人们品性更为高尚,或者其出身更为高贵,因为众人是亚当和夏娃的后代。但私欲和贪婪在世界上增多,暴力开始胜过了正直。起初,人们彼此之间仍然有相似的出身与好心。当弱者不能制约并抵抗强者的欺压之时,他们就在自己之上设立了保障者与捍卫者,为的是保护平和的弱者,以公正来治理他们,使强者放

弃他们的不义与暴行。

　　落实这种保障制度的责任就落到了比普通人更有价值的人们身上。他们应该高贵、坚强、英俊、灵巧、忠诚、英勇、果敢。他们应该身心充满了良善。他们被赋予了"骑士"之名并非毫无理由，也并非是开玩笑。当初，当骑士制度开始之时，就要从有意愿的人里面，通过公正的选拔，将那些有禀赋的人区分出来。他们应该敬虔而不是卑鄙，高贵而不是悖逆。对于困苦之人，他们应该大发慈心。对于穷乏之人，他们也应该立刻援手。他们要随时准备着挫败强盗与凶手。他们应该做出正直的判断，不会受到爱恨情感的干扰。他们不会因为对当事人的好印象而偏袒其错误，也不会因为当事人从前的错误而扭曲对其现在的看法。骑士不应该因为怕死而缩手缩脚。他应该以怕死为耻。毫无疑问，逃避死亡是最羞耻的事情。此外，骑士制度的建立是为了捍卫圣教会。因为圣教会不靠武器来取胜，所以不要以恶报恶。正是为此，骑士制度被建立，要保护这样的人：被人打了右脸以后，连左脸也转过来由他打。还要记住：当初，正如《圣经》所见证的那样，在成为骑士之前，没有人勇敢到上马打仗的程度。正是为此，骑马打仗的人才被称为"骑士"。

　　（……）他颈下胸前的盾牌寓意如此：骑士怎样用盾牌来保护自己，他就应该怎样像盾牌那样保护圣教会，使其免受各种坏人的伤害——无论是强盗还是异教徒。

　　（……）骑士应该足够豪迈、勇武、猛烈，让人闻风而逃，从而使那些盗贼与恶徒不敢靠近圣教会，因为害怕骑士而远遁，因为面对骑士的锐利标枪，没有盔甲保护的人根本无力对抗。

(……)两边的剑刃寓意着骑士应该是我们的主耶稣及其子民的仆人。一边的剑刃应该用来打击主耶稣的仇敌和那些蔑视他的人，另一边的剑刃应该惩处人类社会的破坏者，即那些窃贼和凶徒。

(……)骑士应该是人民的主子和上帝的兵士。在一切事务上，他应该是人民的主子。但他还应该是上帝的兵士，他应该保护、捍卫并维护圣教会，即神职人员——圣教会被他们所服事、寡妇、孤儿、十一奉献、布施，这些都是圣教会指定的。[18]

麦金太尔认为："在英雄社会里，一个人的所作所为就是这个人本身。"[19]他援引赫尔曼·弗兰克尔（1907—1972）对荷马史诗中人物的描述，作为自己立论的支持："一个人和他的行为是同一的，并且他使自己完全充分地表现在行为中；他毫无城府。（……）在史诗有关人物言行的记载中，人所具有的一切（或人所是的一切）都得到了表达，因为他们无非就是自己的言行与经历。"[20]麦金太尔由此得出结论："判断一个人就是判断其行为。要印证有关一个人的美德与罪恶的判断，就看他在一特定境遇中所表露的具体行为；因为美德恰恰就是维持一个自由人的角色，并在其角色所要求的那些行为中显示自身的那些品质。弗兰克尔就荷马史诗的社会中的人所说的那些特征，对于以其他英雄形象出现的人同样有效。"[21]芬莱在《荷马史诗》中也注意到类似的现象："因为英雄们都是战士，竞争是极为残酷的。在战场上的个人战斗中，最高的荣誉就是获胜。在战斗中，一个英雄的终极价值和生命意义，都在三个方面接受最后的考验：他与谁作战？他如何作战？他怎样进行？"[22]被人们崇敬的英雄必然是最能体现道德理想的那一个。比如，在《奥德赛》中，尽管特洛亚人是希腊人的对手，但荷马还是把最高的崇敬给了敌方主将赫克托尔，而不是希腊军队元帅阿伽门农或主将阿喀琉斯。

因此，麦金太尔认为，在史诗通过想象构建的社会中，"既定的规则不仅分派了人们在社会阶层中的位置以及相应的身份，而且也规定了他们应尽的义务和别人对他们应尽的义务，以及如果他们不尽责应受到怎样的处置与对待、他们又应怎样处置与对待他人的不尽责。"同时，史诗也在强制社会成员的集体认同，自觉意识打破自己身份、责任和义务。"如果一个人在社会阶层中没有这样一个位置，那么不仅不可能从他人那里获得承认和回应，不仅别人不知道他是谁，而且连他自己也不知道他是谁。"[23]

无论多么伟大的英雄也在一定程度上仍受制于他自己的环境。麦金太尔说："英雄美德的践行既要有一种特定的人，又要有一种特定的社会结构。"[24] 如果说社会已经发生了翻天覆地的变化，再也不可能有赫克托尔这样近乎完美的高贵英雄，那么，史诗英雄对我们还有什么作用呢？麦金太尔如此回答："我们不得不从英雄社会中学习的东西或许是双重的。首先，一切道德总在某种程度上缚系于社会的地方性和特殊性，现代性道德作为一种摆脱了所有特殊性的普遍性的渴望只是一种幻想；其次，美德只能作为一种传统的一个部分而为我们所继承，并且，我们对它们的理解来自一系列的前辈先驱，其中英雄社会就是其最初的源头。"[25]

二 作为史诗与小说中介物的骑士传奇

我们说现代意义上的欧洲小说产生于文艺复兴时期。然而，它并不是横空出世、无中生有的产物。它是新事物，却有一个漫长的孕育过程，而且是从已经存在了上千年的长篇叙事作品演变而来的。"为了认识这个过程，就需要从文学内部，从小说的特点，它和比它更早出现的文学形式，特别是其他叙事性文学形式的关系去探讨。"[26]

就法国文学发展史而言，从抄录于12世纪后期的史诗《罗兰之歌》到出版于16世纪中期的《巨人传》，是将近四百年的过渡期。在这期间，长篇叙事文学的主要形式就是骑士传奇（le roman chevaleresque），而骑士传奇本身从13世纪开始，逐渐转向了较为自由的散文形式。因此，从史诗到小说的演变逻辑基本上是这样的："英雄史诗在发展过程中逐步演变为韵文骑士传奇，从而正式开始了近代小说的孕育过程。骑士传奇这种长篇叙事诗不仅为后世文学提供了冒险、爱情和宗教三大主题，而且还开始关注人物的内心活动，可以说是近代长篇小说的胚胎。"[27] 作为过渡性体裁，骑士传奇在延续了英雄史诗的诗歌体与大篇幅的同时，回应了作品接受者从听众向读者演化的趋势[28]，发生了从诗歌体向散文体的转变，使未来的小说直接采用散文来叙事。此外，骑士传奇在追求传奇色彩的同时，越来越注意增加现实色彩和生活气息，以增强故事的真实感。因此，《巨人传》并不是横空出世，而是法国长篇叙事文学漫长演变的结果。

在西罗马帝国废墟上建立的一系列日耳曼人的国家之中，占据了原来高卢行省的法兰克人相对更加强盛。在被称为"法兰西"的这个国家里，绝大部分人（包括多位国王和大部分贵族）都是文盲。教会内部使用通俗拉丁语，普通人则讲"罗马语"（roman）[29]。需要说明的是，"roman"这个法语名词源自拉丁语副词"romanice"（"罗马式地"）。所谓"罗马语"只是法兰克人想当然的罗马拉丁语。其

089

本身就源于文化水平不高的罗马士兵、商人们所讲的不合乎标准的拉丁语。这种退化的拉丁语与法兰克人的语言混杂，渐渐发展出了独特的"罗马语"，即法语的前身。但这种语言始终停留在口语状态[30]，其现存最早的书面文献是842年签署的《斯特拉斯堡誓约》。

直到11世纪末期，法语文学作品都相当贫乏，仅有屈指可数、文学价值不高的圣徒传记。然而，从11世纪末期开始，出现了长达三百年的史诗繁荣。像希腊文学和罗马文学一样，法语文学的历史也是从史诗正式开始的。这些被称为"武功歌"（chanson de gestes）[31]的叙事长诗大部分出自无名氏之手，被游吟诗人传唱，被文士们抄录。这些作品咏唱被美化了的或者出自想象的加洛林王朝英雄们的丰功伟绩，意在为封建社会赋予一个理想的映像，以激发领主和贵族们勇猛无畏、热爱荣誉、忠诚不贰、视死如归，去巩固这样的社会秩序。同时，受到十字军东征的影响，史诗也赞美英雄们的宗教热诚和爱国情怀，以激发骑士们加以仿效。定型于11世纪末的《罗兰之歌》在这些史诗之中最为优秀，而它本身又是围绕查理大帝而创作的一系列史诗中的一部。这些叙事长诗从历史事实出发，但对人物性格甚至历史事实都做了大幅度修改，使加洛林王朝的英雄们更像是12世纪法国的贵族领主和十字军骑士。

随着时间的延伸和历史的发展，约在1150年左右，人们开始用"roman"指称用法兰克人的"罗马话"创作出来或改写而成的叙事作品。这种故事想象丰富，令人着迷，因此，我们称之为"传奇"，比如《特利斯当与伊瑟传奇》（*Le Roman de Tristan et Iseut*）、《列那狐的故事》（*Le Roman de Renart*）。作者和听众（及读者）对于传奇如此着迷，以至于史诗的创作都受到了影响，越来越偏离历史事实，甚至完全不顾历史事实，只是将历史人物和历史事件作为展开离奇想象的引子。听众（及读者）也并不在意这类"历史"的真实性，他们关心的是这种故事能不能通过丰富的想象，让人暂时搁置单调乏味的日常生活，随着主人公历险犯难，大显身手，建功立业，赢得爱情、权力、财富、地位、声望，从而获得一种想象的愉悦和满足。所以，就连史诗题材的作品，大多直接冠以"传奇"之名，比如《特洛亚传奇》（*Le Roman de Troie*）、《亚历山大传奇》（*Le Roman d'Alexandre*）。

从12世纪后期开始，由于风雅文学（littérature courtoise）的流行，以及基督教信仰的弱化和荣誉原则的动摇，传奇性（le romanesque）越来越渗入史诗创作，使骑士传奇风行一时。它常见的主题是骑士为获得意中人的爱情而经历的冒险，情节离奇曲折，想象力丰富多彩，叙述者大胆发挥，使读者读得如醉如痴。骑士传奇起源于法国，逐渐扩展到了英国、西班牙、意大利、德国等周边国家。

黑格尔指出："它们用的是爱情奇遇和保全荣誉的决斗之类世俗生活中的浪漫性的内容，同时带有宗教的目的，即基督教的骑士阶层的神秘主义。这类史诗的动作情节和事迹与民族的旨趣无关，只涉及个别人物。"[32] 他将造成这种情况的原因，归结于诗歌性的社会秩序已经解体，而"散文性的社会秩序"尚未固定下来。[33] 在这样一个不稳定的环境中，产生了一个新的英雄阶层："这些英雄人物还是完全独立自由的，他们根据宗教幻想和世俗观点，只关心纯粹私人方面的旨趣，缺乏希腊英雄们在集体地或单独地参加斗争以及战胜或战败时所依据的那种实体性的现实情况。"[34] 黑格尔指出：骑士传奇的内容也曾经被史诗描述过，但在这个时代，却"只能采取传奇故事的方式",然而,"其中各种奇遇不能融合成为严格的整一体",原因在于"还没有建立得很牢固的市民社会秩序和一种散文性的世界情况作为现实基础"。他看到了骑士传奇作者们的努力,也看到了他们无法突破的局限:"当时诗人的想象力也并不满足于创造一些完全脱离现实的骑士英雄和他们的奇遇,它经常把这些骑士的事迹和当时的巨大传说中心和杰出的历史人物和影响广泛的战争联系起来,这样就使骑士诗也获得了史诗所不可少的一种广义的基础。但是在大多数情况下这种基础被想象过分夸张了,这就使得这类传奇故事缺乏在荷马史诗里特别突出的那种生动鲜明的具体描述。"[35]

早期的法语史诗比较淳朴简单,新创作的骑士传奇则大肆渲染主人公不可思议的功绩和荒唐而迷人的冒险。他们会遭遇到女巫或魔法师,不得不与怪兽殊死搏斗,在仙境中游走。这些史诗千篇一律,情节雷同,人物类型化。《罗兰之歌》中提到了主人公的未婚妻,但罗兰垂危之时想到了上帝,放心不下皇帝,却没有想到自己的未婚妻。但是,在新创作的传奇里面,曲折的爱情几乎成了叙述的重点。甚至像特利斯当与伊瑟这样完全违背政治秩序、宗教禁戒、伦理道德的爱情,也被诗人们带着同情和欣赏去讲述。[36]早期史诗中歌颂骑士们光明磊落与勇往直前,骑士传奇中的英雄们则多有心计,甚至运用诡计,在他们高贵的情感之中,洋溢着一种滑稽英雄主义(héroïsme burlesque)。在某种程度上,这其实是对史诗的搞笑式戏拟(parodie),而不是严肃的模仿(imitation)。

史诗向传奇的演变,为作者们提供了更大的想象空间和更多的创作自由。他们越来越摆脱历史事实的束缚,甚至对历史做大幅度改写,或者直接虚构历史,比如《亚历山大传奇》《特拜传奇》、亚瑟王系列传奇。由于能够作为史诗的素材相当有限,而且大多已经被重写了多次,后辈的作者很难推陈出新、出奇制胜。于是,越来越多的作者直接运用想象,并将故事发生的时间放在当代,将故事发生的地点置于本国本地。这就使得传奇的现实感与世俗性越来越强。

在中世纪后期,随着社会的进步和经济的发展,尤其是城镇商贸的繁荣,越来越多的贵族和城镇富裕市民,都让自己的儿女接受了教育。识字人口的明显增加以及社会生活中越来越明显的个人化趋势,也推动了叙事文学消费方式的变化,群体性的聆听越来越让位给个人化的阅读。在听故事的时候,人们更容易被故事带着走,无暇思考,更多的是对故事做情感反应。然而,在读故事的时候,人们完全掌控着自己的阅读进程,可快可慢,可进可退,可以被故事感动,更可以对故事进行思考和质疑。因此,骑士传奇就遭遇了双重危机:故事越来越离奇,也越来越不靠谱,为的是吸引读者;读者的主体性和主动性越来越强,他们对故事的真实性、人道性越来越期待,而不满意胡编乱造、胡思乱想。同时,随着读者的文化教育水平的提高,他们对作品的思想、文字、技巧等方面,也有了越来越高的要求。

三 传奇的瓦解与小说的诞生

从伦理和哲学的角度看,黑格尔认为"世俗领域里的骑士风"走向自我瓦解,乃是发展的必然趋势:

> 骑士风在荣誉、爱情和忠贞之类理想方面既没有真正的伦理

的辩护理由，它的情况也是听偶然性支配的。一方面，骑士风所应付的环境是个别的，所以完全是偶然的，因为它所要实现的不是一种带有普遍性的事业而是一些个别特殊的目的，其中缺乏自在自为的联系；另一方面，从个别人物的主体精神来看，行动的意图、计划和执行也都带有任意性和幻想性。所以这种投机冒险的勾当，如果始终一贯地坚持到底，就会在行动和事迹，乃至在结果上，都显示出一种自己瓦解自己的因而是喜剧性的事件和命运的世界。[37]

他认为在阿里奥斯陀[38]（1474—1533）的史诗《疯狂的罗兰》、塞万提斯的小说《堂吉诃德》，以及莎士比亚（1564—1616）戏剧的一些人物身上，这种瓦解过程得到了"有意识的和最合式的艺术表现"。在他看来，《疯狂的罗兰》"特别引人入胜的是命运与目的之间的无限的错综曲折、离奇的关系和荒唐的情境的童话般的拼凑"。它体现的正是一种滑稽英雄主义。

诗人用这一切来进行投机冒险式的游戏。他的英雄们郑重其事地干一些十分荒谬和愚蠢的勾当。特别是爱情这个主题，往往从但丁的宗教性的爱和彼特拉克的想象的柔情，堕落到淫秽故事和可笑的冲突，而英雄品质和英勇气概则夸张到极端，使人感到的不是信服和惊赞，而是一种对妄诞不经的行为的微笑。但是由于情境发生的方式是偶然的，许多奇妙的纠纷和冲突就被引到故事里来，一会儿开始，一会儿中断，一会儿又交织在一起，最后突然出人意外地达到了解决。阿里奥斯陀不仅擅长于用喜剧的方式来处理骑士风,而且也很会见出而且表现出骑士风中真正伟大高尚的品质,他既描绘出骑士们的勇敢、爱情和荣誉,也很出色地描绘其他情欲、机智、狡猾、镇静之类。[39]

然而,在《堂吉诃德》中,情形则大为不同。"骑士风的投机冒险是放在一种稳定的、明确的、外在关系描写得很详细的现实情况里的。这就产生了一个凭知解力安排得有秩序的世界和一个与它脱节的孤立的心灵之间的喜剧性的矛盾,这种心灵妄想单凭它自己和骑士风来造成和巩固这种秩序,而骑士风其实会把自己推翻掉。"[40]

早在12世纪,就有一些作者改用散文体来写骑士传奇。13世纪的散文体传奇取得了巨大的成功,其中最著名的是被总称为《朗斯洛与圣杯》的五部传奇:《圣杯故事》《梅林故事》《散文体朗斯洛》《圣杯探寻》和《亚瑟王之死》。它们是在克雷蒂安·德·特鲁瓦诗歌体传奇基础上改编和发挥而成的。13世纪的散文体传奇激烈地反对12世纪诗歌体传奇的缺乏逻辑性。与后者相反,前者要阐明、发挥和宣告。于是,作者们根据自己对故事情节的理解和想象,对已有的情节进行改写和增写,并把讲故事的对象延伸到主人公的先祖们,使故事被拉得越来越长。在卷帙浩繁的散文体连环传奇(cycles des romans en prose)之中,版本之多已经是令人不舒服的事情。这更成为1230年以后骑士传奇中的灾难。对一个可以无穷延伸的题材,改写者们随心所欲地进行无限度的发挥。同时,续写成风,而且,续写的对象不只是未完成的传奇作品,更包括那些流传很广的传奇。但是,公众将会对起源传奇情有独钟。这种作品结合了古代题材的传奇与叙述衰落的史诗。它又催生了堂吉诃德读得如醉如痴的骑士传奇，结果使他陷入幻觉，失去理智。

到了15世纪，骑士传奇变得越来越冗长繁复，不适合吟唱，只为了阅读，也就彻底放弃诗歌形式而改用散文。法国中世纪文学在1430年左右走向终结，因为此后的法国文学作品，表现出了新的风貌和特质。这也是为什么我们倾向于将此前的"roman"称为"传奇"，而把此后的"roman"称为"小说"。明乎此，我们就可以知道：《巨人传》《堂吉诃德》这样的划时代作品并不是横空出世，而是叙事文学从史诗到传奇，再到小说的演变结果。

对于西方文学从传奇向小说的转变，黑格尔给了积极的评价："在文艺复兴的影响之下，民族文学、宗教、国家制度、道德风尚、社会关系等等实际情况在多方面发展之中日益趋于完善，史诗在内容和形式上也丰富多彩了。"[41]但是他也看到了宗教改革所造成的西方人生观的变革，"较利于抒情诗和戏剧体诗而不利于正式的史诗"，因此，现代人写的史诗，无论数量还是质量，都不那么令人满意。英国诗人约翰·弥尔顿（1608—1674）的《失乐园》"凭借学古代而得来的文化教养和正确典雅的语言而成为当时值得表扬的模范，但在内容意蕴的深度，独创性的创作魄力，特别是在史诗的客观态度这些方面，他都远不如但丁"，而"主要特征是抒情诗的奔放和道德教化的倾向，这就使题材远远脱离了原始史诗的形式"。至于伏尔泰的《亨利歌》，则"至少是更加矫揉造作的"，原因在于"这种题材对原始史诗是不适合的"。[42]

黑格尔在中古骑士传奇的衰落和瓦解中，看到了历史演进的逻辑："进步的时代意识必然倾向于以嘲笑的态度去对待中世纪的那些离奇的冒险事迹，信任幻想过分夸张的骑士风以及处在民族情况和民族旨趣已日趋丰富的现实环境中还企图脱离现实，孤立自己的英雄们的迂腐气味；它对于这整个世界，是站在喜剧立场上把它描述出来供人观照，尽管对其中真正可取之处仍区别对待，对它持严肃的甚至偏爱的态度。"[43]

黑格尔将阿里奥斯陀和塞万提斯视为"对整个骑士生活持这种聪明态度的诗人中的最高峰"。在他看来，阿里奥斯陀的诗"仍然遵守中世纪诗的目的"，却运用"光辉的敏捷才智，优美动人的魔力和内在的天真纯朴"，造成了这样一个效果："以比较隐蔽的滑稽方式，使离奇的幻想由于本身的荒谬而流于瓦解"。[44]至于塞万提斯，他的《堂吉诃德》把"骑士风度看成已经过去，除非孤立生活的幻想和离奇的疯狂才会企图使它在近代散文式的现实生活中复活过来"。然而，这部作品并没有表现为对骑士传奇的简单否定："它也显示出这种过去也有它的伟大高贵方面，使它超越凡庸猥琐，没有意义的散文现实，把散文现实的缺点生动地暴露出来。"[45]

弗莱指出："小说与传奇的根本区别在于对人物刻画抱着不同观念。传奇故事的作者不去努力塑造'真实的人'，而是将其人物程式化使之扩展为心理原型。"[46]在史诗和传奇中，主人公的高贵品质在其出场之时就确立了，故事只是对这种品质的外在展示。在现代小说中，主人公在出场时面临着"怎样做人"，甚至"我是谁"的问题。正如黄梅所说，小说展示的是主人公"力图实现某种自我想象或者说'自我塑造'的过程。小说由此而呈现的是一种具有普遍意义的'自我'形象"，然而，"那个具体的个别的'我'同时又是everyman，是'寓多于一'"。[47]

人们一般会认为中古传奇因袭的成分较重，而现代小说独创性强。但是，弗莱却看到了相反的情形："小说家需要一个稳定的社会作为框架，我们的许多优秀小说家都因袭常规，几乎达到令人惊讶的地步。传奇作家则突出自己的个性，用沉思冥想把真空中的人物理想化；不论他们何等保守，他们作品的字里行间总会流露出某些虚无主义或桀骜不驯的东西。"[48]他也指出了造成这种悖论现象的原因："传奇作品中，释放出作者性格的某些成分，自然而然就使这类作品具有一种比小说更重变革的形式。小说家则描写人物的性格，其笔下人物都是戴着社会面具的角色。"[49]

弗莱认为人们有"一种历史的错觉，仿佛传奇是一种发育不全的幼稚形式，应有别的东西去超越它"[50]。他认为："传奇文学由于对英雄主义和纯洁忠贞高度理想化，故就其社会关系讲，是与贵族存在密切关联的。"[51]但是，传奇并未随着中世纪的结束而彻底消亡："到了我们称为浪漫主义的时期，传奇文学重又活跃起来，部分地构成了浪漫主义的如下倾向，即眷恋已过时的封建主义，狂热崇拜英雄也即理想化的力比多。"[52]他认为"司各特的传奇作品和一定程度上勃朗特姐妹的作品，构成了神秘的诺森伯兰文艺复兴的一部分"，并将其视为"对英国中西部新工业主义的一次浪漫主义的反拨"。[53]弗莱甚至认为传奇"产生了华兹华斯和彭斯的诗歌及卡莱尔的哲学"。[54]他还看到"戏谑地模仿传奇文学及其理想竟成为更为市民化的小说的一个重要主题"。在对浪漫主义加以反拨的《诺桑觉寺》《包法利夫人》及《吉姆老爷》等作品里，弗莱看到作者们"继承《堂吉诃德》一书所确立的传统"，创作了"以自己的观点看待浪漫主义场面的小说"，"结果使这两种文学形式的传统程式合成为一种具有讽刺意味的化合物而不是一种充满柔情的混合物"。[55]

弗莱还认为"传奇和小说都不会有'纯而又纯'的形式":"几乎任何一篇现代传奇同时又是小说,反过来情况也如此"。既然二者无法截然分开,那么,法国读者和学者用同一个"roman"来指称中古传奇与现代小说,而不是刻意制造两个术语,就有一定的道理。"实际上,大家所需求的总是混杂形式的虚构文学:一部传奇式的小说一要有充分的传奇性,使读者能将自己的力比多投射到男主人公身上,又将自己的女性意向投射到女主人公身上;二是应该像一部十足的小说,足以把这些投射控制在读者所熟悉的世界之内。"[56]

注释：

[1]　米兰·昆德拉：《被背叛的遗嘱》，余中先译，上海：上海译文出版社，2003年第1版，第136页。

[2]　Northrop Frye, *Anatomy of Criticism*, Princeton & London: Princeton University Press, 2000, p.312. 诺思罗普·弗莱：《批评的解剖》，陈慧、袁宪军、吴伟仁译，天津：百花文艺出版社，2006年第1版，第465页。

[3]　同上书，第454页。引文中的英语原文为引者所添加。

[4]　Nicole Masson, *La littérature française*, Paris: éd Eyrolles, 2007, p.34.

[5]　由于历史、文化的发展路径不同，在不同文化区和不同语言中，都有一些特定的词汇或术语，无法在别的文化区和别的语言中找到完全对等的词汇或术语。然而，在基于拉丁字母的语言中，对外来词汇和术语的处理相对容易。比如，另一个拉丁语术语"humanismus"只要略略变形，就可以轻易地成为以拉丁字母拼写的其他语言变种的词汇，而不必担心转写过程中发生意义的缩减或增加，比如英语的"humanism"、法语的"humanisme"、西班牙语的"humanismo"、意大利语的"umanismo"；捷克语直接采用了拉丁语形式，德语则只是将其大写而已。但是，在汉语中，这个术语却需要被译为三个术语："人道主义""人本主义"和"人文主义"。这表明原文术语内涵相当丰富，唯有同时给出多个中文译名，才能比较完整准确地理解和传达原意。

[6]　阿拉斯代尔·麦金太尔：《追寻美德：伦理美德研究》，宋继杰译，南京：译林出版社，2003年第1版，第157—158页。

[7]　此处使用的是"nationalist"一词，中文常常将其译为"民族主义的"，容易引起误解。其名词形式"nationalism"基于"nation"（即"主权国家"和"主权国家的全体人民"）。对于没有获得独立的民族来说，这种思潮意味着建立一个主权国家的政治诉求。对于已经建立了主权国家的民族来说，则有多重意味：寻求一种全民高度统一的国家认同；寻求与境外同一民族的政治统一，以建立更为强大的主权国家；在与其他主权国家的竞争或战争中，激发全体国民的同仇敌忾精神。

[8] Jöelle Gardes Tamine et Marie-Claude Joubert, *Dictionnaire de critique littéraire*, Paris: Armand Colin, 2004, p. 76.

[9] 格奥尔格·卢卡奇:《小说理论》,燕宏远、李怀涛译,北京:商务印书馆,2018 年第 1 版,第 59 页。

[10] Pat Rogers (ed.), *The Oxford Illustrated History of English Literature*, London: Guild Publishing, 1987, p. v.

[11] 亚里士多德:《诗学》,罗念生译,上海:上海人民出版社,2005 年第 1 版,第 17 页。

[12] 同上书,第 28—29 页。

[13] 同上书,第 25 页。

[14] 阿拉斯代尔·麦金太尔:《追寻美德:伦理美德研究》,宋继杰译,南京:译林出版社,2003 年第 1 版,第 152 页。

[15] 同上书,第 152—153 页。

[16] Moses I. Finley, *The World of Odysseus*, New York: The Viking Press, 1954, p. 123.

[17] 阿拉斯代尔·麦金太尔:《追寻美德:伦理美德研究》,宋继杰译,南京:译林出版社,2003 年第 1 版,第 153 页。

[18] Jean Charles Payen, *Le Moyen Age I, des origines à 1300*, tome I de la collection Littérature française dirigée par Claude Pichois, Paris: Arthaud, 1970, pp. 251-252. 译者参照了 *Lancelot du Lac*, texte présenté, traduit et annoté par François Mosès, d'après l'édition d'Elspeth Kennedy, 2e édition revue et augmentée, Paris: Le Livre de Poche, coll. « Lettres gothiques », 1991, vol. I, pp. 399-407.

[19] 阿拉斯代尔·麦金太尔:《追寻美德:伦理美德研究》,宋继杰译,南京:译林出版社,2003 年第 1 版,第 153—154 页。

[20] 赫尔曼·弗兰克尔:《早期希腊的诗歌与哲学》,M. 哈达斯与 L. 维里司英译,1975 年版,第 79 页。引自阿拉斯代尔·麦金太尔:《追寻美德:伦理美德研究》,宋继杰译,南京:译林出版社,2003 年第 1 版,第 154 页。

[21] 阿拉斯代尔·麦金太尔:《追寻美德:伦理美德研究》,宋继杰译,南京:译林出版社,2003 年第 1 版,第 154 页。

[22] Moses I. Finley, *The World of Odysseus*, New York: The Viking Press, 1954,

p. 123.

[23] 阿拉斯代尔·麦金太尔：《追寻美德：伦理美德研究》，宋继杰译，南京：译林出版社，2003年第1版，第156页。

[24] 同上书，第159页。

[25] 同上书，第160页。

[26] 龚翰熊（主编）：《欧洲小说史》，成都：四川大学出版社，1997年第1版，第5页。

[27] 蹇昌槐：《欧洲小说史》，武汉：武汉大学出版社，1995年第1版，第77页。

[28] 在公元1200年以前的法国，即使是贵族阶层，文盲率仍然很高。在王宫和各地诸侯的城堡里，都雇佣教士或文士协助处理文书。在约瑟夫·贝迪埃重写的《特利斯当与伊瑟》第十章里，有这样一个细节：特利斯当能征善战，也善于弹奏乐器，却不识字，只能求助于隐士替他修书，以便与马克王和好，让伊瑟重返宫廷。游吟诗人在王宫或诸侯城堡里常常盘桓数月，对着人数不等的听众吟唱传奇故事。随着教会附属学校的普及和家庭教师的增多，到1300年时，法国王公贵族和城市市民中具有阅读能力的人显著增加，刺激了手抄本的繁荣，也使公众（当然仍然是小规模的）对传奇的接受方式发生了从听书到读书的变化。

[29] 这个词语常常被译为"罗曼语"，其词根"罗马"被忽视了，也不容易让人知道它与罗马有关。

[30] 到了18世纪，"roman"又被赋予了新的意思，作为新兴的文学体裁的总称。

[31] "geste"是拉丁语"gesta"的法语转写，意为"行动"、"功绩"。

[32] G. W. F. 黑格尔：《美学》，朱光潜译，北京：商务印书馆，1979年第1版，第三卷，下册第180页。

[33] 我们可以把诗歌视为社会秩序的结构化努力，和通过文字对这种结构化社会秩序的固定化。因此，正如孔子所说："诗可以兴，可以观，可以群，可以怨。"（《论语·阳货》）古代诗歌（常常是形式比较规律的诗歌）还具有引导个人正确表达思想情感，以维护社会秩序的功能。法国大革命以来的西方和辛亥革命以来的中国，传统诗歌形式的衰微和散文形式的兴起，都与社会结构巨大变化和社会生活日益复杂有关。

[34] G. W. F. 黑格尔：《美学》，朱光潜译，北京：商务印书馆，1979 年第 1 版，第三卷，下册第 180—181 页。

[35] 同上书，第 181 页。

[36] 有些研究者认为这是为了照顾日益增多的女读者。

[37] G. W. F. 黑格尔：《美学》，朱光潜译，北京：商务印书馆，1979 年第 1 版，第二卷，第 360—361 页。引者做了断句，增加和修改了部分标点。

[38] 今通译为"阿里奥斯托"。因为引用朱光潜的《美学》译文，我们在行文中沿用朱光潜译法，以保持译名统一。

[39] G. W. F. 黑格尔：《美学》，朱光潜译，北京：商务印书馆，1979 年第 1 版，第二卷，第 361 页。

[40] 同上。

[41] 同上书，第三卷，下册第 181 页。

[42] 同上书，第 185—186 页。

[43] 同上书，第 183 页。

[44] 同上书，第 183—184 页。

[45] 同上书，第 184 页。

[46] 诺思罗普·弗莱：《批评的解剖》，陈慧、袁宪军、吴伟仁译，天津：百花文艺出版社，2006 年第 1 版，第 453 页。

[47] 黄梅：《推敲"自我"：小说在十八世纪的英国》，北京：生活·读书·新知三联书店，2003 年第 1 版，第 8 页。

[48] 诺思罗普·弗莱：《批评的解剖》，陈慧、袁宪军、吴伟仁译，天津：百花文艺出版社，2006 年第 1 版，第 453 页。

[49] 同上。

[50] 同上书，第 455 页。

[51] 同上。

[52] 同上。

[53] 同上。

[54] 同上。

[55] 同上。

[56] 同上。

第三章
小说是现代世界的史诗

吴岳添指出:"英雄史诗对长篇小说的影响是显而易见的,两者有着类似的宏大篇幅和结构,但是两者也有所区别:英雄史诗是诗体,长篇小说是散文;英雄史诗是叙事,长篇小说是讲故事。叙事与讲故事不同,英雄史诗叙述帝王在统一国家过程中的丰功伟绩,它尽管出自行吟诗人们的集体创作,而且并不一定符合史实,但也仍然可以看成是长篇的历史记录。而故事则不同,它所讲述的不是历史而是虚构的情节,不但带有理想的色彩,而且注重趣味性,从而具有了后世小说的痕迹。"[1]

黑格尔可能是第一个以史诗为参照来考察小说特质的大学者。他看到了作为史诗与小说之中介的英雄传奇,或者说作为史诗退化物的骑士传奇,其走向瓦解的必然结局,并肯定了《疯狂的罗兰》和《堂吉诃德》在终结骑士传奇方面的贡献。黑格尔明确宣告:在现代社会，找不到真正的史诗。"如果我们要在最近时期寻找真正的史诗描述，那就只能在正式史诗的范围以外去找。因为整个现代世界情况是受散文似的秩序支配的，和我们对史诗所要求的必不可少的条件完全背道而驰。"[2]虽然在有些现代国家，还有人在创作史诗，但黑格尔认为这样的史诗"已脱离了近代各民族的巨大事迹，而逃到乡村和小城市的家庭生活的窄狭范围里去找材料"，因而"变成了田园生活的史诗"，其感染力和影响力并不大。在他看来，"关于现代民族生活和社会生活，在史诗领域有最广阔天地的要算长短程度不同的各种小说。"[3]也就是说，黑格尔把小说视为现代社会的史诗。直到19世纪末，在欧美国家里，还广泛存在着对小说的偏见。黑格尔将史诗与小说相提并论，将小说视为史诗在现代社会的表现形式。其目光之敏锐，思想之深刻，于此可见一斑。

一 作为史诗对映体的现代小说

从文学体裁嬗变的角度，匈牙利哲学家与文学评论家卢卡奇（1885—1971）得出了这样的结论："尽管悲剧发生了变化，但就其本质而言，它仍未受触动地在我们的时代保留下来；与此同时，史诗则不得不消失，让位给一种崭新的形式，即小说。"[4]黑格尔把小说视为在史诗领域有广阔天地的体裁，深受黑格尔思想影响的卢卡奇则明确断言："小说是这样一个时代的史诗，对这个时代来说，生活的外延整体不再是显而易见的了，感性的生活内在性（die Lebensimmanenz des Sinnes）已经变成了难题，但这个时代仍有对总体的信念（Gesinnung）。"[5]

从神话时代开始，人们就试图对生活加以总体把握，卢卡奇看到史诗与小说的方式截然不同："史诗可从自身出发去塑造完整生活总体的形态，小说则试图以塑造的方式揭示并构建隐蔽的生活总体。"[6] 小说必须面对这样的困难："无论是客观的生活整体，还是其与主体的关联，都不具有什么不言而喻的自身和谐"，然而，"历史情况自身所承载的一切破裂和险境，都得包括进塑造中去，而不能也不应用编排的手段加以掩饰"。[7] 这种无法解决的不确定性体现在小说人物身上，决定了他们只能是探索者："不管是目标还是道路，都不能直接地被给予，或者说，它们在心理上直接而不可动摇的给定存在，绝不是真实存在着的关系或伦理必然性的明白认识，而只是一种心灵上的事实；不管是在客体的世界，还是在规范的世界，必定都没有这种东西与心灵上的事实相吻合。"[8]

从文学史的角度，纵向来看，神话和史诗是人类童年时期的产物。然而，从共同体的角度，横向来看，不同族群度过其童年阶段的时间则不尽相同。有些民族很早就走出了童年期，有些民族却需要在这个阶段待得更久。这就造成了全球范围内神话与史诗的不同步。罗马人继承了希腊文化，吸收了希腊神话，由维吉尔制造了民族史诗《埃涅阿斯纪》，发展了拉丁语文学。但是，日耳曼人入侵并毁灭了西罗马帝国的文明，将自己置于文化废墟之上，不得不重新创立文字，写作史诗，从而走出了童年期。因此，文艺复兴在某种程度上是西欧人进入文化成熟期，寻求独立的精神诉求。卢卡奇认为"小说是成熟男性的艺术形式"[9]。

卢卡奇认为散文是现代社会最有表现力的文体："只有散文才能同样有力地包容痛苦和成功、斗争和殊荣、道路和圣典；只有它不受束缚的灵活性及其无节奏的联系,才能以相同的力量遭遇羁绊和自由,遭遇已有的艰难和争得的轻松——它们属于在发现了的意义上从现在起就内在发光的世界。"因此,他认为这样的悖论现象绝非偶然:"在塞万提斯的散文中,现实变成了诗",在这部小说中,"现实的瓦解则产生了伟大史诗之充满痛苦的轻松"[10]。

在史诗的世界里,秩序井然,善恶分明,那些主要人物在很多时候就是道德理想的完美化身或反面典型,而次要人物常常就像影子,只起到故事背景的作用。即使经历了长时间的考验,主要人物的品德和性情基本上不发生改变,因为他们一出场就定型了,或者说已经完成了,比如在《伊利亚特》和《奥德赛》里面的英雄们。"与其他(文学)类型在完成了的形式中静止着的存在相反,小说表现为某种形成着的东西,表现为一种过程。"[11]卢卡奇认为小说是"最成问题的艺术形式",他不反对许多人把小说视为半艺术,却完全否定了消遣小说:"消遣读物都显示出小说所有的外部特征,然而,就其本质而言,消遣读物与虚无相连,并在虚无的基础上确切地构思出来,也就是说,它是完全无意义的。"[12]也就是说,尽管小说很成问题,但必须严肃认真地对待,因为"小说是现代世界的史诗","是在历史哲学上真正产生的一种形式,并作为其合法性的标志触及其根基,即当代精神的真正状况"。必须严肃认真地对待小说的另一个原因在于,"小说的过程性仅仅在内容上排除了封闭性,然而作为形式又体现着变易和存在的一种必然波动的平衡,作为生成的理念将变成一种状态,并因此在变化中把自身扬弃为生成的标准存在"。[13]

卢卡奇如此描绘史诗世界的整体性:"但丁世界的总体是概念

的可见系统的总体。正是系统中概念本身及其等级秩序的这种感觉的物性和实体性,才有可能将完整形式和总体变成基本的和不太有规则的结构类型;穿越整体的进程可能就是一种充满紧张、然而却愉快又安全的旅行,而不是一种去探索目标的漫游;这使史诗有可能在历史哲学境况迫使诸难题已经明确显现小说界限的地方产生出来。"[14] 作为史诗对映体的小说,其整体性的唯一可能形式仅仅表现为"使自身抽象地系统化",而"这种抽象的系统正是一切事物所依据的最后基础"[15]。

如果说史诗很重要的一个功能是创造一种道德理想、文化使命的集体认同,那么,很成问题且无法构建一种世界整体性的小说,能够给读者提供什么样的肯定与认同呢?卢卡奇的看法是:"在小说中,伦理学是一种纯形式上的前提,这种前提由于其深度而有可能进入决定形式的本质,由于其广度而使同样决定形式的总体得以可能形成,并由于其包罗万象而使构成要素的平衡——为此,公正只是纯粹伦理学语言中的一种表达——得以实现。在小说里,每一细节塑造中的伦理信念是显而易见的,因此,伦理信念最具体的内容是诗作本身一种有效的结构要素。"[16]

与文艺复兴同步发生的是西欧基督教世界的解体和民族国家的诞生,宗教改革与个人主义使信仰与认同变成了由个体独自进行的事情。

> 史诗中的个人,小说的英雄,产生于对外部世界的陌生。只要世界内部是同类的,人们之间也就没有质的不同:也许有英雄和坏蛋、虔诚者和罪人,但是,最伟大的英雄也仅仅比一群同类

人略胜一筹,最聪明者的庄严言辞本身也能为愚笨之人所了解。只有当人们之间的区别成为不可逾越的鸿沟时,只有当诸神缄默不语(而无论是献祭品还是心醉神迷都不能搞清楚他们秘密的话语)时,只有当行为领域使自己与人们分离开来(并且因为这种独立而变得空洞,不能把诸行为的真实意义吸收进自身,不能借助行为而变成符号,并把它们融化在符号里)时,内心深处的私人生活才是可能的和必然的。[17]

卢卡奇认为世界的二元性是持久存在的,人们可以"在本质相互不同的要素的相互制约性中,看到并塑造出一个统一的世界"。但是,"这种统一是一种纯粹形式上的统一",因为"内心深处和外部世界的诸异己性和敌对性是扬弃不了的",还因为人是"一种固于这些领域并在内心有局限性的经验主体"。[18]古代史诗作者在讽刺和批评中,表现出"一种冷静而抽象的优越性",使他们"把客观形式压缩为主观形式,即讽刺作品,并把总体压缩为一个方面",这就"迫使观察和创造的主体把他对世界的认识运用于自身,正像他的创造物一样,把自身视为自由讽刺的自由客体,简言之,变为纯接受的主体,变为伟大史诗做出了规范规定的主体。"在此,卢卡奇指出了一个悖论现象:古代史诗的作者们似乎缺乏主体性,他们敬畏神明、服从权威、取悦听众,但他们却在史诗中确立和彰显自己的主体性。[19]相反,具有明确的主体意识的现代作家,却无法像史诗作者那样,成为对伟大小说做出规范规定的主体。小说能够做到的,只能是"从许多侧面把所有东西看作为孤立的东西和联系着的东西,价值的承载者和无价值、抽象的隔离和最具体的私人生活,停滞和繁荣，造成痛苦者和痛苦本身。"[20]

瑞士文学批评家沃尔夫冈·凯塞尔（1906—1960）对小说的反思，很有可能受到了黑格尔的影响与启发。他也将史诗与小说对照，以凸显二者的差异："全部世界（在崇高的声调中）的叙述叫作史诗；私人世界在私人声调中的叙述叫作'长篇小说'"。[21]他强调说："长篇小说不是民间故事诗、短篇小说、田园诗意义上的种类，它首先是私人的世界在私人的声调中的叙述。"[22]他指出："长篇小说从来具有一种倾向，在它描述的散文世界中直接让那些范围和动机突出地表现，这些范围和动机用一种满怀诗意的光辉来装点，正因为它们是不平常的。"他把小说对"传奇式的"追求，视为"把世界诗意化的努力"，也认为这种努力符合读者的要求，即"把平淡的世界加以诗意化"。[23]

沿着黑格尔、卢卡奇、凯塞尔的思路，我们将史诗视为小说的对映体，认为前者是古代社会的精神映像，而后者是现代社会的精神观照。

二 "小说是上帝所遗弃的世界的史诗"

以笛卡尔式理性为标志的现代性之展开，造成了韦伯所说的"世界的祛魅"。世界成了理性反思和科学研究的对象。正如笛卡尔所说，一切既有的知识和信念都必须被质疑、被思考，以便重建经过理性检验和认可的确定性。笛卡尔虽然为上帝预留了位置，认为上帝是信仰的对象而不是思考的对象，但对许多理性主义者来说，上帝也需要自我证明或被人证明其存在。布赖斯·帕斯卡尔

（1623—1662）曾经严厉地批评这种理性的自大："理性的最后一步，就是承认有无数的事物超出了它的理解范围。如果它走不到承认这一点的地步，它就只能是虚弱的。"[24] 然而，许多人根本想不到这一点。

理性文化在18世纪的启蒙运动中达到了高潮，而科学技术在19世纪的迅速发展和巨大进步，加上实证主义哲学的风行，导致了宗教影响力在西方社会的衰微。上帝始终处在需要自证其存在的尴尬境地，而且越来越尴尬。科学的发展和技术的进步反过来强化了现代人的理性自信，使许多人以无神论者自居。"在现代社会中，不信神不再是可疑而具有煽动性的事情，而宗教信仰也丧失了往日的传道意义上或排斥异己式的确信。"[25]

在《查拉图斯特拉如是说》的开篇中，尼采（1844—1900）宣布了"上帝之死"和"超人诞生"。[26] 上帝是超物质、超时间的绝对精神，当然不会像一切生物那样有生命的期限。"所谓'上帝死了'既是指基督教的上帝已丧失了对存在者、对人类规定性的支配权，也是指一般性地建立在存在者之上、旨在赋予存在者整体一个目的、一套秩序、一种意义的'超感性领域'（如理想、规范、原理、法则、目标等等）或最高价值的自我贬黜。"[27] 尼采宣告"上帝之死"具有一种强烈的预言意义："未来二百年西方文明的中心将不再是基督教信仰和基督教文化，欧洲将迎来一个彻底虚无主义的时代。"[28] 在"上帝死了"以后，曾经属于基督教世界的西方人失去了生活的意义和未来的目标，也失去了判断是非对错的绝对尺度，曾经使人安身立命的根基被掏空。没有了生命的方向，人们对世界、他人和自我的认知都只能是某个视角的解释。为了克服虚无主义导致的颓废，尼采呼吁超人的诞生，在生命的当下瞬间积聚高强度的权力意志，不断地超越自己，从而带动和推动人类的前进。因此，尽管许多人批评尼采的思想是非理性主义，但在这里表现出来的其实是一种混合了极端个人主义的极端理性主义。

昆德拉也注意到现代社会理性化过度造成的神与人的分离现象与后果，但他的语气更为温和："现代的到来，是欧洲历史上的关键时刻。上帝成了**隐匿的上帝**，人成了一切的基础。欧洲的个人主义诞生了，并随之产生了艺术、文化与科学的新局面。"[29] 海德格尔则把这种现象称为"上帝的缺席"："上帝的缺席意味着，没有神再将人和物聚集于他自身，可见的和明确的，而且由于这种聚集，安排了世界的历史和人在其中的逗留。然而，上帝的缺席甚至预示着更为险恶的事情。不仅诸神和神消失，而且，神性的光芒在世界的历史中也变得黯然失色。世界之夜的时代是贫乏的时代，因为它甚至变得更加贫乏。它已经成为如此地贫乏，以至它不再将上帝的缺席看作是缺席。"[30] 海德格尔认为上帝缺席所导致的结果，就是世界失去了支撑它的基础——用加缪的话来说，就是世界被剥夺了存在的理由，落入了荒诞状态[31]。

海德格尔说："在世界之夜的时代，人们必须忍受和体验此世界的深渊。"[32] 而且，世界之夜极其漫长，人们必须经历漫长的精神贫乏时代。"首先，这需要漫长时间到达其中间，在此夜之夜半，时代的贫乏是巨大的。于是，贫乏的时代甚至不再能体验自己的贫乏。贫乏状态的贫乏陷入黑暗，导致这种情形的无能，乃是时代全然贫乏的特征。"[33]

无论是"世界的祛魅""上帝的隐匿"还是"上帝的缺席"，都不必然导致无神论,却造成了"世界的非神化(Entgötterung)"——这并不等于无神论。昆德拉认为这是现代社会的特殊现象:"个人,有思想的自我,代替了作为万物之本的上帝;人可以继续保持他的信仰,去教堂跪拜,在床前祷告,然而他的虔诚从此将只属于他的主观世界。"[34] 当基督徒的信仰生活中不再有上帝的同在(being with)或临在(presence),这种信仰有可能变成让-保罗·萨特(1905—1980)所说的糟糕信心(mauvaise foi, bad faith)[35],即某种程度上的自欺欺人。正如海德格尔所描述的那样:"诸神就这样终于离去。留下的空白被神话的历史学与心理学的探险所填补。"[36]

这个世界绝对信任理性,然而,理性必然导致怀疑,却不必然导致新的确信。笛卡尔的"我思"唯一能够确信的事情就是这个"我""在怀疑,在领会,在肯定,在否定,在愿意,在不愿意,也在想象,在感觉"[37]。麦金太尔提醒说:"看看社会秩序中发生了什么变化吧:神圣与世俗、教会与国家、国王与国会、富人与穷人已势不两立。我应当接受什么准则?我应当做什么?过去的标准给予这些问题相同的回答,现在对立的标准之间的新的竞争性,则提供了几种回答。上帝的命令或被断言为是上帝的命令的东西,有权力作其后盾的东西,合法的权威所赞许的东西,那些被认为可以满足当前的欲望和需要的东西,都不再是相同的了。"[38]

上帝在现代西方世界的缺席或者上帝的自我隐匿,在卢卡奇看来,更像是上帝主动遗弃了世界,把它丢给自以为已经长大成熟了的现代人。因此,他认为:"小说是上帝所遗弃的世界的史诗;小说英雄的心理状态是魔力;小说的客观性是男性成熟的洞见,即意义绝不会完全充满现实,但是,这种现实没有意义就将瓦解成无本质的虚无:所有这一切说明的都是同一件事情。"[39] 在这种情况下,仍然可能会产生伟大的小说:"它们标明了小说塑造的可能性从内部划出的一些界限,同时又明确指出了历史哲学的瞬间";"在这种瞬间,它发展为必须言说的本质事物的象征"。尽管"小说的信念是成熟的男子气概",其将素材加以结构的方式却是离散而不是统一,"即丰富的内心和冒险的分裂"。[40]

史诗叙述英雄们的丰功伟绩,是将神明、世界、他人和自我整合为一体的外在冒险形式。小说则与史诗形成鲜明的对照:"小说是内心自身价值的冒险活动形式;小说的内容是由此出发去认识自己的心灵故事,这种心灵去寻找冒险活动,借助冒险活动去经受考验,借此证明自己找到了自己的全部本质。"[41]

史诗英雄们大都有虔诚的信仰、高贵的情操、坚定的信念、明确的目标、强烈的使命,但"小说英雄的心理状态是魔力发生作用的领域":由于他们常常缺乏远大的理想、强烈的信念、坚韧的意志、非凡的勇气、执着的毅力,"上帝之远离和缺席就将赋予这种在寂静中腐败的生活懒散和自我满足以独裁统治"。[42] 史诗英雄们对自己的行动充满信心,虽死无憾,因为死亡本身也是生命升华的通道。但是,小说英雄(也许说"主人公"更合适一些[43])常常不知道自己是谁、要干什么、要去哪里,甚至不清楚自己为什么活着。于是,"上帝对世界的离弃,就突然暴露为无实体性,暴露为紧密性和可穿透性的非理性混合:以前显现为坚不可摧的东西,在第一次接触被精灵所附体的人时就像干硬的黏土一样瓦解了"。[44]

如果说史诗明显地以颂扬为主,意在塑造理想化的人物,以激发听众和读者的认同和效法,小说则明显地表现出讽刺的特点。卢卡奇对此做了精彩的阐释：

> 比起上帝来，讽刺是作者对小说所拥有的一种自由，即塑造客观性的先验条件。讽刺能够在直觉的双重眼光中，看到上帝所抛弃的世界里由其所完成的事情；讽刺看到了变成理想的理念所失去的乌托邦家园，然而，它同时也在其主观——心理的局限性中，在其唯一可能的生存形式中理解了这一理想；如果讽刺说的是迷路的一些心灵在非本质和空洞的现实中的冒险活动，那么讽刺——本身是魔力——就把主体内的精灵理解为超主观的本质性，并预感到而没有说出来地去表露已过去的和即将到来的神灵们；讽刺会在内心痛苦的过程中寻找一个对它合适的世界，但未能找到，同时讽刺也塑造了造物主上帝对所有懦弱反抗其巨大而毫无价值的劣质作品所遭到失败的幸灾乐祸，也塑造了救世主上帝对其还不能进入这个世界所感受到的无以言表的痛苦。作为对走到了尽头的主体性的自我扬弃，讽刺是在一个没有上帝的世界所可能有的最高自由。所以，它不只是创造总体的真正客观性的唯一可能先天条件，而且也由于小说的结构类型与世界的状况基本一致，就把这种总体即小说提升为这个时代具有代表性的形式。[45]

三　作为小说奠基之作的《堂吉诃德》

"小说，特别是长篇小说，作为独树一帜的文学体裁在文学史上确立其地位，在法国是以《巨人传》为起点的。"[46]但是，《巨人传》的缺点也很明显："纵观全书，结构松散，有时失之拖泥带水，有时又大跨度地跳跃，缺乏整体的美感；人物塑造仍流于一般化，离典型化尚远。"[47] 巴赫金认为《巨人传》深深地打上了文艺复兴时期的狂欢节色彩。从文学史的角度来看，我们认为拉伯雷继承了中世纪后期法国的市民文学，以更大的规模和广度，将闹剧（farce）表现为散文体故事。"拉伯雷的成就，在于他巧妙地采纳民间传说的题材，然后把自己渊博的知识以及在生活中积累起来的丰富的现实素材揉杂进去，寓严肃于诙谐，寄深刻于庸凡，以聪睿的才智、惊人的灵心和勇气完成了法国第一部成功的通俗小说。"[48]

拉伯雷希望《巨人传》的读者们不要只停留在小说表面，仅仅满足于因为他所讲述的有趣甚至粗俗的故事而发笑："即使在表面的文字上，你们读到些有趣的东西，符合书名的东西，那也不要像听了美人鱼[49]的歌声似的停下来，而是要从这些你们以为只能使人快活的文字里，体会出更高深的意义。"[50] 尽管《巨人传》出版以后大获成功，受到鼓舞的拉伯雷将其扩展为由五部小说构成的系列作品，但它对法国文学的影响却相当有限，甚至遭到拉布吕耶尔、伏尔泰等著名文人的严厉批评。而且，作为从中世纪市民文学发展而来的通俗小说，尽管拉伯雷在其中传递了人文主义理想，它对此前在文学中占据主导地位的骑士传奇的冲击强度和批判力度都不够强烈。当然，较之于贵族文学而言，市民文学更接地气，人情味更浓。但是，市民文学的低俗趣味不足以成为文艺复兴所建立的新的人道理想和艺术品位的典范和引导。

"1605年，一部令世界大为兴奋的书出现了。"[51] 墨西哥小说家卡洛斯·富恩特斯（1928—2012）说："所有拉美文学都源于《堂吉诃德》。"[52] 然而，人们越来越认识到堂吉诃德不仅属于西班牙和拉美国家，而且属于全世界。昆德拉将上帝的离开与堂吉诃德的出场联系起来，认为前者标志着现代世界的诞生，而后者则标志着现代小说的诞生："一直统治着宇宙、为其划定各种价值的秩序、区分善与恶、为每一件事物赋予意义的上帝，逐渐离开了他的位置。此时，堂吉诃德从家中出来，发现世界已变得认不出来了。在最高审判官缺席的情况下，世界突然变得具有某种可怕的暧昧性；唯一的、神圣的真理被分解为由人类分享的成百上千个真理。"[53] 昆德拉认为小说与现代世界同步诞生，而且是后者的绝佳映像和表现模式。

处在文艺复兴时期的西欧人，虽然感觉到世界和人心在变化，却很少有人意识到自己正在经历新旧时代的断裂，而自己正处在越来越宽阔、越来越深邃的断裂带上。塞万提斯的题材是旧的，但内容却是新的。他极为传神地表现了从传统向现代过渡的转型期，人们的精神状态与心理历程。

> 这部作品伟大到没有一个群体能独自占有它。它痴傻又庄严、滑稽又悲伤、讽刺又独创。它是"第一部"。当然，当然，有许许多多"第一部"。但它是"第一部"巨著。塞万提斯向其他人示范了书写的可能。他戏仿了以前的叙事模式，让他笔下的堂吉诃德堕入两个世界的混乱之中：一个是他的罗曼司的世界，他读了太多那样的故事；另一个是他无奈生活在其中的枯燥世界。塞万提斯通过一个被困在既不消逝、也不存在的过去中的不合时宜的人物，对他自己所处的"此时此地"作了一番评说。他的主人公无疑是可笑的，但有一种绝望而无助的孤独感，我们看见他沉浸在幻想中，根本没注意到自己已走得太远；而他对杜西尼亚的捍卫

以及与风车的作战,这种姿态既高贵又可悲,既令人振奋又毫无意义。当一个人物命名了整个热爱冒险的阶层时,它就已经俘获了我们的想象力。堂吉诃德和桑丘·潘沙烙在了西方人的想象中,他们组成了一对原型,成为典范。[54]

理性化是现代世界的根本特征之一,而理性天然地具有将所有的具体事物加以缩减,高度抽象的内在驱动。是人在发挥和运用理性,但人也悖论地成为理性化的牺牲品。"假如说哲学与科学真的忘记了人的存在,那么,相比之下尤其明显的是,多亏有塞万提斯,从而形成了一种伟大的欧洲艺术。这一伟大的欧洲艺术正是对被遗忘了的存在进行探究。"[55] 因为上帝的缺席,这个世界不再有绝对秩序的保障,唯一的、排他性的真理也不再有坚实的依据。天还是天,地还是地,人还是人,世界却变得新奇而陌生了。既有的认知模式失效了,传统的价值体系无凭了。新世界向人们发出了走向远方的召唤,新时代向人们承诺无限的未来,然而,不仅是"道路在雾中"[56],甚至有这样的可能:"真正的道路在一根绳索上,它不是绷紧在高处,而是贴近地面的。与其说它是供人行走,毋宁说是用来绊人的。"[57]

黑格尔认为:"尽管有这种喜剧性的迷失道路,我们在堂吉诃德身上仍然看到前此我们称赞莎士比亚的一切品质。"[58] 塞万提斯笔下的主人公是单纯而可笑的,而不是狡黠而粗鄙的。堂吉诃德被"描绘为具有本来就很高尚的在许多方面精神资禀都很好的人,使我们对他感到真正的兴趣"。[59] 他真心渴望效法骑士传奇中的英雄,去除暴安良、匡扶正义,虽然他严重地缺乏现实感,既不知道世道人心已经变了，也模糊和混淆了虚构的世界与真实的世界。五十多岁的堂吉诃德天真得就像一个小孩子，冲动得就像道义感和使命感极为强烈的热血青年。

"塞万提斯的态度就是这样，他的世界变成了一场戏剧，在这场戏剧中，每一个角色都通过自己在各自地方的单纯生活证实了自己的正确性。唯一不合时宜的就是带着他那股疯傻劲的堂吉诃德。与让人十分满意的堂狄艾果相比，他绝对不合时宜。"[60] 在理性化日益表现为考虑和谋求个人利益的世界上，堂吉诃德却要将书本上的骑士理想，变成自己的生命实践。

> 在世俗眼中，他的志向狂妄可笑，他的行为有悖常理，于是对他极尽戏弄欺侮之能事，从而既显示了自己的乖巧机灵，又为无聊生活增添了些许乐趣。
>
> 这恐怕是一切理想主义者的悲剧。他们的追求或许本属子虚乌有，而他们也确实太耽于幻想，常常把风车当作巨人，不顾一切地冲上去搏斗。
>
> 然而，社会毕竟还是需要理想光环的照耀，否则，人类堕落为魔鬼的前景岂不指日可待？这一点，在人心几乎全为实惠统摄的当今世界上，显得尤为重要。[61]

堂吉诃德的种种疯狂举动惹人发笑，读者却不能因此而获得一种道德优越感。恰恰相反，在他的疯狂中，有一种古典悲剧（比如莎士比亚的《李尔王》[62]）特有的崇高与庄严。"堂吉诃德的心灵在疯狂之中对他自己和他的事业抱有充分的信心，或是无宁说，他的疯狂就在他始终坚信他自己和自己的事业。如果他对自己的行动的内容和结果没有这种不用思考的镇静态度，他就不成其为真正的传奇性的人物性格。他对自己的思想的实体性内容所抱的那种自信心是伟大的、天才的，和他的一些最优美的品质是相得益彰的。"[63]

在黑格尔看来，《堂吉诃德》毫无保留地嘲笑和讽刺了骑士传奇，却不像《疯狂的罗兰》那样，"只是对投机冒险开一种轻佻的玩笑"；同时，堂吉诃德的经历"仿佛只是一条线，非常美妙地把一系列的真正传奇性的小故事贯串在一起，把书中其他用喜剧笔调描绘的部分的真正价值衬托出来"。因此，在《堂吉诃德》里，"骑士风就连在它的最重大的旨趣方面也转化为喜剧"。[64]

《巨人传》是小说化的闹剧。虽然不能说拉伯雷一点儿正经都没有，但那些故意不着调的语言、极为夸张的行动、粗俗的玩笑，很容易淹没作者想要传递的严肃思想，也很容易让读者满足于大笑而忘记了深思。《堂吉诃德》是小说化的喜剧，更准确地说，是喜悲剧，即表面上表现为喜剧的悲剧。

> 只有堂吉诃德一个人不合时宜，只有他是个疯傻之人；在一个秩序井然的世界里，除他以外，每个人都各得其所，只有他不合时宜；最后，当他临死前又恢复正常时，他自己也认识到这一点。然而这世界果真秩序井然吗？没有提出这个问题。确定无疑的是，它是在堂吉诃德疯傻的光线中显得秩序井然的，是在他疯傻的映衬下显得秩序井然的，甚至是作为欢快的戏剧出现的：在这个世界里可能有许多不幸，许多不公和许多混乱。我们遇见的有妓女，去做摇橹苦工的罪犯，遭诱骗的姑娘，被绞死的强盗以及许多诸如此类

的人，然而这些并没有引起我们的注意。堂吉诃德的出现没带来任何改观和帮助，只是将幸与不幸变成了一场戏剧。"[65]

塞万提斯让我们在忍不住发笑的同时，感到深深的惆怅和心痛，因为骑士理想虽然不现实，但至少让读者知道自己应该有崇高的道德理想，使生命升华，而不是让生命停留在形而下的食色层次。埃里希·奥尔巴赫（1892—1957）指出："一心要重振游侠骑士的疯傻乡绅，这一主题给塞万提斯提供了一个将世界作为戏剧来展示的可能，他使用的是那种色彩缤纷的、透视的、不做评判的、不提出任何问题的中立态度，这种态度是一种勇敢的智慧。"[66] 这种中立态度在很大程度上来自于作者的内心矛盾，使他不能做出截然分明的判断，并把自己的这种意见传达给读者。这也表现了作者的自知之明：世界比我们预想的要复杂，即使我们已经经历好许多事情，我们仍然不能说自己看透了一切，因为那是肤浅之见。即使屡屡失败，也不能因此而证明世界上不存在理想或不需要追求理想。

在《堂吉诃德》第二部第八章，桑乔看到人们对圣人的崇拜，向堂吉诃德建议：做修士能够很快出名。堂吉诃德承认桑乔的话有一定的道理，但他坦诚地说："不过这修士也不是你我人人都做得来的。上帝引他的孩子们上天堂的门径多得很。骑士道也是一门宗教，骑士照样也上天的。"[67] 奥尔巴赫指出："这话的意思是说，它最终是一种虔诚的智慧；它和不偏不倚的态度有些相近"。[68] 他解释说："塞万提斯只对与他的职业——写作有关的东西做出评判。说到这尘世世界，那我们全都是罪人；奖善惩恶是上帝管的事。在这世界上存在的是戏剧中不能一目了然的秩序：虽然这些现象是那样难以一目了然和评判,但在这位曼却的疯傻骑士面前,它们都成了欢快轻松的迷茫轮舞。"[69]

塞万提斯的文风是严肃而欢快的。因为严肃,他带给读者的欢笑就不是轻佻下作的;因为欢快,他所呈现的精神苦痛就不是沉重压抑的。在堂吉诃德的疯傻里,奥尔巴赫注意到塞万提斯的欢快:"一心要实现游侠骑士理想的疯傻骑士出游,当这个主题开始激发塞万提斯的想象力的时候,当代现实的画面也就展示在了他的面前,这画面和这种疯傻形成对比,就和描绘出来的一样:他喜欢这个画面,既因为它的色彩缤纷,也因为使疯傻遍布于它所碰到的一切东西之上的中立欢快。这是一种英雄的理想化的疯傻,它为智慧和人道让出一个空间,他肯定也喜欢这些。"[70]奥尔巴赫认为塞万提斯这种写法是空前绝后的:"这样一种世界范围的、多层次的、没有提出任何批评、没有提出任何问题的欢快,描述日常真实中显现的欢快,在欧洲再也没人进行过尝试;我想象不出,什么时间在什么地方会再对它进行尝试。"[71]

借助于黑格尔"散文的世界"的提法,昆德拉认为《堂吉诃德》表现出了两个相反的方向:"可怜的阿隆索·吉哈达想使自己上升为游侠骑士中的传奇人物。塞万提斯则正好为整个文学史做成了相反的事;他使得一个传奇人物下降,降到散文的世界中。"[72]他认为散文"并不仅仅意味着一种不合诗律的文字;它同时意味着生活具体、日常、物质的一面","将小说说成是散文的艺术,并非显而易见之理",正是"散文"这个词决定了小说艺术的深刻意义。[73]关于这部小说的结尾,昆德拉说:"堂吉诃德之死因其散文化更令人感动,也就是说没有任何感情用事的一面。"堂吉诃德(其实是塞万提斯)知道荷马和维吉尔并不把人物写成他们本来的样子，而是写成他们应当成为的样子，以使他们成为后人效仿的榜样。但是，塞万提斯笔下的堂吉诃德绝不是让人学习的榜样。昆德拉总结说："小说的人物并不要求人们因他们的德行而敬仰他们。他们要求人们理解他们，这是大不相同的。史诗中的英雄总能获胜，或虽败也能将他们的伟大保持到生命最后一息。堂吉诃德败了，而且毫无伟大可言。因为，一切突然变得清晰：生活的本来面目就是一种失败。我们面对被称为生活的东西这一不可逆转的失败所能做的，就是试图去理解它。小说的艺术的**存在理由**正在于此。"[74]

拉伯雷写《巨人传》之时，塞万提斯写《堂吉诃德》之时，都没有意识到他们的作品将会开创文学史的新阶段。他们在写作时任由想象力驰骋，完全不像19世纪以来的许多作家那样刻意设计结构和锻造语言。"拉伯雷根本就不在乎成不成为小说家，塞万提斯则以为自己只是为前代的怪异文学写了一个嘲笑的结束语。两人都没有把自己视为'奠基者'。"[75] 随着时间的发展和小说本身的变化，人们越来越认识到他们的独具一格的典范意义。"之所以给予他们这一地位，并非因为他们是最早写小说的人（在塞万提斯之前已经有过许多小说家），而是因为他们的作品比别的作品更好地让人了解了这一全新的、史诗般的艺术的**存在理由**；因为对后人来说，他们的作品代表着小说最早的伟大价值；只是从人们开始在一部小说中找到一种价值，特有的价值，美学价值起，小说才在它们的延续中作为一种历史展现出来。"[76]

注释：

[1] 吴岳添：《法国小说发展史》，杭州：浙江大学出版社，2004年第1版，第5页。

[2] G. W. F. 黑格尔：《美学》：朱光潜译，北京：商务印书馆，1979年第1版，第三卷下册，第185页。

[3] 同上。

[4] 格奥尔格·卢卡奇：《小说理论》，燕宏远、李怀涛译，北京：商务印书馆，2018年第1版，第32页。

[5] 同上书，第49页。

[6] 同上书，第53页。

[7] 同上。

[8] 同上书，第53—54页。

[9] 同上书，第63页。

[10] 同上书，第51—52页。

[11] 同上书，第64—65页。

[12] 同上。

[13] 同上书，第65页。

[14] 同上书，第62页。

[15] 同上。

[16] 同上书，第64页。

[17] 同上书，第58—59页。

[18] 同上书，第67页。

[19] 同上。

[20] 同上。

[21] 沃尔夫冈·凯塞尔：《语言的艺术作品》，陈铨译，上海：上海译文出版社，1984年第1版，第474页。

[22] 同上书，第474—475页。

[23] 同上书，第474页。

[24]　布赖斯·帕斯卡尔：《思想录：论宗教和其他主题的思想》，何兆武译，北京：商务印书馆，1985 年第 1 版，第 127 页。引者根据法文原版对译文做了修改。

[25]　米兰·昆德拉：《被背叛的遗嘱》，余中先译，上海：上海译文出版社，2003 年第 1 版，第 9 页。

[26]　弗里德里希·尼采：《查拉图斯特拉如是说》（详注本），钱春绮译，北京：生活·读书·新知三联书店，2007 年第 1 版，第 6—7 页。

[27]　单世联：《尼采的"超人"与中国的反现代性思想》，见单世联：《辽远的迷魅——关于中德文化交流的读书笔记》，上海：上海外语教育出版社，2008 年第 1 版，第 137 页。

[28]　张旭：《上帝死了，神学何为？——20 世纪基督教神学基本问题》，北京：中国人民大学出版社，2010 年第 1 版，第 1 页。

[29]　米兰·昆德拉：《小说的艺术》，董强译，上海：上海译文出版社，2004 年第 1 版，第 180 页。

[30]　马丁·海德格尔：《思·语言·诗》，霍夫斯达特编选，彭富春译，北京：文化艺术出版社，1991 年第 1 版，第 82 页。

[31]　阿尔贝·加缪：《西西弗的神话》，杜小真译，北京：生活·读书·新知三联书店，1987 年第 1 版，第 6 页。

[32]　马丁·海德格尔：《思·语言·诗》，霍夫斯达特编选，彭富春译，北京：文化艺术出版社，1991 年第 1 版，第 82 页。

[33]　同上书，第 83 页。

[34]　米兰·昆德拉：《被背叛的遗嘱》，余中先译，上海：上海译文出版社，2003 年第 1 版，第 8—9 页。

[35]　Jean-Paul Sartre, *L'être et le néant: Essai d'ontologie phénoménologique*, édition corrigée avec index par Arlette Elkaïm-Sartre, Paris: Gallimard, coll. «Tel», 1994, pp. 81-108.

[36]　米兰·昆德拉：《被背叛的遗嘱》，余中先译，上海：上海译文出版社，2003 年第 1 版，第 8—9 页。

[37]　勒内·笛卡尔：《第一哲学沉思集：反驳和答辩》，庞景仁译，北京：商务

印书馆，1986年第1版，第27页。

[38] 阿拉斯代尔·麦金太尔：《伦理学简史》，龚群译，北京：商务印书馆，2003年第1版，第202页。Alasdair MacIntyre, *A Short History of Ethics: A History of Moral Philosophy from the Homeric Age to the Twentieth Century*, 2nd edition, London: Routledge, 1998, pp.94-95.

[39] 格奥尔格·卢卡奇：《小说理论》，燕宏远、李怀涛译，北京：商务印书馆，2018年第1版，第79页。

[40] 同上书，第79—80页。

[41] 同上书，第80—81页。

[42] 同上书，第81页。

[43] "Hero"的本意是"英雄"；在叙事文学作品中，如果主人公是不是英雄，则译为"主人公"比较合适。在卢卡奇的《小说理论》中，译者似乎有意一直译成"英雄"，以凸显史诗与小说之差异。

[44] 格奥尔格·卢卡奇：《小说理论》，燕宏远、李怀涛译，北京：商务印书馆，2018年第1版，第81页。

[45] 同上书，第83—84页。

[46] 罗芃：《译本序》，见弗朗索瓦·拉伯雷：《巨人传》，成钰亭译，上海：上海译文出版社，1981年第1版，第IX页。

[47] 同上。

[48] 同上书，第X页。

[49] 希腊神话中水里的女妖，上身是女人，腰部以下是鱼，惯用优美的歌声诱杀路人。

[50] 弗朗索瓦·拉伯雷：《巨人传》，成钰亭译，上海：上海译文出版社，1981年第1版，第6—7页。

[51] 托马斯·福斯特：《如何阅读一本小说》，梁笑译，海口：南海出版公司，2015年第1版，第10页。

[52] 同上。

[53] 米兰·昆德拉：《小说的艺术》，董强译，上海：上海译文出版社，2004年第1版，第7页。

[54] 托马斯·福斯特：《如何阅读一本小说》，梁笑译，海口：南海出版公司，2015年第1版，第10页。

[55] 米兰·昆德拉：《小说的艺术》，董强译，上海：上海译文出版社，2004年第1版，第15页。

[56] 米兰·昆德拉：《被背叛的遗嘱》，余中先译，上海：上海译文出版社，2003年第1版，第207页。

[57] 弗朗兹·卡夫卡：《对罪愆、苦难、希望和真正的道路的观察》，黎奇译，见《卡夫卡全集》，叶廷芳主编，石家庄：河北教育出版社，1996年第1版，第5卷，第3页。

[58] G. W. F. 黑格尔：《美学》，朱光潜译，北京：商务印书馆，1979年第1版，第二卷，第362页。

[59] 同上。

[60] 埃里希·奥尔巴赫：《论模仿：西方文学中现实的再现》，吴麟绶、周新建、高艳婷译，北京：商务印书馆，2014年第1版，第398页。

[61] 董燕生：《译后记》，见米盖尔·德·塞万提斯·萨维德拉：《堂吉诃德》，董燕生译，武汉：长江文艺出版社，2011年第1版，第852页。

[62] 莎士比亚的悲剧虽然在创作时间上是现代的，但在形式上和精神上仍是古典的。他仍然遵循着亚里士多德所概括的古希腊悲剧的基本特点：主人公出身高贵，尽管有缺点，但仍然令人心生敬畏；然而，他最终毁于这个缺点，令人心生怜悯，进而获得心理净化。

[63] G. W. F. 黑格尔：《美学》，朱光潜译，北京：商务印书馆，1979年第1版，第二卷，第362页。我们在引述时，将朱光潜译文中的"唐·吉诃德"改现在为通行的"堂吉诃德"。

[64] 同上。

[65] 埃里希·奥尔巴赫：《论模仿：西方文学中现实的再现》，吴麟绶、周新建、高艳婷译，北京：商务印书馆，2014年第1版，第399页。

[66] 同上。

[67] 米盖尔·德·塞万提斯·萨维德拉：《堂吉诃德》，董燕生译，武汉：长江文艺出版社，2011年第1版，第448页。

[68] 埃里希·奥尔巴赫:《论模仿:西方文学中现实的再现》,吴麟绶、周新建、高艳婷译,北京:商务印书馆,2014年第1版,第399—400页。

[69] 同上书,第400页。

[70] 同上书,第400—401页。

[71] 奥尔巴赫认为只有福楼拜值得一提:"福楼拜曾那样努力要做到这一点,但却又和它完全不同:福楼拜想通过文体来改变现实,这现实应依照上帝眼中的样子显现,因而只要它涉及的是当时处理的那部分现实,上帝的秩序必须具体化在作者的文体里。"(同上书,第400—401页。)

[72] 米兰·昆德拉:《帷幕》,董强译,上海:上海译文出版社,2006年第1版,第10—11页。

[73] 同上书,第11页。

[74] 同上书,第12页。

[75] 同上书,第7页。

[76] 同上。

第四章
与现代性同步展开的"欧洲小说"

昆德拉执着地将自己的小说定义为"欧洲小说"传统的清醒延续。他认为:"小说是全欧洲的产物;它的那些发现,尽管是通过不同的语言完成的,却属于整个欧洲。**发现的延续**(而非所有写作的累积)构成了欧洲的小说史。"[1] 在欧洲这个文化共同体中,小说的演进史,在昆德拉看来,就好像是一场接力跑:"先是意大利和薄伽丘,这位欧洲小说的先驱者;随后是拉伯雷的法国;接着是塞万提斯和流浪汉小说的西班牙;在18世纪,是伟大的英国小说;在这一世纪末,歌德的德国加入进来;19世纪完全属于法国,但在这一世纪的最后三十年,俄罗斯小说加入,而斯堪的纳维亚小说紧随其后。到了20世纪,是中欧和卡夫卡、穆齐尔、布洛赫和贡布罗维奇一起的冒险。"[2] 在这一历史演进中,欧洲不同的地区一个一个渐次醒来,在各自的独特性中自我肯定,并融入共同的欧洲意识中去。[3]因此,"只有在这样一个超国家的背景下,一部作品的价值(也就是说它的发现的意义)才可能被完全看清楚,被完全理解。"[4]

使用地理学的概念,将文学分为洲别文学和国别文学、地区文学,是近代以来文学史家们惯用的方法。最直接的原因是,在同一个地理环境中的文化共同体[5](大到一个洲,小到一个部落、村落或者现代城市中的社团)中的人们,随着时间的流逝,会形成一种共同意识(当然是始终处于演进中的传统),而这种意识使他们的自我身份得以确立和确认。因此,从这种地理人类学的共同体中产生的作品,在表达人类普遍意识的同时,就带上了各个共同体的色彩,正如钱锺书(1910—1998)所说:"东海西海,心理攸同;南学北学,道术未裂。"[6]文学作为一种有意识的文字表达,传达和承载着共同体的意识。欧洲各国家的历史不尽相同,欧洲人也是由许多来源不同的民族组成。然而,由于中世纪共同的基督教信仰,和文艺复兴以来对希腊、罗马文化的共同自觉继承,欧洲人形成了一个超越国家、民族和语言的文化共同体。[7]

"欧洲小说"这样的说法并非昆德拉独创。但他对这一概念的持续强调,却引起了西方的文学史,尤其是小说史研究者们对于发源于文艺复兴时期的西方小说源流和特征的认真反思。对中国读者和研究者来说,对于"欧洲小说"这一概念的了解,能够帮助我们更好地把握文艺复兴以来西方小说和广义的"现代小说"的源流和脉络,正确理解并合理评价昆德拉小说写作的文学价值、文化蕴含和历史意义。

第四章 与现代性同步展开的"欧洲小说"

一 作为文化概念的"欧洲小说"

西方进入现代史的标志性事件，或者说关键性事件，是在15世纪末，由哥伦布航行美洲所带来的地理大发现。随着西欧各国向美洲、非洲和亚洲的殖民扩张，世界其他地区渐次被拖入了现代阶段。也就是说，源于西欧基督教世界内部危机的现代性，随着相对统一的基督教世界的解体，以及西欧民族国家的诞生与相互竞争，和这些国家以传播文明的名义所进行的财富追逐，打断了非欧洲地区的历史进程，使其纳入了由西方主导的现代性展开过程。在非欧洲地区的现代性展开，对这些地区的固有文化产生了强烈的冲击，甚至引发了严重的社会危机与文化危机。现代性基于笛卡尔所谓的普遍理性（la raison universelle），在理论上可以推动并打造全球一体化，至少可以让各个地区摆脱自给自足的局面，从而形成相互之间日益密切的关联，也使全人类可以超越国家和地区的限制，形成"人人有份"的普世历史（l'histoire universelle），尽管彼此份额不同，甚至非常悬殊。

在《小说的艺术》开篇文章《塞万提斯的遗产》中，昆德拉特别提到了1935年，德国现象学家埃德蒙·胡塞尔（1859—1938）先后在维也纳和布拉格所作的关于欧洲人文危机的著名的学术讲座。"危机的根源，他相信是在现代之初，已经潜藏在伽利略和笛卡尔的思想中，潜藏在表现为具有单向主义特点的欧洲科学中——它将世界缩减为数学和技术研究的简单对象，将他所说的活生生的世界从视野中逐出去。"[8] 和许多现代思想家一样，昆德拉批评"科学的突飞猛进将人推进了专门学科的隧道中。专业知识越多，人越看不清楚世界整体,也看不清自己。"[9] 他由此联想到胡塞尔的学生海德格尔的"漂亮的、几乎是不可思议的一个"表达式:"本是被遗忘"(l'oubli de l'être)。[10] 昆德拉做了如此的解释:"在笛卡尔思想影响下,人作为**大自然的主人和占有者**,对于那些诸如技术的、政治的、大写历史(l'Histoire)的力量而言,却变成了一个简单的物,并被这些力量超越和占有。对于这些力量而言,人的具体的存在,他的**活生生的世界**不再具有任何价值,不再引起任何兴趣:人隐没了,在开初即被遗忘了。"[11]

笛卡尔的《谈谈方法》(1637)及其他著作为现代哲学和科学提供了新的逻辑和方法,因此,他被看作现代思想的奠基人。然而,昆德拉指出:现代的奠基人不仅是笛卡尔,还应加上塞万提斯。"如果说哲学和科学确实忘记了人的存在,那么随着塞万提斯,一个伟大的欧洲艺术形成了,而它恰恰就是对于这被遗忘的存在的探索。"[12] "因此,现代世界诞生了,而作为它的映像和模型的小说和它一起诞生。"[13]

昆德拉特别声明,他的"欧洲小说"概念并不是出于地理因素的考虑,而且他心目中的"欧洲小说",并不是简单地等同于欧洲人写的小说,而是"开始于欧洲现代社会初期的历史的小说"。他承认在古代中国、日本、希腊和罗马都存在着类似于小说的长篇叙事散文,但认为"那些小说同随着拉伯雷和塞万提斯诞生的历史事业的联系,没有任何延续性可言"。[14]

昆德拉使用"欧洲小说"这一提法,不仅是为了与中国小说、日本小说等加以区别,更是为了强调"欧洲小说"所承载的特性:"我所谓的欧洲小说,在现代之初形成于欧洲南部,自成历史,并在随后扩展它的空间到地理学意义上的欧洲之外（尤其是南北美洲）。"[15] 它指的是"作为进入现代以来的欧洲历史之组成部分的小说"。[16] 昆德拉使用"欧洲小说"的提法，还为了强调其历史的跨民族性或超民族性："法国小说、英国小说或匈牙利小说不能创造各行其道、自主自足的历史，但它们都参与到一个共同的、超国家的历史之中——这一历史造成了可以揭示小说演变的意义与特定作品之价值的唯一语境。"[17] 将视野扩大到整个欧洲以后，昆德拉觉得欧洲小说发展史就像是各个民族的接力长跑："先是伟大先驱意大利的薄伽丘；然后是法国的拉伯雷；然后是西班牙的塞万提斯和流浪汉小说；18世纪有伟大的英国小说，到世纪末，歌德带来德意志的贡献；19世纪整个地属于法国，到最后三十年，有俄罗斯小说的进入，随之，出现斯堪的纳维亚小说。然后，在20世纪里，有中欧的贡献：卡夫卡、穆齐尔、布洛赫、贡布罗维奇……"[18]

欧洲分为许多国家，大部分国家又是由来源不同的多个民族构成的。这么多国家和民族之所以能够有一个共同的身份，在于他们具有共同的文化认同：希腊文化与基督教。因此，"欧洲"不仅是地理意义的，更是文化意义的。正是这种共同文化认同基础上的差异性，使欧洲文化既相互一致又丰富多彩。"艺术作为上帝笑声的回声，创造出了令人着迷的想象空间，在里面，没有一个人拥有真理，所有人都有权被理解。这一想象空间是与现代欧洲一起诞生的，它是欧洲的幻象，或至少是我们的欧洲梦想。"[19] 在昆德拉看来，这也造就了"欧洲小说"的顽强生命力与彼伏此起的相互衔接："假如欧洲只是一个单独的民族，那我就不会认为它的小说历史能在四个世纪的进程中有那么强的生命力，有那么丰富绚丽的色彩。

总是有一些新的历史环境（伴随着它们新的生存内涵）一会儿出现在法国，一会儿出现在俄罗斯，一会儿又在别的什么地方，此起彼伏。"[20] 这种欧洲特有的艺术接力"不断推进着小说艺术，为它带来新的灵感，向它提供新的美学经验"。小说发展史反过来推动了欧洲不同地区的现代性进程，使人们越来越被"纳入一个共同的欧洲意识之中"。[21]

昆德拉认为，自从现代之始，小说就一直忠实地伴随着人，捍卫着具体的生活，免得它落入"本是被遗忘"的状态。因此，欧洲小说的演进被他视为对于现代性所引起的"本是被遗忘"的一场持续的斗争。昆德拉指出，海德格尔在其名著《存在与时间》（1927）[22] 中所分析的所有存在的主题，其实都已经被四百年来的欧洲小说揭示出来了：

> 一个接一个，小说以其特有的方式和逻辑，发现了存在的不同方面：与塞万提斯的同代人一起，它探讨什么是冒险；与萨缪尔·理查逊一起，它开始考察**内心活动**，揭示隐秘的感情生活；和巴尔扎克一起，它发现人和历史（Histoire）的根本关联；和福楼拜一起，它的探索深入到了日常生活的**未知之地**中；和托尔斯泰一起，它趋向于探索非理性对人的决定和行为的影响。它探讨时间：和马塞尔·普鲁斯特一起，它探讨无法捕捉的过去；和詹姆斯·乔伊斯一起，它探讨无法捕捉的现在。和托马斯·曼一起，它探讨来自远古但却遥遥引领我们现在脚步的神话如何发生作用……[23]

第四章　与现代性同步展开的"欧洲小说"

兴起于文艺复兴时期的小说，在随后的几个世纪里，在欧洲各国都获得了惊人的发展。与中世纪的传奇相比，小说功能发生了很大的转变："从前它不过是人们在茶余饭后进行的满足想象力和情感的轻松消遣物，但现在它却表达从前由史诗、编年史、道德文章、圣书和部分诗歌表达的各种愿望、责任和不安。另一方面，从社会的角度来看，由于它的发行量极大，它就成了面向各种阶层的人的最重要的文学传播手段。"[24]

与此相关，小说在西方文化中的重要性也日益明显：

> 在小说中，西方人找得到一切：所有他所发明的和所有超越于他的，即他的命运。小说为每一个精神家族都提供它的精选营养：为实证精神，它提供了社会研究——今天正在嬗变中的国家使社会研究仍然令人感兴趣；为敏感的心灵，它提供了残酷而细腻的心理分析游戏——20世纪的精神分析以其沉潜到心理深渊深层的实践更新了这个游戏；它为论战者们提供了介入现状的契机；为有命运感的人，它提供了对人类的处境或者世界的非人道性不断的拷问；并且，它也为所有人提供了曲折故事、冒险经历和童话，从而享受孩子般的乐趣。小说充当了许多的角色：听忏神甫、政委、保姆、时事新闻记者、术士、密教士。[25]

对于现代西方人来说，小说只有一个主题，那就是人。

真正的创造者不是为了无意义的描画乐趣而去描画。无论他是否愿意，他是否知晓，当他在他创造的人物中寻找时，他所做的，就是在笼罩着所有人的阴翳中投下一些微光；就是让他笔下分散、陌生、迷失的生灵们忏悔，而如果没有他的话，他们将永远也不知道自己的邪恶；就是给他们展示在他们灵魂里蠕动的阴暗的兽，以便他们在被搅得不安、恐惧的同时，也许"最终看见自己的真面目"并自我省思。(……) 真正的小说是些隐秘的问卷。[26]

所以，小说甚至被视为现代欧洲人文化身份的载体："小说给了欧洲人的探寻以最有力和最丰富的文化表达。可以从中找到一切，它是一种对自由的练习，而欧洲人借以产生和维护自己的身份。"[27]

昆德拉说："由于它形式的丰富多样，由于它演进的令人目眩的高强度，由于它的社会作用，在其他文明当中，没有任何可以和欧洲小说（以及欧洲音乐）相比拟的。"[28] 这话很容易让非西方读者联想到欧洲中心主义。事实上，正是因为欧洲最先进入"现代"阶段，"现代性"在欧洲和广义的"西方"得到了远比其他地区更为充分的发育和发展，西方作家也比其他地区的作家们更早、更深、更多地注意和思考了"现代社会"的问题。昆德拉的断言是对历史事实的认定，而非出于欧洲中心论的意识形态。

昆德拉所谓的小说是现代印刷术和现代世界的产物。巴勒斯坦裔美国学者爱德华·萨义德（1935—2003）明确指出：在与现代西方文学文化接触之前，伊斯兰文化中没有小说。

对于伊斯兰教来说，世界是完全的，作为一个整体被神创造，充满了一个世界可以有的任何一个想得到的实体（entity）。但是，对于犹太—基督教传统来说，堕落和有罪的世界（它与构成它的个体们相互依存）根本上是不完全的；而且，在宗教意义上，这个世界渴望着个体被拯救，并在人类历史终结之时的审判之日，身体被改变。在小说的完全世俗化和心理化的语境中，世界毋宁是乐观地被观照，被构想为一个渐进的人类发展之过程，趋向于对个体及其共同体、对个体完成和社会乌托邦来说更高级或更复杂的发展形式。换句话说，小说表明西方的宗教与世俗文化的核心的、自我定义的特征。[29]

同样，在林纾（1852—1924）于19世纪末译介西方小说、梁启超（1873—1929）于20世纪初倡导"小说革命"之前，中国没有现代意义上的小说。中国现代小说是在西方小说的影响下产生和发展的，这是公认的事实。

昆德拉认为："只是到了我们的20世纪，欧洲小说历史的伟大创举才破天荒地首次诞生在欧洲以外的地方。先是在二十到三十年代的北美，然后是六十年代的拉丁美洲。随着安的列斯小说家帕特里克·夏姆瓦佐的艺术，还有拉什迪的艺术给我带来欢乐之后，我便喜欢更泛地谈三十五度纬线以下的小说或南方小说。这是一个新的伟大的小说文化，它异乎寻常的现实观念，与超乎于一切真实性规则之上的任意驰骋的想象联系在一起。"[30] "欧洲小说"之所以能够扩展到欧洲之外，并取得了引人注目的成就，就是因为从西欧开始的现代性展开，扩展到了欧洲之外的这些西方文化外延地区。

昆德拉认为在欧洲之外的"欧洲小说"并非简单的重复，而是独具特色："小说在现代主义最后阶段的趋向：在欧洲，是推至极端的平凡琐事，在暗淡的背景中所作的暗淡的矫揉造作的分析；在欧洲之外，是最例外的巧合的积累，色彩之上的色彩。威胁性：欧洲暗淡基调的厌烦；欧洲之外美景的单调。"[31] 他甚至认为欧洲之外的"欧洲小说"更好地继承了小说的传统："三十五度纬线之下的小说尽管在欧洲式趣味看来有些陌生奇异，但却是欧洲小说历史、它的形式、它的精神的延续，而且与它的古老之源是那么惊人地相近。今天，拉伯雷的古老活力之源在任何地方，都不如在非欧洲小说家的作品中流得那么欢畅。"[32]

二 "欧洲小说"即"现代性小说"

这里我们有必要对于"现代性"这个词语做些解释。"现代"虽然源于对历时性的时间更替所自然造成的时间距离远近的界定，但更多的是着眼于社会形态，尤其是人们的心态的迥异。判定一个共同体是否"现代"，最重要的标志在于该共同体的价值观是"传统"还是"现代性"占主导地位。具体到一位作家和一部作品，是看其所呈现的价值取向、审美观。英国诗人与文学批评家乔治·萨瑟兰·弗雷泽（1915—1980）说：

> 在文学中人们叫作"现代性"（modernity）的东西，在所有国家的表现都有些共同特点。（……）如果我们把一部作品定性为**现代的**（modern），我们不止是说它出版于五年前或十年前，五十年前或六十年前，或者是在文艺复兴时代以后。当我们说一部作品是**现代的**，我们就赋予了它某些内在品质（certain intrinsic qualities），虽然这些品质不是那么很明确。我们可以在卡图卢斯[33]

那里找到一些"现代的"东西，而在维吉尔[34]那里就找不到；在维庸[35]那里找得到，而在龙沙[36]那里找不到；在多恩[37]那里找得到，而在斯宾塞[38]那里找不到；在克拉夫[39]那里找得到，而在丁尼生[40]那里找不到。[41]

"现代"的发生，源自西方（基本上是西欧）的历史嬗变。它酝酿于文艺复兴时期的意大利，逐渐向邻国扩散。到了1750年代，西欧诸国大部分进入了"现代社会"。随着西欧诸国在地理大发现以后的商业和殖民扩张，世界其他地区自主演进的历史进程被打断，也渐次被拖进了由"传统社会"向"现代社会"艰难转型的历史进程之中。所以，横向观察各个国家和地区的情况，我们会发现：在同一时段上，其社会、经济和文化形态不尽相同，所经历的社会和经济形态也不完全一致（不是所有的国家和民族都经历了马克思从西欧历史归纳出来的演变模式"原始社会——奴隶社会——封建社会——资本主义社会——社会主义"这五个发展阶段）。然而，所有的国家和地区却已经经历了，或者正在经历着从"传统社会"向"现代社会"的嬗变，虽然各自的"传统"之内涵大不相同。

在传统社会中，占主导地位的是集体价值观，审美重视古典，参照系是往昔的历史。而在现代社会里，个人可以甚至必须来决定自己的价值取向，文化重视创新，人们的心态是面向未知的将来。各民族的传统各有不同，但进入了"现代"以后却有着精神特质的相同和相似。

"现代"发端于西欧，并在西欧以及广义的西方获得了充分的发展。在《耶路撒冷演讲：小说与欧洲》里，借着赞扬犹太人对欧洲的认同，昆德拉表明了自己对"欧洲"的理解和定义："正是那些伟大的犹太人，远离他们的发源地，超越于民族主义激情之上，一直表现出对一个超越国界的欧洲的高度敏感，不是作为一块领土的欧洲，而是作为一种文化的欧洲。"[42]

通过对昆德拉陈述其"欧洲小说"论的上下文的考察，我们基本上可以断定：他的"欧洲小说"与"现代小说"同义。"无论如何，在过去三百年里，小说是西方意识的生动信息记录。"[43]证诸"现代"由西欧向东欧、北美和南美的历史事实，昆德拉如下的宣称是有道理的："法国小说、英国小说或匈牙利小说不能创造各行其道、自主自足的历史，但它们都参与到一个共同的、超国家的历史之中——这一历史造成了可以揭示小说演变的意义与特定作品之价值的唯一语境。"[44]蹇昌槐指出："崛起于（19世纪）30年代的批判现实主义小说，堪称有史以来最为壮阔的小说运动。在短短的70年间，各种风格和流派的作家灿若群星，他们创造了极其丰富多彩的、无与伦比的艺术画卷。在他们的笔下，现实主义技巧高度成熟，艺术形象成群出现，因而极大地丰富了世界文学形象的艺术画廊。20世纪的世界文坛，出现了全球性的审美跃动，世界小说也正式形成了多元格局。欧罗巴则雄风不减当年，依然在这个全球大合唱中有声有色地演奏着自己的声部。"[45]

在《七十三个词》的《（欧洲）小说》词条中，昆德拉指出："（通常所谓'小说'那样的）小说（统一的和连续的演进）历史并不存在。只有小说的**诸种**历史：中国小说、希腊—罗马小说、日本小说、中世纪小说……"[46]就是说，在进入"现代"以前，不同地区、不同时代的传统文化造就了不同的小说形态和小说历史，它们基本上是自主自足的（autonome）。在许多非西方国家都有两个小说史：一个是受到西方小说影响之前的"传统小说"史，一个是受到西方现代文学影响的"现代小说"史。

这样看来，在昆德拉"欧洲小说"的概念中，作为形容词的"欧洲"，并不是单纯地出于地理因素的考虑。它的一个明显特征就是其内涵的限定性和地理的宽泛性。所以，当昆德拉将美洲小说纳入"欧洲小说"的范围之时，他自己并不觉得有什么不妥。然而，昆德拉的"欧洲小说"有其特殊含义，许多在欧洲产生的小说其实并不被昆德拉纳入他的"欧洲小说"的考虑当中，而欧洲之外的小说只有当其符合昆德拉设定的条件以后，才会被他当成他的"欧洲小说"的组成部分，如1920年代以来在北美产生的小说，和1960年代以来在拉美产生的小说。

直到20世纪初，美国小说仍然处于向欧洲学习的阶段。西奥多·德莱塞（1871—1945）辛克莱·刘易斯（1885—1951）两位都深受法国自然主义小说的影响。但在第一次世界大战以后，由格特鲁德·斯坦因（1874—1946）召集起来的海明威、弗·斯科特·菲茨杰拉德（1896—1940）、亨利·米勒（1891—1980）、理查·赖特（1908—1960）等人，以其成规模发表的小说，迅速引起了世界文坛的高度关注。自1920年代起，才有了"美国小说的时代"的说法。1960年代，拉丁美洲小说在承继"欧洲小说"传统的基础上，自成一格，以魔幻现实主义小说的"大爆发"而引起全球注意，不仅丰富了"欧洲小说"的内涵与传统，而且将"欧洲小说"的地理边界推广到广袤的美洲。

由于西方式的现代化在非西方文明地区的推进，使得地理上非西方的国家,也可能产生出与"欧洲小说"内涵相契合的小说作品。[47]如果有一天昆德拉将非洲小说、中国小说都纳入这一范畴中去,便不是荒诞无稽的了。事实上,南非、日本、以色列的一部分小说已经成为"欧洲小说"(即"现代性小说"或者"现代派小说")的构成部分。[48]

汉语的"小说"一词,最早出现在《庄子·杂篇·外物》:"饰小说以干县令,其于大达亦远矣。"[49]译成现代汉语就是:"修饰浅薄的言辞以求得高高的美名,对于达到通晓大道的境界来说,距离也就很远了。"[50]庄子(约前369—约前286)把"小说"视为"高论"的反义词,即无关宏旨的浮浅言语。在《汉书·艺文志》里,班固(32—92)将"小说家"列在九流十家之末:"小说家者流,盖出于稗官、街谈巷语,道听途说者之所造也。"在《新论》中,桓谭(约前23—56)写道:"若其小说家合丛残小语,近取譬论,以作短书,治身理家,有可观之辞。"他们所提到的"小说"都是带有道德评价、政治议论或寓意的杂谈。讲道理不免要使用譬喻和寓言,通过形象之比附、故事之敷陈,就可以增加道德说教或政治主张的说服力和影响力。"小说"因此就与想象、联想产生了密切关系,逐渐具有了独立的叙事体裁的性质。在魏晋时期,"志怪"已经具有了奇幻文学(fantastic literature)的基本特征,成为文人有意识创作的叙事作品。在重视文学的唐代,应试的举子认为考卷并不能充分展示自己的才华,往往写作"传奇",提前呈给主考官员,希望能够得到青睐。在经济繁荣、文化发达的宋代,城市中出现了"说话人",即职业的故事讲述者,而他们讲故事的底本,即"话本",保留了比较多的口语。他们所讲的故事,常常被称为"平话",如《三国志平话》,而

"小说"也成了故事性文体的专称。杨义指出:"它包容了这种文体基本特征的故事性、通俗性和娱乐性,开始是在短小的篇幅中,展示了为圣贤'大道'所鄙视的思维结果,以及不为经史典籍的文体规范所约束的美学个性。由于这种文体处于正统文学总体结构的边缘地位,它没有受到认真的重视和严格的界定,在其发展的过程中必然精芜混杂,界限模糊,收容了不少在严格意义上不属于它的杂色文字。"[51]明清时期,文人有意识地创作了"拟平话",语言更加典雅。长篇章回体小说在明清时期极为繁荣,但仍然属于中国传统小说,仍然被正统文人认为不能登大雅之堂。

现代意义上的中国小说是现代性在中国展开的结果。鸦片战争打破了明清两代闭关锁国的局面,西方现代文化随着西方现代文明进入了中国,冲击了中国人的固有的文化观念。从19世纪末到20世纪初,越来越多的智识人将中国社会的现代化与中国文化的现代化联系起来。裘廷梁(1857—1943)发表了产生广泛影响的《论白话为维新之本》(1898),援引欧美和日本的先例,主张以白话取代文言在中国文化中的正统地位,以便更好地传达思想,学习新学,使中国及早摆脱现代性展开所造成的被动地位,更加自主和积极地推进国家的现代化进程。宣传维新思想的严复(1854—1921)注意到小说比历史更有影响力:"若其事为人心所虚构,则善者必昌,不善者必亡;即稍存实事,略作依违。亦必嬉笑怒骂,托迹鬼神。天下之快,莫快于斯,人同此心,书行自远。故书之言实事者不易传,而书之言虚事者易传。"他不无夸张地指出:"夫说部之兴,其入人之深,行世之远,几几出于经史上,而天下之人心风俗,遂不免为说部之所持。"但是,中国古代小说的缺点也很明显:"夫古人之为小说,或各有精微之旨，寄于言外，而深隐难求；浅学之人，沦胥若此，盖天下不胜其说部之毒，而其益难言矣。"[52] 因此，鉴于欧美与日本的现代化进程都伴随着现代小说的兴起，推动了社会变革，他与同仁们决定译印外国小说，随报纸赠送给读者，目的就是要开启民智："本馆同志，知其若此，且闻欧、美、东瀛，其开化之时，往往得小说之助。是以不惮辛勤，广为采辑，附纸分送。或译诸大瀛之外，或扶其孤本之微。文章事实，万有不同，不能预拟；而本原之地，宗旨所存，则在乎使民开化。"[53]

戊戌变法的领袖康有为（1858—1927）也把传播思想、改变人心的希望寄托于不胫而走、喜闻乐见的小说。他认为："仅识字之人，有不读经，无有不读小说者。故六经不能教，当以小说教之；正史不能入，当以小说入之；语录不能谕，当以小说谕之；律例不能治，当以小说治之。"[54] 作为康有为最重要的助手，梁启超把欧洲国家与日本的政治变革的成功，归功于小说对于全社会发生的思想影响："在昔欧洲各国变革之始，其魁儒硕学，仁人志士，往往以其身之所经历，及胸中所怀，政治之议论，一寄之于小说。于是彼夫缀学之子，黉塾之暇，手之口之。下而兵丁、而市侩、而农氓、而工匠、而车夫马卒、而妇女、而童孺，靡不手之口之。往往每一书出，而全国之议论为之一变。彼美、英、德、法、奥、意、日本各国政界之日进，则政治小说，为功最高焉。"[55] 所以，他与同仁们"特采外国名儒所撰述，而有关切于今日中国时局者，次第译之，附于报末"，希望"爱国之士，或庶览焉"[56]。

西方现代性展开过程中，既有哲学思想的活跃、宗教改革的冲击、科学技术的进步、不同阶级的对抗，也有音乐、美术的兴盛和小说、戏剧的繁荣。当时的梁启超显然不可能像我们今天这样，能够看得清楚历史演变的逻辑。值得注意的是他的思路，即把传统社会向现代社会的演变，与作为现代文学主导文类的小说挂钩。这使他在推动政治和社会变革的同时，对小说寄予厚望，也就很自然地推动中国小说的改革，使其成为名副其实的现代小说："欲新一国之民，不可不先新一国之小说。故欲新道德，必新小说；欲新宗教，必新小说；欲新政治，必新小说；欲新风俗，必新小说；欲新学艺，必新小说；乃至欲新人心、欲新人格，必新小说。何以故？小说有不可思议之力支配人道故。"[57]

面对现代性的冲击和西方列强所施加的现实压力，不甘心消极应对的中国智识人不能直接参与国家的政治改革，只能立足本职，推动传统文学，尤其是中国小说的革新，以间接地参与和推动中国社会的现代化进程。这样的思路在20世纪初相当具有普遍性。夏曾佑（1863—1924）认为："今值学界展宽（自注：西学流入），士夫正日不暇给之时，不必再以小说耗其目力。惟妇女与粗人无书可读，欲求输入文化，除小说更无他途。"因此，他主张改良中国传统小说，"必使深闺之戏谑、劳侣之耶揄，均与作者之心入而俱化"，以便妇女成为男人的后盾，苦力成为士子的力量，共同推动中国社会的现代化。[58]

当报纸对社会的影响越来越明显的时候，黄世仲（1872—1913）则坚持认为小说对人心的影响更胜一筹："20世纪，社会上智识之增长，人群之进化，风俗之改良，心思之开拓，果何由而致此哉？识者必曰：功在报纸。然报纸有见闻，而鲜观感；有纪录，而鲜精详。"[59]"报纸之功在一时，而小说之功则在万世。"[60]他像梁启超一样把欧洲国家与日本的社会变革与小说繁荣联系起来："各国民智之进步，小说之影响于社会者巨矣。"但是，中国的作者还不能立即为国民提供汉语书写的现代小说，当务之急，就是像严复、梁启超一样，鼓励人们翻译和阅读外国小说："自风气渐开，一切国民知识，类皆由西方输入。夫以隔膜数万里之遥，而声气相通至如是之疾者，非必人人精西语，善西文，身历西土，考究其历史，参观其现势，而得之也；诵其诗，读其书，即足以知其大概，而观感之念悠然以生。然既非人人尽精西语，尽善西文，与尽历西土，终得如是之观感者，谓非借译本流传，交换智识，乌能有是哉？"[61]

正是在这样的期待视野中，由林纾与人合作的"林译小说"风行一时。钱锺书以自己的阅读经验，证实了林译小说带给中国读者的新冲击和现代外国小说的魅力。

> 林纾的翻译所起"媒"的作用，已经是文学史公认的事实。他对若干读者，也一定有过歌德所说的"媒"的影响，引导他们去跟原作发生直接关系。我自己就是读了林译而增加学习外国语文的兴趣的。商务印书馆发行的那两小箱《林译小说丛书》是我十一二岁时的大发现，带领我进了一个新天地，一个在《水浒》《西游记》《聊斋志异》以外另辟的世界。我事先也看过梁启超译的《十五小豪杰》、周桂笙译的侦探小说等，都觉得沉闷乏味。接触了林译，我才知道西洋小说会那么迷人。我把林译哈葛德、迭更司、欧文、司各德、斯威佛特的作品反复不厌地阅览。假如我当时学习英语有什么自己意识到的动机，其中之一就是有一天能够痛痛快快地读遍哈葛德以及旁人的探险小说。[62]

与翻译小说同时繁荣的,是中国作者们创作新式小说的积极努力和相当不错的创作成绩。

> 20世纪开幕,为吾国小说界发达之滥觞。文明初渡,固乞灵于译本;迄于今,报界之潮流,更趋重于小说。发源沪渎,而盛于香港粤省各方面。或章回,或短篇,或箴政治之得失,或言教育之文野,或振民族之精神,或写人情之观感。核其大旨,要无非改良社会之风气,而钥导人群之智识者为近是。故小说一门,隐与报界相维系,而小说功用,遂不可思议矣。是非小说家之别具吸电力也,盖道与时为变通,风俗即随时而进化。[63]

李宝嘉(李伯元,1867—1906)的《官场现形记》、吴沃尧(吴趼人,1866—1910)的《二十年目睹之怪现状》、刘鹗(1857—1909)的《老残游记》、曾朴(1872—1935)的《孽海花》,都在当时受到了读者的热烈欢迎。这些小说虽然还保留着章回小说的形式,却直面现实,触及问题,批评现状。较之于《三国演义》《水浒传》《金瓶梅》《红楼梦》这些古典小说,晚清四大小说的现代性是非常明显的。它们体现现代性的方式与《巨人传》和《堂吉诃德》基本相似,都是在表面上继承传统的同时,完成了对传统的长篇叙事文学的颠覆和对现代长篇叙事文学的确立。

在晚清"这一甲子内,中国文学的创作、出版及阅读蓬勃发展,真是前所未见。而小说一跃而为文类的大宗,更见证了传统文学体制的巨变。"[64] 回望历史,我们可以更清楚地认识到清末十年的小说革新对于中国文学和中国文化的重要意义:"小说是现代中国文学最重要的文类。过去一个世纪以来,小说记录了中国现代化历程中种种可啼可笑的现象,而小说本身的质变,也成为中国现代化的表征之一。"[65]

三 以定义来确认"小说"的现代特质

"在西方文学中,近代意义上的小说的出现远在诗歌、戏剧文学之后,但从文艺复兴开始,经过几百年的发展,它却由最初所在的边缘地位逐步进入了文学系统的中心,成为西方文学最重要的创作形式。"[66]无论是在数量方面还是在影响力方面,它都取代了诗歌而成为文类之王。

从表面上看,一部小说作品就是一篇连续的叙事话语。事实上,小说是一个被结构的文学形式,它建立于被结构的现实基础上,至少是被小说家理解为有组织的。一个社会群体、一个问题、一个心理个案、一个历史事件、一条琐闻、一段传记,等等,都可以成为一部小说的素材。当素材具有线性发展的性质时,小说的形式肯定会呈现出持续演进的面貌。

如果仅仅叙述故事,则西方现代小说似乎可以溯源到古希腊、罗马的长篇故事和中世纪的传奇。但是,西方18世纪以来关于小说的探讨,却大都认定现代意义上的"小说"是近代的新事物。在英语中,"小说"(novel)这个术语直到18世纪末才得以充分确认。[67]同样是在18世纪,法语为"roman"赋予了新的意思,用来指称现代意义上的"小说"。[68]

然而,即使在英语中使用"romance"和"novel",也不足以保证对"传奇"和"小说"的轻易区分。

"传奇"(romance)这个术语特指某个特定种类的虚构性叙事,它比"小说"更为程式化,故事更由行动所驱动,更多依赖于类型化人物而不是心理上真实的人物,还常常运用不可思议的情节。哥特故事、探险故事、霍桑和布拉姆·斯托克[69]的书、西部小说和惊悚故事,还有,是的,历史爱情小说,都被归入传奇的名目。这种区分或多或少地沿用了几个世纪,但仍然是种模糊的说法。《红字》显然是浪漫传奇(romance),《一位女士的肖像》是小说(novel)。但是,《白鲸》呢?《哈克贝利·费恩历险记》呢?《荒凉山庄》呢?你看,这就是问题所在。当我们要求要达到外科手术的精确度时,术语却只是一把黄油刀。今天,任何人都很难区分传奇和小说。你什么时候听人提过斯蒂芬·金写的传奇?"传奇"这个词一旦和"禾林公司"[70]相连,问题就更复杂。所以,我们在这里将使用"小说"一词来指代具有书籍长度的虚构叙事这类体裁,当然这并不严谨。[71]

在谈论小说阅读时,美国学者托马斯·福斯特说:"在关于小说的恼人问题(它们数不胜数)中,最让人烦恼的也是最基本的:小说是什么?"[72]英国小说史专家伊恩·瓦特也表达了类似的困惑:"任何一个对18世纪早期的小说家和他们的作品感兴趣的人,都很可能提出这样一些一般性的问题:小说是一种新的文学形式吗?如果我们像通常所作的那样,假定它如此,假定笛福、理查逊和菲尔丁为其肇始,那么它如何区别于古代的散文虚构故事呢?例如,它如何区别于古希腊的、或中世纪的、或17世纪法国的那些散文虚构故事呢？这些差异为什么出现于彼时呢？这些问题一直没有完满的答案。"[73]他认为在对这个问题展开研究之前，"我们首先需要的是一个关于小说特征的行之有效的定义"。所谓行之有效，就是说"这个定义既要狭窄得能将先前诸种叙事体文学拒之门外，又要宽泛得适用于通常归入小说范畴的一切问题"。[74]

直到今天，许多英语使用者仍然不加区别地以"novel"和"fiction"来指称"小说"。英国学者维克多·萨奇认为这两个术语存在着三个方面的差异。首先，从历史和文化的角度来看，与"fiction"相比，"novel"的内涵更为狭窄。在古希腊罗马文化中并不存在小说（novel）这种形式，而只存在着散文体的虚构作品（fiction）。像《天路历程》这样的现代散文体寓意作品只能称为虚构作品，而不能叫作小说。其次，"fiction"是虚构作品的总称，而"novel"只是某一类虚构作品。最后，"novel"指的是想象活动的产物，而"fiction"却可以用来描述这一活动本身。[75]

下面是从文艺复兴到浪漫主义期间，五种西欧语言在指称虚构性的散文体叙事作品时，所使用的术语。[76]

语言	I	II	III	IV	V
英语	(hi) story	tale	(novel)	romance	novel
法语	histoire	conte	nouvelle	roman	roman
德语	Geschichte	Erzahlung	Nouvelle	Roman (ze)	Roman
意大利语	storia	racontto	nouvella	romanzo	romanzo
西班牙语	historia	cuento	nouvela	romance	nouvela

其中最后一栏的术语专门用于指称长篇小说。我们可以看到法

第四章　与现代性同步展开的"欧洲小说"

语、德语和意大利语同源,都表明了"小说"的俗语源头;而英语和西班牙语则强调了这种题材的新颖性。

在法语中,谈到小说的时候,有时候会使用"histoire"这个词泛指小说所讲述的"故事",而不涉及叙述故事的体裁。"conte"指的是短篇小说,但"nouvelle"的意思比较模糊,既可以指短篇小说,也可以指中篇小说,但它与长篇小说的界限并不明确。我们前面已经说过,"roman"既可以指称中世纪传奇,也可以指称现代长篇小说。虽然二者截然不同,名称却一样,更需要使用者注意二者的联系与区别。

英语的"story"一词来源于中古法语的"estorie"。而这一法语词又来源于拉丁语的"historia"。英语的"novel"一词来自意大利语的"novella"(意为"新颖和短小")。英语去除"短小"之意,突出了"新颖",就把一本书那么长的散文体虚构性叙事,称为"novel",即我们今天所说的"长篇小说"。这两种语言中都强调了产生于文艺复兴晚期的这种散文体长篇叙事作品的是"新事物"。"在当时以及以后很多年,每篇小说都是实验性的。如果一种文类为时不够长,就无法建立它的传统,那么也就没有一个可以成为'传统'的样本。一直到17世纪末18世纪初,这种新形式的作者们恍然大悟:这是一个新事物,这是……小说!"[77]"英语中的'novel'这个名词一直到19世纪初还不具有它现在的意义,因而许多专门从事英国文学研究的批评家们就满足于这样的看法,即小说是在18世纪'兴起'的。"[78]

菲尔丁是在1749年创作《汤姆·琼斯》这部小说的。那时,距《巨人传》出版已经有两百多年,距《堂吉诃德》出版将近一百五十

151

年。然而，小说对他来说仍然是一门新艺术，以至于他自命为"一个文学新辖区的奠基者"。菲尔丁拒绝使用英语中已经存在的两个术语"novel"和"romance"来指称这个新辖区，因为它一经被发现，就被"一大堆愚蠢的小说与可怕的传奇"（a swarm of foolish novels and monstrous romances）入侵了[79]。为了强调自己作品之非同寻常、独具匠心，菲尔丁"特意回避小说一词，用一个相当拗口却颇为精当的叫法来称呼这一新的艺术"[80]，即"散文体喜剧化史诗性作品（prosai-comi-epic writing）"。[81]

在1690年出版的《法语词典》中，"小说"被定义为"包含着爱情故事和骑士故事的难以置信之书（livres fabuleux）。"1694年出版的《法兰西学院审定法语词典》（Dictionnaire de l'Académie française），"小说"指的是讲述"爱情与战争的传奇冒险"的故事（récits）。在启蒙运动时期，由德尼·狄德罗（1713—1784）与让·勒朗·达朗贝尔（1717—1783）主编的《百科全书》（1751—1772 中，在若古骑士（1704—1779）撰写的"小说"辞条里，他将"小说"定义为"关于人生的各种不可思议或真假难辨经历的虚构故事"[82]，还说它"发行量大，有道德影响力，但没有任何属于自己的特定价值"[83]。昆德拉批评他既没有说出为"小说"所独有的任何价值，也没有提及今日我们所钦敬的大作家，比如拉伯雷、塞万提斯、笛福、斯威夫特等。因此他断定"小说"对于若古来说既不是一种自主的艺术（art autonome），也不具备自主的历史（histoire autonome）。[84]

现代的各种词典对"小说"的定义大同小异，仍然着眼于其普泛特征。权威的《罗贝尔词典》对作为一种文学类型的"roman"如此解释："篇幅较长的散文体想象作品，展示并使人活在栩栩如生的人物们的环境（milieu）中，使我们认识他们的心理、命运和遭遇。"[85]英语通常用"fiction"来指代小说。它指的是用散文的形式写成的出于想象的作品，包括长篇（novel）和短篇（short story），有时候也描绘现实事件和真人。

就连以编纂文学批评术语而知名的艾布拉姆斯，也感到不容易为"小说"给出一个清晰明确的定义："'小说'（Novel）这一术语现被用来表示种类繁多的作品，其唯一的共同特性是它们都是延伸了的、用散文体写成的'虚构小说'（fiction）。（……）它的庞大篇幅使它比那些短小精悍的文学形式具有更多的人物、更复杂的情节、更广阔的环境展现和对人物性格及其动机更持续的探究。（……）小说从18世纪开始逐渐取代了韵文体叙事文。"[86]

小说形式的不确定性使对其进行定义的工作变得无比困难。造成难于定义"小说"的另一个重要原因在于，它是一种综合文体。有些批评家认为长篇小说"是'不稳定的化合物'，是各种混合类型构成的游移地带，没有任何确定的本质"，还有些批评家认为："除了作为一个混合体，长篇小说是不存在的。"[87]

我们甚至也无法通过实证研究来为小说概括出一个具有统一性和规定性的定义："小说的模式多种多样，包括塞缪尔·理查逊的《帕美勒》和劳伦斯·斯特恩的《项狄传》；简·奥斯汀的《爱玛》和弗吉尼亚·伍尔芙的《奥兰多》；查尔斯·狄更斯的《匹克威克外传》和亨利·詹姆斯的《鸽翼》；列夫·托尔斯泰的《战争与和平》和弗朗兹·卡夫卡的《审判》；欧内斯特·海明威的《太阳照样升起》和詹姆斯·乔伊斯的《芬尼根的觉醒》；多丽丝·莱辛的《金色笔记本》和弗拉基米尔·纳博科夫的《洛丽塔》。"[88]

从现代小说诞生以来，小说家们也在尝试通过定义"小说"来使自己更加清醒地进行创作。

在《堂吉诃德》第一部第四十七章，通过教长之口，塞万提斯指出"小说"有这样几个特征："文笔生动"，"思想新鲜"，"描摹逼真"，"既有益，又有趣"，"没有韵律的拘束，作者可以大显身手，用散文来写他的史诗、抒情诗、悲喜剧，而且具备美妙的诗法和修辞法所有的一切风格。"[89]

对小说诗学提出了许多真知灼见的美国小说家亨利·詹姆斯（1843—1946），在其1884年发表的著名论文《小说的艺术》（*The Art of Fiction*）中指出：小说存在的理由，就是它通过展现生活的方式来与生活展开竞争。"如果要给小说下一个最宽泛的定义，那就是个人对生活的直接印象，这一点首先决定了小说的价值，就看印象是否深刻。不过，要达到一点，小说家必须具备表述和感觉的自由，不然，也就没有价值可言。"[90]

在《狄更斯传》里，法国小说家兼传记作家安德烈·莫洛亚（1885—1967）表达了他对"小说"的定义，并给出了他的理由：

> 什么是小说呢？非常简单，对虚构事件的叙述就是小说。我们为什么需要这样的叙述呢？因为我们的真实生活是在支离破碎的大千世界中度过的。我们渴望一个受思想规律支配的世界，一个井然有序的世界；借助于五官，我们仅仅知道种种黑暗的势力

和感情混乱的人。在小说中,我们寻求着一个有助于我们的大千世界,我们在这个世界里能够喜怒哀乐,而又可免受真实感情所带来的种种牵累,我们还能够从中发现可以理解的人,能够找到人类的命运。为了完成这种使命,一部小说似乎应该包容两个方面:一方面是生活景象,一个我们能够相信的故事,至少在读这个故事时相信它,不然的话,我们读小说就会觉得无聊而不得不回到自己的现实生活中来,另一方面是理性的结构,把这些天然的形象按照人间的秩序组合在一起。[91]

对"小说"定义,也就是为"小说"定性和划定范围,从而凸显"小说"作为现代文类之王的特质。因此,昆德拉对这个问题做了相当持久而深入的思考。他认为:小说既不提供某一时代忠实的历史画卷,也不提供对其社会结构的分析批评。"小说是透过想象人物的角度对于存在的思考。"[92] "小说不是作者的自白,而是对置身于成了陷阱的世界中的人的生活的探索。"[93] 昆德拉指出"小说"一词的含义并不是宽泛到可以与其他文类混淆的地步:"在小说和诸如回忆录、传记、自传等之间,有着根本的差异。一本传记的价值在于其是否新颖,所讲事实是否准确。而一本小说的价值,则在于它是否揭示了直到当时都处于隐匿状态的存在的可能性。换句话说,小说要发现藏匿在我们每一个人里面的东西。"[94]

在小说《是之不能承受之轻》[95] 中,昆德拉就像早期小说家一样,不时暂时搁置对故事的讲述,向读者说明他的创作,目的就是不让读者沉浸在故事之中,而是保持距离,更加清醒地透过小说中的人物去思考。他明确告诉读者：他笔下的人物出自某些有启发性的词语或关键性的处境。在叙述托马斯站在窗前这样一个细节时，昆德拉再次告诉读者：托马斯是虚构的，来自作者本人想象中的类似场景。同时，他对这样的创作方式及其理由做了这样的解释："正如我已经说过的那样，小说人物并不像生物那样从母体中诞生，而是诞生在一种处境，一句话，一个隐喻。这个隐喻包含了处于萌芽状态的人生的一个根本可能性，而作家想象着它尚未被人发现，或者人们尚未谈到本质性的东西。"[96] 稍后，他再次打断故事以说明他与笔下人物的关系："我小说中的人物是我自身未能实现的可能性。正是这一点使我喜爱所有的人物，同时我害怕他们所有的人都越过我一向画定的界线。他们又都吸引我的，就是他们已经越过的这条界线（我的'自我'消失在它以外的这条界线）。在它的另一边，小说并不是作者的忏悔，而是探索处于世界变成陷阱中的人类生活。"[97] 在就《是之不能承受之轻》所做的谈话中，他明确表示："当今有那么多的小说是变相的忏悔或自传，我感到需要跟这样的小说观念拉开距离。"[98] 把作者的经历与小说的事件混为一谈的读者，被昆德拉视为天真。他认为自传蔓延到小说领域的一个结果，就是许多人在写小说时，想的就是讲述自己、表达自己，把自己强加给别人，而且把这种书写癖神圣化了。他认为只有在作者割断了与自己生活的脐带，开始探询生活本身而不是他或她自己的生活时，小说才能真正地充分发展。"一名小说家描写嫉妒，就应该把它当作一个存在的问题，而不是当作一个个人的问题来理解，即使他生活在嫉妒的氛围中。为了写作，我需要想象我没有经历过的境况，需要召唤一些对我来说就是实验性的自我的人物。"[99]

在与美国小说家菲利普·罗斯（1933—2018）的对谈中，昆德拉强调说："小说是以**带有虚构人物的剧本为基础的长篇综合性散文**。这些就是仅有的限制。我用综合性这一词语，考虑到了小说家从所有方面，以最大限度的完整性来把握主题的欲望。讽刺文，小说叙述，自传片断，史料，稍纵即逝的幻想：小说的综合力能把一切组织成为一个统一的整体，犹如复调音乐的声部那样。一部书的统一性不需从情节中产生，而能由主题提供。"[100] 在《六十七个词》里，昆德拉再次为"小说"下了定义，认为它是"散文的伟大形式，作者通过一些实验性的自我（人物）透彻地审视存在的某些主题"[101]。

　　显然，昆德拉并不寻求为"小说"制订一个四平八稳的定义，而是要抓住现代小说的特质。我们从中也可以看到笛卡尔的"我思"色彩，尽管在昆德拉看来，笛卡尔的理性主义导致了"本是被遗忘"的结果。

注释：

[1] 米兰·昆德拉：《小说的艺术》，董强译，上海：上海译文出版社，2004 年第 1 版，第 7 页。

[2] Milan Kundera, *Les testaments trahis*, Paris: Gallimard, coll. « Folio / poche », 1995, p.42.

[3] *Ibid.*, p.43.

[4] 米兰·昆德拉：《小说的艺术》，董强译，上海：上海译文出版社，2004 年第 1 版，第 7 页。

[5] 这种文化共同体的规模与范围可大可小，取决于该文化的影响力、辐射力与整合力。"西方文化共同体"就涵盖了欧洲，延伸到了美洲和澳洲，"伊斯兰文化共同体"则从亚洲延伸到了非洲，而在偏僻落后的地区，一个村庄或部落就构成了一个特色鲜明文化共同体。

[6] 钱锺书：《谈艺录》，北京：中华书局，1984 年增订版第 1 版，《序》，第 1 页。

[7] 类似的例子是以中国文化为纽带形成的"中华世界"和伊斯兰教的传播所形成的"伊斯兰世界"。

[8] Milan Kundera, *L'art du roman*, Paris: Gallimard, coll. « Folio / poche », 1995, pp.13-14.

[9] *Ibid.*, p.14.

[10] *Ibid.*

[11] *Ibid.*, p.14, cf. p.56.

[12] *Ibid.*, p.15.

[13] *Ibid.*, p.17.

[14] Milan Kundera, *Les testaments trahis*, Paris: Gallimard, coll. « Folio / poche », 1995, p.41.

[15] Milan Kundera, *L'art du roman*, Paris: Gallimard, coll. « Folio / poche », 1995, p.176.

[16] Milan Kundera, *Les testaments trahis*, Paris: Gallimard, coll. « Folio / poche », 1995, p.41.

[17] *Ibid.*, p.42.

[18] 米兰·昆德拉：《被背叛的遗嘱》，余中先译，上海：上海译文出版社，2003年第1版，第29—30页。

[19] 米兰·昆德拉：《小说的艺术》，董强译，上海：上海译文出版社，2004年第1版，第206页。

[20] 米兰·昆德拉：《被背叛的遗嘱》，余中先译，上海：上海译文出版社，2003年第1版，第30页。

[21] 同上书，第30页。

[22]《存在与时间》的译名不准确，应该译为《是与时》。因其已经被广泛接受，为了行文方便，我们加以沿用。参见张弛：《穷究词义为了跨文化的沟通——论西方哲学核心词汇"óυ(on)"的中译问题》，载《中国翻译》2005年第6期，第69—75页。

[23] Milan Kundera, *L'art du roman*, Paris: Gallimard, coll. « Folio / poche », 1995, p.15.

[24] R. M. Albérès, *Histoire du roman moderne*, nouvelle édition, Paris: Albin Michel, 1963, p.7.

[25] *Ibid.*

[26] Charles Plisner, *Roman*, Paris: Grasset, 1954, in M.-A. Baudouy et R. Moussay (éd.), *Civilisation contemporaine*, nouvelle édition 1976, Paris: Hatier, 1980, p.146.

[27] Jacqueline Lévy-Valensi et Alain Fenet (dir.), *Le roman et l'Europe*, Paris: PUF, 1997, p.10.

[28] Milan Kundera, *L'art du roman*, Paris: Gallimard, coll. « Folio / poche », 1995, p.176.

[29] John Richetti (ed.), *The Columbia History of the British Novel*（《哥伦比亚英国小说史》），北京：外语教学与研究出版社，2005年，第viii页。

[30] 米兰·昆德拉：《被背叛的遗嘱》，余中先译，上海：上海译文出版社，2003年第1版，第30页。

[31] 同上书，第31—32页。

[32] 同上书，第32页。引者据原文对译文略有改动。

[33] 盖尤斯·瓦勒里乌斯·卡图卢斯（Gaius Valerius Catullus，约前84—约前54），古罗马诗人，其诗作对文艺复兴和后世欧洲抒情诗的发展很有影响。

[34] 普布利乌斯·维吉尔·马罗（Publius Vergilius Maro，前70—前19），古

罗马诗人，以《埃涅阿斯纪》（一译《伊尼特》）而享名于当时和后世。

[35] 弗朗索瓦·维庸（François Villon, 1431—约1463），法国文艺复兴时期诗人。

[36] 皮埃尔·德·龙沙（Pierre de Ronsard, 1524—1585），法国七星诗社主要代表诗人。

[37] 约翰·多恩（John Donne, 1572—1631），英国诗人，玄学派诗歌的主要代表。

[38] 埃德蒙·斯宾塞（Edmund Spencer, 1552—1599），英国诗人，诗体完美，富于音乐性，被称为"斯宾塞体"。

[39] 亚瑟·休·克拉夫（Arthur Hugh Clough, 1819—1861），英国维多利亚时期诗人。

[40] 阿尔弗雷德·丁尼生（Alfred Tennyson, 1809—1892），英国桂冠诗人，继承浪漫主义传统，诗作技巧娴熟，词藻富丽，语言富音乐性。

[41] G. S. Fraser, *The Modern Writer and His World*, revised edition, Middlesex (UK): Penguin Books, 1964, p. 12.

[42] 米兰·昆德拉：《小说的艺术》，董强译，上海：上海译文出版社，2004年第1版，第197页。

[43] John Richetti（ed.），*The Columbia History of the British Novel*（《哥伦比亚英国小说史》），北京：外语教学与研究出版社，2005年，第 ix 页。

[44] Milan Kundera, *Les testaments trahis*, Paris: Gallimard, coll. « Folio / poche », 1995, p. 42.

[45] 蹇昌槐：《欧洲小说史》，武汉：武汉大学出版社，1995年第1版，第4页。

[46] Milan Kundera, *L'art du roman*, Paris: Gallimard, coll. « Folio / poche », 1995, p. 176.

[47] 爱德华·赛义德（Edward Said）指出：在与现代西方文学文化接触之前，伊斯兰文化中没有小说。见 John Richetti（ed.），*The Columbia History of the British Novel*（《哥伦比亚英国小说史》），北京：外语教学与研究出版社，2005年，第 viii 页。同样，在19世纪末期林纾等译介西方小说以及梁启超倡导"小说革命"之前，中国没有现代意义上的小说。中国现代小说是在西方小说的影响下产生和发展的，这是公认的事实。

[48] 尼日利亚作家沃莱·索因卡（Wole Soyinka, 1934— ）在1986年获得诺贝

尔文学奖，日本作家大江健三郎（1935—2023）在 1994 年获得诺贝尔文学奖，都是现代性小说在非西方国家取得可观成就的重要标志性事件。如果说川端康成（1899—1972）留恋"美丽的日本"，大江健三郎则私淑萨特，力图在自己的作品中对人类的处境进行描绘和分析。由昆德拉"欧洲小说"的概念，我们也可以明白，一百年来诺贝尔文学奖大多授予欧美作家的事实，其中固然有文化和意识形态因素的影响，但更多的是出于文学性和现代性的考量。大部分获奖作家的小说作品，在今天仍然是公认的杰作，因为它们的探讨，进入到了人类存在的深层。而一直有志于夺得诺贝尔奖的许多中国作家，观照世界和进行思维的方式仍然是"传统"的，对人物的描写仍停留在区分好坏人的道德评判层次，不能增加我们对"人"这个巨大的存在之谜的认识，也许可以引起销售轰动，但不过是昆德拉所说的"文学死胎"而已。

[49] 张耿光：《庄子全译》，贵阳：贵州人民出版社，1993 年第 1 版，第 487 页。

[50] 同上书，第 488—489 页。

[51] 杨义：《中国古典小说史论》，北京：人民文学出版社，1998 年第 1 版，第 4 页。

[52] 严复：《本馆附印说部缘起》（1897 年 10 月 18 日—11 月 16 日，天津《国闻报》），见邬国平、黄霖：《中国文论选·近代卷》，南京：江苏文艺出版社，1996 年第 1 版，下册，第 21 页。

[53] 同上书，第 21—22 页。

[54] 引自梁启超：《译印政治小说序》（1898 年，《清议报》，第 1 册），见邬国平、黄霖：《中国文论选·近代卷》，南京：江苏文艺出版社，1996 年第 1 版，下册，第 302 页。

[55] 同上书，第 302—303 页。

[56] 同上书，第 303 页。

[57] 梁启超：《论小说与群治之关系》（1902 年，《新小说》，第 1 号），同上文集，第 291 页。

[58] 夏曾佑：《小说原理》（1903 年，《绣像小说》，第 3 期），同上文集，第 64 页。

[59] 黄世仲：《小说之功用比报纸之影响为更普及》（1907 年，《中外小说林》，第 11 期），同上文集，第 272 页。

[60] 同上书，第 274 页。

[61]　黄世仲：《小说风尚之进步以翻译说部为风气之先》（1908年，《中外小说林》，第4期），同上文集，第276页。

[62]　钱锺书：《林纾的翻译》，见钱锺书：《七缀集》，北京：生活·读书·新知三联书店，2002年第1版，第80—81页。

[63]　黄伯耀：《小说与风俗之关系》（1908年，《中外小说林》，第5期），见邬国平、黄霖：《中国文论选·近代卷》，南京：江苏文艺出版社，1996年第1版，下册，第268页。

[64]　王德威：《被压抑的现代性：没有晚清，何来"五四"？》，见王德威：《想象中国的方法：历史·小说·叙事》，天津：百花文艺出版社，2016年第1版。

[65]　王德威：《旧版序·小说中国》，同上书，第5页。

[66]　龚翰熊：《文学智慧——走进西方小说》，成都：四川出版集团巴蜀书社，2005年第1版，第1页。

[67]　伊恩·瓦特：《小说的兴起——笛福、理查逊、菲尔丁研究》，高原、董红钧译，北京：生活·读书·新知三联书店，1992年第1版，第2页。

[68]　Nicole Masson, *La littérature française*, Paris: éd. Eyrolles, 2007, p. 34.

[69]　布拉姆·斯托克（Bram Stoker, 1847—1912）是爱尔兰籍英国小说家，曾任《爱尔兰回声报》编辑，其代表作《德古拉》的中文惊悚标题是《吸血鬼伯爵：惊情四百年》。他的小说为吸血鬼形象赋予了现代色彩，使吸血鬼传说成为现代神话。以其姓名设立的"布拉姆·斯托克奖"，是世界恐怖小说界的最高奖项。

[70]　加拿大禾林公司（Harlequin）以出版浪漫爱情小说闻名，此处的"禾林"代指浪漫爱情小说。

[71]　托马斯·福斯特：《如何阅读一本小说》，梁笑译，海口：南海出版公司，2015年第1版，第11—12页。

[72]　同上书，第259页。

[73]　伊恩·瓦特：《小说的兴起——笛福、理查逊、菲尔丁研究》，高原、董红钧译，北京：生活·读书·新知三联书店，1992年第1版，第1页。

[74]　同上书，第2页。

[75] Victor Sage, "Fiction", in Peter Childs and Roger Fowler (eds.), *The Routledge Dictionary of Literary Terms*, Abingdon (Oxon): Routledge, 2006, p. 88.

[76] 引自杰拉德·吉列斯比：《欧洲小说的演化》，胡家峦、冯国忠译，北京：生活·读书·新知三联书店，1987年第1版，第2—3页。

[77] 托马斯·福斯特：《如何阅读一本小说》，梁笑译，海口：南海出版公司，2015年第1版，第11页。

[78] 杰拉德·吉列斯比：《欧洲小说的演化》，胡家峦、冯国忠译，北京：生活·读书·新知三联书店，1987年第1版，第2页。

[79] Henry Fielding, *The History of Tom Jones, A Foundling*, introductions and notes by R. P. C. Mutter, Middlesex: Penguin Books Ltd., Penguin Classics, 1985, p. 435.

[80] 米兰·昆德拉：《帷幕》，董强译，上海：上海译文出版社，2006年第1版，第8页。

[81] Henry Fielding, *The History of Tom Jones, A Foundling*, introductions and notes by R. P. C. Mutter, Middlesex: Penguin Books Ltd., 1985, p. 199.

[82] 引自 Pierre Chartier, *Introduction aux grandes théories du roman*, Paris: Dunod, 1998, p. 1.

[83] 参见米兰·昆德拉：《帷幕》，董强译，上海：上海译文出版社，2006年第1版，第6页。

[84] Milan Kundera, *Le rideau*, Paris: Gallimard, coll. « NRF », 2005, p. 18.

[85] Paul Robert, *Dictionnaire alphabétique & analogique de la langue française*, Paris: Société du Nouveau Littré, 1978, p. 1726.

[86] M. H. 艾布拉姆斯：《文学术语词典》（第7版，中英对照），吴松江主译，北京：北京大学出版社，2009年第1版，第381页。引文中的英语词汇为本书作者根据原文第380页添加。

[87] 华莱士·马丁：《当代叙事学》，伍晓明译，北京：北京大学出版社，1990年第1版，第31—32页。

[88] M. H. 艾布拉姆斯：《文学术语词典》（第7版，中英对照），吴松江主译，北京：北京大学出版社，2009年第1版，第381页。

[89] 塞万提斯：《堂吉诃德》，杨绛译，北京：人民文学出版社，1987年第1版，上册，第441—442页。

[90] 引自申丹、韩加明、王丽亚：《英美小说叙事理论研究》，北京：北京大学出版社，2005年第1版，第105页。

[91] 安德烈·莫洛亚：《狄更斯评传》，王人力译，上海：上海译文出版社，1986年第1版，第75—76页。

[92] Milan Kundera, *L'art du roman*, Paris: Gallimard, coll. « Folio / poche », 1995, p.102.

[93] *Ibid*., p.39.

[94] Milan Kundera, *Les testaments trahis*, Paris: Gallimard, coll. « Folio / poche », 1995, pp.315-316.

[95] 在西方哲学里，"是"与"在"是两个概念，前者关乎本体和本质，后者关乎具体和变化。"是"要外化为"在"，"在"要趋向于"是"。因此，"在"是一个必须关联"是"的本质化过程。如果无心地忘记了"是"，或者主动地与"是"切断联系，"在"就变成了无方向、无目的的非本质过程，即偶然的、荒诞的、轻松的，同时也是轻佻的。昆德拉这部小说的标题相当哲学化。他笔下的人物有"在"而无"是"。因此，无论是将题目中的"是"字译为"存在"还是"生命"，都违背了作者的原意，也会误导读者。

[96] Milan Kundera, *L'insoutenable légèreté de l'être*, traduit du tchèque par François Kérel, Paris: Gallimard, coll. « NRF », 1984, p.277.

[97] *Ibid*., p.280.

[98] 安·德·戈德马尔：《小说是让人发现事物的模糊性——昆德拉访谈录（1984年2月）》，谭立德译，见乔治·艾略特等：《小说的艺术》，张玲等译，北京：社会科学文献出版社，1999年第1版，第81—82页。

[99] 同上。

[100] 菲利普·罗斯、米兰·昆德拉：《关于〈笑忘录〉的对话》，高兴摘译，载《外国文学动态》，1994年第6期，第42页。

[101] 米兰·昆德拉：《小说的艺术》，董强译，上海：上海译文出版社，2004年第1版，第182页。

第五章
小说现代性的表现方式

通过对昆德拉"欧洲小说"提法的解析,我们可以看到:昆德拉是一个深刻意识到了西方现代小说的传统,并自觉秉持其文学使命的小说家。他对"欧洲小说"的执着强调,容易让人误解为"欧洲中心论"。但是,在这个提法的背后,是他对于这个传统可能被遗忘的担心,和他对于小说在地理上得以突破的希望:作为人认识自我、发现自我的重要手段,小说应该随现代性的展开而从西欧扩展到世界上的其他地区。

昆德拉心目中的小说家以及广义的作家,不是玩文学的写字匠,他应该"有独创的思想和不可模仿的声音。他可以运用任何一种文学形式(包括小说),然而,他所写的一切,都带着他思想的印记,并且以他特有的声音表达出来,都构成作为一个整体的他的作品的一部分。比如卢梭、歌德、夏多布里昂、纪德、加缪、马尔罗。"[1]

作为一个哲思型的小说家，昆德拉始终在深入思考小说的历史，密切关注着小说的现状。如果说小说是现代世界的产物，是现代社会的史诗，是散文化世界的映像，是最重要的现代文类，它就必然表现出一些值得关注的特征，也会对其他文类产生积极的影响。对这些问题的探讨，能够使我们更加清楚地认识到小说的现代性。

一 小说与现代的个人经验密切相关

"自文艺复兴以来，一种用个人经验取代集体的传统作为现实的最权威的仲裁者的趋势也在日益增长，这种转变似乎构成了小说兴起的总体文化背景的一个重要组成部分。"[2] 随着人文主义思想日益深入人心，人的个性越来越得到尊重，个人能力越来越被激励，个人感情越来越得到包容，个人命运越来越引发思考。"小说是最充分地反映了这种个人主义的、富于革新性的重定方向的文学形式。"[3]

在动笔写作《堂吉诃德》之时，塞万提斯就很清醒地意识到自己在创作一部新小说，而不是按照末流骑士小说的那种写作套路，去制造一个大同小异的作品。他很担心读者们在饱受末流骑士小说的荼毒之后，已经形成了僵化的心理期待，难以接受自己的反常规小说。在《前言》里，他首先声明这部书是他头脑的产儿，他只想讲个朴素的故事。与流行的骑士传奇相比，他写的"故事干燥得像芦苇，没一点生发，文笔枯涩，思想贫薄，毫无学识"，也没有旁征博引。"别的书尽管满纸荒唐，却处处引证亚里士多德、柏拉图等大哲学家，一看就知道作者是个博雅之士，令人肃然起敬。瞧他们引用《圣经》吧，谁不说他们可以跟圣托马斯[4]一类的神学大家比美呢？

第五章 小说现代性的表现方式

他们非常巧妙,上一句写情人如醉如痴,下一句就宣扬基督教的宝训,绝不有伤风化,读来听来津津有味。"[5]然后,他引入了一位虚构的不知名的朋友(其实就是他的另一个自我,即更有理性和个性的自我),首先告诉他和读者:要按照套路去写作一部骑士传奇,其实轻而易举;之所以不去模仿别人,非不能为,不欲为也。他认为《堂吉诃德》只要完成自己的使命,符合作者本人的期待即可。

你认为自己书上欠缺的种种点缀品,照我看来,全都没有必要。你这部书是攻击骑士小说的;这种小说,亚里士多德没想到,圣巴西琉也没说起,西塞罗也不懂得。你这部奇情异想的故事,不用精确的核实,不用天文学的观测,不用几何学的证明,不用修辞学的辩护,也不准备向谁说教,把文学和神学搅和在一起——一切虔信基督教的人都不该采用这种杂拌儿文体来表达思想。你只需做到一点:描写的时候摹仿真实;摹仿得愈亲切,作品就愈好。你这部作品的宗旨不是要消除骑士小说在社会上、在群众之间的声望和影响吗?那么,你不必借用哲学家的格言、《圣经》的教训、诗人捏造的故事、修辞学的演说、圣人的奇迹等等。你干脆只求一句句话说得响亮,说得有趣,文字要生动,要合适,要连缀得好;尽你的才力,把要讲的话讲出来,把自己的思想表达清楚,不乱不涩。你还须设法叫人家读了你的故事,能解闷开心,快乐的人愈加快乐,愚笨的不觉厌倦,聪明的爱它新奇,正经的不认为无聊,谨小慎微的也不吝称赞。总而言之,你只管抱定宗旨,把骑士小说的那一套扫除干净。那种小说并没有什么基础,可是厌恶的人虽多,喜欢的人更多呢。你如能贯彻自己的宗

167

旨，功劳就不小了。[6]

现代小说诞生以前的叙事文学形式，总体上始终向后看，基于历史或传说，并且以正统的文学观念来对作品进行评判。"这种文学上的传统主义第一次遭到了小说的全面挑战，小说的基本标准对个人经验而言是真实的——个人经验总是独特的，因此也是新鲜的。因而，小说是一种文化的合乎逻辑的文学工具，在前几个世纪中，它给予了独创性、新颖性以前所未有的重视，它也因此而定名。"[7]

在小说写作中拒绝因袭，是这种新文类表明其独立性的表现方式。在英国小说发展史中，这种创作意识是从笛福开始的。"他对当时占据统治地位的批评理论几乎未予理睬，这种理论一直倾向于采用传统的情节；与之相反，他只依照自己顺乎自然得到的主人公下一步可能如何行动的感觉来安排他的叙述。"[8]笛福放弃了叙述他人故事的模式，而是采用了自传体回忆录的表现方式。[9]尽管这种小说仍然是虚构和想象的产物，却是在叙述"我的故事"，即与读者们处在同一时代，完全个人化的经历（尽管是想象的）。"这种强调在小说中个人经验应占首要地位的主张，如同哲学上笛卡尔的'我思故我在'一样富于挑战性。"[10]在笛福开创了英国小说写当代个人故事的先例之后，理查逊和菲尔丁分别以不同的方式，朝着这个方向继续努力，叙述非传统的故事，或者完全虚构的故事，但至少部分地以当代事件为基础，以凸显小说的当代性、现实性和个人性。

现实主义思维传统与早期小说家在形式上所做的创新之间，存在着明显的相通之处，表现为"哲学家和小说家都对特殊的个性予以了大大超过以往的关注"。[11]也就是说，对个性的关注和重视并不是偶然的现象，而是以"我思"为特征的现代文化及其观念在小说创作领域的体现。

在古典文学和中世纪文学中，作品人物的姓名常常取自表达品质、外形之类的抽象名词、普通名词或复合名词，让人物体现一些观念性的东西。比如，在法国中世纪的诗歌体《玫瑰传奇》中，从"骑士"这个普通名词可以知道主人公是理想骑士的化身，"爱情"和"理智"则是抽象名词的拟人化，"貌似"（Faux-semblant）则是伪善的形象化体现。在17世纪英国作家约翰·班扬（1628—1688）创作的《天路历程》中，仍然可以看到这种流风余韵：主人公名叫"基督徒"，其他人物有"世故""忠信""无知""绝望"等。因此，透过人物的姓名，我们就基本知道了他们的性情、品德等，清楚了作者的立场，预知了这些人物的命运和结局。伊恩·瓦特特别考察了笛福以来英国小说家笔下的人物姓名，因为这是任何读者稍加留心都可以看得到的。他认为从这样一个非常表面化的现象，也可以看到小说家"通过完全依照日常生活中给特殊的个人取名的那种方式来给他的人物取名，从而代表性地表明了他把一个人物表现为一个特殊的个人的意图。"[12]

在此前的叙事作品中，主人公常常代表特定的社会阶层或群体，比如贵族、修士、骑士、流浪汉、朝圣者。他们是相应的阶层或群体的表征，其个体的特征并不明显。在现代小说中，主人公不再是其社会身份的附属品，而是体现出个人的独立价值。在中世纪的封建制度下，人依附于自己所属的阶层，其固定的生活方式对应于程式化的表达，叙事作品中的主人公大多是类型化的骑士、朝圣者、探险家等。现代性以未来为取向和参照，人物始终处在变成

（becoming）的状态，不再可能只是简单地体现其所属阶层的共有特征。他们在时间流程中逐渐成为自己，其经历与遭际必然是个人性的，他们对外界所做的回应和他们所采取的行动也必然是个人性的。小说是平民史诗，是个人生活与生命的写照与反思，是个人故事（his story）与小写历史（history），却在一定程度上构成和体现了个人所属的命运共同体的大写历史（History）。小说必然要有故事，而且是个人的故事，不管故事性是否很强。

伊恩·瓦特认为英国小说中人物姓名的个性化趋势，与西欧哲学的发展变化密切相关。[13] 从12世纪初开始，有一些神学家开始表达自己的不同看法，不再毫无保留地接受梵蒂冈颁布的教条，对得到教会认可的亚里士多德哲学，也加以质疑和批评。以罗瑟林（约1050—约1123）、阿贝拉尔（1079—1142）、罗吉尔·培根（约1220—约1292）、邓斯·司各特（约1265—1308）、威廉·奥康（约1287—1347）等人为代表的唯名论者认为：共相是从个别的具体事物之中归纳出来的，概念只是便于逻辑推理的符号，没有客观实在性，因此，只有个别的感性事物才是真实的存在。唯名论为经验主义方法提供了哲学依据，使人们有理由基于个人经验而不是基于知识，以构建自己的知识体系。[14] "即使不认为唯名论思想影响了彼特拉克，或者彼特拉克是在对它做出回应，毫无疑问的是，唯名论影响了后来的人文主义思想。其相似之处是显而易见的。从存在论上讲，唯名论和人文主义都反对实在论[15]而主张个体主义。两者也都反对三段论逻辑。唯名论者试图用一种名称逻辑或词项逻辑来取代它，人文主义者则转向了修辞。（……）从宇宙论上讲，两者都没有把世界看成一种不可改变的自然秩序，而是看成混乱无序的运动中的个体物体。最后，两者都没有把人看成理性的动物，而是看成有意志的个体存在。"[16]

17世纪笛卡尔理性主义产生的巨大影响，在英国推动了认识论的研究。托马斯·霍布斯（1588—1679）指出："专有名词只能使我们想起一个对象，普遍名词则使我们想起那许多对象中的任一个。"[17]在伊恩·瓦特看来："专有名称在社会生活中也起同样的作用，它们是每一个体的人的特殊性的字面表达形式。但是，在文学上，专有名称的这种作用是在小说中最先得到充分确认的。"[18]他认为早期的英国现代小说家积极地突破传统，"他们为他们的人物取名的方式，暗示那些人物应该被看作是当代社会环境中特殊的个人"[19]。虽然笛福对人物姓名的使用比较随便，但他已经有意识地尽量不采用传统的名字或怪诞的名字。笛福笔下的主要人物几乎都有完整而又现实的姓名或化名，比如鲁滨孙·克鲁索、摩尔·弗兰德斯。理查逊则更加用心地对待这个问题，他笔下的所有主要人物和绝大多数次要人物，都被赋予了教名和姓氏。他甚至刻意地让人物姓名"巧妙得既恰如其分，又意有所指，而且听起来还要像日常生活实际那样"[20]。在菲尔丁的最后一部小说《阿美丽亚》里，为人物命名的这种意识已经非常明显了。他笔下的主要人物，取的都是在当时比较常用的名字。

17世纪在法国文学界爆发的"古今之争"[21]，其核心的问题是现代作家是否必须继续以古典作家为模仿的对象，而古典作品是否永远是后辈们不可企及的典范。这其实是宗教生活与哲学思想中的个人主义，延伸到文学领域以后，表现为"模仿"与"创造"之争的文学取向之争：是面向过去，将经典树立为不可逾越的永远典范，亦步亦趋，还是面对现实，以新的方式、新的形式、新的眼光、新的精神，去表现新的人生经验？

有意思的是，在18世纪的法国，尽管启蒙运动产生了相当大的影响力，但是，人们仍然迷恋古典主义，就连伏尔泰都不例外。相反，在同时代的英国、独创越来越得到了作家们的认同和社会的承认。"在中世纪意指'从最初就已存在的'的'original'这一术语，开始意指'无来源的、独立的、第一手的'等义；截至爱德华·杨在他的具有划时代意义的《论独创性作品》（1759）一书中盛赞理查逊'既是道德上的又是富于独创性的一个天才'之时，这个词语就可以被用作具有'在特征或风格上是新奇的或新鲜的'等赞美之意的术语了。"[22]

法国学者皮埃尔·亨利-西蒙（1903—1972）主张我们从三个层面来判断文学作品的价值：完美性（perfection）、原创性（originalité）和精神价值（valeur spirituelle）。他对原创性做了这样的界说："另有一些作品对我们来说就像是以不一样的方式写成的，有时候令人感到困惑，无论如何也无法归类。结果呢，在某种意义上，它们就像是一些文学怪物。然而，它们给我们留下了深刻印象，而且通过仅仅属于它们的一缕光芒和我们在别处呼吸不到的一种空气，吸引着我们；它们造成了一个绝对开端（commencement absolu）的效果，因为它们为我们带来了对世界的一副彻底新颖的映像。因此，普鲁斯特作品的最早读者们透过一种形式所造成的惶惑无着——故事顺序没有立刻向他们显示出来，得以感受到了这种启发性的冲击。"[23]

昆德拉也非常看重文学艺术的独创性。他让我们想象这样一个情况：一位当代作曲家拿出一部奏鸣曲，其形式、和声与旋律都很像是贝多芬的作品。如果真是出自贝多芬之手,它就会被视为杰作,引发我们对大师由衷的钦敬。但它若真是出自当代作曲家之手,就只会惹人发笑,他最多只能被视为模仿高手。为什么同一部作品会引起我们完全不同的心理反应?"历史意识在我们的艺术感知中牢固到这样一个地步,以致这种过时的东西(一部写于今日的贝多芬作品)将会**自动自发地**(须知其中毫无虚伪)让人感到可笑、虚假、不适当,甚至是丑恶的。我们对连续性的意识是那么强烈,它干预我们对每一件艺术品的感知。"[24]

二 现代小说的"现实主义"特征

"小说赖以体现其详尽的生活观的叙事方法,可以称之为形式现实主义;之所以是形式的,是因为现实主义这个术语在此并不涉及任何特定的文学教条或目的,而是仅仅与一套传统叙事方法有关,这套传统作法在小说中如此常见,而在其他文学样式中如此罕见,以至它可能会被认为是这种形式本身的象征。"[25] 现实主义小说不再追求传奇性和神秘性,想要按照生活的本来样子去描写和表现。它把注意力转向了普通人的日常生活,而不是想象和虚构不合常理的奇闻逸事。作家们观察和研究平淡无奇的现实生活,以写出自己所处时代的真实故事。

在文学中,更注重作品给人造成的现实感,是自古以来许多作家自觉追求的一种创作倾向。但是,作为一种文学流派的"现实主义",则产生于 1830 年代,被视为对浪漫主义的一种反拨。当然,它的产生和发展也与资本主义在西欧各国的确立和发展,与资产阶级(从中世纪的市民演变而来)[26]取代贵族而成为社会生活的主导阶层这一历史变化有关。典型的中世纪贵族重视荣誉与义务,可以为之付出任何代价,包括生命,更多地表现出道德激情;典型的现代资产阶级更注重利益考量,甚至为了目的而不择手段,更多地表现出经济理性。浪漫主义作为对启蒙理性的反拨,在某种程度上,以被浪漫化的中世纪来对抗现代的功利社会,而现实主义对浪漫主义的反拨,更像是由资产阶级所承载的现代理性最终获得制度化确认以后,在文学艺术领域引起的共鸣。由于社会主导价值的导向性,会引起许多社会成员精神状态的变化和期待视野的更新,现实主义在19世纪西方文学的确立,就是作者与读者共同参与的结果。"西方小说和19世纪现实主义有特殊的关系。在有的批评家眼中,'小说'和'现实主义'几乎是可以互相替代的术语,他们认为,如果想让'现实主义'一词有意义,就应该把它定义为一个典型地体现于19世纪小说中的文学概念。"[27]

"个人通过知觉可以发现真理的见解产生了现代的现实主义——这种见解来源于笛卡尔和洛克,而在18世纪中期由托玛斯·里德做出了第一次充分的系统阐释。"[28]英语的"realism"和法语中的"réalisme",在文学中被译为"现实主义",但在汉语哲学中,通常被译为"实在论"。它主张由个人来对经验予以研究,考察者应该排除旧时的假想和传统的信念,像笛卡尔所主张的那样,将一切不假思索接受的知识都置于被质疑的地位。哲学上的实在论与小说形式的不确定性之间,具有相似之处。"这些相似之处引起了人们对生活与文学之间的独特的一致性的关注,这种一致性自笛福和理查逊的小说问世以来,一直通行于散文虚构故事之中。"[29]

伊恩·瓦特指出："小说家的根本任务就是要传达对人类经验的精确印象，而耽于任何先定的形式常规只能危害其成功。通常认为的小说的不定型性——比如说与悲剧或颂诗相比——大概就源出于此：小说的形式常规的缺乏似乎是为其现实主义必付的代价。"[30]他把造成小说形式的不稳定性或多样性的原因，与小说的现实主义特征联系起来。这种别开生面的看法促使我们认真反思"现实主义"，因为无论是曾经的定于一尊，还是现在的被人忽视，其实都是因为人们没有真正理解它的内涵与意义。

古希腊、罗马的作家们会自然而然地运用传统的情节。文艺复兴时期的斯宾塞、莎士比亚和弥尔顿等大作家，仍然习惯性地从神话、历史、传说，或此前的文学作品中，汲取灵感，采集故事。即使他们在其再创作中表现出强烈的个人色彩，却仍然保持着对古代经典的高度敬重。"他们这样做，归根结底是因为接受了他们所处时代的普遍的认识前提；因为大自然是基本上完整不变的，因此，关于它的记录，无论是《圣经》上的、传奇中的，还是历史上的，都构成了人类经验的确定不移的全部组成部分。"[31]在英国小说史上，笛福和理查逊是最早引人注目的大作家。他们笔下的故事情节表现出了明显的现实主义特征，即取自当代社会与现实生活。他们竭力要让读者们相信他们叙述的故事发生在当代，人物就活动在读者们所居住的地方，或者发生在离他们不远的地方。也就是说，尽管小说中的故事与人物出于想象和虚构，但这些小说家却竭力营造一种现实感，寻求激活读者的生活经验，使他们在阅读中产生一种亲切感。菲尔丁不仅被视为最具有代表性的18世纪英国小说家之一，也被认为是现实主义小说的先驱者。他"摒弃了以前散文作品中常见的寓言、传奇和宗教神秘色彩，把直接的生活现实作为描写对象，将错综复杂的社会矛盾反映到作品之中，并通过日常生活细节的描写来塑造人物，表现生活本质。"[32]

  18世纪的法国小说创作也表现出了非常明显的现实主义特征，其社会批判的色彩要比同时期的英国小说强烈得多。但是，由于法国仍然处在绝对君主专制的时代，出版审查制度和文字狱严重限制了作家的创作自由。批判锋芒不那么犀利的作品可以将故事发生的地点放在当代法国，比如阿兰·勒内·勒萨日（1668—1747）的《杜卡莱先生》（1709）。想要用小说表现丑恶的社会现实的法国小说家们，或者不能直接把主人公写成法国人，比如孟德斯鸠（1689—1755）的《波斯人信札》（1721）；或者将故事的地点放在外国，以影射法国的现实，比如勒萨日的《瘸腿魔鬼》（1707）和《吉尔·布拉斯》（1715—1735）、伏尔泰的《查第格》（1747）和《老实人》（1759）；或者把手稿留给后人发表，比如狄德罗的《修女》《拉摩的侄儿》和《命定论者雅克》。勒萨日的《瘸腿魔鬼》和《吉尔·布拉斯》都把故事地点放在西班牙，以影射法国的现实。前者设想大学生被魔鬼带着飞到马德里上空，揭开屋顶看清楚屋内发生的事情，将无情、无耻的社会现实暴露出来。《吉尔·布拉斯》则以流浪汉小说的形式，通过主人公的遭遇和见闻，广泛地揭露社会各个阶层的腐败。孟德斯鸠的《波斯人信札》通过波斯贵族郁斯贝克游历法国期间，以书信通报个人见闻的方式，多方面地揭露了法国社会的腐败，诸如政府的卖官鬻爵、裙带成风，贵族男女放纵情欲、奢侈宴乐、厚颜自夸，骗子横行，宗教信仰流于形式，宗教界大人物们私生活龌龊不堪，法兰西学院风气浮夸、热衷空谈，巴黎大学的论题琐屑无聊等。伏尔泰的《查第格》（1747）透过古代波斯摩勃达王统治时期，品性优良的巴比伦青年查第格接连不断遭遇到的灾祸，让人想到的是政治黑暗、司法腐败、人心险恶的当代法国。

综上所述，在18世纪的英国和法国，尽管小说表现现实的方式和批评现实的力度不同，却都表现出了共同的倾向，即不再取材于神话、传说和历史，而是追求与当代现实的无缝连接。因此，小说史学者们取得这样的共识："这些作家在其他方面有所不同，但在'现实主义'这一特质上却大体相同。"[33]

如前所述，英语的"realism"和法语中的"réalisme"是早已存在的术语，指的是哲学中的"实在论"。在法语中，这个词被赋予文艺思潮意义上的"现实主义"，则要等到1855年，才由法国画家居斯塔夫·库尔贝（1819—1877）提出来，用以指称伦勃朗（1606—1669）绘画的"人的真实"，以反对新古典主义画派的"诗的理想"。伦勃朗的画作尽管不那么令人惬意，甚至有时候令人相当不舒服，却是人之所"是"的样子，是人应该直面的；新古典主义画家的作品画面和谐，优雅美妙或雄浑崇高，富有诗意和浪漫，是人应该"是"的样子，但也让人觉得遥不可及。

1856年，路易·埃德蒙·杜兰蒂（1833—1880）和于勒·阿赛查（1832—1876）创办了《现实主义》杂志。它虽然在次年停刊，却因其对小说中的浪漫主义观念的批判，对于以娱乐为目的的小说的批判，和对现实主义的提倡和身体力行，产生了较大的影响。杜兰蒂措辞严厉地批评"非现实主义的小说家"，说他们"患了狂躁症，只在他们的作品中讲述心灵的故事，而不是身心俱全的人的故事"。他认为必须重视人的社会性："社会表现为巨量的分工和众多的职业，是它们**在造就**人，并赋予他一种**更为突出**的风貌，远远超过了其自然本能所赋予他的。人的主要激情与其社会性职业相连结。后者对他的想法、愿望、目的、行动都施加着压力。"[34]

如果回顾法国文学史，则可以发现这样一个事实：在作为文艺思潮的"现实主义"出现之前大约四分之一世纪，即1830年左右，已经有小说家有意识地与浪漫主义拉开了距离，将故事置于具体的社会处境之中，赋予其小说人物和故事以更强的现实感和当代性，比如奥诺雷·德·巴尔扎克（1799—1850）的成名作《朱安党人》（1829）、斯汤达（1783—1842）的成名作《红与黑》（1830），而后者的副标题是《一八三零年纪事》。然而，为巴尔扎克和斯汤达的小说贴上"现实主义"的标签，则失之简单化，因为在他们的作品中，仍然带有明显的浪漫主义色彩，比如主观投射、激情洋溢、驰骋想象。因此，说他们是现实主义作家显然过于牵强，但他们确实是现实主义的先驱者。正是在他们作品的启示和影响下，法国小说家们发现了日常生活的真正诗意，在对当代世界的观察和对"现代性的捕捉"（captation de la modernité）[35]中，提炼出自己的创作主题，走向对浪漫主义的反拨。这才使杜兰蒂和阿赛查发起的现实主义运动有了现实基础。

人生不能没有理想，但理想如果脱离现实，则会误导人，使其生命没有着落。应该说现实主义并不排除理想主义，否则，人生就没有希望，对现实的批判也就成了对生存意义的消解。这也是为什么18世纪的小说在描绘现实种种不堪的同时，还要让读者看到善与美的存在，并赋予作品一个比较光明的结局。《吉尔·布拉斯》的主人公最后退隐乡下；《查第格》的主人公最后总结说：虽然不是一切都好，但还是值得继续活下去；《老实人》末尾，经历了许多磨难的人们得以耕种自己的园地；《弃儿汤姆·琼斯的历史》末尾，男主人公得以与意中人重逢。"不幸的是，这个术语的多种用途旋即泯灭于有关福楼拜及其后继者的'低级'题材和所谓的道德败坏的创作旨趣的激烈争论之中，结果，'现实主义'逐渐被主要用作'理想主义'的反义词，这种观点实际上反映了法国现实主义者的敌人的主张。"[36]

对小说中的现实主义的另一个误解，就是只去关注社会生活的阴暗面。这其实是传奇故事的倒置，是从一个极端走向了另一个极端。真正的现实主义应该是"力图描绘人类经历的每一个方面，而不仅限于那些适合某种特殊文学观的生活"。因此，我们必须明确强调这一点："小说的现实主义并不在于它表现的是什么生活，而在于它用什么方法来表现生活。"[37]

正如"只有一个绝对真理，却有无数的相对真理"，我们可以说：只有一个真实（real），却有无数的现实（realities）。因为真实是客观的，而对真实的观察、理解和阐释，则带有强烈的主观色彩，就像"一千个读者心中有一千个哈姆雷特"那样。因此，尽管19世纪现实主义文学影响广泛，名家辈出，各有特色，许多人仍然将巴尔扎克式的现实主义视为典范和榜样。这当然是一种误解，也使巴尔扎克成为批评的对象。然而，巴尔扎克只是现实主义的一个卓越实践者，并不是现实主义的立法者。

现实主义小说追求绝对的真实，但在19世纪，对"真实"的不同理解就引起了混淆，并造成了深远的不良后果："某些现实主义者和自然主义者忘记了现实的准确摹本并不一定产生包含了真正的真理或永久性的文学价值的作品，这种倾向无疑是对现实主义和它的所有当今正在流行的作品所受到的颇为广泛的厌恶的部分原因。"[38]

在1850年代的法国，"现实主义"这个术语得到了文艺界人士的广泛使用。福楼拜被当时的批评界称为现实主义文学的"大祭司"。尽管他宣称自己与作为流派现实主义没有关系[39]，但他主张忠实、客观、准确地反映现实生活，就使他的小说自然而然地具有现实主义色彩。与此同时，受到实证主义哲学的影响，他竭力要把自然科学的方法运用到文学创作之中，提出"非人格主义"（impersonnalisme），主张在反映现实时避免流露作者的主观感情，以免影响描写的客观性。他自我克制情感，极为冷静地把生活中的现象原样表现在小说之中，而不作道德的评价。这些主张和做法使他与18世纪的小说家有了很大的不同，甚至与被视为现实主义典范的巴尔扎克也拉开了距离，因此被自然主义小说家们尊奉为先驱者和导师。鉴于福楼拜对20世纪小说的巨大影响，我们有必要来探讨一下他的现实主义创作实践中的问题。

《包法利夫人》（1857）出版以后，因为被指控为"有伤风化"而遭到司法惩戒。这在某种程度上增加了人们对它的好奇心。大名鼎鼎的文学批评家夏尔·奥古斯丁·圣伯夫（1804—1869）并不是道学先生。读完这部小说以后，他写下了这样的批评意见："我对他的书的指责就是，**过于缺乏善**。"让他感到不可思议的是，小说中没有一个人物能够抚慰读者，让读者感到轻松。他建议初出茅庐的福楼拜积极主动地去发现和表现社会中依然存在的高尚、善良和仁爱的灵魂，"那样**就能振奋人，抚慰人**，而我们对人类的看法只会因之变得更为全面"。[40] 圣伯夫的这番话使昆德拉想起了曾经作为官方文学信条的社会主义现实主义,激起了他的反感。但是,他随后想到这些问题:"假如撇开回忆不谈,说到底,当时法国最有威望的批评家要求一位年轻的作家通过一个'善良的场景'和'抚慰'读者,就那么不妥吗?那些读者跟我们大家一样,不也需要一些同情和鼓励?"[41]

《情感教育》(1869)发表以后,公众反响平平,让福楼拜非常失望,也招致了文学界人士强烈的批评。埃德蒙·舍莱(1815—1889)就明确表示自己要捍卫一种明智的古典主义传统,即艺术家应表现一种选定的自然。他认为:"理想主义和现实主义并非是理解艺术的两种方式。它们是两个极,任何艺术都处在这两个极之间,……但在它们之外,只有乏味的抽象或枯燥的表现。"[42] 他以艺术理想作为依据,对福楼拜的现实主义和左拉的自然主义都做了批评。

但是,福楼拜并没有做出圣伯夫和舍莱所期望的改变,以至于福楼拜衷心敬仰的前辈女作家乔治·桑(1804—1876)出于关切,也对他做了书面批评:

> 我们写什么呢?你呀,不必说,一定要写伤人心的东西,我呀,要写安慰人心的东西。我不知道什么做成我们的生命;你看它过去,加以批评,拒绝从文学观点上加以欣赏,限制自己于描写,同时有系统地、极其小心地藏起你私人的感情。其实读者透过你的言词,照样看得一清二楚;你让你的读者分外忧愁。我呀,我直想减轻他们的不幸。我不能忘记我本人克服绝望是我的意志和一种新的了解方式的成就。这种了解方式完全和我往日的了解方式相反。
>
> ……我没有文学建议给你;我没有意见批判你对我说起的你

那些朋友作家。……不过我相信……艺术不仅仅是描绘。而且真正的描绘,充满推动画笔的灵魂。艺术不仅仅是批评和讽刺:批评和讽刺只描绘到真实的一面。

……

我觉得你这一派不关心事物的本质,太在表面上逗留。你这一派用心寻找方式,过于忽视内容,变成文人的读物。不过实际上就没有所谓文人。人首先是人。我们希望在一切历史和一切事件里头找到人。这正是《情感教育》的缺点。很久以来,我就在为这部书思索,奇怪怎么会有那么多的人反对一本这样完善、这样牢实的作品。这种缺点就是:人物的动作没有反射到自己身上来。他们承受事件,永不加以占有。好啦,我以为一个故事的主要兴趣,正是你所不愿意做的。我要是你的话,我就试试。相反,你如今又在拿莎士比亚滋养自己,你做得对!就是他,放出人来,和事件斗争;你注意一下,他们好也罢,坏也罢,永远战胜事件。在他的笔底下,他们击败了事件。[43]

从这番语重心长的批评和劝告里,我们可以看到乔治·桑对福楼拜的不满,就在于后者以追求绝对客观真实之名,剥夺了他笔下人物的主体意识、人格魅力和战斗精神,同时也剥夺了人们活在世界上的理想和希望,让他们被动地承受着现实的压力,在苦闷压抑中步步退缩,直到彻底的失败和死亡。

在福楼拜给乔治·桑的答复里,他说自己不是有意去写让人伤心绝望的事情,但他无法换掉自己的眼睛。也就是说,不是他不想发现社会生活中的美好,而是他的眼睛看不到这些。关于文艺创作,他认为作家不应该暴露自己："艺术家不该在他的作品里面露面，就像上帝不该在自然里面露面一样。"[44] 福楼拜说他与乔治·桑在这一点上意见一致："艺术不只是批评和讽刺。"他透露说自己内心里其实涌动着巨大的激情，然而，在写作时，他"总是强迫自己深入事物的灵魂，停止在最广泛的普遍上，而且特意回避偶然性和戏剧性"[45]。他承认自己"对人生缺乏一种明确和广大的视野"，却对此无能为力、无可奈何："你拿形而上学照不亮我的黑暗、我的黑暗或者别人的黑暗。一方面，宗教或者天主教这些字样，另一方面，进步、博爱、民主这些字样，都不再应付得了现下的精神需要。激烈派宣扬的崭新的平等教义，被生理学和历史在实际上否定了。我看不见在今天建立一种新原则的方法，也看不见尊重旧原则的方法。所以我寻找那应当是一切所从属的观念，不过没有找到。"[46]

尽管福楼拜极为谦虚地要彻底放弃自己的主观愿望，以最大限度冷静克制的观照态度和刻意保持心理距离的叙述方式，为读者呈现出毫不夹杂作者主观意志的绝对客观现实，但是，就在这样做的过程中，他将自己置于全知全能的上帝位置。在祛魅的世界上，上帝缺席了（海德格尔语）或者离开了（昆德拉语），而福楼拜无意识地让自己坐在了世界主宰者的位置上。因为他自己看不到光亮，他就认为世界上没有光明；因为他自己看不到希望，他就认为希望是一种虚妄；因为他自己的生命深处没有理想，他笔下的人物就不会像在教育小说中那样，在痛苦的失败中走向成熟，臻于现实与理想的平衡状态。

在笛卡尔的理性主义体系里，他之所以主张质疑一切，却为上帝保留了不受质疑的特权，并不是因为他的思想不彻底，而是因为他知道理性的局限。如果宇宙万物来自上帝的创造，则上帝的绝对权威是秩序和理性的必要前提和最后保障。另外，理性只涉及知识和理解（而且永远无法臻于完全），却无关乎终极意义和绝对价值，而上帝在确保前者得以被人获得的同时，也让人的认识活动、生命实践具有了意义肯定和价值实现的可能。19世纪中期以后，实证主义哲学取缔了笛卡尔为上帝保留的特权位置，上帝从人的心智体系中被驱逐出去，同时也把意义与价值从哲学之中取缔了。当实证主义的创立者奥古斯特·孔德（1798—1857）发现他的思想无法解决意义与价值缺失的问题时，他只能重新寻求宗教的援助。他的思想方式使他不能回到基督教传统之中，他于是自创了人道教并自任教主。如果说笛卡尔在理性体系中为上帝保留位置是思想不够彻底的话，孔德在绝对无神论的理性哲学之外，创立新宗教的做法是荒唐而无奈的。

18世纪的启蒙哲学家，比如伏尔泰，认为世界就像上帝所造的一只钟表，一旦被造成，上帝就退隐了，让世界像钟表一样自我运转。19世纪的实证主义与科学主义更进一步，认为世界就像一只钟表（他们假设"谁造了钟表"这个问题不必询问），按照一种预定的、绝对的秩序在运转，各个部件都在这个机械系统之中按部就班、有条不紊地工作着。科学被赋予了不断揭示这个系统内部运转规律的使命，技术则将科学的发现运用到人类的工作和生活之中，使人越来越能够像造物主一样，成为大自然的主人，迫使其服从于人，效力于人。从19世纪后期开始，科学越来越意味着无所不知和无所不能，越来越从一种知识体系变成了一种信仰对象，成为现代社会的宗教，而科学家们也越来越像是古代社会的祭司和神父。像路易·巴斯德（1822—1895）这样的大科学家，在许多人眼里，甚至就像是神明一样。因此，我们也可以说，神龛从来就没有空空如也过，只是坐在里面的神明在改变。退隐、缺席或者遭到驱逐的，是保障了古老世界秩序的旧神，而登位、临在和受到期待的，是为现代社会的持续变化提供理由的新神。悖论的是，极端理性主义者以"破除迷信"的名义驱逐了祖先们所信奉的神，却让自己堂而皇之地坐在了旧神留下的空位上。如果说孔德这样的哲学家是有意识地自我成神，以冒险的方式去填补自己哲学所造成的巨大空白，免得自己的理性主义因为缺乏坚实的基础而坍塌，那么，像福楼拜这样的科学主义者，在排除了被实证理性驱逐的上帝的同时，自己无意识、不自觉地坐在了神龛里，宣布凡是自己看不见的东西不存在。在他的谦虚里，流露出来的是理性的自大与科学的狂妄。

稍早于福楼拜的法国诗人和剧作家阿尔弗雷德·德·维尼（1797—1863）认为：当时的作家们心里"充满了烦恼，没有半点和谐"，他们对真实的爱好和对虚构的爱好仿佛互相矛盾，应该能够"在同一个源流里统一起来"，却始终做不到。他们所叙述的"事件的缓慢的进程所表现的例子是分散而不完整的：它们往往缺少一条明白可见、能够严密地导向一个道德结论的链子"[47]。他认为："人类大家庭在世界舞台上的场景当然是有一个全貌，但这个大悲剧所表现的那种只有天神的眼睛才能看见的意义，也许直到收场才会向最后一个观众指示出来。"[48] 问题在于，受制于时间和空间且认识与知识始终受到局限的人，却企图运用理性的工具，比如归纳和推理，把自己有限的观察变成全面的解释，将相对的知识推向绝对的真理。现代人在将绝对真理相对化的同时，却把相对真理绝对化了。"在最高审判官缺席的情况下，世界突然变得具有某种可怕的暧昧性；唯一的、神圣的真理被分解为由人类分享的成百上千个真理。"[49]古代哲学，尤其是形而上学和本体论，通过个别去理解整体，通过时间去感悟永恒，通过相对臻于绝对。现代哲学则满足于对部分事物的理解（仍然是在客观的外表下极为主观地认定），并把这种理解视为终极阐释，却无法把这种阐释强加给所有人。（如果人人都在思考，也都必须思考，谁能强迫其他人把"我思"的结果作为"他思"的结果呢？）

维尼虽然没有看到20世纪的社会，却准确地预测了哲学既繁荣又窘迫的状况："一切哲学枉然地不断把石头滚来滚去，竭尽心力去解释这些场景，但是总是达不到目的，结果仍然回到原地。每种哲学都在别的哲学的废墟上建造不坚固的建筑，而且眼看它倒塌。"[50]分析哲学将真理问题转化为语言问题，对真理的探讨也无关乎意义与价值的认定，从而取消了意义和价值的合法性，但这并不能取消意义和价值问题的存在理由。解构哲学连语言也解构了，词语变成了飘浮的能指，无限逃离词意的确定性。这种说法听起来头头是道，实际上并不符合语言的实际情形与语言交集的实践经验，因而是一种貌似深刻的肤浅。现代哲学流派纷繁，观点多样，相互冲突，却没有一种哲学能够"一统江湖"，其根本原因就在于缺乏绝对的基点，导致了基础的空虚[51]，哲学变成了空中楼阁。

按照希腊哲学和基督教神学的说法，存在着两种现实，一种是可以感觉、亲身经历的，一种是只能通过智力来感悟的。前者处在不断地生灭之中，唯有后者才体现真正的现实，即终极的现实。"这种观点直至19世纪依然为人们所秉承，例如，巴尔扎克的对手们就据此嘲讽他的专注醉心于当代生活，按他们的观点，那是昙花一现的现实。"[52] 维尼认为："艺术永远只有和理想联系起来，才能引人注意。必须指出有些事实不过是次要的东西；那无非是它用以给自己增色的另一种幻象，是它所钟爱的我们的喜好之一。艺术可以忽略它，因为哺育艺术的真实应该是对于人类性格的观察真实，而不是事实的确切性。"[53]

作为最能体现"现实主义"特征的小说家，巴尔扎克谦虚地说自己只能充当法国当代社会的书记员，"编制恶习与美德的清单，搜集激情的主要表现，刻画性格，选取社会上的重要事件，就若干同质的性格特征博采约取，从中糅合出一些典型"[54]。他认为对他这样一个记录人间喜剧的作家来说，读者要求的"是诗意和融化成生动形象的哲理"[55]。因此，作家不应该满足于"成为私生活戏剧场面的叙事人，社会动产的考证家，各种行话的搜集家，以及善行劣迹的记录员"，他还应当"研究一下产生这类社会效果的多种原因或一种原因，把握住众多的人物、激情和事件的内在意义"，进而"思索一下自然法则，推敲一下各类社会对永恒的准则、对真和美有哪些背离，又有哪些接近的地方"，并且给出一个结论，而结论之获得，"在于他对人间百事的某种决断，对某些原则的忠贞不贰"[56]。和许多小说家看法一致巴尔扎克也认为历史和小说不同。对他来说，历史的"信条并不在于走向理想的美"，它"是或者应该是当时的实录"，而"小说则应该是那个更为美好的世界"[57]。尽管巴尔扎克追求最大限度地客观记录当代社会众生相，但是，他内心深处的生命理想和人道情怀还是强烈地投射到他的作品之中。在他笔下，尽管有些人物令人厌恶（如老葛朗台）、令人惋惜（如高老头）、令人感慨（如欧也妮·葛朗台），巴尔扎克仍然倾注了自己对他们的爱。巴尔扎克对环境和细节的描绘可能让我们失去阅读的耐心，但他对笔下众生的挚爱与关切仍然令人感动。在巴尔扎克的作品中，我们可以感受到一种大同情和大悲悯，即使对坏人和恶人亦是如此——雨果也是如此，把坏人和恶人视为走错了路的好人，因而还有弃恶从善的可能性。这也许与其基督教信仰有关，但更多的可能是源于他的深厚而诚挚的人道主义精神。

1857年，波德莱尔出版《恶之花》，福楼拜出版《包法利夫人》。两部作品被同一个检察官起诉，罪名都是"有伤风化"。文学史家们一般都把这一年视为现代主义文学的正式开始，这两部作品被视为现代主义文学的奠基之作和典范之作。然而，它们之间的区别也很明显，而且造成区别的原因并不在于《恶之花》是诗集，《包法利夫人》是小说。我们认为需要从这个事实出发来探讨：波德莱尔被尊为象征主义运动的先驱，福楼拜被视为自然主义的典范。

象征主义强调使用象征以暗示作品的主题，表达作者隐蔽的思绪和抽象的人生哲理。他们认为诗人可以通过艺术的想象创造出能充分表达主观情感的客体。在象征主义诗歌里，可见之物是不可见之精神或灵魂的象征，此岸让人认识到彼岸。"正是这种对于美的令人赞叹的、永生不死的本能使我们把人间及其众生相看作是上天的一览，看作是上天的应和。人生所揭示出来的、对于彼岸的一切的一种不可满足的渴望是我们的不朽之最生动的证据。正是由于诗，同时也**通过**诗，由于同时也**通过**音乐，灵魂窥见了坟墓后面的光辉；一首美妙的诗使人热泪盈眶，这眼泪并非极度快乐的证据，而是表明了一种发怒的忧郁，一种精神的请求，一种在不完美之中流徙的天性，它想立即在地上获得被揭示出来的天堂。"[58] 因此，即使是描写丑陋的事物和现象，象征主义诗歌都不仅仅停留在那个层面，而是引导读者朝着理想迈进。

与之相反，自然主义则满足于细致的描写现状与现象，常常令人感到沉闷、压抑和绝望。由于波德莱尔早逝，使福楼拜的影响得以独大，在法国出现了以左拉（1840—1902）为首的一批自然主义作家，并把自然主义推向国外，变成了国际文学思潮。正是在自然主义文学声势浩大的时候，以保尔·魏尔伦（1844—1896）为首的一批诗人自我期许为波德莱尔传统的继承者，甚至自称为"颓废者"。在《颓废者和象征主义者》中，《颓废者》（*Le Décadent*, 1886—1889）杂志的创办者阿纳多尔·巴许（1861—1903）写道："颓废者代表一批对自然主义非常反感的年轻作家，他们寻求艺术的革新，他们以敏感而响亮的诗歌来取代帕尔纳斯派呆板单调的诗律。在这种诗中，人们感到有生命的颤动掠过。"[59]

有些文学史家把福楼拜视为现实主义者，有些则视之为自然主义者。如果将自然主义视为现实主义的蜕变，则两种说法都不矛盾。我们由此也可以认识到巴尔扎克与福楼拜的相同与差异。在谈论《情感教育》时，乔治·桑认为："现实是基础，真实是雕像。"[60] 也就是说，现实提供了创作的素材，真实则是在此基础上的创造性活动，必然要体现艺术理想，而不只是所谓的客观实录。因此，她对巴尔扎克和福楼拜做了比较，得出了这样的结论："福楼拜是伟大的诗人和卓越的作家，巴尔扎克的审美能力不及福氏正确，但是更有感情、更有深度。"[61] 后来的普鲁斯特，在巴尔扎克和福楼拜之间，虽然决意选择后者，但还是衷心地表达了他对前者的敬仰：

"巴尔扎克的小说把现实写得栩栩如生,他的小说使我们生活中千百种事物具有某种文学价值,而在此之前,我们觉得这些事情纯属偶然。"[62]

20世纪以来,许多作家像普鲁斯特一样,在巴尔扎克和福楼拜之间选择了后者,昆德拉就是其中一个。他不止一次表达了对福楼拜的敬意和对巴尔扎克的批评。然而,福楼拜的问题同样出现在昆德拉的创作之中,乔治·桑对福楼拜的批评也基本上可以应用到昆德拉的作品上。因此,尽管昆德拉是一位聪明、机智、灵巧的小说家,他也像福楼拜一样,在感情、深度上不及巴尔扎克。正如昆德拉作品的早期译者兼研究者景凯旋所说:"昆德拉是一个彻底的怀疑主义者,他在观念和写作上更接近西方后现代主义,对现实采取的是解构意义的方式,当他反讽的对象指向捷克社会现实时,他对人类激情的批判入木三分,充满智力上的优越感。他憎恶历史运动的非人化倾向,尤其是它的绝对化,因为它摧毁了个人自由和生活的多样性。但是,当他将反讽的目光投向存在的意义时,却又走向了价值虚无。"[63]

适度的怀疑主义能够使人保持清醒,不会陷入迷信、盲信和理性的妄自尊大。笛卡尔将怀疑作为重建确信的必要手段和必经过程。但是,彻底的怀疑主义却将怀疑本身绝对化为目的,为怀疑而怀疑,只有解构而没有重构。彻底的怀疑主义不相信任何的确定性,以另一种极端方式,表现出迷信、盲信和妄自尊大。在古希腊文化衰落时期,怀疑论盛行,其情形类似于19世纪末期以来的虚无主义和20世纪中期以来的解构主义。在评论古希腊的怀疑主义时,英国哲学家伯特兰·罗素(1872—1970)指出:"怀疑主义作为一种哲学来说，并不仅仅是怀疑而已，并且还可以称之为是武断的怀疑。（……）怀疑主义者当然否认他们武断地肯定了知识的不可能性，但是他们的否认却是不大能令人信服的。"[64]

我们当然不能说是怀疑论和诡辩论导致了古希腊文化的彻底衰落，然而，我们可以肯定的是，当理性建构的局限越来越明显地暴露出来以后，怀疑论和诡辩论没有参与理性的重建，即在承认理性局限的前提下，充分利用理性的建构能力，使其继续有效地发挥文化的整合能力与凝聚作用，让共同体的成员在其中找得到价值肯定与集体认同。相反，在古希腊文化发生危机的阶段，缺乏健全理智的怀疑论者以其出众的才智和机辩，使文化危机转变成了文化死亡，也使希腊文化丧失了整合能力，从而走向了解体。

尼采虽然宣告"上帝已死"，却同时宣告"超人诞生"。也就是说，在解构的同时，他就做了重构的设想，尽管这个重构设想被后来纳粹德国的实践证明为灾难性的。然而，尼采的思想后裔们，比如海德格尔、福柯、德里达和昆德拉，沉醉于解构，既不愿意，也无能力提出重构的方案。在某种意义上，他们就像古希腊文化衰落时期的怀疑论者那样能言善辩，然而，他们所做的就是让我们走向彻底的怀疑主义和虚无主义。他们能言善辩，但是缺乏健全理智（le bon sens）。

我们当然不会要求小说家们回到巴尔扎克的写作方式，我们希望他们能够更多地表现出人道情怀与艺术理想，而不是仅仅写得巧妙机智而已。

三 小说为其他体裁赋予了现代性

昆德拉认为:"现代主义的意义在于每一种艺术都在尽力接近它自己的特殊性,接近它自己的本质。因此,抒情诗抛弃了所有修辞的、教育性的、美化了的东西,以迸发出诗性奇思异想的源泉。绘画放弃了它的资料性、模仿性的功能,以及一切可以用另一手段(如摄影)来表达的东西。"[65]那么,其他艺术的这种变化是对现代性自动自发的反馈,还是受到了外力的推动?对此,昆德拉语焉不详。

巴赫金注意到了其他体裁的小说化倾向具体表现在这些方面:"其他体裁变得自由了一些,可塑性强了一些;它们的语言借助非标准语的杂语事实,借助标准语中的'小说'成分而得到更新;它们要出现对话化;其次它们中间广泛渗进了笑谑、讽刺、幽默,渗进了自我讽拟的成分。最后(这也是最主要的),小说赋予了这些体裁以问题性,使它们有了一种特殊的意义上的未完结性,并同没有定型的、正在形成中的现代生活(未完结的现在)产生密切的联系。"[66]造成这些现象的原因,在他看来,"就在于诸多体裁都被移置到一个新的特殊的塑造艺术形象的领域中(即与未完结的现代生活密切交往的领域中);这是由小说首先开拓掌握的一个领域。"[67]现代小说脱胎于中古传奇,是现代性展开的产物。当小说在18世纪繁荣兴旺,使更多有才华的作者投身其中,也使更多的读者为之着迷,尤其是自从小说在19世纪跃升为主导性体裁以后,它不可能不对其他既有的古老体裁(如诗歌、戏剧)产生影响。

一般的文学史家都会谈到诗歌、戏剧这些古老的文学体裁在现代所发生的变化,但很少有人把这种变化与小说联系起来。巴赫金

第五章　小说现代性的表现方式

确实是独具只眼，让我们多了一个角度来理解现代小说的特征。在现有的四大文学体裁之中，"小说是处于形成过程的唯一体裁"，这就使它具有独特的优势："更深刻、更中肯、更敏锐、更迅速地反映现实本身的形成发展"[68]。由于现代性是一个始终在展开的过程，现代世界也始终处于变化之中，"小说所以能成为现代文学发展这出戏里的主角，正是因为它能最好地反映新世界成长的趋向"[69]。作为现代世界产生的唯一体裁，小说与现代世界关系极为密切。小说后来居上，成为现代文学的主导体裁。这种主导地位会"促进所有其他体裁的更新，它把自己形成、成长和尚未完结的特点传染给了其他体裁"[70]。更有甚者，小说以其强大的威力，使其他体裁无法对抗，从而被纳入了小说的轨道，也就不可避免地要受到小说的影响。巴赫金认为，小说的这种强大影响力并不是一种强加的霸权，而是"因为这个轨道与整个文学发展的基本方向相一致"[71]。

一直到18世纪中期，诗歌和戏剧都在定型之后，始终保持着自己的稳定性和程式化。尽管在不同时代出现了各种变体，但这种变化仍然属于表面现象，体裁本身的规定性并没有被触动。中世纪晚期，法语诗歌逐渐形成了每行八音节或十音节且以固定格式押韵的结构形式。《亚历山大传奇》使用十二音节，被视为每行音节数的极限，因为十二音节本身就已经能够让人感觉到诗句表达不够紧凑，有散文化的色彩。在文艺复兴时期，在彼特拉克（1304—1374）的影响下，多个欧洲语言中纷纷出现了自己的十四行诗，但其格式无非两种，即彼特拉克式与莎士比亚式，对于诗的结构形式和押韵模式，都有严格的规定。诗人们不是质疑这种硬性的规定，而是让自己的思想和语言适应这种诗歌的形式限定，即"戴着脚镣跳舞"。

19世纪中期,当波德莱尔决心从被浪漫主义诗人拒绝的城市生活中寻找诗意时,他从最先受到现实主义思潮影响、表现城市生活的绘画中,得到很多启发和很大鼓励。

任何人都可以很容易地想象到,如果所有要表达美的人都遵守那些宣誓教授的清规戒律,那么美本身就要从地球上消失,因为一切典型、一切观念、一切感觉都混同在一个巨大的统一体中,这个统一体是单调的、没有个性的,像厌倦和虚无一样巨大。多样化,这个生活的必要条件,将从生活中销踪匿迹。在艺术的多种多样的产品中总有某种新东西永远不受规则和学派的分析的限制!惊奇是艺术和文学所引起的巨大愉快之一,它取决于典型和感觉的这种多样化。而宣誓教授这种专横的名士,总是使我觉得像是一种妄想取代上帝的大逆不道之徒。[72]

通过观看法国现代画家,尤其是贡斯当丹·居伊(1802—1892)的城市生活题材绘画,波德莱尔认为可以借此破除人们对于美的一种固有误解,认识到美既是永恒的,也是相对的:"构成美的一种成分是永恒的、不变的,其多少极难加以确定,另一种成分是相对的、暂时的,可以说它是时代、风尚、道德、情欲,或是其中一种,或是兼容并蓄,它像是神糕有趣的、引人的、开胃的表皮,没有它,第一种成分将是不能消化和不能品评的,将不能为人性所接受和吸收。我不相信人们能发现什么美的标本是不包含这两种成分的。"[73]他认为在现代社会里,"一个精巧的艺术家的最浅薄的作品也表现出两重性",而且,"艺术的两重性是人的两重性的必然后果"[74]。为了让人们理解他的这种新颖见解，他用通俗化的方式对美的这种双重性做了说明："如果你们愿意的话，那就把永远存在的那部分看作是艺术的灵魂吧，把可变的成分看作是它的躯体吧。"[75]

波德莱尔将贡斯当丹·居伊视为现代诗人学习的典范，因为他积极、主动、有意识地"寻找我们可以称为**现代性**的那种东西"，即"从流行的东西中提取出它可能包含着的在历史中富有诗意的东西，从过渡中抽出永恒"。[76] 从美的双重性出发，他为"现代性"下了这样一个简短而深刻的定义："现代性就是过渡、短暂、偶然，就是艺术的一半，另一半是永恒和不变。"[77] 从这样的定义出发，他断定"每个古代画家都有一种现代性"，因为"古代留下来的大部分美丽的肖像都穿着当时的衣服"，而"他们是完全协调的，因为服装、发型、举止、目光和微笑（每个时代都有自己的仪态、眼神和微笑）构成了全部生命力的整体"。[78] 因此，他向公众呼吁说："这种过渡的、短暂的、其变化如此频繁的成分，你们没有权利蔑视和忽略。如果取消它，你们势必要跌进一种抽象的、不可确定的美的虚无之中，这种美就像原罪之前的唯一的女人的那种美一样。"[79] 他认为现代艺术家不能忽视现代的美，不能再把目光投向古代的神话或历史的人物，或者一定要让现代人穿上古代服装才能显得美。"研究古代的大师对于学习画画无疑是极好的，但是如果你们的目的在于理解现时美的特性的话，那就只能是一种多余的练习。"[80] 但是，现代艺术家的使命不是复古和模仿前人，"为了使任何现代性都值得变成古典性，必须把人类生活无意间置于其中的神秘美提炼出来"。[81]

波德莱尔对于诗歌的巨大贡献在于，他从理论和实践两个方面促成了西方诗歌的现代化，即把现代性赋予了西方诗歌。他自己在发现现代诗意并将其表现为诗歌时,并没有想到要同时摆脱关于诗歌形式的种种外在限制。在《恶之花》里,我们可以看到他对诗歌结构方式的多种探索和尝试,但始终遵守"音节要整齐、押韵有规律"的惯例。对他来说,最重要的事情可能是要现代人证明:现代生活,尤其是城市生活,确实没有传统诗歌以及浪漫主义诗歌所抒写的自然风光的、田园牧歌的美,却有一种现代特有的美。这种美是普通的、日常的,甚至会表现为怪异的。他并不是说这种现代美是一种"脱离生活轨道的怪物",而是说,"它总是包含着一点儿古怪,天真的、无意的、不自觉的古怪,正是这种古怪使它成为美",而且,"这种古怪的成分组成并决定了个性,而没有个性,就没有美"。[82]

波德莱尔很快就发现了传统形式的诗歌在表现现代诗意时的局限性。他注意到美国诗人爱伦·坡已经对无韵诗做了卓有成效的探索和实践,并写下了自己的感受:"关于无韵诗,我要补充说,坡赋予韵律一种极端的重要性,他是带着同样的细心和精妙分析精神从韵律中所获得的数学、音乐的愉快和一切有关诗艺的问题的。他既证明了迭句可以有无穷的变化,也试图通过增加意料之外的成分,即奇特性,来恢复和增强韵律给人带来的愉快,而奇特性是美的不可缺少的调味品。他常常恰当地重复一句诗或好几句诗,这种句子的不断往复模拟着忧郁或固定观念的纠缠不休,以不同的方式运用纯粹的迭句,运用表现懒散和消遣的变化了的迭句,运用重韵和三重韵以及一种被引入现代诗中的、给人以惊奇之感的腰韵,但是他更精确,意图更丰富。"[83]

这使他同时开始了写作散文诗的尝试。法国诗人莫里斯·德·盖兰(1810—1849)先后发表《半人半马怪物》(1836)和《酒神女祭司》(1837),开创了散文诗这种新的诗歌体裁。真正使散文诗获得声誉的是阿洛瓦修斯·贝特朗(1807—1841)的《黑夜的加斯帕》(1842)。诗歌一向都是意味着有整齐的诗句,尤其是有规律的押韵,但是,他们证明了用散文也可以写出富有诗意和音乐节奏的作品。贝特朗的实践对波德莱尔产生了很大的影响,激发了他在这种新颖的诗歌形式上的创作愿望:"在我们当中,有哪一位在其雄心勃勃的时期,没有梦想过创作这样一种散文的奇迹呢?这种散文是诗意的,有音乐性的,没有诗韵和节奏,相当的灵活,对比相当的强烈,以至于它能适应心灵的抒情冲动,适应梦想的起伏和意识的跳跃。"[84]在出版《恶之花》的同一年,他就准备出版一部散文诗集,"致力于描绘现代生活,或者不如说描绘一种更抽象的现代生活,采用的是(贝特朗)擅长的以描绘极其古怪别致的古代生活的方法"[85]。

盖兰和贝特朗虽然写作了散文诗,却没有从理论上加以研究。波德莱尔在创作散文诗的同时,对这种仍然处于试验阶段的诗歌形式进行了理论探讨,因为形式的自由并不意味着没有任何限定,形式方面的限定也是划定艺术与非艺术的标准之一。波德莱尔认为散文诗是一种具有诗意和音乐性的散文。在翻译和研究美国诗人兼小说家爱伦·坡的过程中,他发现小说可以为诗歌创作提供重要的借鉴作用:"有一点,中短篇小说甚至对于诗歌来说也具有一种优势。节奏对于美的观念的发展是必要的,而后者是诗的最伟大、最高贵的目的。而产生节奏的各种手法对于思想和表现的细腻展开是一种不可克服的障碍,后者的目标是**真实**。因为真实可以经常成为中短篇小说的目的,还有推理,这构成一部完美的中短篇小说的最好工具。这就是为什么这种地位不如纯诗高尚的体裁能够提供更丰富多彩的、更容易为普通读者所欣赏的作品。"[86] 既然真实适用于中短篇小说，而节奏适用于诗歌，如何将二者调和起来呢？他认为散文诗的形式可以完美地利用二者的优势，这种介于诗与小说的文学体裁，在把诗的节奏感、音乐性与小说的真实性结合起来的同时，"将真实和美、诗歌和写实、永恒和日常、可怕和滑稽、温柔和仇恨统一起来"[87]，就可以更好地展现大都市的风貌和现代人的心境。

波德莱尔坦言："《巴黎的忧郁》仍然是《恶之花》，不过有更多的自由，更多的细节和更多的讽刺。"[88] 为了试验散文诗的自由度与表现力，他将《恶之花》中音律整齐的部分诗歌改写为散文诗。这种改写并不是亦步亦趋地散文化，而是相当自由的重写，甚至对原诗的意境和意蕴都做了改变，使其成为全然新颖的诗歌作品。"这些散文诗充满了柔和的诗意，写得十分随便，毫无拘束，十分自由。但又十分精粹，短的只有一、二百字，长的也不过两千来字，浓缩精炼，意味深长。至于内容，既有抒发自己的感慨，也有描绘某个社会场景，既有城市风貌的写照，又有对月亮的吟哦，既有人物刻画，又有动物描写，不一而足。大多是平铺直叙的散文，也有的写成一篇短短的对话。这种内容和形式的多种多样为日后的散文诗提供了典范。"[89]

《巴黎的忧郁》（1869）虽然是在波德莱尔去世以后才出版的，但它使散文诗真正得到了广泛的认可，也产生了很大的示范效应。巴那斯派的后期诗人们越来越多地表现出了散文化的倾向。1901年诺贝尔文学奖得主苏利·普吕多姆（1839—1907）的哲理和科学题材的长诗明显具有散文化的特点。弗朗索瓦·柯佩（1842—1908）的诗集《平凡的人》（1902）有意写出散文化的诗句，以描绘城市居民及其日常生活。后期象征主义诗人保尔·克洛代尔（1868—

1955）不仅写了明显带有散文诗色彩的《五首颂歌》，也写了像《认识东方》这样的散文诗集。

在戏剧创作方面，17世纪法国古典主义运动还在倡导作家们像古代作家那样写诗体戏剧。但人们也越来越感觉到让剧中人物在舞台上说着大段的诗歌体台词，显得不够自然。莫里哀（1622—1673）就曾尝试着去写诗歌与散文混杂的剧本。在18世纪启蒙运动中，戏剧改革也成为人们认真对待的事情。在《论戏剧艺术》中，狄德罗（1713—1784）推翻了看重悲剧而轻视喜剧的传统观念："在悲剧中，戏剧作家可以凭个人想象，在历史以外加上他认为能以提高兴趣的东西"，而喜剧"可以完全出之于戏剧作家的创造。"他因此得出结论："喜剧作家是最地道的作家。他有权创造。他在他的领域中的地位如同全能的上帝在自然界中的地位一样。是他在创造，他可以无中生有。"[90]与悲剧相比，喜剧更加平民化，题材也更加接近当代社会生活，而不必从神话和历史中取材。

正是在启蒙运动时期，在传统的"悲剧"（tragédie）之外，"正剧"（drame）作为"悲剧"的现代形式，被正式引入法国文学之中。正剧主人公不必再像传统悲剧那样一定是出身高贵，从前只能作为喜剧主角的市民，也可以成为悲剧的主角。戏剧传统不必然是道德的，也可以是社会的、心理的。加隆·德·博马舍（1732—1799）在为其早期戏剧《欧仁妮》（1767）写的序言中，就对"正剧"做了系统的说明："它全部的美都应该来自内容、结构、题材的趣味以及题材的展开"；"它真正的说服力在于情景的说服力，它唯一容许的色彩是生动、紧凑、剪裁适度、活跃而又充满真实激情的语言；它和诗句中的规格、停顿以及诗韵的矫揉造作大不相同，而诗体戏剧中的这些东西，即使诗人费尽心机也不能使它们不被察觉。"[91]《费加罗的婚礼》冲破阻力于1784年上演并大获成功，莫扎特的歌剧改编更使这部现代戏剧广为人知。

在19世纪，用散文写戏剧已经成了戏剧创作的通例。在博马舍之后，更多的戏剧作家将"问题性"带入了戏剧。戏剧人物不再是黑白分明、美丑立见，而是邀请观众一起来严肃地思考当代社会与现实人生的种种问题。在这些戏剧家之中，以挪威作家易卜生（1828—1906）最有代表性，也最有影响力。英国戏剧家乔治·萧伯纳（1856—1950）如此评价易卜生在戏剧方面的创新："新剧本的戏剧性，与其说是产生于庸俗的恋爱、贪婪、慷慨、仇恨、野心、误会、怪癖，以及其他与伦理问题无关的种种事物，不如说是产生于尚未确定的理想之间的冲突。那种种冲突并不发生于界限分明的'是'与'非'之间；剧中的坏蛋至少像好人一样诚恳谨慎；事实上，使一个剧本变得有趣的问题（假使剧本有趣的话）是：究竟谁是坏蛋，谁是好人？再不，换个说法，剧本里没有坏蛋，也没有好人。在批评家看来，这主要是违背了戏剧艺术。其实，这才真正是势所必然地回到自然，把一切仅仅是技巧性的花样全部肃清。"[92]

正如波德莱尔通过散文诗来探讨散文的诗意，俄国戏剧家安东·巴甫洛维奇·契诃夫（1860—1904）、德国戏剧家盖哈特·霍普特曼（1862—1946）、比利时戏剧家莫里斯·梅特林克（1862—1949），也用他们的散文体戏剧证明了散文体戏剧仍然有可能写出浓郁的诗意。

注释：

[1] Milan Kundera, *L'art du roman*, Paris: Gallimard, coll. « Folio / poche », 1995, p.176.

[2] 伊恩·瓦特：《小说的兴起——笛福、理查逊、菲尔丁研究》，高原、董红钧译，北京：生活·读书·新知三联书店，1992年第1版，第7页。

[3] 同上书，第6页。

[4] 即托马斯·阿奎那（约1225—1274），中世纪哲学与基督教神学的集大成者。后来的"托马斯主义"和"新托马斯主义"都是从他的哲学中生发出来的。

[5] 米盖尔·德·塞万提斯：《堂吉诃德》，杨绛译，北京：人民文学出版社，1978年第1版，上册，第4页。

[6] 同上书，第9页。

[7] 伊恩·瓦特：《小说的兴起——笛福、理查逊、菲尔丁研究》，高原、董红钧译，北京：生活·读书·新知三联书店，1992年第1版，第6页。

[8] 同上。

[9] 与此相关的现象是"自传"在18世纪的规模化。尽管"自传"标榜客观，它还是带着强烈的主观色彩，并使用文学创造手段，比如想象、联想、比喻等，使它被视为文学创作而不是个人历史的纪实。

[10] 伊恩·瓦特：《小说的兴起——笛福、理查逊、菲尔丁研究》，高原、董红钧译，北京：生活·读书·新知三联书店，1992年第1版，第8页。

[11] 同上。

[12] 同上书，第11—12页。

[13] 同上书，第12页。

[14] 撒穆尔·伊诺克·斯通普夫、詹姆斯·菲泽：《西方哲学史》（第7版），丁三东、张传友、邓晓芒等译，北京：中华书局，2004年第1版，第273—278页。

[15] 实在论认为共相本身具有客观实在性，共相是先于事物而独立存在的精神实体，共相是个别事物的本质。所以，概念是真实存在的，是人脑对现实

的抽象，是世界的本质。实在论的主要代表人物有安瑟伦、香浦的威廉、托马斯·阿奎那等。

[16] 米歇尔·艾伦·吉莱斯皮：《现代性的神学起源》，张卜天译，长沙：湖南科学技术出版社，2012年第1版，第101—102页。

[17] 托马斯·霍布斯：《利维坦》，黎思复、黎廷弼译，杨昌裕校，北京：商务印书馆，1985年第1版，第20页。

[18] 伊恩·瓦特：《小说的兴起——笛福、理查逊、菲尔丁研究》，高原、董红钧译，北京：生活·读书·新知三联书店，1992年第1版，第12页。

[19] 同上。

[20] 同上。

[21] 柳鸣九、郑克鲁、张英伦：《法国文学史》，北京：人民文学出版社，1979年第1版，上册，第261—266页。

[22] 伊恩·瓦特：《小说的兴起——笛福、理查逊、菲尔丁研究》，高原、董红钧译，北京：生活·读书·新知三联书店，1992年第1版，第8页。

[23] Pierre-Henri Simon, *Témoin de l'homme*, Paris: Librairie Armand Colin, 1951, p.11.

[24] Milan Kundera, *Le rideau*, Paris: Gallimard, coll. 《 NRF 》, 2005, pp.16-17.

[25] 伊恩·瓦特：《小说的兴起——笛福、理查逊、菲尔丁研究》，高原、董红钧译，北京：生活·读书·新知三联书店，1992年第1版，第27页。

[26] 法语"bourgeois"在中世纪指的是字面意义上的市民，在现代指的是有产阶级，尤其是有较多资本的市民。所以，我们应该根据语境采用不同的汉语译法。

[27] 格奥尔格·卢卡契：《卢卡契文学论文集》（一），中国社会科学院外国文学研究所外国文学研究资料丛刊编辑委员会编译，北京：中国社会科学出版社，1980年第1版，第45页。

[28] 伊恩·瓦特：《小说的兴起——笛福、理查逊、菲尔丁研究》，高原、董红钧译，北京：生活·读书·新知三联书店，1992年第1版，第4—5页。

[29] 同上书，第5页。

[30] 同上书，第6页。

[31] 同上书，第 7 页。

[32] 马爱华、张荣升、张雪：《英国学院派小说研究》，哈尔滨：黑龙江教育出版社，2011 年第 1 版，第 22 页。

[33] 伊恩·瓦特：《小说的兴起——笛福、理查逊、菲尔丁研究》，高原、董红钧译，北京：生活·读书·新知三联书店，1992 年第 1 版，第 2 页。

[34] Louis Edmond Duranty, « Le spectacle social », in *Réalisme*, 15 novembre 1856, p.4.

[35] Isabelle Daunais, « *Le réalisme* de Champfleury ou la distinction des œuvres », in *Études françaises* (Les Presses de l'Université de Montréal), 2007, vol. 43, nº 2, p.40.

[36] 伊恩·瓦特：《小说的兴起——笛福、理查逊、菲尔丁研究》，高原、董红钧译，北京：生活·读书·新知三联书店，1992 年第 1 版，第 3 页。

[37] 同上。

[38] 同上书，第 28 页。

[39] Gustave Flaubert, « À George Sand » (décembre 1875), in Gustave Flaubert, *Correspondance: année 1875*, édition Louis Conard, URL: https://flaubert.univ-rouen.fr/correspondance/conard/outils/1875.htm.

[40] 米兰·昆德拉：《帷幕》，董强译，上海：上海译文出版社，2006 年第 1 版，第 75—76 页。

[41] 同上书，第 76 页。

[42] 罗杰·法约尔：《法国文学评论史》，怀宇译，成都：四川文艺出版社，1992 年第 1 版，第 212 页。

[43] 《乔治·桑致弗洛贝尔》（1875 年 12 月 18 至 19 日），见伍蠡甫（主编）：《西方文论选》，上海：上海译文出版社，1979 年第 1 版，下卷，第 209—210 页。

[44] 《弗洛贝尔致乔治·桑》（1875 年 12 月），见伍蠡甫（主编）：《西方文论选》，上海：上海译文出版社，1979 年第 1 版，下卷，第 210 页。"

[45] 同上书，第 211 页。"

[46] 同上书，第 211—212 页。

[47] 阿尔弗雷德·德·维尼：《关于艺术真实的思考》，陈敬容译，见中国社会科学院外国文学研究所外国文学研究资料丛刊编辑委员会：《欧美古典作家论现实主义和浪漫主义》（二），北京：中国社会科学出版社，1981年第1版，第91页。

[48] 同上。

[49] 米兰·昆德拉：《小说的艺术》，董强译，上海：上海译文出版社，2004年第1版，第7页。

[50] 阿尔弗雷德·德·维尼：《关于艺术真实的思考》，陈敬容译，见中国社会科学院外国文学研究所外国文学研究资料丛刊编辑委员会：《欧美古典作家论现实主义和浪漫主义》（二），北京：中国社会科学出版社，1981年第1版，第91页。

[51] 马丁·海德格尔：《思·语言·诗》，霍夫斯达特编选，彭富春译，北京：文化艺术出版社，1991年第1版，第82页。

[52] 伊恩·瓦特：《小说的兴起——笛福、理查逊、菲尔丁研究》，高原、董红钧译，北京：生活·读书·新知三联书店，1992年第1版，第7页。

[53] 阿尔弗雷德·德·维尼：《关于艺术真实的思考》，陈敬容译，见中国社会科学院外国文学研究所外国文学研究资料丛刊编辑委员会：《欧美古典作家论现实主义和浪漫主义》（二），北京：中国社会科学出版社，1981年第1版，第96页。

[54] 奥诺雷·德·巴尔扎克：《〈人间喜剧〉前言》，见《巴尔扎克论文艺》，艾珉、黄晋凯选编，袁树仁等译，北京：人民文学出版社，2003年第1版，第259页。

[55] 同上书，第257页。

[56] 同上书，第259—260页。

[57] 同上书，第264页。

[58] 波德莱尔：《波德莱尔美学论文选》，郭宏安译，北京：人民文学出版社，1987年第1版，第206页。

[59] 引自黄晋凯：《序》，见黄晋凯、张秉真、杨恒达（主编）：《象征主义·意

象派》，北京：中国人民大学出版社，1989 年第 1 版，第 6 页。

[60] 乔治·桑：《〈情感教育〉》，李健吾译，见中国社会科学院外国文学研究所外国文学研究资料丛刊编辑委员会：《欧美古典作家论现实主义和浪漫主义》（二），北京：中国社会科学出版社，1981 年第 1 版，第 140 页。

[61] 同上。

[62] 马塞尔·普鲁斯特：《圣伯夫与巴尔扎克》，见《驳圣伯夫：一天上午的回忆》，沈志明译，天津：百花文艺出版社，2013 年第 1 版，第 153 页。

[63] 景凯旋：《在经验与超验之间》，北京：东方出版社，2018 年第 1 版，第 23 页。

[64] 伯特兰·罗素：《西方哲学史》，何兆武、李约瑟译，北京：商务印书馆，1963 年第 1 版，上册，第 298 页。

[65] 米兰·昆德拉：《相遇》，尉迟秀译，上海：上海译文出版社，2010 年第 1 版，第 85—86 页。

[66] 米哈伊尔·巴赫金：《史诗与小说——长篇小说研究方法论》，见《巴赫金全集》，第三卷，白春仁、晓河译，石家庄：河北教育出版社，1998 年第 1 版，第 509 页。

[67] 同上。

[68] 同上书，第 509—510 页。

[69] 同上。

[70] 同上。

[71] 同上。

[72] 夏尔·波德莱尔：《论一八五五年世界博览会美术部分》，见《波德莱尔美学论文选》，郭宏安译，北京：人民文学出版社，1987 年第 1 版，第 361 页。

[73] 夏尔·波德莱尔：《现代生活的画家》，同上文选，第 475 页。

[74] 同上书，第 475—476 页。

[75] 同上。

[76] 同上书，第 480 页。

[77] 同上书，第 485 页。

[78] 同上。

[79] 同上。

[80] 同上。

[81] 同上。

[82] 夏尔·波德莱尔：《论一八五五年世界博览会美术部分》，同上文选，第362页。

[83] 夏尔·波德莱尔：《再论埃德加·爱伦·坡》，同上文选，第207—208页。

[84] Charles Baudelaire, *Œuvres complètes*, textes établis, présentés et annotés par Claude Pichois, Paris: Gallimard, coll. « Bibliothèque de la Pléiade », 2010, t. I, p.275.

[85] *Ibid*.

[86] 夏尔·波德莱尔：《再论埃德加·爱伦·坡》，见《波德莱尔美学论文选》，郭宏安译，北京：人民文学出版社，1987年第1版，第201页。

[87] 郑克鲁：《法国诗歌史》，上海：上海外语教育出版社，1996年第1版，第204页。

[88] Charles Baudelaire, *Correspondance*, textes établis, présentés et annotés par Claude Pichois avec la collaboration de Jean Ziegler, Paris: Gallimard, coll. « Bibliothèque de la Pléiade », t. II, 1973, p.615.

[89] 郑克鲁：《法国诗歌史》，上海：上海外语教育出版社，1996年第1版，第204—205页。

[90] 狄德罗：《论戏剧艺术》，陆达成、徐继曾译，见中国社会科学院外国文学研究所外国文学研究资料丛刊编辑委员会：《欧美古典作家论现实主义和浪漫主义》（二），北京：中国社会科学出版社，1981年第1版，第31页。

[91] 博马舍：《试论严肃戏剧》，张英伦译，见中国社会科学院外国文学研究所外国文学研究资料丛刊编辑委员会：《欧美古典作家论现实主义和浪漫主义》（二），北京：中国社会科学出版社，1981年第1版，第46页。

[92] 萧伯纳：《易卜生戏剧的新技巧》，见中国社会科学院外国文学研究所外国文学研究资料丛刊编辑委员会：《欧美古典作家论现实主义和浪漫主义》（一），北京：中国社会科学出版社，1980年第1版，第316页。

第六章
小说的存在理由是发现存在的新方面

对昆德拉来说，小说与回忆录、传记、自传等叙事作品有根本的差异。"一本传记的价值在于其是否新颖，所讲事实是否准确。而一本小说的价值，则在于它是否揭示了直到当时都处于隐匿状态的存在的可能性。换句话说，小说要发现藏匿在我们每一个人里面的东西。"[1] 他赞同赫尔曼·布洛赫（1886—1951）一直强调的观点："发现唯有小说才能发现的东西，乃是小说唯一的存在理由。"[2] 他补充道："一部小说，若不发现一点在它当时还未知的存在，那它就是一部不道德的小说。"[3]

在评论冰岛作家古博格·博格森（1932—2023）关于童年的流浪冒险小说《天鹅之翼》时，昆德拉提醒读者不要被作品所描绘的冰岛乡间气息所迷惑，从而忽视其深刻的思想内涵。他说："我恳请各位不要将它当成'冰岛小说'，不要把它当作充满异国情调的作品来读！古博格·博格森是一位伟大的欧洲小说家。他的艺术灵感最重要的源泉并非对社会学或历史学乃至地理学的好奇，而是一种对于存在的探索，一种真正的**存在的顽强**，这让他的小说立于我们或可称作（依我之见）小说现代性的中心。"[4]

在评论美国小说家菲利普·罗斯的小说《欲望教授》时，昆德拉谈了"历史"与"存在"的关联："历史的加速前进深深改变了个体的存在。过去的几个世纪，个体的存在从出生到死亡都在同一个历史时期里进行，如今却要横跨两个时期，有时还更多。尽管过去历史前进的速度远远慢过人的生命，但如今历史前进的速度却快得多，历史奔跑，逃离人类，导致生命的连续性与一致性四分五裂。于是小说家感受到这种需求——在我们生活方式的左近，保留那属于我们先人的、近乎被遗忘的、亲密的生活方式的回忆。"[5]

"存在"是昆德拉小说创作和小说诗学的核心问题。即使在他不断地描绘历史和谈论历史时，也都着眼于反思存在，让人们走出"本是被遗忘"的状态。

一　小说启示人类存在的新方面

在《红与黑》上卷第 13 章，斯汤达在题头引用了圣雷阿尔[6]对"小说"所做的定义："小说，是一面镜子[7]，鉴以照之，一路行去。"[8]（《Un roman：c'est un miroir qu'on promène le long d'un chemin.》）到了下卷第 19 章，就像塞万提斯、菲尔丁等前辈一样，他以叙述者的身份，暂时搁置故事的讲述，对"小说是镜子"的说法做了进一步的说明："哎，告诉你先生，小说好比一面镜子，鉴以照之，沿着大路，迤逦行去。有时映现蔚蓝的天空,有时照出的却是路上的污泥。而背篓里插着这面镜子的人,你们直斥之为不道德!镜子照出污泥,你们却责怪镜子!要责怪,还不如去责怪泥泞的大路,尤其应该责怪养路工,为什么让潴水积成了滩。"[9]

把小说比作镜子,就让小说对现实的客观再现有了充分的理由。自古至今,不断有文学作品被指责为"不道德",轻则遭到查禁(在许多国家都可以编制一份厚厚的《禁书目录》),重则殃及作者,落得罚款、坐牢甚至送命的悲惨结局。由于小说的现实主义特征和自然主义倾向,小说更容易因其对现实的秉笔直书而遭到非议和指责。如果接受"小说是镜子"的说法,则作者就可以撇清自己的责任。但是,这个说法存在着明显不足以服人的地方:这个说法完全忽视了作者的主体性和主观性,并不符合小说创作的实际情形。另外,没有人会因此而同意作者对作品不承担责任。

显然,斯汤达对小说所做的这个定义对许多叙事作品并不适用。卷帙浩繁的《人间喜剧》观照的是被巴尔扎克视为现代空间的庞大的社会组织。他笔下的人物分布在各个阶层,随着现代性在法国社会的推进和展开,无论是积极主动还是消极应付,无论是严肃认真还是逢场作戏,都在这场含泪的喜剧中载浮载沉。巴尔扎克怀着巨大的悲悯来描写因为金钱而异化的人们。他们是既可笑又可悲的。左拉也不是以东拉西扯的叙述(narration discursive)来构思小说的。由二十部中长篇小说构成的《卢贡-马加尔家族》就像一株家谱树(arbre généalogique)[10],通过众多人物的遭际和命运,鲜活地展示了法兰西第二帝国的社会史。至于普鲁斯特,他的《追忆似水年华》对意识空间(espace d'une conscience)的探索,并不少于对时间线条

（fil du temps）的关注。罗大冈（1909—1998）指出：

> 人们早就说过，小说是生活的镜子，也是现实生活的横断面，是生物学或生理学上的切片。无论是短篇或长篇小说，在它的有限的范围内，强烈地深刻地反映某一生活机体或生命机体的特征，而且不是一般的生活机体或生命机体，而是在特定的时间与空间条件下的典型的生活或生命机体，在世界各国一切文学产品中，小说是人类生活的最切实可靠的见证。然而，在各国文学史上，能够负担这样重要任务的伟大小说并不多见。举例说，巴尔扎克的《人间喜剧》是这样的小说。托尔斯泰的《战争与和平》也是。曹雪芹的《红楼梦》也是。普鲁斯特的《似水年华》也是这样的小说。这些伟大的小说都是人类生活的活生生的横断面。几乎可以说：都是人类生活有血有肉的切片。[11]

昆德拉认为小说既不提供某一时代的忠实的历史画卷，也不提供对其社会结构的分析批评。"小说不是作者的自白，而是对置身于成了陷阱的世界之中人的生活的探索。"[12] 在谈论"沉思"（méditation）时，他写道："小说家有三种基本可能性：**讲述一个故事**（菲尔丁），**描写一个故事**（福楼拜），**思考一个故事**（穆齐尔）。"他指出在小说与时代精神的关系上，19 世纪的小说与 20 世纪的小说有很大不同：前者与其时代的精神（实证的、科学的）和谐一致，后者则与之抵牾，因为 20 世纪的小说建立在不间断的沉思之上，但这个世纪的时代精神根本不再喜欢思考。[13]

在昆德拉的小说诗学中，他特别强调"小说"之为小说，有两个前提（prémisses）是应该毫不动摇地坚持的。第一个前提是小说要有所"发现"[14]。昆德拉指出：启示人类存在的新方面，是小说这一文学形式的根本功能，是它唯一站得住脚的道义理由。[15]需要指出的是，虽然昆德拉的这个意见别出心裁，却是其来有自，是对一个若隐若现的文学传统的锐声强调。至少我们可以举出菲尔丁、奥斯汀与萨特作为其理论先驱。

在《汤姆·琼斯》开卷，菲尔丁就声称："一个作家不应以宴会的东道主或舍饭的慈善家自居，他毋宁应该把自己看作一个饭铺的老板，只要出钱来吃，一律欢迎。"[16]但是，尽管读者花钱购买小说去读，作家却不是迎合读者，按需供应，而是近乎强迫地要求读者接受作家预先准备的唯一食品："这里替读者准备下的食品不是别的，乃是人性。"[17]

菲尔丁把"天赋"视为作家首先需要具备的能力。在《汤姆·琼斯》第九卷第一章，他暂时搁置对故事的叙述，忍不住与读者们探讨小说写作的问题和他的个人看法。他认为："天赋"是心智的力量，能够深入到我们的身体与知识够得着的范围内的所有事物中去，并分辨其根本差异之处。具体说来，"天赋"就是发明与判断。鉴于许多人把发明理解为一种创造能力，菲尔丁认为它更应该被理解为"发现"："说得更明白些，它是指一种对我们沉思中的所有事物的真正本质的敏锐而深刻的洞察。"[18]在对菲尔丁这段话的评述中，昆德拉认为这里的"发现"指的是直觉起主要作用的一种特殊的认识行为。因此，小说家不能满足于描摹社会和愉悦读者，而应该将他对人性的发现呈现出来。菲尔丁认为小说的主要优点就在于它能够"大面积地透视人性，极深刻地识别所有的是非曲直——这些是非曲直给人的内心带来了如此之深的困惑，以致他竟然常常对它们视而不见"[19]。"通过发明他的小说，小说家发现了直到那时'人性'还未知、隐藏的一个方面。"[20] 昆德拉认，为在菲尔丁之前，无人如此有意识地赋予了本来只是讲些搞笑、劝诫和令人开心的故事的小说，以检视人性这样普遍、苛刻和严肃的目的，也无人将小说提升到对人之为人进行的思考这样高的层次。

在讨论"为何写作？"这个问题时，萨特说："人人都有其理由：对这一位来说，艺术是一种逃避；对另一位来说，它是一种征服手段。然而，人们可以通过隐居、发疯和死亡来逃避，使用兵器来征服。那为什么却要**写作，通过作品**来进行逃逸或征战呢？"[21] 他认为："在作者们的各种不同企图后面，有一个更深层也更当下的选择，这是所有作者的共同点。"[22] 萨特提醒说："我们的每一个感知[23]都伴随着这样的意识：人类的现实是'揭开的'（dévoilante）。换言之，通过感知，才'有'（il y a）了'是'（l'être）。也就是说，人是万事万物得以自我呈现的手段。"[24] 因此，作家应该是"本是的探测者"（détecteurs de l'être）。[25]

与菲尔丁和萨特相比，昆德拉显得更加严苛。[26] 他将小说在揭示人类存在状况中要有所新发现的要求，视为小说存在的唯一的、根本的理由。他引用布洛赫的话说："发现只有小说能够发现的，这是小说存在的唯一理由。在存在的未知之地没有一点发现的小说是不道德的。"[27] 因此，"小说家的雄心并不在于比前人搞得更好，而在于看到他们未曾看见的，说出他们未曾说出的"。[28]

为了支持自己的论点，昆德拉对欧洲小说史作了不同于一般文学史家的解释。他认为，海德格尔在其名著《存在与时间》中所分析的所有存在的主题,其实都已经被四百年来的欧洲小说揭示和启示了。[29]

在《是之不能承受之轻》中,在叙述故事的过程中,昆德拉插话说:"小说不是作者的自白,而是对置身于成了陷阱的世界中人之生活的探索。"[30] 在关于这个话题的谈话中,他就这一论断做了这样一番解释:"人生下来,没有人问他愿不愿意;他被关进一个并非自己选择的身体之中,而且注定要死亡。"虽然如此,"在以前,世界的空间总是提供着逃遁的可能性",比如,开小差的士兵可以逃到邻近的国家,开始另一种生活。然而,在20世纪,"突然间,世界在我们周围关上了门"。他认为"将世界转变为陷阱的决定性事件"可能是1914年爆发的第一次世界大战。虽然这场大战只涉及了一部分欧洲国家,"但'世界'作为定语,雄辩地说明了一种恐怖感,因为必须面对一个事实:从此之后,地球上发生的任何一件事都不再是区域性的了,所有的灾难都会涉及全世界,而作为结果,我们越来越受到外界的制约,受到任何人都无法逃避的处境的制约,而且这些处境使我们越来越变得人人相似"。[31]

将小说的存在理由视为发现存在,自然会使读者联想到在第二次世界大战以后风靡西方的存在主义思潮。昆德拉认为萨特的"处境戏剧"(théâtre de situations)的提法,可能会使人产生一种幻觉,"把自己生活的处境视为仅仅是一个背景,是一个偶然的、可以替换的环境,而我们独立而恒久的'自我'可以穿越其间"。昆德拉认为我们不可能选择处境,而是被局限在一个特定的处境里,根本不可能加以置换,这个处境也成为我们的自我得以被理解的唯一处境:"我们所有人都被绝望地钉在了我们出生的日期与地点上。在我们生活的具体而唯一的处境之外,是无法想象我们的自我的。我们的自我只有在这一处境中,通过这一处境,才能被理解。"[32] 比如,卡夫卡《审判》的主人公约瑟夫·K,如果没有落入莫名其妙的指控,他就会有另一番人生,展现出另一个自我。在理论上,我们有生活在其他多种处境的可能性,然而,实际上,我们一旦落入了一种处境,这种处境将是决定性的和排他性的,是处境攫取了我们,而我们没有选择置身于何种处境的能力。正如萨特所说,我们的自由体现在我们对这种处境的反应,而不是逃避它;也正是在这种无可逃避的处境中,我们的存在得以具体化和本质化。古代史诗与中古传奇的英雄们(真正意义上的主人公)在特定的处境中,将他们本来就有的既定本质具体化为行动;在萨特的存在主义小说中,主人公在限定的处境中,通过行动而获得人之为人的本质,即自由。乍看之下,萨特的主张仍然体现出现代哲学(尤其是理性主义)的主体性;稍作深思,就可以发现这种想法只不过是 1920—1930 年代法国小说中的荒诞英雄主义的另一种表现形式。如果大前提是坚信存在无意义,人生很荒诞,那么,引颈受戮(卡夫卡《审判》中的 K)和消极等死(加缪《局外人》中的莫尔索)固然是对其处境的无奈接受,主动找死(海明威《午后之死》中的斗牛士)和勇敢赴死(马尔罗《人的境遇》中的强矢),也并不能把处境从"存在陷阱"改变为"应许之地"[33]。

昆德拉指出:萨特的巨大影响力造成了另一种误解,让人以为是在哲学的影响下,20 世纪的戏剧与小说中才出现了关注存在的倾向,就好像小说家只能从思想家那里获取想法。他认为这不符合事实:"小说艺术悄悄地从它对心理的着迷(对性格的审视)转向对**存**

在的分析（对照明人类境遇主要方面的处境的分析）这一现象出现于存在主义在欧洲大行其道之前二十或三十年；而且，它并非从哲学家那里获得了灵感，而是由于小说艺术本身的演变规律。"[34]

有人说：在昆德拉的小说中，哲学思考贯穿了整部小说，正如在乔伊斯的《尤利西斯》中，内心独白贯穿了整部小说。他认为用"哲学"这样的词语来指称他的小说并不恰当，因为"哲学在一个抽象的空间中发展自己的思想，没有人物，也没有处境"，而他的小说，比如《是之不能承受之轻》，开头虽然提到了尼采对永恒轮回的思考，却不是为了展开对这个哲学问题的探讨，因为"从小说的第一行开始就直接引出了一个人物——托马斯——的基本处境；它陈述了他的问题，即在一个没有永恒轮回的世界中的存在之轻"[35]。如果说人的存在是本质化（essentialisation）的过程，它也可以是非本质化或去本质化的过程，就像永恒轮回的极端处境所显示的那样。如果没有永恒轮回，我们就只有一次生命的机会，即一次存在的机会，然而，"存在之轻"意味着这是非本质化的过程，这一生无论多么长久，也无法自动转化为真正的存在。这显然是有问题，而且是大有问题的。然而，问题出在哪里呢？"整部小说都只是一个长长的探询。思考式的探询（或探询式的思考）是我所有小说构建其上的基础。"[36] 昆德拉没有答案，只有持续的疑惑，也把这种疑惑传递给读者，让他们一起从"不思"状态中走出来，因为这是获得感悟的第一步。

这也正是 20 世纪西方小说家们揭露荒诞的目的。他们期望用自己的小说唤醒人们，以走出"本是被遗忘"的状态，去发现被单调重复的日常生活掩盖了的"存在"真相。[37]

起床，乘电车，四小时在办公室或在工厂，午饭，乘电车，四小时的工作，吃饭，睡觉；周一、二、三、四、五、六[38]，遵循同样的节奏，在绝大部分时间里很轻易地因袭着这条轨道。一旦某一天，"为什么"的问题被提出来，一切就从这点带着惊奇色彩的厌倦（lassitude teintée d'étonnement）开始了。厌倦产生于一种机械式生活（vie machinale）的行为之后，但它同时启发了意识的运动。随后的活动就是无意识地重新套上枷锁，或者就是最后的觉醒（éveil définitif）。[39]

"厌倦"不是一种令人愉悦的感觉，但加缪认为它并非是坏事："厌倦自身中具有某种令人厌恶的东西。在此，我应得出这样的结论：厌倦是件好事。因为一切都始于意识，而若不通过意识，则任何东西都毫无价值。（……）所有的东西都是原始'烦恼'（souci）的起源。"[40]

昆德拉的第二部小说《生活在别处》是关于一个虚构的诗人雅罗米尔的故事，发生在捷克1948年革命这样一个特定的历史时期。因此，主人公就被置于一个他无从选择也无从逃避的具体处境或者说历史陷阱之中。我们已经很清楚，昆德拉的兴趣不是要叙述历史，而是为了发现存在。激发他强烈创作欲望的是他的巨大困惑和通过小说进行反思的内在动力："这部小说建立在几个问题上：什么是抒情的态度？作为抒情时代的青春时代是怎么回事？抒情—革命—青春这三者联姻的意义是什么？做一个诗人是什么意思？"他创作这部小说的大前提就是他为诗人写的一个定义："诗人是一个在母亲的促使下向世界展示自己、却无法进入这个世界的年轻人。"[41] 这个定义既不是社会学的,也不是美学的,或心理学的,而是存在论的。

他不时打断雅罗米尔的故事,插入英国诗人珀西·比希·雪莱(1792—1822)和约翰·济慈(1795—1821)、俄国诗人米哈伊尔·尤里耶维奇·莱蒙托夫(1814—1841)和弗拉基米尔·马雅科夫斯基(1893—1930)、法国诗人阿尔蒂尔·兰波(1854—1891)、捷克诗人伊日·沃尔克(1900—1924)的场景化生平片断,以避免读者把《生活在别处》当成关于一个诗人的传记小说。由于担心读者从政治化、道德化的角度,对这部小说做简单化的解读,昆德拉在多次声明[42]之外,仍然利用自己为这部小说的美国版、意大利版和德国版写《后记》的机会,对他的创作动机、灵感来源和主题主旨做了非常清楚的说明:"我目睹了这个'诗人与刽子手携手统治'的时代。(……)刽子手杀人终究是在事理之中,但是当诗人(而且是大诗人)成了杀人体制的歌手,一切我们曾经以为坚不可摧的价值体系都一下子被动摇了。不再有任何的确信了,一切都有问题,让人生疑,成了审视和怀疑的对象:进步、革命、青春、母爱、人,还有诗歌。我看到,在我面前价值世界动摇了。在我的思想里,多年里,慢慢地产生了雅罗米尔这个人物、他的母亲和他爱过的女子们。"[43]

昆德拉明确拒绝以道德评判来代替人性探究的简单化态度与做法:"不要对我说雅罗米尔是一个坏诗人。对他的一生作这样的解释过于简单廉价!"我们必须承认雅罗米尔是一个具有很高诗歌天赋的年轻人,然而,他是一个复杂的混合体:"他是一个优秀的男人,也是一个魔鬼。"但这不能够成为我们站在道德制高点去审判他的理由,因为我们都有变成魔鬼的可能:"这魔性潜藏在我们每一个人的里面。它在我里面。它在你里面。它在兰波里面。它在雪莱里面。它在雨果里面。它潜藏在一切时代、一切体制中的每一个青年里面。"他明确拒绝将这部小说与意识形态争论联系起来,拒绝把它简单化为一部反共作品,因为那不是他写这部小说的初衷和目的:"雅罗米尔不是共产主义的产物。共产主义只不过使潜藏在他里面的一些东西暴露出来而已,共产主义只不过释放了他里面的那些在别的环境中可能会安眠的东西。"[44] 他也提醒生活在资本主义社会的欧美读者,不要把《生活在别处》当成关于共产主义社会的一部历史小说:"即使是雅罗米尔和他母亲的故事发生在一个特定的历史时期,并且我也尽力真实描写(不带有哪怕是一点点的嘲讽意味),但描述历史并不是我的目的。"[45]

在《生活在别处》叙述故事的过程中,昆德拉已经对读者做了这样的提醒:"如果我们选择了这些年月来叙述故事,并不是因为我们想为这一段历史画像,只是因为我们觉得这些年月对于兰波、莱蒙托夫们,对于诗歌和青春,都是无与伦比的陷阱。"[46] 在这篇后记里面,他对历史的处境设置与小说的存在反思之间的关系,做了更为清楚的说明:"对于小说家来说,一个具体的历史处境成了一个人类学实验室,在其中他研究他的主要问题:什么是人的存在?"具体到《生活在别处》,昆德拉想要探讨的这些衍生问题:"什么是抒情态度?什么是青春?母亲在一个年轻人的抒情世界的形成过程中扮演什么样的角色?如果说青春期是不成熟的时期,那么不成熟与对绝对的渴望是什么关系?对绝对的渴望和革命热情是什么关系?抒情态度如何在爱情中彰显?爱情有哪些存在意义上的'抒情形式'?等等,等等。"[47] 作家以小说发现存在,更多的是揭开被生活掩盖的存在真相,而不是给出答案。他不是不想给出答案,而是不能给出答案,"因为,如同海德格尔所说,人的本质的特点就是有问题"[48]。

在阅读阿根廷作家埃内斯托·萨瓦托(1911—2011)的小说《毁灭者阿巴顿》时,昆德拉注意到萨瓦托像罗伯特·穆齐尔(1880—1942)和布洛赫一样,在作品中充斥了思考。他认为萨瓦托的用意在于表明这一点:"在被哲学遗弃、被成百上千种科学专业分化了的现代世界中,小说成为我们最后一个可以将人类生活视为一个整体的观察站。"[49]

弗朗索瓦·里卡尔(1947—2022)指出:昆德拉"从开始然后慢慢展开的中心假设,恰恰就是将世界当成毁灭的空间来看待的一种感觉——或者说是经验。"[50]他认为昆德拉的小说作品始终在实践着他自己的创作理念:"这种发现,我们可以说昆德拉所有的小说都无一例外地以自己的方式进行了故事性的阐述,每一次都使之具体化,都重新追问其含义,延展其内容的故事,仿佛小说事业成了对于这个根源问题的无穷变奏,成了导致小说生产的精神世界永恒的重新判定,而每一部新的著作都需要重新抓住它,重新思考,这样才能使它无穷无尽地继续下去。"[51]

二 创作小说以对抗"本是被遗忘"的状态

在昆德拉看来,大写历史或者说抽象历史(History, Histoire)是一个"敌意的、非人性的力量,不请自来,从外部侵入我们的生活并将它毁坏。"[52]这个看法完全与启蒙运动以来在西方知识界占据主导地位的"历史"观念相悖。18世纪启蒙思想家们强化了对理性和科学的崇拜。人们以为"历史"的演进必然伴随着社会的进步,并且相对于关乎人类整体的"进步"而言，无数活生生的个体的牺牲似乎是"历史"自我实现的必须代价。在黑格尔看来，作为个体的人是历史目的论的不自觉的工具。[53]在《历史哲学》中，黑格尔指出："历史人物在他迈步前进的途中，不免要践踏许多无辜的花朵，蹂躏不少好东西。"[54]就连恩格斯也说："历史可以说是所有女神中最残酷的一个，她不仅在战争中，而且在'和平'的经济发展时期，都是在堆积如山的尸体上驰骋她的凯旋车。"[55]虽然从法国大革命以来的欧洲历史事实，尤其是发生在20世纪的两次世界大战，削弱了"历史进步"论的乐观主义，但并未从根本上动摇许多人对"历史进步"的迷思。

在《小说的艺术》开篇文章《塞万提斯的遗产》中，昆德拉特别提到了1935年，著名哲学家胡塞尔分别在维也纳和布拉格所作的关于欧洲人文危机的学术报告。"危机的根源，他相信是在现代之初，已经潜藏在伽里略和笛卡尔的思想中，潜藏在表现为具有单向主义特点的欧洲科学中——它将世界缩减为数学和技术研究的简单对象，将他所说的生活世界（die Lebenswelt），从视野中逐出去。"[56]和许多现代思想家一样，昆德拉批评"科学的突飞猛进将人推进了专门学科的隧道中。专业知识越多，人越看不清楚世界整体，也看不清自己。"[57]他由此联想到胡塞尔的学生海德格尔的"漂亮的、几乎是不可思议的"表达式："本是被遗忘"。[58]昆德拉对于"本是被遗忘"做了如此的解释："在笛卡尔思想影响下，作为'大自然的主人和占有者'，人对于那些诸如技术的、政治的、历史（l'Histoire）的力量而言，变成一个简单的物，并被这些力量超越和占有。对于这些力量而言，人的具体的存在，他的'生活的世界'不再具有任何价值，不再引起任何兴趣；人隐没了，在开初即被遗忘了。"[59]

第六章 小说的存在理由是发现存在的新方面

英国哲学家大卫·休谟（1711—1776）认为："如果没有记忆，我们就不会有因果关系的概念，因而原因和结果的链条也将不复存在，而构成我们的自我和个性的正是这个链条。"[60]

笛卡尔的《谈谈方法》及其他著作为现代哲学和科学提供了新的逻辑和方法，因此，他被视为现代思想的奠基人。然而，昆德拉认为现代的奠基人不仅是笛卡尔，还应加上塞万提斯："如果说哲学和科学确实忘记了人的存在，那么随着塞万提斯，一个伟大的欧洲艺术形成了，而它恰恰就是对于这被遗忘的存在的探索。"[61]昆德拉认为，自从世界历史进入现代以来，小说就一直忠实地伴随着人，捍卫着具体的生活，免得它落入"本是被遗忘"状态。因此，欧洲小说的演进被他视为是对于现代性所引起的"本是被遗忘"的一场持续的斗争。

笛卡尔的哲学与塞万提斯的小说相互作用："现代将人变成'唯一真正的主体'，变成一切的基础（套用海德格尔的说法）。而小说，是与现代一同诞生的。人作为个体立足于欧洲的舞台，有很大部分要归功于小说。"[62]在古代，往往是在一个历史事件发生之后数百年，它才被转写为史诗。但是，现代世界与小说的诞生却具有同时性："现代世界诞生了，而作为它的映像和模型的小说和它一起诞生。"[63]昆德拉看到在只有小说中，现代人才真正实现了现代性所催生的个人主义价值观，成为独一无二的个体："在远离小说的日常生活里，我们对于父母在我们出生之前的样貌所知非常有限，我们只知道亲朋好友的片片断断，我们看着他们来，看着他们走。人才走，他们的位子就被别人占了——这些可以互相替代的人排起来是长长的一列。只有小说将个体隔离，阐明个体的生平、想法、感觉，将之变成一切的中心。"[64]

在评论西班牙小说家胡安·戈伊蒂索洛（1931—2017）的小说《当帘幕落下》时，昆德拉特别谈到其中的一个细节：主人公想象中的上帝造访车臣时，带着列夫·托尔斯泰的小说《哈吉穆拉特》。这部作品讲述的是一百五十年前俄罗斯人对车臣的征服战争。而此时，在苏联解体以后，俄罗斯正在对争取独立的车臣人展开残酷的战争。昆德拉说："奇怪的是，我和戈伊蒂索洛笔下的老人一样，我也在同样的年代重读了《哈吉穆拉特》。我记得当时有个情境令我惊愕：尽管所有人、所有沙龙、所有媒体对于发生在车臣的屠杀都兴奋了好些年，但是我不曾听到任何一个人、任何记者、任何政治人物、任何知识分子，提起过托尔斯泰，想起过他的这本书。所有人都因为屠杀的恶行而震惊，但是没有人的震惊来自屠杀的**重复**！然而，恶行的重复正是一切恶行之王！"[65] 为什么要做出这样的论断呢？昆德拉解释说："重复的恶行一直被遗忘的恶行好心地抹去（遗忘，'这无底的大洞，回忆消失于此'——对深爱的女人的回忆，对伟大小说的回忆，或是对屠杀的记忆。）"[66]

在《安娜·卡列尼娜》开头，列夫·托尔斯泰描写了她在圣彼得堡火车站与沃伦斯基的初次相遇。当时，一名铁路员工卧轨，刚刚被火车碾死。在小说结尾，她扑向了迎面而来的火车，以了结自己绝望的生活。这显然是对传统的首尾呼应技巧的运用，很多现代批评家会认为这种安排显得相当做作，因为这样的巧合太偶然了，不符合现代理性和逻辑训练出来的头脑。昆德拉为托尔斯泰辩护说："如果您注意观察生活。您会发现在您自己的生活中，存在同样的呼应，同样的巧合。某件大事并不因它的偶然特性而失去原有的性质，相反，这一偶然性赋予它以美和诗意。"[67] 现代人非常敏感，甚至敏感到了病态的地步；人们非常热爱生活，却悖论地严重忽视了生活。"他们对自己的生活视而不见。他们白天生活，晚上就遗忘了。我们越来越生活在存在的遗忘之中。"昆德拉认为，小说的意义就在于恢复人们"对生存的敏感，对巧合的注意"。[58]

三 持续不断的发现构成了小说的历史

在所有生物中，人对其存在的时间维度最为敏感。因此，历史感——昆德拉称之为"对连续性的意识"（conscience de la continuité）——是文明社会最重要的文化感觉之一。基于上述"小说"之为"小说"的第一个前提，昆德拉心目中的欧洲小说史，自然有别于一般文学史家的理解：它不是指由按照自然的时间嬗变顺序所产生的小说在数量上的总和。昆德拉认为："**是持续不断的发现**（而不是增加已经写出来了的），构成了欧洲小说的历史。"[69] 因此，不是所有被称作"小说"的文本，都可以进入并构成昆德拉心目中的"欧洲小说史"[70]。

为了说明自己的论点，昆德拉对欧洲小说发展史作了不同于一般文学史家的解释。他认为海德格尔在其名著《存在与时间》之中所分析的关于存在的主题，都被四百年来的欧洲小说揭示和启示了。[71]

昆德拉认为伟大的小说家通过他们的作品对存在的不同方面各有发现："塞万提斯：一个作为流浪地和无穷幻觉之地的世界。巴尔扎克：戏剧舞台般的世界。福楼拜：充满厌倦的世界。卡夫卡：迷宫般的世界。"[72] 他们的发现立刻就获得了承认和接纳："这些由每一部特别的著作所带来的发现，小说史立即将之纳入自己的范围，植入它的认知，它自己的目标，确实地铭刻在自己的审美领土上。这些发现于是就成了所有小说家共享的遗产，不管是过去的还是未来的。"[73] 同时，由于他们各有发现，"卡夫卡的发现不会取消也不能取消塞万提斯的发现；恰恰相反，它们彼此回应，彼此结合，彼此照耀，彼此确定，直至最后卡夫卡的作品成了流浪与无穷幻觉的写照，而同时，塞万提斯也可以被重新解读为梦宫世界——迄今为止一直未被读者察觉的那一面。超越了世纪和国家，堂吉诃德成了约瑟夫·K 的祖先和儿子。"[74]

看到有关阿纳托尔·法朗士（1844—1924）的研究著作的题目以后，昆德拉注意到人们关注的是法朗士的传记，以及法朗士对于那个时代的智识冲突的态度。他对此感到不可思议："为什么人们对于最重要的部分从来不感兴趣呢？"对昆德拉来说，最重要的应该是这些问题："阿纳托尔·法朗士是否通过他的作品，在人的生命这个主题，道出了从未有人说过的东西？他是否为小说带来什么新的东西？如果答案是肯定的，他小说的诗性该如何描述、如何定义？"[75]

法朗士去世以后，超现实主义诗人艾吕亚、阿拉贡、布勒东、苏波出版了一个小册子，严厉指责法朗士在作品中流露出来的怀疑主义和嘲讽态度。[76] 诗人保尔·瓦莱里（1871—1945）因法朗士去世留下的空位，得以替补为法兰西院士。按照传统，他需要在就职演说中，表达对死者的颂赞。然而，瓦莱里刻意地虚化法朗士，以表达他对死者的保留态度。他甚至直率地说法朗士创作的是"虚浮的作品"。[77] 昆德拉的看法正好相反：

第六章　小说的存在理由是发现存在的新方面

其实，法朗士令人赞赏之处正在于它处理恐怖时代的沉重所运用的手法之轻！在法朗士的时代，没有任何一部伟大的小说里找得到这种轻。隐隐约约，这种轻浮让我想起 18 世纪，想起狄德罗的《宿命论者雅克》或伏尔泰的《老实人》。可是在他们的作品里，叙事的轻浮在世界的上空翱翔，而这个世界的日常现实依旧不可见也未被表述；《诸神渴了》里头则始终呈现着**日常生活的平庸性**这个 19 世纪小说的伟大发现，不过不是通过冗长的描述，而是通过细节、关注、惊人的简短观察。这部小说结合了**悲惨得令人难以承受的历史和平庸得令人难以承受的日常生活**，由于这两个对立的生命面总是在碰撞，在相互辩驳，要让对方显得可笑，它们的结合因此激出了嘲讽的火花。这种结合创造了这本书的风格，同时也创造了一个伟大的主题（**大屠杀时期的日常性**）。[78]

昆德拉在法朗士小说的叙述中，看到了他认为值得称道的东西："没有丝毫夸张的修辞，没有任何快速，没有任何苦笑，只有一片轻轻、轻轻、轻轻的悲伤薄纱覆在上头……"[79]

按照黑格尔的历史哲学，超越性的、抽象性的大写历史将会按照其内在逻辑，向前推进，自我完成，从而趋于历史的终结。这种历史观当然也是现代性的产物，是高度理性化与高度理想化的结果。20 世纪发生在很多国家的政治悲剧都与这种历史信念有关。从小说发展史的角度来看，"人仅需与自己灵魂中的魔鬼搏斗的最后和平时代，也就是乔伊斯与普鲁斯特的时代，一去不复返了"[80]。在卡夫卡、哈谢克、穆齐尔、布洛赫等人的小说中，昆德拉注意到："魔鬼来自外部世界，即人们称为历史的东西；这一历史已不再像冒险家的

225

列车；它变得是非个人的，无法控制的，无法预测的，无法理解的，而且没有人可以逃避它。"[81] 在许多人（包括许多小说家）还懵懵懂懂的时候，"大批中欧伟大的小说家看见、触及并抓住了现代的那些**终极悖论**"[82]。

这些小说家发现了"唯有小说才能发现的东西"：他们阐明，在"终极悖论"的前提下，所有的存在范畴如何突然改变了意义。什么是**冒险**，既然 K 的行动自由完全是虚幻的？什么是**未来**，既然《没有个性的人》中的知识分子根本没有料到，就在第二天，那场将他们的生活一扫而光的战争会爆发？什么是**罪**，既然布洛赫笔下的胡格瑙不光不后悔自己的杀人之举，而且还遗忘得一干二净？既然这个时代惟一一部伟大的喜剧小说即哈谢克的小说表现的是战争，那么究竟什么是**喜剧性**？**私人世界**与**公众世界**的区别到底是什么，既然 K，即使在他做爱的床上，都无法甩掉两个从城堡派来的人？而在这种情况下，**孤独**又是什么？一种重负？一种焦虑？还是一种不幸，就像有些人所说的那样？抑或相反，是最可贵的价值，正遭受无处不在的集体性的蹂躏？[83]

昆德拉首先想要谈论的作品是捷克作家雅罗斯拉夫·哈谢克（1883—1923）的《好兵帅克》，认为它"可能是最后一部伟大的通俗小说"。战争是残酷的，但作为政治的一种极端形式，战争常常与爱国主义、英雄主义等被高度赞扬的价值观相连结，也是个人得以表现或实现其价值与意义的一个契机。然而，在《好兵帅克》里，战争竟然成了提供笑料的题材。在《伊利亚特》和《战争与和平》里，战争的意义是清楚的、肯定的,是人们认同的。"帅克与他的伙伴向前线挺进,却不知道是为着什么,而且更不可思议的是,他们对此根本就不感兴趣。"人们不禁要问:他们为什么要去打仗呢?"到底什么是一场战争的动机,假如既非海伦又非祖国?仅仅是出于一种想确证自己力量的力量?也即后来海德格尔所说的'意志之意志'?"[84]如果仅仅是为了表现意志,为打仗而打仗,则战争就毫无理由,只能被视为荒诞的。对战争正当性及其意义的质疑,自古以来就有,而且在文学作品中得到了表现。《好兵帅克》的与众不同之处在于:"在哈谢克笔下,这种东西甚至都不试着通过一种稍微理性的调子来加以掩饰。没有人相信宣传的胡说八道,甚至发布宣传的人也不相信。这种力量是赤裸裸的,就像在卡夫卡的小说中一样赤裸。"[85]

在卡夫卡的《审判》里,主人公被毫无理由地指控,最终被处决,我们只看得见他受害,却看不见任何人受益。在《城堡》里,主人公无论多么努力都不被城堡接纳,而他却是受邀而来为城堡工作的。从这些小说人物的遭遇,昆德拉联想到历史与现实:"为什么昨日的德国,今日的俄国,想要统治世界?为了更富裕吗?为了更幸福吗?不是。这种力量的进攻性完全没有利益性,没有动机;它只想体现它的意志;是纯粹的非理性。"[86]因此,他认为卡夫卡与哈谢克的伟大贡献,在于将这一巨大的现代性悖论呈现在我们面前,让我们看到我们的存在处境:"在现代,笛卡尔的理性将从中世纪继承下来的价值观一个个全部腐蚀殆尽。但是,正当理性大获全胜之际,纯粹的非理性(也就是只想体现其意志的力量)占据了世界的舞台,因为再没有任何被普遍接受的价值体系可以阻挡它。"[87]

笛卡尔将理性视为人类普遍具有的一种工具,理性主义也被视为是一种普遍适用的思想体系。基于这种普遍的理性主义，在理论上，人类应该可以走出四分五裂的局面。18世纪的启蒙哲学家设想着永久和平的到来，19世纪还有人在构想大同世界的实现。昆德拉指出另一个值得深思的终极悖论："现代一直孕育着梦想，梦想人类在被分为各个不同的文明之后，终有一天可以找到一体性，并随之找到永恒的和平。今天，地球的历史终于形成了一个不可分的整体，但却是战争，游动的、无休止的战争，在实现并保证这一长期以来为人所梦想的人类的一体性。人类的一体性意味着：在任何地方，没有任何人可以逃避。"[88]

他再次强调小说家对历史的兴趣不在于做记录，而在于发现存在的可能性："小说家并非历史学家的仆人；如果说大写的历史让他着迷，那是因为它正如一盏聚光灯，围绕着人类的存在而转，并将光投射在上面，投射到意想不到的可能性上，这些可能性在和平时代，当大写的历史静止的时候，并不成为现实，一直都不为人所见，不为人所知。"[89] 在与克里斯蒂安·萨尔蒙所做的关于小说艺术的谈话里，昆德拉以这样一段话做了总结："假如一个作者认为某种历史处境是人类世界中闻所未闻、见所未见、具有启发性的可能性，他就会照原样去描绘。总之，对史实的忠实相对于小说的价值而言是次要的。小说家既非历史学家，又非预言家：他是存在的探究者。"[90]

在解析几何中，我们需要将一个物体放在笛卡尔坐标系中才能为其定位，并因此确定它与其他物体的相对位置。同理，在昆德拉看来，如果要判定一部小说的价值，孤立地进行评价是不可能的。只有将其放在由"持续不断的发现"所构成的小说史的参照系之中，

第六章 小说的存在理由是发现存在的新方面

才能得到合适的结论。

> 伟大的作品只能诞生在其艺术史的进程中，并且是**参与**到这历史当中。只有在这历史当中，我们才可以看得出哪个作品是创新之作，哪个作品毫无新意，哪个有所发现，哪个只是模仿。换句话说，就是只有在小说史当中，一部作品才可以作为我们鉴赏的**价值**而存在。对我来说，没有比艺术落到了它的历史之外更糟的事了，因为这意味着它落到了审美价值不再能被感知到的混乱境地里。[91]

昆德拉让我们做这样的设想：一位当代作曲家创作了一部奏鸣曲，其形式与和弦都酷似贝多芬的风格。如果这真是出自贝多芬之手，人们就会称之为杰作。"然而，不管它多么美妙，假如出自当代作曲家之手，那只会成为人们的笑柄。至多人们会称许作者是位摹仿高手。"[92]这样一部奏鸣曲的审美价值是客观存在的，人们之所以会做出迥然不同的评判，原因在于"历史意识如此内在于我们对艺术的感知，所以时间上的颠倒（一部创作于今天的贝多芬的作品）**将被自发地**（也就是不带任何掩饰）视为可笑的、假的、不合时宜的，甚至是可怕的"。昆德拉断言说："我们对延续性的意识是那么强烈，以至于它在对每一件艺术作品的欣赏中都会介入。"[93]

结构主义诗学的先驱者之一，捷克文学理论家扬·穆卡若夫斯基（1891—1975）[94]指出："只有假设存在一种客观的美学价值才能给予艺术的历史演变一个意义。"对此，昆德拉做了自己的发挥："如果不存在美学价值，艺术史将只是一个堆积作品的巨大仓库，作品的年代延续将毫无意义。反过来说：只有在一种艺术的历史演变背景下，才能感受到美学价值。"[95] 他将历史意识视为审美实践必不可少的前提和基础。

在狄德罗与达朗贝尔主编的《百科全书》中，由若古骑士撰写的"小说"辞条里，除了对这一文类的泛泛介绍以外，没有提到任何一位当代读者心目中的伟大作家。"对若古骑士来说，小说不具备独立的艺术与历史。"[96] 如果说在人类历史上第一个名副其实的百科全书之中，为"小说"留下了一个位置，但是，这个辞条的作者显然没有意识到这个文类巨大的历史、文化和文学意义。其实，就连被视为现代小说奠基人的拉伯雷和塞万提斯，在创作的过程中，也没有意识到自己在开创历史，进入历史，并成为西方小说史的坐标："拉伯雷根本就不在乎成不成为小说家，塞万提斯则以为自己只是为前代的怪异文学写了一个嘲笑的结束语。两人都没有把自己视为'奠基者'，只是在事后，渐渐地，由小说艺术的实践给了他们这一地位。"[97] 许多精益求精的小说家竭尽全力以进入小说史的殿堂，而漫不经心、信马由缰的拉伯雷和塞万提斯却获得了后人的高度赞扬，是谈论西方小说史时绕不过去的名字。这难道是歪打正着？昆德拉给出了一个严肃的解释："之所以给予他们这一地位，并非因为他们是最早写小说的人（在塞万提斯之前已经有过许多小说家），而是因为他们的作品比别的作品更好地让人了解了这一全新的、史诗般的艺术的**存在理由**；因为对后人来说，他们的作品代表着小说最早的伟大价值；只是从人们开始在一部小说中找到一种价值，特有的价值，美学价值起，小说才在它们的延续中作为一种历史展现出来。"[98]

在昆德拉看来，在科学史领域可以谈论"进步"，但在小说艺术史领域，"进步"的概念根本不适用，因为在艺术上，新的东西并不意味着一种完善、改进和提高，却"像是一次探索未知的土地、并将它们标识在地图上的旅行"。因此，"小说家的雄心不在于比前人做得好，而是要看到他们未曾看到的，说出他们未曾说出的"。在科学史上，新东西的出现常常是排他性的，让旧东西失去了存在价值，但是，小说艺术史上的新发现并不排斥旧发现的存在价值："福楼拜的诗学并不让巴尔扎克的显得无用，正如发现北极并不让美洲的发现变得过时。"[99] 另外，技术的进步带有必然性，终究会有人发明出来事物，而小说的发现却带有偶然性，没有人可以代替其他人："假如爱迪生没有发明电灯，会有另一个人去发明。但假如劳伦斯·斯特恩没有突发奇想，去写一部没有任何'故事'的小说，那没有人会替他写，而小说的历史就不是我们所了解的了。"[100]

昆德拉认为文学史与政治史、社会史也不同。在后一种历史里，不以成败论英雄，失败者也是历史的造就者，有些失败的英雄可能比战胜他们的人更引人关注和尊敬。但是，只有成功者才能进入文学史，不仅是失败的小作家会被遗忘，遭遇失败的大作家同样会被遗忘，因为文学史不是"一系列事件的历史，而是价值的历史"。他解释说："艺术史，由于是价值的历史，也就是对我们来说必要的事物的历史，永远是现时的，永远与我们在一起；在同一个音乐会上，我们同时听蒙特威尔第和斯特拉文斯基的音乐。"[101]

科学史记录的是构成科学进步的发现或发明，政治史与社会史记录的是值得记忆的具体事件，它们都是客观的。艺术史基于作品的价值，而艺术作品的价值却是由一个个人进行判断的，不仅不同时代的人们看法不尽相同，就连生活在同一时代的人们也常常意见相左。昆德拉说:"每一个美学评判都是个人的赌博;但这种赌博并不囿于它的主观性,它在与别的评判相撞击,试图被人承认,企望达到客观性。"[102] 也就是说,尽管价值判断是个人行为,但在各抒己见、互动交流的基础上,人们仍然有可能形成对某些艺术作品价值的共识。由于人们的艺术趣味和审美偏好并不固定,而是随着时间发生变化,"在集体意识中,小说的历史,包括从拉伯雷到今天的漫长过程,就这样一直处于一种恒久的变化之中,参与其中的,有明智者与愚蠢者,有识者与无识者,而在这一历史之上,遗忘在不断扩展它那巨大的坟墓。在巨大的遗忘的坟墓里,与非价值一起,躺着那些未被足够评价、未被人认识或被遗忘了的价值。"[103] 昆德拉认为,这种不公平现象是不可避免的,艺术史因此而打上了强烈的人性色彩。

昆德拉指出:从塞万提斯起,一部小说首要的、根本的标志,在于"它是一种唯一的、不可模仿的创作",因为这跟一位作者的想象力密不可分。"在堂吉诃德被写出来之前,没有任何人可以想象一个堂吉诃德;他具有不可预料性;而从此以后,没有了不可预料的魅力,任何一个伟大的小说人物(以及任何一部伟大的小说)都是不可想象的。"[104]

那么,小说史应该由一种永恒的因而必然也是超个性的常识来统一吗?昆德拉认为这是不可能的,"甚至这常识也会永远保留其个性的、个人的特点,因为,在历史的进程中,这种或那种艺术的概念(小说是什么?)以及它的发展方向(它从何而来?又向何处去?)总是不停地由每一个艺术家、由每一部新作品来定义和再定义的。"[105] 那么,小说史的意义何在?"在于探索这一方向,探索它永恒的、总是在追溯既往地小说之过去的创造和再创造。"比如，拉伯雷没有把《巨人传》称为小说，许多人也没有把它视为小说，由于后来的小说家不断从中得到启发，不断借用其名声，它才被认定为小说，不仅进入了小说的历史，还被承认为这一历史的奠基作品。[106]

东欧国家于1990年代初期经历了政权更替，资本主义得以复辟，"商业愚蠢"[107]卷土重来。有人给昆德拉讲了一个新近发生的真实版高老头故事，并说需要一个新的巴尔扎克来记录这个新的复辟时代。昆德拉在认真思考之后这样写道："对于捷克人来说，阅读以巴尔扎克方式写的关于他们国家的再资本主义化（recapitalisation）过程，这样一个人物众多、涉及面广泛丰富的小说系列，也许会是得到启发的。"然而，他断定"没有人配得上巴尔扎克之名来写这样一部小说"，所以，"写另一部《人间喜剧》是荒唐的"，原因在于作为大写历史（Histoire）的人类历史可以自我重复（尽管这很糟糕），而一门艺术的历史（histoire d'un art）却难以接受自我重复。他认为艺术之于历史，并不是要像一面镜子那样，亦步亦趋地把历史的那些曲折、变奏和无穷的重复都记录下来。艺术并不是一个踩着历史步伐行进的军乐队。作为彰显人的主体性与创造性的一种手段和方式，艺术虽然与历史同时出现在舞台上，但是，它在那里是为了创造自己的历史。"那有一天将存留在欧洲的，不是艺术的重复史：它在其中不代表任何价值。唯一有机会存留下来的，是其艺术之历史。"[108]

坚持着这样一个条件，昆德拉相当尖刻地把许多小说称作"死产之作"（œuvre mort-née）！世界历史具有惊人的相似性，人类悲剧可以反复上演，虽然时空与人物都在发生着变化。历史著作可以记录相同或相似的事件，文学却要求创作者对世界和人类做出新的精神观照和新的艺术表现。创造是文学艺术的基本特征，也是对作者的最基本要求。因此，无论是作者还是读者，都必须从文学发展史的角度来拒绝重写作。"我们对连续性的意识是那么强烈，它干预我们对每一件艺术品的感知。"[109]

借着谈论意大利小说家库尔齐奥·马拉帕尔泰（1898—1957）的小说《皮》的机会，昆德拉重申了他的观点："一个艺术作品若不放在这门艺术的历史脉络下审视，就很难捕捉到它的价值（原创性、新意、魅力）。我认为，《皮》的形式之中看似违逆小说概念之处，其实正响应了20世纪形成的小说美学新气象（对立于前一世纪的小说的规范），这样的违背是有意义的。譬如，所有伟大的现代小说家都跟小说的'故事'保持某种隐约的距离，不再将之视为确保小说统一性无可替代的基础。"[110]

四 发现存在与形式自由密不可分

昆德拉认为与小说发现存在的使命相关联的一个前提，就是必须承认小说作为独立艺术形式的自主性。"在小说艺术中，存在的发现（découvertes existentielles）与形式的改造（transformation de la forme）是密不可分的。"[111]他强调指出：小说所要传达的知识既不存在于小说创作之前，也不存在于它的具体形式之外，而且也不能被改编为另一层次的推理论证，比如说用哲学的、社会学的或评论文章语言。小说的整体意思不能与作者在随笔、文章、通信或者谈话中表达的观点、观念混为一谈。小说家不像随笔作家那样在作品中阐释某一特殊的理论或观点，他也不像诗人一样着迷于自己的主观经验和自己的语言创造，他毋宁是被笔下人物的行为逻辑、故事进程与小说形式引导着。借助于小说形式，靠着直觉和摸索，他要揭示人之存在的新方面并为之赋形。在昆德拉看来，现代小说史要比哲学史幸运得多，因为它诞生在人的自由、他的完全个人性的创造、他的选择之中。

"文学不是一面镜子，却首先是一个审美的、文化的现实，因而是一个走样的现实。"[112] 早期的小说家们享有极大的快乐自由。拉伯雷的小说一开头就宣告："这里讲的一切都不当真，就是说：我们并不是在此肯定（科学的或神话的）真理；我们并不保证按照现实状况来对事情进行描述。"[113] 因为小说的世界是一个自主的世界，它有其自身的逻辑。小说的真实性不是看它是否"忠于"于所谓的"现实"，因为这个"现实"常常是"表面现象"的同义词，经常屏蔽人类存在的真相。既然现代小说的存在根据之一是要对人生有所发现，它必然要摒弃对形似的追求，而按照存在的深层逻辑去落墨。"小说形式的自由不拘使它更容易把它的艺术'触角'深入到各种社会文化现象之中，吸纳别的叙述形式的经验。"[114]

贡布罗维奇"喜欢拉伯雷甚于一切"。对于贡布罗维奇喜欢拉伯雷的理由，昆德拉是这样理解的："关于高康大和庞大固埃的书写于欧洲小说正在诞生之际，小说尚远离一切规范；书中充满着各种各样的可能性，后来的小说史将或实现它们，或遗弃它们，但所有的可能性都留了下来，跟我们在一起，成为灵感：在不可能中的徜徉，智力上的挑衅，形式上的自由。贡布罗维奇对拉伯雷的热爱表明了他的现代主义的意义：他并不拒绝小说的传统，他要求找回小说传统；但他希望是完整的小说传统，尤其是对它诞生时那美妙的一刻带有特别的关注。"[115]

昆德拉自己对拉伯雷也非常喜欢，甚至把他与塞万提斯相提并论，推崇为现代小说的奠基人。巴尔扎克以来，作家们对"逼真"（vraisemblance）的追求到了一丝不苟的程度。针对这一现象，昆德拉满怀惆怅地怀念拉伯雷所享受的创作自由：他肆意展开想象，信马由缰地发挥。关于高康大的出生，拉伯雷写得简直就像一本正经的胡说八道。"从第一个句子开始，这本书就摊了牌：作者在此讲述的事是当不得真的，也就是说，作者并不能肯定真实（科学的或神话的）与否，他并不想按照事情在现实生活中的样子来描述它们。"[116] 读者们也不追究拉伯雷所写的到底真实不真实，因为当他们打开小说的时候，实际上就与作者达成了一个约定：这里写的是可能世界里面可能发生的事情。读者感兴趣的是拉伯雷是否写得别出心裁且妙趣横生。昆德拉把这一时期称为"幸运的拉伯雷时代"："小说之幼蝶飞了起来，身上还带着蛹壳的残片。"因为还没有人为小说制定章法，这样一个例外的时刻"赋予了拉伯雷的这部书一种无与伦比的丰赡性"："真实性与非真实性、寓意、讽刺、巨人与常人、趣闻、沉思、真实的与异想天开的游历、博学的哲理论争、纯粹词语技巧的离题话。"[117]

作为现代英国小说的奠基人之一，笛福反对当时流行的从古代神话、传说、历史和观点作品中提取情节来创作诗歌、戏剧和散文体的虚构故事的风气，反复声明自己作品的真实性。但他所理解的小说真实性只是指小说与客观现实之间的一致性。因此，他认为："精彩的行动细节"和"五花八门的事件"就"足以使作品立足"。

第六章 小说的存在理由是发现存在的新方面

"在否定了以往那种以传统的历史和传说为创作基础的倾向之后，笛福将创作对象确定在个体的人所经历的具体事件上，让个体经验成为备受关注的焦点，首次让文学创作稳稳地着落在人们实际的生活世界这一坚实的土地上。"[118] 稍后，菲尔丁也指出：在可信和合情合理的范围内，作家"可以尽情书写离奇的故事……而且他的故事越是令读者惊奇，就越能吸引读者，越能使读者陶醉"。[119] 自命为"文学的一个新省份的建立者"，菲尔丁宣布自己有完全的自由来制定他所喜欢的法律。[120] 对此，昆德拉评论说："他预先就抵制那些'文学官员'——对他来说就是批评家——企图强加给他的一切规条（……）小说的形式，就树立起了任何人都无法限制的自由，因而其演变将会是不断地令人惊讶。"[121]

菲尔丁强调小说形式的高度自由性，就是要拒绝把小说简化为"故事"（history）的做法，"story"，即运用因果关系把一系列的行动和话语链接起来。这种因果链条取消了世界的复杂性和存在的可能性，使事物、事件之间的关系变成了简单的因果关系。菲尔丁在叙述故事的过程中，保持叙事者的自由，即不受故事发展逻辑的限制，甚至离题叙述、离题发表意见。按照读者的期待，《弃儿汤姆·琼斯的历史》以皆大欢喜的结果结束了故事，但在叙述故事的过程中，菲尔丁不断地以离题插话、议论讨论等方式来宣示自己的主权。

劳伦斯·斯特恩的《项狄传》（1759—1767）完全颠覆了小说故事的线性逻辑和因果关系。像《巨人传》第一卷一样，《项狄传》开头谈到主人公的出生，追溯到了他父母行房事的场景，然后就岔开话题，东拉西扯，在第五章才正式出生。在整本小说中，除了几件生活琐事，比如庸医接生使他鼻梁骨受伤，他五岁时被脱落的窗框砸伤，以及他成年后在欧洲大陆旅行等，小说讲述的都是别人。以主人公之名写的《献辞》出现在第一卷第八章，《作者前言》则随意出现在第三卷第二十章。书中时不时出现黑页、白页、大理石纹页和各种图解；还有星号、破折号，随意的标点和半截句字，零星的或整段整页的希腊文、拉丁文。

斯特恩并不认为自己是在试验小说形式的创新。他将自己视为拉伯雷、斯威夫特传统的继承者："我不认为我走得有斯威夫特那样远——他还与拉伯雷保持着一定的距离，而我跟他还保持着一定距离——斯威夫特说过我不敢说的数以百计的事情，除非我是圣帕特里克教堂的教长。"[122] 出人意料的是，这本没有故事的小说居然大受欢迎，洛阳纸贵，为斯特恩带来了名声和收入。这也表明，在现代小说寻找自我定位的初期，小说形式尚未形成僵化的模式，读者们也还没有养成固定的期待。不少人把斯特恩视为20世纪小说先锋的先驱者。昆德拉认为，斯特恩的另外一个值得注意之处，是他刻意追求"无意义"。这其实也是对循规蹈矩的文学理性的故意挑战。

那些指责他的这种无意义的人可谓选择了一个准确的词。但我们不要忘了菲尔丁是怎么说的："我们在这里向读者提供的食粮不是别的，就是人性。"而伟大的戏剧性行为难道真的是理解"人性"的最好的钥匙？难道不正相反，它们反倒像是竖起的、隐藏生活本来面目的障碍？我们最大的问题之一难道不就是无意义？我们的命运难道不正是无意义？而如果是的话，这一命运究竟是我们的不幸还是我们的幸运？是对我们的侮辱，还是相反，是我们

第六章　小说的存在理由是发现存在的新方面

的解脱，我们的逃逸，我们的田园牧歌，我们的藏身之所？[123]

从《项狄传》的形式游戏中，昆德拉得出一个结论："在小说艺术中，存在的发现与形式的改造是密不可分的。"[124] 关于小说形式的自由，巴赫金认为这是小说本身的体裁特征："小说从来不让自己任何一个变体稳定不变。在小说发展的整个历史上，始终贯穿着对小说体裁中那些力求模式化的时髦而主导的变体施以讽拟或滑稽化。"[125]

随着现代性在19世纪的继续展开，理性化在西方各个领域都发生了巨大的影响，很多领域都在进行着规范化的强制实施。即使是像雨果和托尔斯泰这样的大作家，他们在叙述故事过程中的插话和议论，也被视为结构不够严谨，行文不能紧扣主题。当小说写得越来越严谨时，阅读小说的乐趣大打折扣。而且，那种严谨遵循因果关系的小说故事本身，传递给人们的是一个逻辑关系分明的世界之映像。这显然将复杂的世界和人的存在简单化了。

奥克塔维奥·帕斯认为"幽默是现代精神的伟大发明"，因为"荷马也好，维吉尔也好，都不知道幽默，阿里奥斯托似乎预感到了它，然而，幽默只是到了塞万提斯笔下才形成个样子（……）"[126] 昆德拉则认为"它是与小说的诞生相联系的一项**发明**"，它"使得它所触及的一切都变得模棱两可"。幽默使人们得以摆脱对世界的简单而僵化的看法，不从黑白分明的道德的角度去看问题，因为世界和人性远远不是那么简单。"谁若是不能从巴奴日让贩羊商人淹死海上，并向他们大肆宣扬来世之福的故事中找到快乐，谁就永远也不能懂得小说的艺术。"[127]

20世纪的许多作家力图打破19世纪由于科学崇拜和实证精神所

形成的"巴尔扎克式真实"教条的束缚。昆德拉特别欣赏20世纪的一些小说家，因为他们在某种程度上恢复了拉伯雷、斯特恩的传统。

昆德拉非常钦敬的卡夫卡是其中最杰出的代表。英国诗人奥登（W. H. Auden，1907—1973）称为"就作家与其所处时代的关系而论，当代能与但丁、莎士比亚和歌德相提并论的第一人"[128]。在他以奇特的构思勾勒出的夸张画面中，现实与非现实、常人与非常人混杂在一起，时间、地点和社会背景不清楚，情节支离破碎，主题模糊。他以巴尔扎克式的细致入微来描写，然而整体故事却是荒诞的，他向读者呈现的更像是"噩梦世界"。但是，从1930年代以来，却有越来越多的读者认识到他先知（prophet）和通灵人（voyant）般的幻象（vision）的超级真实性。"卡夫卡的荒诞艺术带领我们走进一个寻找真理而没有找到真理的非真实的真实王国。"[129]

昆德拉把穆齐尔的《没有个性的人》称为"关于整整一个世纪的存在的无可比拟的百科全书"。它虽然分量很重，但读者却不会感觉到有必须读完尤其是一口气读完的压力。读者可以随意翻阅，随时翻阅，不必顾虑前后情节是否衔接，而"每个章节本身就是一个惊奇，就是一个发现"。尤其值得期许的是，"思想的无处不在并没有从小说那里带走作为小说的特点；它丰富了小说的形式，并极大地拓展了**唯有小说能发现和说的东西**的领域。"[130]

萨尔曼·拉什迪（1947—　）《撒旦诗篇》开头便是一场空难场景。飞机发生空中爆炸之后，两个主人公边坠落边聊天唱歌，他们头上、身后、脚下飘荡着靠背椅、硬纸杯、氧气面具和旅客。名叫吉布里尔·法里什塔的那个人甚至在空气中变换着蝶泳和蛙泳的姿势，蜷成一团以后，向黎明时刻无边无际的空中伸展着胳膊与腿。

名叫撒拉丁·查姆察的那一个则像是一个怪诞的幽灵,双臂紧贴着身子,脑袋冲地直落下来,灰色制服的纽扣整整齐齐。昆德拉认为拉什迪以这样一种带有喜剧色彩,令人难以置信的方式开始叙述故事,使他能够像拉伯雷一样,在小说一开头就与读者建立了约定:"在这里讲述的事是当不得真的,尽管事情恐怖得不能再恐怖了。"[131]

在法国海外省马提尼克作家帕特里克·夏姆瓦佐(1953—)的作品里,昆德拉最欣赏是他摆荡在仿真与真实之间的想象。《七则悲惨纪事》的开头写道:"各位先生,各位女士……"《了不起的索利玻》里面重复了几次对读者的呼唤:"噢,朋友们……"这让人想起拉伯雷《巨人传》第一卷著名的开场白:"各位大名鼎鼎的酒友,还有你们,各位尊贵的麻子脸……"昆德拉认为:"像这样在每个句子里注入他的机智、幽默、卖弄,并且高声对读者说话的作者,可以轻易地夸大、蒙骗,从真的事情过渡到不可能的事,因为这就是小说家和读者之间的契约,订立于小说历史的'上半时',那时说书人的声音还没完全消失在印刷文字之后。"[132]

在谈到意大利小说家库尔齐奥·马拉帕尔泰的《皮》这部作品时,昆德拉说《皮》的形式并不像大多数读者认为的那种小说,它没有以任何"故事"或情节的因果连续性作为基础,但是,"同样的气息流过全书十二章,形成以相同氛围、相同主题、相同人物、相同画面、相同隐喻、相同老调构成的唯一世界"[133]。但这并不妨碍人们将它视为小说:"许多伟大的小说在诞生之际,跟大家共同接受的小说概念并不相似。那又如何?一部伟大的小说之所以伟大,不正是因为它不重复现存之物吗?伟大的小说家自己也经常因为他们奇特的书写形式感到惊讶,而且宁可不要那些无谓的讨论加诸他们的著作。"[134]

英国文学批评家弗兰克·克默德（1919—2010）在其名著《终结的意义》（*The Sense of an Ending*, 1967）中的一些观点，可以帮助我们更好地理解昆德拉所强调的小说形式的自主性。克默德认为：人天性不喜欢混乱，然而他生活在其中的世界却是混乱和无秩序的。通过想象，人可以在不同事物之间建立或发现种种关系，虚构出一个首尾一致、前后连贯的模式，从而赋予世界和生活以意义。他将"情节"定义为"一种人为地赋予时间以形式的组织"，因为真实世界中的时间只不过是无序、无意义、纯粹的延续而已，但是情节在将其组织化以后赋予其意义。从这个角度，克默德将小说的历史视为不断修正原有小说形式的历史。历代小说家"通过不懈的努力和频繁的修正，不断使沿袭下来的范式跟人们改变了的现实观相衔接"[135]。

戈德玛尔注意到昆德拉的小说由短小的章节组成，最长的章节也从来不超过十页。昆德拉的解释是他"喜欢每一章就是一个整体，有如一首诗，有起声，有精彩结尾"，他希望"每一章有它自己的意义，而不仅仅是叙述链中的链环而已"。也就是说，他希望一部小说是一个自主的整体，每一章也是自主的整体，而不是像故事性很强的小说（如侦探小说、悬疑小说）那样环环相扣、密不透风，使读者受好奇心驱使，急于知道故事结尾，而忽视了故事的过程。他认为自成一体的短小章节能够"促使读者停顿、思考、不受叙事激流的左右"；相反，"在一部小说中有太多的悬念，那么，它就逐渐衰竭，逐渐被消耗光"。他明确宣布："小说是速度的敌人，阅读应该是缓慢进行的，读者应该在每一页，每一段落，甚至每个句子的魅力前停留。"[136]

第六章　小说的存在理由是发现存在的新方面

　　在与昆德拉就小说写作而展开的对话当中，萨尔曼引述了昆德拉论布洛赫的一篇文章的段落："他作品的未完成可以使我们明白以下的必要性：（1）**彻底剥离**（dépouillement radical）的新技巧（它使我们可以拥抱现代世界里存在的复杂性却不至于丧失建筑学意义上的清晰）；（2）**小说对位**（contrepoint romanesque）的新技巧（可以单是在音乐里就将哲学、故事和梦想连接在一起）；（3）**特定的小说性散文**（essai spécifiquement romanesque）的技巧（也就是说不自以为带着无可置疑的信息，而是让其处在假设、游戏和反讽状态）。"[137] 萨尔曼因此而按这三点来区分昆德拉的艺术主张。昆德拉本人则对此做了更详尽的说明。

　　关于第一点，昆德拉如此说明："在现代世界中把握存在的复杂性，在我看来，是一个简练、凝练的技巧。"[138] 比如，他的小说《笑忘录》由七个部分组成。这七部分可以写成七部不同的长篇小说，但如果这样，将难以把握现代世界中存在的复杂性。能"使人直抵事物核心"[139] 的简练技巧就是必要的了，以便"使小说摆脱技巧的自动性和咬文嚼字，使它言简意丰"[140]。

　　对于第二点，昆德拉认为"在其历史之始，小说就试图逃避单线条，并在故事的连续叙述中打开缺口"[141]。比如，在堂吉诃德的旅行中，他邂逅了一些人。这些人向他讲述他们的故事。这些故事使得小说可以跳出它的单线条轨道。19 世纪的作家发展了复调技巧（technique polyphonique），比如陀思妥耶夫斯基。但是，20 世纪的布洛赫却走得更远。《梦游人》的第三部由五个线条组成，这五个线条又属于不同的文类：长篇小说、短篇小说、新闻报道、诗歌、散文。但是，"有一个深层次的东西来保证小说的连贯性：主题的统

243

一"[142]。昆德拉肯定地说:"这种将非小说文类融入小说复调中的做法,是布洛赫的革命性创新。"[143] 然而,昆德拉认为布洛赫的复调并不完美,因为五个线条没有相等的分量。他认为"复调音乐大师的根本原则之一就是**各种声音的平等**:没有任何一种声音占主导地位,没有任何一种声音只是简单的伴奏"[144]。 正如屋宇建立在多个础柱上,小说也构建于多个声部上。[145] 对于昆德拉来说,小说的复调更加像诗,而不仅是技巧。[146]

对于第三点,昆德拉说:"在小说之外,人们置身于断然肯定的领域:无论是政客、哲学家还是看门人,人人都相信他的话是正确的。但在小说的国度里,人们不断然肯定:这是游戏和假设的国度。因此,小说化的思考,就其本质而言,是询问、是假设。"[147] 在作品中,即使是作者直接说话,他的思考也是与他的人物相连接。作者设身处地,并且以比他笔下人物更清醒的态度和更深入的程度,通过其有意识和无意识的思想、言语、行为,来思考具有广泛关涉和普遍启示的大问题:人何以为人?人如何为人?人在何种条件下可能为人?人的自我存在以及与他人共在如何整合或兼容?因此,昆德拉认为:"小说是透过想象中的人物的眼光对存在的深思。"[148]

德国哲学家、美学家尼古拉·哈特曼(1882—1950)认为:艺术作品的背景并非人们以为的那样单一,它实际上分为好几个层次,一个层次被前一层次支撑着(被显现),又支撑着后一个层次(显现);与此同时,作品从个别的、具体的事物上升为普遍的、理念的事物。比如一幅油画肖像,我们从画布或其上面的那些斑点(实在的前景)第一眼看到的东西,是某个人物的形态;随后,我们看到他的表情,又从他的表情看到他的性格和遭遇等内在的东西;这些内在东西又把他的理想、世界观等理念的东西也表现出来了。因此，最优秀的艺术作品可以朦胧地表现出某种普遍的东西、人的存在的秘密甚至难以具体捕捉的东西。艺术作品之所以能够通过最具体、个别的事物表现出最普遍的、理念的事物，原因就在于此。这也是艺术作品独具的性质和力量。[149]

小说的叙述话语不是由遵循逻辑次序的论辩和分析构成，而是由在知觉中浮现出来的文学作品的虚构世界中的所有部件创造出来。小说家的认识工具不是理性的逻辑，而是想象。在用文学语言构建的一部作品的"可能的世界"里，作家致力于用艺术经验来提升和超越人生经验。结果不是理性逻辑所表现的单义性，而是艺术展现的多元化、多义性，反映着人类存在的多样性。昆德拉对于小说形式的自主性的强调，目的就是让小说摆脱写形似真实的紧箍咒，恢复其自由、活力，重建其在现代世界的存在理由。

"文学不是一个自是的存在（en-soi）。确实，因其多样化及其无限的差异性，它是社会历史的一种得天独厚的展现。"[150]需要说明的是，昆德拉强调小说形式的自主性，始终关联着对小说发现存在新方面的绝对要求。这种自主性始终不是完全独立、自我封闭的，并不是"为艺术而艺术"的纯文学。与昆德拉同时代的捷克戏剧家瓦茨拉夫·哈维尔（1936—2011）认为作家根本无法回避自己与大写历史的联系：

> 作家的兴趣五花八门：他可能写自己生活中的爱情、妒忌、失败或成功，可能写人们的恶毒，可能写自然，可能写他的童年，可能写上帝或精神分裂；他可能忠于事实，或者创造譬喻；他可

能受到最为放肆、最为精巧的美学计划的驱使。然而，有一件事是一位真正的作家绝不可能回避的：这就是"写大历史"。他无法回避他的社会处境、他的时代，也就是说政治。我们迟早将会发现一部伟大的作品，以间接、复杂甚至隐蔽的方式，传播着与"大历史"有关的因素，传播着团体的文化、文明，或精神与社会生成。我不认为一部真正的作品，会缺少这一维度。[151]

美国学者简·汤普金斯直言不讳地指出：浪漫主义者和现代主义者所声称的艺术自足自主和艺术至高无上，结果只是导致了文学的边缘化。[152] 如果不与真和善联结，美不过是镜花水月，美则美矣，却与生命无关。正如从结构主义诗学理论转向伦理学批评的法国学者茨维坦·托多洛夫（1939—2017）所批评的那样："最能说明文学特性的不是使文学陷于崩溃的大量自主体裁，而是文学公开承认它的异质性这个事实：文学既是小说也是宣传手册，既是历史也是哲学，既是科学也是诗。"[153]

第六章 小说的存在理由是发现存在的新方面

注释:

[1] Milan Kundera, *Les testaments trahis*, Paris: Gallimard, coll. «Folio / poche», 1995, pp.315-316.

[2] 米兰·昆德拉:《小说的艺术》,董强译,上海:上海译文出版社,2004年第1版,第7页。

[3] 同上书,第6—7页。

[4] 米兰·昆德拉:《相遇》,尉迟秀译,上海:上海译文出版社,2010年第1版,第35—36页。

[5] 同上书,第33页。

[6] 塞萨尔·维沙尔·德·雷阿尔(César Vichard de Saint-Réal, 1643—1692)是萨瓦公国的文人和历史学家。他博学多才,兴趣广泛,著书甚多。他的作品以历史题材为主,但也涉猎文学批评,参与到17世纪的"古今"之争。他是斯汤达最景仰的前辈文人之一。

[7] 关于"镜子"比喻,可参阅 M. H. Abrams, *The Mirror and the Lamp: Romantic Theory and the Critical Tradition*, Oxford University Press, 1953;中文版《镜与灯》,郦稚牛、张照进、童庆生译,北京大学出版社,2004年第1版。(按此中文版封面及版权页标明的英文题目,在"lamp"前漏掉了"the"字。)

[8] 司汤达:《红与黑》,罗新璋译,北京:中国戏剧出版社,《世界文学名著文库》第2辑,2005年第1版,第70页。

[9] 同上书,第327—328页。Stendhal, *Le Rouge et le Noir*, Livre Second, Chapitre 19. 见 http://abu.cnam.fr/cgi-bin/donner_html?rouge1。

[10] 西方人常以一棵枝杈继续生出新枝杈的大树的形式来画自己的家谱。

[11] 罗大冈:《试论〈追忆似水年华〉》,见《罗大冈文集》,北京:中国文联出版社,2004年第1版,第161页。

[12] Milan Kundera, *L'art du roman*, Paris: Gallimard, coll. «Folio / poche», 1995, p.39.

[13] 米兰·昆德拉:《小说的艺术》,董强译,上海:上海译文出版社,2004年第1版,第155页。

[14] "发现"（découverte）这个词令人联想到那些改变了世界文明史走向的"大发现"，如哥伦布的"地理大发现"、哥白尼的"日心说"、弗洛伊德的"无意识"理论等。

[15] Milan Kundera, *L'art du roman*, Paris: Gallimard, coll. « Folio / poche », 1995, p.17.

[16] 亨利·菲尔丁：《弃儿汤姆·琼斯的历史》，萧乾、李从弼译，北京：人民文学出版社，1984年第1版，上册，第9页。

[17] 同上书，第10页。

[18] Henry Fielding, *The History of Tom Jones, A Foundling*, Book IX, chapter 1. 全文见 http://www.blackmask.com/olbooks/tomjonesdex.htm.

[19] 转引自殷企平、高奋、童燕萍：《英国小说批评史》，上海：上海外语教育出版社，2001年第1版，第41页。按：昆德拉在《帷幕》中也对菲尔丁作了讨论，见 Milan Kundera, *Le rideau*, Paris: Gallimard, coll. « NRF », 2005, pp.19-20。

[20] Milan Kundera, *Le rideau*, Paris: Gallimard, coll. « NRF », 2005, p.20.

[21] Jean-Paul Sartre, *Qu'est-ce que la littérature?*, Paris: Gallimard, coll. « Idées / Gallimard », 1985, p.45.

[22] *Ibid*.

[23] 感知（perception）这个词提示着英国哲学家伯克莱（George Berkeley, 1685—1753）的一个影响深远的论点："是就是被感知"（to be is to be perceived）。作为西方哲学和新术语的"όν（on）"（其对应词英语为 Being, 法语为 Etre, 德语为 Sein）在中文中常被翻译成"存在"，与真正表示"存在"的"existence（法语、英语）/ existenz（德语）"造成了形而上与形而下的意义混淆。因此，我们采用国内已有多人使用的汉语系动词"是"来对译作为哲学术语的"Being / Etre / Sein"。相关讨论参见张弛：《穷究词义为了跨文化的沟通——论西方哲学核心词汇"όν（on）"的中译问题》，《中国翻译》，2005年第6期，第69—75页。

[24] Jean-Paul Sartre, *Qu'est-ce que la littérature?*, Paris: Gallimard, coll. « Idées / Gallimard », 1985, p.45.

第六章　小说的存在理由是发现存在的新方面

[25]　*Ibid*., p. 46.

[26]　虽然昆德拉与萨特之间可能没有师承关系，但他们二位却都深受海德格尔的影响。

[27]　Milan Kundera, *L'art du roman*, Paris: Gallimard, coll. « Folio / poche » , 1995, p. 16.

[28]　Milan Kundera, *Le rideau*, Paris: Gallimard, coll. « NRF » , 2005, p. 29.

[29]　Milan Kundera, *L'art du roman*, Paris: Gallimard, coll. « Folio / poche » , 1995, p. 15.

[30]　Milan Kundera, *L'insoutenable légèreté de l'être*, traduit du tchèque par François Kérel, Paris: Gallimard, coll. « NRF » , 1984, p. 278.

[31]　米兰·昆德拉：《小说的艺术》，董强译，上海：上海译文出版社，2004年第1版，第34页。

[32]　米兰·昆德拉：《相遇》，尉迟秀译，上海：上海译文出版社，2010年第1版，第80页。

[33]　"应许之地"的说法来自《旧约》：上帝向在埃及沦为奴隶的以色列人承诺，带领他们离开为奴之地，获得自由，前往"流奶与蜜"的迦南（今巴勒斯坦）去安居乐业（《出埃及记》3: 7-10）。

[34]　米兰·昆德拉：《帷幕》，董强译，上海：上海译文出版社，2006年第1版，第80—81页。

[35]　米兰·昆德拉：《小说的艺术》，董强译，上海：上海译文出版社，2004年第1版，第37页。

[36]　同上书，第40页。

[37]　早在19世纪中叶，索伦·克尔凯郭尔（1813—1855）就在寓言中描述了世人临危而盲目乐观的可悲状态："戏场里失了火。丑角站在戏台前，来通知了看客。大家以为这是丑角的笑话，喝采了。丑角又通知说是火灾。但大家越加哄笑，喝采了。我想，人世是要完结在当作笑话的开心的人们的大家欢迎之中的罢。"译文采自鲁迅：《帮闲法发隐》，收入《准风月谈》，见《鲁迅全集》，《鲁迅全集》修订编辑委员会编注，北京：人民文学出版社，2005年第1版，第五卷，第289页。英文见 Søren Kierkegaard, *Provocations,*

Spiritual Writings of Kierkegaard, compiled and edited by Charles E. Moore, Farmington (PA, USA): Plough Publishing House, 2007, p.404. 海德格尔:"我们已经把对'面向事物本身'这个呼声的讨论选为我们的目标。它把我们带到通向一种对在哲学终结之际思想的任务的规定的道路上去。""思想也许终有一天将无畏于这样一个问题:澄明即自由的敞开之境是不是那种东西,在这种东西之中,纯粹的空间和绽出的时间以及一切在时空中的在场者和不在场者才具有了聚集一切和庇护一切的位置。"见《海德格尔选集》,孙周兴编选,上海:上海三联书店,1997年第1版,下卷,第1251页与第1253页。"阿多诺晚期的学生,同时也是其传记作者的缪勒·多姆认为,与将改造世界作为自己使命的马克思主义者不同,他更多的是将认识世界,即'把握世界的荒谬性,将世界从连续不断的暴力怪胎中展现出来',确立为自己的历史任务。"转引自 Theodore W. Adorno, *Notes on Literature,* trans. by Shierry Weber Nicholsen, Shanghai: Shanghai Foreign Language Education Press, 2009, vol.1,《导读》(乔国强), p.vii。

[38] 在加缪写下这段话的时候,在西方实行的还是每周六天工作制。

[39] Albert Camus, *Le Mythe de Sisyphe*, Paris: Gallimard, coll. « Folio / Essai », 1995, p.29.

[40] *Ibid.*

[41] 米兰·昆德拉:《相遇》,尉迟秀译,上海:上海译文出版社,2010年第1版,第41页。

[42] Milan Kundera, *L'art du roman*, Paris: Gallimard, coll. « Folio / poche », 1995, pp.45, 54 et 107-108.

[43] Milan Kundera, « Postface pour les éditions américaine, italienne et allemande de *La Vie est ailleurs* », in Kvetoslav Chevatik, *Le Monde romanesque de Milan Kundera*, Paris: Gallimard, 1995, p.225.

[44] *Ibid.*, p.226.

[45] *Ibid.*

[46] Milan Kundera, *La Vie est ailleurs*, Paris: Gallimard, coll. « Folio / poche », 1999, p.402.

[47] Milan Kundera, « Postface pour les éditions américaine, italienne et allemande de *La Vie est ailleurs* », in Kvetoslav Chevatik, *Le Monde romanesque de Milan Kundera*, Paris, Gallimard, 1995, pp. 227-228.

[48] *Ibid.*

[49] 米兰·昆德拉：《帷幕》，董强译，上海：上海译文出版社，2006年第1版，第107页。

[50] 弗朗索瓦·里卡尔：《关于毁灭的小说》，袁筱一译，见米兰·昆德拉：《玩笑》，蔡若明译，上海：上海译文出版社，2003年第1版，第387页。

[51] 同上。

[52] Milan Kundera, *Les testaments trahis*, Paris: Gallimard, coll. « Folio / poche », 1995, p. 26.

[53] 参见罗兰·斯特龙伯格：《西方现代思想史》，刘北成、赵国新译，北京：中央编译出版社，2005年第1版，第288页。

[54] 转引自吴江：《说政治》，载《随笔》，2006年第1期，第152页。

[55] 同上。

[56] Milan Kundera, *L'art du roman*, Paris: Gallimard, coll. « Folio / poche », 1995, pp. 13-14.

[57] *Ibid.*, p. 14.

[58] *Ibid.*

[59] *Ibid.*, p. 14. Cf. p. 56.

[60] 休谟：《人性论》，第一部，第四部分，第六节。转引自伊恩·瓦特：《小说的兴起——笛福、理查逊、菲尔丁研究》，高原、董红钧译，北京：生活·读书·新知三联书店，1992年第1版，第15页。

[61] Milan Kundera, *L'art du roman*, Paris: Gallimard, coll. « Folio / poche », 1995, p. 15.

[62] 米兰·昆德拉：《相遇》，尉迟秀译，上海：上海译文出版社，2010年第1版，第48页。

[63] Milan Kundera, *L'art du roman*, Paris: Gallimard, coll. « Folio / poche », 1995, p. 17.

[64] 米兰·昆德拉：《相遇》，尉迟秀译，上海：上海译文出版社，2010年第1版，第48页。

[65] 同上书，第45—46页。

[66] 同上书，第46页。

[67] 安·德·戈德马尔：《小说是让人发现事物的模糊性——昆德拉访谈录（1984年2月）》，谭立德译，见乔治·艾略特等：《小说的艺术》，张玲等译，北京：社会科学文献出版社，1999年第1版，第80页。

[68] 同上。

[69] Milan Kundera, *L'art du roman*, Paris: Gallimard, coll. « Folio / poche », 1995, p.16.

[70] 昆德拉的"欧洲小说"有其特殊含义。参见张弛：《昆德拉的"欧洲小说"观》，载《当代外国文学》，2005年第3期，第28—34页。

[71] Milan Kundera, *L'art du roman*, Paris: Gallimard, coll. « Folio / poche », 1995, p.15.

[72] 弗朗索瓦·里卡尔：《关于毁灭的小说》，袁筱一译，见米兰·昆德拉：《玩笑》，蔡若明译，上海：上海译文出版社，2003年第1版，第386页。

[73] 同上。

[74] 同上书，第386—387页。

[75] 米兰·昆德拉：《相遇》，尉迟秀译，上海：上海译文出版社，2010年第1版，第72—73页。

[76] 同上书，第66页。

[77] 同上书，第67、73页。

[78] 同上书，第73—74页。

[79] 同上书，第78页。

[80] 米兰·昆德拉：《小说的艺术》，董强译，上海：上海译文出版社，2004年第1版，第15页。

[81] 同上。

[82] 同上。

[83] 同上书，第15—16页。

第六章　小说的存在理由是发现存在的新方面

[84]　同上书，第12—13页。

[85]　同上书，第13页。

[86]　同上。

[87]　同上。

[88]　同上书，第14页。

[89]　米兰·昆德拉：《帷幕》，董强译，上海：上海译文出版社，2006年第1版，第87—88页。

[90]　米兰·昆德拉：《小说的艺术》，董强译，上海：上海译文出版社，2004年第1版，第56页。

[91]　Milan Kundera, *Les testaments trahis*, Paris: Gallimard, coll. « Folio / poche », 1995, pp.28-29.

[92]　米兰·昆德拉：《帷幕》，董强译，上海：上海译文出版社，2006年第1版，第5页。

[93]　同上。

[94]　通译为"扬·穆卡罗夫斯基"。

[95]　米兰·昆德拉：《帷幕》，董强译，上海：上海译文出版社，2006年第1版，第6页。

[96]　同上。

[97]　同上书，第7页。

[98]　同上。

[99]　同上书，第20页。

[100]　同上。

[101]　同上书，第21页。

[102]　同上书，第21—22页。

[103]　同上书，第22页。

[104]　同上书，第128页。

[105]　米兰·昆德拉：《被背叛的遗嘱》，余中先译，上海：上海译文出版社，2003年第1版，第17页。

[106]　同上书，第17—18页。

[107] Milan Kundera, *Le rideau*, Paris: Gallimard, coll. « NRF », 2005, p. 40.

[108] *Ibid*., p. 42.

[109] *Ibid*., p. 17.

[110] 米兰·昆德拉:《相遇》,尉迟秀译,上海:上海译文出版社,2010 年第 1 版,第 214—215 页。

[111] Milan Kundera, *Le rideau*, Paris: Gallimard, coll. « NRF », 2005, p. 25.

[112] Jean Charles Payen, *Littérature française*: *Le Moyen Age*, nouvelle édition révisée, Paris: GF Flammarion, coll. « Histoire de la littérature française », p. 7.

[113] Milan Kundera, *Les testaments trahis*, Paris: Gallimard, coll. « Folio / poche », 1995, p. 11.

[114] 龚翰熊:《文学智慧——走进西方小说》,成都:四川出版集团巴蜀书社,2005 年第 1 版,第 2 页。

[115] 米兰·昆德拉:《帷幕》,董强译,上海:上海译文出版社,2006 年第 1 版,第 101 页。

[116] 米兰·昆德拉:《被背叛的遗嘱》,余中先译,上海:上海译文出版社,2003 年第 1 版,第 3 页。

[117] 同上。

[118] 殷企平、高奋、童燕萍:《英国小说批评史》,上海:上海外语教育出版社,2001 年,第 231—233 页。

[119] 同上书,第 42 页。

[120] Henry Fielding, *The History of Tom Jones, A Foundling*, Book II, chapter 1.

[121] Milan Kundera, *Le rideau*, Paris: Gallimard, coll. « NRF », 2005, p. 21.

[122] 詹姆斯·A. 沃克:《序》,见劳伦斯·斯特恩:《项狄传》,蒲隆译,南京:译林出版社,2006 年第 1 版,第 19 页。

[123] 米兰·昆德拉:《帷幕》,董强译,上海:上海译文出版社,2006 年第 1 版,第 12—15 页。

[124] Milan Kundera, *Le rideau*, Paris: Gallimard, coll. « NRF », 2005, p. 25.

[125] 米哈伊尔·巴赫金:《史诗与小说——长篇小说研究方法论》,见《巴赫金全集》,第三卷,白春仁、晓河译,石家庄:河北教育出版社,1998 年第

第六章 小说的存在理由是发现存在的新方面

1 版,第 508 页。

[126] 米兰·昆德拉:《被背叛的遗嘱》,余中先译,上海:上海译文出版社,2003 年第 1 版,第 5—6 页。

[127] 同上。

[128] 引自袁可嘉:《欧美现代派文学概论》,桂林:广西师范大学出版社,2003 年第 1 版,第 242 页。

[129] 约瑟·贝尔格尔语。引自侯书森(主编):《世纪之书》,北京:中国戏剧出版社,1999 年第 1 版,第 115 页。

[130] 米兰·昆德拉:《帷幕》,董强译,上海:上海译文出版社,2006 年第 1 版,第 92 页。

[131] 米兰·昆德拉:《被背叛的遗嘱》,余中先译,上海:上海译文出版社,2003 年第 1 版,第 3—4 页。

[132] 米兰·昆德拉:《相遇》,尉迟秀译,上海:上海译文出版社,2010 年第 1 版,第 128—129 页。

[133] 同上书,第 215 页。

[134] 同上书,第 214 页。

[135] 殷企平、高奋、童燕萍:《英国小说批评史》,上海:上海外语教育出版社,2001 年第 1 版,第 17—18 页。

[136] 安·德·戈德马尔:《小说是让人发现事物的模糊性——昆德拉访谈录(1984 年 2 月)》,谭立德译,见乔治·艾略特等:《小说的艺术》,张玲等译,北京:社会科学文献出版社,1999 年第 1 版,第 81 页。

[137] Milan Kundera, *L'art du roman*, Paris: Gallimard, coll. «Folio / poche», 1995, p.35.

[138] *Ibid.*, p.90.

[139] *Ibid.*

[140] *Ibid.*, p.91.

[141] *Ibid.*, p.92.

[142] *Ibid.*, p.102.

[143] *Ibid.*, p.93.

[144] *Ibid.*, p. 94.

[145] *Ibid.*, p. 104.

[146] *Ibid.*, p. 95.

[147] *Ibid.*, p. 97.

[148] *Ibid.*, p. 102.

[149] 今道有信：《存在主义美学》，崔相录、王生平译，沈阳：辽宁人民出版社，1987年第1版，第221—222页。

[150] Claude Pichois, « La collection "Littérature française" », in Jean Charles Fayen, *Le Moyen Âge, I. des origines à 1300*, Paris, Arthaud, coll. « Littérature française », 1970, pp. 9-10.

[151] Vaclav Havel, préface au *Démon de consentement* de Dominique Tatarka, Le Rœulx (Belgique), Talus d'approche, 1986, p. 7. Cité par Vasil Qesari, « Le phénomène Ismaïl Kadaré dans la société albanaise des années '70 », in Ariane Eissen et Véronique Gély (dir.), *Lectures d'Ismaïl Kadaré*, Paris: Presses universitaires de Paris Ouest, 2011, p. 184.

[152] 李丹：《从形式主义文本到意识形态对话：西方后现代元小说的理论与实践》，北京：中国社会科学出版社，2017年第1版，第291页。

[153] 茨维坦·托多洛夫：《批评的批评：教育小说》，王东亮、王晨阳译，北京：生活·读书·新知三联书店，2002年第2版，第193页。

第七章

小说是关于存在的一种诗意思考

在昆德拉与克里斯蒂安·萨尔蒙就小说艺术的对话中,后者认为昆德拉的小说观可以被定义为"关于存在的一种诗意思考"[1]。昆德拉没有表示异议,表明他接受这种说法。

然而,人们常常从社会学、历史学或意识形态的角度,对昆德拉的小说进行阐释,因为他的大多数作品,尤其是《不朽》(1990)以前的那些小说,其中的故事都发生在共产主义者执政时期的捷克斯洛伐克。那么,昆德拉本人是如何处理自己对社会历史的兴趣,才能践行其小说应当首先探索存在之谜的艺术信念,而没有把涉及政治现实的小说变成了历史的见证?

早在古希腊时期,亚里士多德就探讨了历史学家与诗人职责之不同:前者叙述已经实际发生了的事情,而后者描述有可能发生的事情,即"按照可然律或必然律可能发生的事"。在他看来,外在形式上使用散文或诗歌,并不必然造成历史著作和诗歌作品的差异:"希罗多德的著作可以改写为'韵文',但仍是一种历史,有没有韵律都是一样",因为历史叙述的只是个别性的事件,诗歌所描述的则是有普遍性的事件。所谓"有普遍性的事件",指的是"某一种人,按照可然律或必然律,会说的话,会行的事"。他说:"诗要首先追求这目的,然后才给人物起名字……"也就是说,故事所体现的普遍性是诗歌(叙事诗)个性的前提和依据,后者则通过表明和体现这种普遍性而获得了意义与价值。他的结论是"写诗这种活动比写历史更富于哲学意味,更被严肃地对待"[2],因为"为了获得诗的效果,一桩不可能发生而可能成为可信的事,比一桩可能发生而不能成为可信的事更为可取。"[3]

沿着亚里士多德的思路,昆德拉对历史和小说做了这样的区分:"一个历史学家向您讲述已经发生的事件。相反,拉斯科尔尼科夫的罪行从来就没有发生过。小说审视的不是现实,而是存在。而存在并非已经发生的,存在属于人类可能性的领域,所有人类可能成为的,所有人类做得出来的。"[4] 无论是关于哪一个历史时期或哪一个历史人物,也无论作者态度是赞成还是反对,历史小说"都是一些大众化的小说,通过小说语言表现一种非小说的知识"[5]。这样的小说不符合昆德拉持守的信念:"小说唯一的存在理由是说出唯有小说才能说出的东西。"[6]

一 小说在历史中画出存在地图

昆德拉赞同海德格尔的说法,存在是一种"世界中的是"(inder-Welt-sein，Being-in-the-World），也就是说，"人与世界连在一起，就像蜗牛与它的壳：世界是人的一部分，世界是人的状态。随着世界的变化，存在（世界中的是）也在变化"[7]。在中世纪传奇里面，作者和读者并不很在意故事发生的精确时间和具体地点，因为那是一个稳定的世界。但是，随着现代性展开而持续发生变化的现代世界，同时受到日趋严格的理性化进程的制约，故事必须被设置在一个可信的时间和地点，才能至少让人产生真实感或满足人们对真实感的期待。"自巴尔扎克始，我们的存在的'世界'具有历史性特点，人物的生活处在一个充满了日期的时光空间内。之后的小说再也无法摆脱巴尔扎克的这一遗产。即使是编造了许多异想天开、不可思议的故事，打破了所有真实性原则的贡布罗维奇也无法逃避。他的小说处于一个日期标得分明的时间内，具有极大的历史性。"[8]

由于小说的现实主义规定性，故事必然要被设置在一个具体的历史时期，很容易造成读者的认识混淆。因此，必须有意识地区分两类小说："**审视人类存在的历史范畴的小说**"与"**表现特定的历史环境的小说**"。后者"是对一个特定时期的社会的描述，是一种小说化的历史记录"。[9] 对昆德拉来说，小说家要做的是"画出**存在地图**，从而发现这样或那样一种人类可能性"。由于存在意味着"世界中的是"，小说的人物就必须与他所处的世界都被视为人的一种可能性，借以发现存在的新方面。[10] 以卡夫卡的小说为例，昆德拉指出："卡夫卡的世界跟任何一个已知的现实都不相似，它是人类世界一种**极限的、未实现的可能性**。"在某种意义上，卡夫卡的小说就像是预兆性的噩梦，即黑色预言："这一可能性在我们的真实世界之后半隐半现，好像预示着我们的未来。"这种预言不是对于未来事件的预测，因此不必用事件的真实性来进行验证和评价。"即使他的小说没有任何预言性质,也不会失去价值,因为它们抓住了一种存在的可能性(人以及他的世界的可能性),从而让我们看到我们是什么,我们可能做出什么来。"[11]

即使是人物处于完全真实的世界内的小说,比如布洛赫的《梦游者》三部曲,其目的也不在于描绘历史,而在于揭示存在的一种可能性。布洛赫的特殊性在于,他把小说涉及的三十年欧洲历史(1888—1918)"定义为一种持续的**价值贬值**进程",而且坚信不疑地认为这是一种实现了的可能性。在《梦游者》里,"人物被关闭在这一进程中,正如被关闭在一个笼子里,必须找到跟这一共同价值的逐渐消失相适应的行为"。如果在布洛赫所看到的价值贬值的进程之外,有他没有看到的另一种建构性的进程,这会不会使《梦游者》失去价值呢?昆德拉的回答是"不会","因为价值贬值的进程是人类世界一种不容置疑的可能性。去理解被投进这一进程的旋涡中的人,理解他的一举一动,理解他的态度,只有这才是重要的。布洛赫发现了存在的一个未知领域。存在的领域意味着:存在的可能性。至于这一可能性是否转化成现实,是次要的。"[12]

那么,怎样做才能不让对存在的深入反思淹没于对历史的大量描述之中呢?昆德拉提出以下几个原则,并以他自己的写作实践加以说明。

第一个原则是以最大限度的简约方式来处理所有的历史背景,就好像一位美工用必不可少的寥寥物件,使舞台不那么抽象而空洞。

第二个原则是在历史背景中,只采用能够为小说人物营造出能显示其存在处境的背景。在《玩笑》中,昆德拉写了路德维克眼睁睁地看着所有的朋友与同事都举手表决，赞成将他开除。这让他对自己、对"人"得出了绝望的看法。昆德拉说："路德维克这种根本性的人类学体验因此是有一些历史根源的，但对历史本身的描写（党的作用、恐怖的政治根源、社会机构的组织，等等）并不让我感兴趣，您在小说中找不到这些东西。"[13]

第三个原则是讲述被历史记录所遗忘了的那些历史事件，因为"历史记录写的是社会的历史，而非人的历史"。在《告别圆舞曲》中，他写了官方组织的几次大规模的灭狗行动。这样的事件不会被载入历史，却被昆德拉认为有"极高的人类学意义"，可以暗示出捷克斯洛伐克在1968年被苏联侵占之后的高压恐怖气氛。在《生活在别处》里，"历史以一条不雅观、难看的短裤的形式介入"了主人公的爱情冒险，造成了他的功败垂成。

第四个原则是"不光历史背景必须为一个小说人物创造出新的存在处境，而且历史**本身**必须作为存在处境来理解，来分析"[14]。在《是之不能承受之轻》中，昆德拉写到了捷克领导人杜布切克在苏联军队的刺刀威逼下，发表广播讲话时的一个细节："他喘着气，在话与话之间做出长长的、令人难以忍受的停顿。"这样的细节不会被写入历史，却可以映照存在。昆德拉让女主人公特蕾莎面对托马斯的不忠却无力反抗，与杜布切克面对勃列日涅夫高压时的软弱构成对应。"特蕾莎突然间明白了'她属于那些弱者，属于弱者的阵营，属于弱者的国家'。她应该忠于他们，因为他们都是弱者，因为他们弱得说话都透不过气来。"昆德拉解释说："历史环境在这里并非一个各种人类处境在它前面展开的背景，而是本身就构成一个人类处境，一个扩大化的存在处境。"在《笑忘录》中，他不是从政治、历史、社会范畴去写布拉格之春,"而是作为根本的存在处境之一来描绘的"[15]。

虽然昆德拉大部分小说的历史背景都在捷克,但他明确表示:要理解他的小说,并不必须了解捷克的历史,因为读者必须了解的所有背景知识在小说里面已经做了交代。也就是说,读者不必因为这些小说牵涉具体时期的捷克历史,而被迫先去阅读关于捷克的历史书,才能理解读昆德拉的小说——捷克的历史只是昆德拉小说的背景,而不是这些小说的前提。但是,读者却必须了解第11世纪以来的欧洲历史,因为这是欧洲国家共同的、唯一的历史。"我们属于这一历史,我们所有的行动,不管是个人的还是国家的,只有在与欧洲历史相联系的时候才显示出它们决定性的意义。我可以不知道西班牙的历史而理解《堂吉诃德》。但我如果对欧洲历史进程没有一个哪怕是笼统的了解,比如它的骑士时代,它的艳情风俗,它从中世纪到现代的过渡,就无法理解。"[16]

正如一本介绍昆德拉的中文书名所指出的那样[17],昆德拉的小说创作的动机是"叩问存在"。他的随笔集则反复强调这一点。收入《相遇》一书的第二篇随笔,题目就是《小说,存在的探测器》[18]。

昆德拉大部分的小说,如《好笑的爱》《玩笑》《生活在别处》《笑忘录》《告别圆舞曲》和《是之不能承受之轻》,叙述的都是"布拉格之春"前后捷克人的生活与命运。这些作品似乎是在展示"历史"的悖谬,其实昆德拉对历史的反思,并不是要图解"善恶终有报"的道德信念,而是要反思无论是好人恶人都常常忽视的存在境况。"现代感情和传统感情的区别,就在于后者沉浸在道德问题中,而前者则充满形而上学的味道。"[19]

第七章 小说是关于存在的一种诗意思考

阿纳托尔·法朗士虽然曾经声名卓著,并且入选法兰西学院院士,但在他去世之前,就被激进的超现实主义者们视为一具僵尸,是19世纪现实主义文学的最后代表。当超现实主义这样激进的现代主义文学也被普通读者与专业学者接受以后,他就更遭到了贬低和忽视,因为对于最直接主动地将自己与现代性之展开联为一体的现代主义来说,被视为落伍就意味着被判定为没有价值。即使是在讨论以法国大革命为题材的历史小说时,人们对他的《诸神渴了》的兴趣也远比不上对雨果《九三年》的兴趣。然而,在这样一位遭到遗忘的昔日大作家的作品里,昆德拉却看到了法朗士的深刻与超前:杀人如麻的刽子手并不是天生的恶魔,而是一个再普通不过的平凡人物;如果没有法国大革命这样的历史际遇,他将与千百万普通人一样,既不引人注目,也与人无害,安静地默默度过此生。法国大革命以处死国王和王后的极端方式,宣示了革命者与旧制度决裂的强烈意愿和建设新社会的坚定决心。然而,正是在投身法国大革命以后,加默兰的革命热情使他越来越丧心病狂。问题出在哪里呢?

昆德拉看到了《诸神渴了》这部历史小说的特别之处:法朗士侧重的不是"真实地"再现历史,而是借助历史去思考人性,探索人的隐秘内在。昆德拉特别感兴趣的是普通人加默兰的命运轨迹,如何与法国大革命这样的历史事件纠结在一起。这位年轻画家在政治上属于雅各宾党,他发明了一种新扑克,以自由、平等、博爱取代了国王、王后和侍从等。昆德拉说:

> 加默兰,这个发明新版扑克牌的画家,或许就是"介入艺术家"的第一幅文学肖像。在共产党统治的时期,我在身边看过多少

这样的人啊！不过，法朗士的小说吸引我的地方不是加默兰的**揭发**，而是加默兰的**奥秘**。我说"奥秘"，是因为这个把数十人送上断头台的人，在过去某个时期一定也曾经是个和善的邻人，一个好同事，一个有才华的艺术家。一个诚实正直无可争议的人，他的体内有可能隐藏着一头怪兽吗？在政治风平浪静的年代，这头怪兽是不是一样会在他身上现形？这是无从探测的吗？还是可以感受得到？我们既然认得这些**狰狞的**加默兰，那么我们是否有能力在今日围绕我们身边的这些**和善的**加默兰当中，隐约认出那头沉睡中的怪兽？[20]

在《诸神渴了》中，法朗士有意让加默兰和罗伯斯庇尔仅仅相差几天上了断头台："他在雅各宾党人失势之际丧生，他的生命节律和历史节律合奏齐鸣。"罗伯斯庇尔是造就历史的名人，加默兰只是一个被历史挟裹的普通人，但在历史转折点上，他们同时被投身其中的历史抛弃了。"加默兰命运的恐怖就在这里，历史吞没的不只是他的思想、感觉、行动，甚至连时间、连他的生命节律也一并吞没。他是被历史吃掉的人，他是被拿来填塞历史的人，而小说家大胆地捕捉到这种恐怖。"[21]

昆德拉并不反对小说家描绘历史，但前提是通过历史去探索存在。在与克里斯蒂安·萨尔蒙所做的关于小说艺术的谈话里，昆德拉以这样一段话做了总结："假如一个作者认为某种历史处境是人类世界中闻所未闻、见所未见、具有启发性的可能性，他就会照原样去描绘。总之，对史实的忠实相对于小说的价值而言是次要的。小说家既非历史学家，又非预言家：他是存在的探究者。"[22]

昆德拉认为："在小说家的作品里，**认识的激情**既非针对政治，也非针对历史。"小说涉及历史，但目的不在于叙述历史，那是历史学家通过历史著作所做的事情。"小说也拒绝成为对一段历史时期的说明，对一个社会的描绘，对一种意识形态的捍卫，只为'唯有小说能说的东西'服务。"[23]具体到《诸神渴了》这部作品，"小说家写他的小说并不是为了给大革命定罪，而是为了检视大革命的行动者的奥秘，以及随此奥秘而来的其他奥秘，藏身于恐怖之中的戏剧性的奥秘，伴随着悲剧而来的烦恼的奥秘，见人头落地而兴奋的心之奥秘，作为人类最好避难地的幽默的奥秘……"[24]

由于历史事件与小说主角生命时间的巧合，导致了许多读者把《诸神渴了》理解为一部"历史小说"，或是对于历史的一种阐述。"这对法国读者来说，是避不开的陷阱，因为在这个国家，大革命已经成为一个神圣的事件，成了国民论战的永恒主题，让人们分裂，彼此对立，所以一部描述大革命的小说会立刻被这永不餍足的论辩所啃噬。"[25]另外一个问题，就是受政治确定性的影响，人们只会简单化地把加默兰视为一个混蛋，而不会去思考"加默兰的奥秘"，因为"存在之谜消陨在政治的确定性之后，确定性对于谜都是不屑一顾的"。这种表面化的认识，或者将人性的复杂性简单化为个人道德问题，造成的结果是，"尽管人们有丰富的生命经验，在通过历史的磨难之后，却依然愚笨，一如走入磨难之初"[26]。

二 "所有小说都趋向于对自我之谜的探索"

"对小说家来说，有一个重要概念，它总是存在，总是要求得到关注。它是这样的：成为一个人意味着什么？我们如何以最好的方式过自己的生活？对很多读者来说，小说是我们最接近哲学的形式，而且可能非常接近。那些观念，无论大小，在小说里永远不可以因为'不过是小说'而忽略不计。不错，它是小说，但不仅仅是小说。"[27]

人可能是唯一具有自我意识的动物。这种意识使人能够将自己作为审视的对象，但这种无形而实在的分裂却在寻求着通过自我的认同与肯定，以重建人格的统一，即通过"我思"来确认"我是"。在东西方哲学中，对自我的探讨源远流长。近代心理学诞生以来，自我成为这门学科最重要的研究主题之一。美国心理学家威廉·詹姆斯（1842—1910）关于"经验自我"的说法影响深远，使我们对自我的探索，可以更多地依据经验展开，而不是像古代哲人那样更多地做抽象思考。詹姆斯将经验自我分为三个组成部分：物质自我、社会自我和精神自我。物质自我虽然有时候会延伸到外物（爱屋及乌），使其成为自我的一部分，但社会自我和精神自我显然更为重要。社会自我涉及他人如何评价我们，关乎个体的社会同一性，以确立个体的多重社会身份，比如丈夫兼父亲和儿子（亲属关系）、共和党人（政治关系）、新教徒（宗教关系）、大学教授（工作关系）、美籍华人（族群关系）等。这些相互重叠的同一性基本上不会发生冲突，除非是在某些特别的情形之中，比如，在战争爆发以后，一个绝对的和平主义者是否要尽其保家卫国的公民责任？精神自我关乎个人同一性，即人能够感知到的内在心理品质。詹姆斯认为："精神自我……指的是个体内在或主观的存在，他的心理能力或性格倾向……这些心理倾向是自我最为持久和私密的部分，即我们看来最真实存在的部分。"[28]

第七章 小说是关于存在的一种诗意思考

"世界小说的历史是一个几乎具有无穷值的审美系统,而其核心则是深蕴其中的人的本位。认识自我,不仅是哲学思辨的最高目标,也是审美创造的最高境界。欧洲小说能够在世界文坛上长盛不衰,其底蕴就在于它具有一种深厚的人道主义传统。欧洲小说一诞生,就致力于对人自身的探索。"[29] 近代心理学的发展促进了心理小说的发展,在意识流小说和超现实主义中表现得尤为明显。在与克里斯蒂安·萨尔曼关于小说艺术的谈话当中,昆德拉不接受关于他的作品是心理小说的说法。但他肯定地说:"所有时代的所有小说都趋向于对自我之谜的探索。当你创造一个想象人物时,你不由自主地就遇到这个问题:自我是什么?用什么来把握自我?这是小说得以确立的基本问题之一。"[30] 所有真正的小说都在寻求对这个问题的答案,但是所有答案都被它的悖论所质疑:

> 用什么来为自我定义?用一个人物的所作所为?行动本身常常失控,而且反过来攻击行动者自己。那么,用他的内心生活、用他的思想和隐秘情感?但是人是否能够了解自己?或者用他看世界的眼光、他的观点、他的世界观? 这是陀思妥耶夫斯基的美学:他的人物都植根于很独特的个人意识形态中,并按其毫不妥协的逻辑行事。然而,在托尔斯泰那里,个人的意识形态远非稳定可靠到可以在其中确立个人身份。(……)托马斯·曼的巨大贡献,就是指出:我们以为自己在行动、在思考,实际上是另一个人、另一些人在我们里面行动和思考。[31]

从小说发展史来看,早期作品注重的是生动地叙述主人公的行动与冒险，比如薄伽丘的《十日谈》。写作这些故事和阅读这些故事的人具有一种共同的信念："通过行动，人走出日常生活的重复性世界，在这一重复性世界中，人人相似；通过行动，人与他人区分开来，成为个体。"[32] 在古代史诗与中古传奇中，人们的"所是"一出场就确定了，他们只不过是通过行动来证实这一点，"是其所是"。

在文艺复兴时期，与唯名论注重个别而不是注重共性的主张相呼应的，是人们越来越看重个体和个性，并在行动中成就自我，使自己成为与众不同的人。人们对行动的看法也改变了，"行动被认为是行动者本人的自画像"[33]。有一件事情足以说明这种新的（未必是好的）观念：风靡一时的《卡萨诺瓦回忆录》通过讲述自己的一系列艳遇（很难说这些故事都是真的），将自己塑造成为一个情场高手，居然引起许多人的艳羡。这也表明文艺复兴时期将个人幸福（主要体现在食与色两个方面）视为正当的追求，在很大程度上改变了人们的心态。在推崇宗教敬虔的中世纪，这是不可想象的。

然而，过了二百年，"堂吉诃德从家中出来，发现世界已变得认不出来了"[34]。现代性的发生，是曾经有效发挥作用的文化同一性陷入危机的结果，因为世界变得大不一样了。文化同一性的危机必然造成文化参照系的缺失（la perte de repères），使人们茫茫然而不知所措。"凡一种文化值衰落之时，为此文化所化之人，必感苦痛，其表现此文化之程量愈宏，则其所受之苦痛亦愈甚；迨既达极深之度，殆非出于自杀无以求一己之心安而义尽也。"[35] 在大家都把骑士小说当作消遣读物时，只有堂吉诃德信以为真。他真地傻到完全丧失了现实感的程度吗？不读骑士传奇的时候，在众人眼中，他是再正常不过的一个有教养的好脾气绅士。为什么骑士传奇让他迷恋，变得好像失去了正常理智与判断能力呢？"夫纲纪本理想抽象之物，然不能不有所依托，以为具体表现之用；其所依托以表现者，实为有形之社会制度，而经济制度尤其最要者。故所依托者不变易，则依托者亦得因以保存。"[36] 骑士制度产生于中世纪的等级社会，在那样的社会里，人们各安其位，骑士们不必操心日常生产，全身心去追求理想，而这种理想混合着宗教情怀、个人雄心与现实幸福。骑士传奇所叙述的为理想而奋不顾身、勇猛无畏、不计后果的奋斗，对许多人来说，仅仅是说说而已，看着热闹好玩。对堂吉诃德来说，他在其中看到了超越平淡、乏味、无聊的日常生活的可能性。更何况，高尚而高贵的骑士，在历史上确实存在过。

文化传统是以往昔为参照系的。往昔常常出于人为的历史建构，比如孔子通过修订《春秋》为四分五裂的春秋时代所做的历史重构，维吉尔通过《埃涅阿斯纪》为罗马人所做的历史溯源。对历史的建构常常伴随着对往昔的美化，而且越久远的时期就越是被美化。最典型的是古希腊人认为历史随着时间而衰变，从黄金时代、白银时代、青铜时代直到他们身处的黑铁时代。在新旧交替的时代，旧的文化参照系已经失效，却还没有消失，而新的文化参照系正在形成，尚未定型，也还没有被许多人意识到其存在。在许多社会和许多时代，人们都曾经梦回往昔，当然是光荣的往昔，是让人们身心安定的往昔，是让人自然而然地认同且灵魂得以安放的时期。

身处新旧交替的时代，旧世界正在退后，新世界正在到来。堂吉诃德没有做好准备去接受无所依凭、随波逐流的新时代（如兰波的"醉舟"那样），他只能紧紧抓住能够给他提供确定的文化价值与人生理想的旧时代。他并没有想要阻挡新时代，他只是不愿意与旧时代脱节,因为那是他精神得以激昂、心花得以怒放的时代。他渴望生命的升华,而不是平平淡淡过一生。他想模仿骑士小说中主人公的行动,行侠仗义,赢得爱情,获得声誉,因为他的日常生活太单调乏味。但是,他自以为的英勇行动常常是缺乏清醒判断的蛮干,不仅给别人带来了麻烦,自己也吃尽了苦头,饱受了嘲讽。他不仅没有通过行动成为一个更好的自己,反倒连本来的平常生活都失去了,甚至失去了重新回到日常生活的可能性。由此,我们也可以更好地理解,为什么是《堂吉诃德》而不是《巨人传》可以真正称得上是现代小说的奠基之作。

又过了不到二百年,狄德罗笔下的宿命论者雅克诱拐了朋友的未婚妻,正在他幸福得忘乎所以之际,却被父亲痛打一顿,就赌气跟着路过的军队离开家乡,以开启新的人生(或者说放飞自我)。然而,他一上战场,就被打伤了膝盖,从此失去了正常行走的能力。让他产生幸福憧憬的一次艳遇,却成了他生命道路的转折点。"他在自己的行为当中,无法认出自己。在行为与他之间产生了一道裂缝。人想通过行动展示自身的形象,可这一形象并不与他相似。行动的这一悖论式特性,是小说伟大的发现之一。"[37]

现代文化的根本问题或先天缺陷,在于它以未来为参照,这其实等于没有参照。现代性只有一个信条或者说是绝对律令,即"必须绝对地现代"(兰波:《地狱一季》)。在古代或者传统社会里,人们通过行动,将文化理想为其预定的本质加以外在化和具体化,抽象的品质是具体行动的内在动机,而外在的行动又将抽象的本质变成实实在在的人生价值。在现代社会,按照笛卡尔的说法,是"思"与"是"同一,而不是"行"与"是"同一,然而,"我思"唯一能够确定的是"我疑"。"我疑"持续地消解一些确信和确定，却不能自然而容易地导向"我信"，尽管"我疑"的目标是真正发现和确立"我信"。我们可以看到，在笛卡尔设计的这样一个现代理性主义思维系统里，已经没有了"行动"的位置，"行动"已经与本质和自我无关。这也是为什么堂吉诃德的骑士冒险被人视为疯狂，即失去了理智。"假如说自我在行动中无法把握，那么在哪里，又以何种方式，可以把握它？"[38] 外面的世界很精彩，却对"我"关上了大门。"小说的道路就像是跟现代齐头并进的历史。假如我回过头去，去看这条道路，它让我觉得惊人的短暂而封闭。难道不就是堂吉诃德本人在三个世纪的旅行之后，换上了土地测量员的行头，回到了家乡的村庄？他原来出发去寻找冒险，而现在，在这个城堡下的村庄中，他已别无选择。冒险是**强加**于他的，是由于在他的档案中出现一个错误，从而跟管理部门有了无聊的争执。怎么回事，在三个世纪之后，小说中冒险这一头号大主题怎么了？难道它已成了对自己的滑稽模仿？这说明了什么？难道小说的道路最后以悖论告终？"[39]

"生活在别处"，"我"却被判定只能生活在眼前这狭小的空间，惆怅难解，忧郁至极，如同阿尔布雷希特·丢勒（1471—1528）的版画《忧郁》（*Melencolia*）所描绘的那样，或者日复一日地做着琐碎无聊的工作，就像加缪笔下的西西弗。

    我在这儿，
    愚昧，无知，
    在未知之物面前的一个新人，
    我把脸转向岁月和多雨的天空，我的心充满烦恼！

我什么也不知道，什么也不做。我将说什么？我将做什么？

我将怎样使用这双悬垂的手，和这双脚呢？

——它指引我有如夜间的梦？

话语只不过是喧声，而书籍只不过是纸页。

没有人，只有我自己在这儿。对我，仿佛这一切

这多雾的空气，这肥沃的耕地，

这树和这低垂的云

都在和我说话，暧昧地，用无字的言语。

农夫

带着他的犁回来了，听得见迟迟的叫喊。

这是妇女们到井边去的时候。

这是夜。——我是什么呢？

我在做什么？我在等待什么呢？

而我回答：我不知道！而在我自身，我渴望

哭泣，或是喊叫

或是哗笑，或是跳跃并挥动手臂！

"我是谁？"有斑斑残雪，我手里握着一枝柔荑。

因为三月像一个妇女，正吹着绿色的森林之火。

——愿夏天

和阳光下这可怕的一天被忘却，啊万物，

我把自己奉献给你！

我不知道！

把我拿去吧！我需要，

而我不知道什么，我能够哭泣，无尽地

高声地，温柔地，像一个在远处哭泣的孩子，像孤单地留在红的余烬旁边的孩子们，

啊，悲伤的天空！树木，大地！阴影，落雨的黄昏！

把我拿去吧，不要对我拒绝我提出的这个请求！[40]

通过对外面世界的探索而发现本质并确认自我，已经不再有可能，现代人只能转向小世界（古希腊文化把人视为"小宇宙"）。这种变化必然会体现在作为现代社会映像的小说之中。"小说在探寻自我的过程中，不得不从看得见的行动世界中掉过头，去关注看不见的内心生活。"[41]

在18世纪中叶，伏尔泰还在满足于叙述主人公的冒险经历。他在《老实人》中叙述了主人公在数十年间，从欧洲到美洲，再到亚洲的离奇遭遇。当然，他的叙述为的是证明：人们面前的世界固然比中世纪要大得多，但是世界仍然向人关着大门；冒险或者被迫冒险，并没有表现和实现主人公的自我，只让他受了许多的痛苦和折磨。最终，老实人和他的意中人只能在远离现代文明世界的偏僻角落，放弃一切梦想和愿望，耕种自己眼前那一小块园地。"吾所以有大患者，为吾有身；及吾无身，吾有何患？"（《老子》第十三章）因此，我们也能够理解卢梭提出的现代性危机解决方案及其思想逻辑。他认为现代文明荼毒了人们的心灵，使人们变得复杂而痛苦。他的主张是"回到自然"，远离文明。卢梭毫无疑问地属于启蒙思想家，但他的思想却是否定现代，要在远离现代的状态，使人的生命踏实下来，心灵得到安稳的依托。

由此，我们看到了现代性的幻象和幻灭：现代向人们许诺了无限的未来和无穷的可能，人们最终发现他们根本就没有未来，也没有可能。如果说中古社会是稳定的，甚至是死气沉沉的，那么，现代社会的生机勃勃或者说生生不息，却使人们无法停下脚步，筋疲力尽，唯有死亡能够终结这场奔波。歌德的《浮士德》正是对这样一种现代生活的诗意写照。然而，浮士德把他投入行动的一切领域都搞得一塌糊涂。他的行动没有成就自我，反而戕害了他人。歌德唯一加以肯定，并且加以神圣化的，是浮士德拒绝"坐而思"，追求"起而行"的意志和决心。这又落入了伦理学的古老而常新的争论：到底应该以意愿和目的，还是以结局和后果，来判断行为的正当性呢？这显然是书呆子们在书斋里的争论，因为在追求正义实践的法律领域，以结局和后果作为判断的主要标准和根本依据，早已经不是个问题了。直到今天，这个争论仍然具有当下性。

当行动不再导向意义确立的和有价值的肯定，当"我思"基本上等于"我疑"，人就必须持续地面对自己，被迫将自己分裂为"主格的我"与"宾格的我"，持续地相互审视、相互倾听、相互质疑。日记是一种自我对话的形式，书信是一种表达自我的形式。在18世纪的西欧社会生活中，由于人员流动越来越频繁，交流信息的需要越来越强烈，对书信的使用扩展到社会各个阶层。正是在这种语境中，英国小说家理查逊将书信引入了小说，从而创造了书信体这种小说的新形式。当小说人物在信件中谈论已经发生和正在发生的事件时，行动不再是直观地展现在读者面前，而是通过人物用眼睛、头脑和文字的多重过滤，事件本身也投射着人物的自我。人物透过书信坦白他们的想法与情感，也推进着故事的发展。理查逊让我们看到这一点：外在的行动固然重要,更重要的是内心世界对外在行动的推动力量(作为动机),或者承受外在行动的冲击与结果(心理反馈)。

"理查逊将小说推上了探究人的内心生活之路。"[42]他的小说风靡一时,其影响力一直延伸到遥远的俄罗斯。这表明读者也越来越感兴趣于小说对内心世界的探索,而不再满足于妙趣横生的故事。敏感的小说家也注意到了向内心世界开掘的必要性。昆德拉把写《少年维特的烦恼》的歌德、写《危险的关系》的肖德洛·德·拉克洛(1741—1803)、写《阿道尔夫》的邦雅曼·贡斯当(1767—1830)和写《巴玛修道院》与《红与黑》的司汤达,都视为理查逊的伟大继承者。还应该提及的是后来居上的俄罗斯小说家,尤其是陀思妥耶夫斯基和列夫·托尔斯泰,他们把心理现实主义推向了极致。20世纪初期,借助于心理学研究的最新成果,普鲁斯特和乔伊斯虚化了作为故事背景的现实,而将对人物内心世界的探索作为主要目标。"乔伊斯分析的是比普鲁斯特的'失去的时间'更难以把握的东西:现在时刻。看上去好像没有比现在时刻更明显、更可感知、更可触及的东西了。其实,我们根本无法抓住现在时刻。生活的所有悲哀就在这一点上。就在那么一秒钟内,我们的视觉、听觉以及嗅觉(有意识或无意识地)记录下一大堆事件,同时有一连串的感觉与想法穿过我们的脑子。每一个瞬间都是一个小小的世界,在接下来的瞬间马上就被遗忘了。而乔伊斯伟大的显微镜会将这一转瞬即逝的时间定住,抓住并让我们看到它。"[43]

然而,逝去的时间永远不再回来。生命中那些值得回忆的时刻,即使后来回想起来极为美妙,当时却是在不经意间过去了,因为许多时刻,甚至连茶杯里的风波都没有发生。时间是指向未来的单向历程，而现代性意味着永远指向未来的现在（当下此刻）。现在不断地变成过去，退到我们后边，隐入无边无际的虚无。当我们怀旧的时候，其实是因为已经没有了未来可以期待，或者根本就看不见未来。确实，对许多现代人来说，未来是茫然的。生命是在时间中的延展，但无论活得多么长久，在永恒面前也不过是沧海一粟。当普鲁斯特因为疾病而被困在密不透风的房间里，他看得见自己的死亡就在不远处等着他。作为一个现代主义小说家，他的现代性特点，或者说他解决现代性危机的方案，像卢梭一样，是回到过去。作为一个思想家，卢梭的希望是人类回到不受现代文明污染的自然状态。这在很大程度上意味着回到表面上淳朴的原始状态。这也造成了人们对原始文化的误解和理想化。[44]

  作为一个基本上只关注自我的小说家，普鲁斯特解决自己的现代性困境的办法是调动记忆，从有记忆的童年开始，将以往的几十年经历和见闻细细梳理一遍。由于过去已经变成储存在记忆中的材料，他就可以像翻阅一本书一样，仔细地审视每一个时刻，甚至做到了浮士德做不到的事情：在让自己感到幸福和愉悦的那一刻停下来，将它切片放在显微镜下细细审视。最典型的例子就是他回忆自己小时候喝茶吃点心的美妙愉悦体验的那个著名段落。从叙事学的角度来看，这几页属于放缓叙述速度的典型例证。在牛顿的时空体系中，虽然物体运动的速度可以加快放慢，但物理时间的每一个同等单位的长度却保持不变，人是根本无能为力的。因此，对叙述速度的控制，虽然是为了造成特定的叙述效果而采取的话语策略，但这种做法在某种意义上，实现了人对于时间的掌控，尽管是在虚构的世界里面。在《追忆似水年华》这样一部现代主义的经典小说里面，我们看到了其反现代性（即摆脱"现代性焦虑"的努力）的两个主要手段：通过回忆而虚拟地置身于往昔，不再被时间无情、残忍地催逼着不停地前行，重新获得了心灵的安宁；在回忆中行使掌控的权利，通过记忆回放中的加速、减速或跳跃，让自己做了时间的主人，也成了自己生命的主人。因此，普鲁斯特甚至认为：只有在回忆中，我们才真正地生活过。然而，这种心灵的安宁状态是以自觉放弃未来为代价的，人对时间的主宰也只是对回忆的主宰，因而是虚拟的。

在《尤利西斯》里，乔伊斯决定直面当下此刻。他通过放慢叙述速度，就像电影慢镜头一样，细细地展示了从1904年6月16日早晨8时到次日凌晨2时，发生在三位普通的都柏林人生命中的几乎一切大小事件。他甚至把自己的笔变成了脑电波扫描器，将意识的流动转化为文字。严格说来，《尤利西斯》里故事（权且算是一个故事吧）的发生时间仍然是在过去，而不像新小说家米歇尔·布托尔（1926—2016）的《变》那样，让读者觉得就像是看着故事在眼前发生（像看电影一样）。但是，《尤利西斯》的过去是比较近的过去，而且被设定为正在进行的当下。因此，我们还是可以把这部小说视为对当下时间的探讨。众所周知，乔伊斯的《尤利西斯》是对荷马《奥德赛》的戏拟。奥德赛经过了十年的艰难航行，终于回到祖先的土地上，得以与家人团聚，重新行使自己作为国王的权力。即使是在漫漫回家路上，他依然是自己的命运的主人。归程在时间上的迟滞，并没有损害他生命强者的意志和决心，反倒在某种意义上成全了他。斯蒂芬在都柏林城里十六个小时的无目的漫游，被乔伊斯刻意拉长到像是奥德修斯的十年归途那么漫长。对当下时间叙述速度的刻意放缓，也可以说曲折回应了浮士德想要时间停下来的强烈愿望。然而，这种把时间放到放大镜下细细审视的做法，并没有解决主人公的无可奈何。斯蒂芬无家可归，布鲁姆有家难回。即使斯蒂芬在布鲁姆的身上似乎感到了缺失已久的父爱，布鲁姆的家仍然不可能成为他的归宿，更何况布鲁姆的妻子不像奥德修斯妻子那么贞洁自爱。"对自我的探索又一次以悖论告终：观察自我的显微镜的倍数越大，自我以及它的唯一性就离我们越远；在乔伊斯的显微镜下，灵魂被分解成原子，我们人人相同。但是，如果说自我以及它的唯一性在人的内心生活中无法把握，那么在哪里，又以何种方式，可以把握它们？"[45]

昆德拉认为"对自我的探究总是而且必将以悖论式的不满足而告终"，但他不认为这意味着失败，"因为小说不可能超越它本身可能性的局限，显示出这些局限就已经是一个巨大的发现，是认知上的一个巨大成果。"[46] 自卡夫卡起，大小说家们已经开始有意无意地寻求新的方向。卡夫卡笔下的 K 向我们提出了一个完全不同的问题："在一个外部的决定变得难以抵挡、个人的内心动机无足轻重的世界上，人还有哪些可能性？"[47]

人们习惯于从一个人的童年寻找他的行为根源。但是布洛赫笔下的艾施的童年并不为人知晓，而且他的根源是在另一个世纪！艾施的过去，是马丁·路德。"如果路德就是艾施，那么由路德到艾施的故事就不过是一个叫作马丁·路德 - 艾施的人的生平而已，而整个历史就只不过是共同穿越数百年欧洲历史的几个人物（浮士德、唐璜、堂吉诃德、艾施）的故事而已。"[48] 对于托马斯·曼（1875—1955）来说，"其国家的整个历史突然涌现为一个人物——浮士德——的冒险史"[49]。在墨西哥小说家富恩特斯笔下，在令人难以置信的混杂和令人难以置信的梦一般的变形中，西班牙人在欧洲和美洲的整个冒险史被把握住了。富恩特斯如此解释他的方法："需要好几次生命才可以形成一个人物。"[50] 他的《我们的大地》（*Terra nostra*）是"一场大而奇异的梦，在其中，历史被同一些不断转世复生的人物造成和经历着"[51]。昆德拉指出：当代小说家们，比如富恩特斯、菲利普·索莱尔斯（1936—2023）和拉什迪，找到了使得现在和过去可以并存的解决办法。在富恩特斯那里，他的人物们以转世的方式可以从一个时代到另一个时代。在拉什迪那里，有一个超时间的联系确保了他的人物的变形。在索莱尔斯那里，他的人物看的画和读的书成了开向过去的窗户。昆德拉则是用相同的主题和动机将过去和现在连为一体。

在《生活在别处》里，生长在布拉格的雅罗米尔短暂一生中的每个阶段，都被拿来与兰波、济慈、莱蒙托夫等著名诗人的生平片段进行对照；1948 年革命之后布拉格的"五一"大游行，则与 1968 年 5 月的巴黎学潮相联系。这样，昆德拉把他的小说主人公置于欧洲大舞台之上，为的是描绘欧洲革命，而发生在布拉格的是欧洲革命的缩影。"不管多么不真实，这一事变是被当作一场革命来经历的。它的逻辑，它造成的幻觉，它引起的反应，它的行为，它的罪行，今天都让我感到它是对欧洲革命传统的一个滑稽模仿，一个缩影。就像是欧洲革命时代的延续与可笑的终止。正如小说主人公雅罗米尔作为雨果和兰波的，'延续'是欧洲诗歌可笑的终止一样。"[52]

在《玩笑》中，身处民间艺术正在消失的时代，雅洛斯拉夫却想把民间艺术的千年历史延续下去。在《好笑的爱》中，哈维尔医生是唐璜主义不再成为可能的时代中的唐璜。在《是之不可承受之轻》中，弗兰茨是欧洲左翼伟大的进军中最后的忧郁回声；身处波希米亚一个偏远村庄里的特蕾莎，不仅远离了祖国的全部公共生活，而且远离了人类的道路，被历史进程撇下了。昆德拉说："所有这些人物不光终止了他们个人的历史，而且还终止了超越于个人之上的欧洲境遇的历史。"[53]它们构成了被昆德拉所说的"终极悖论时期"的最后一幕。他特别指出：在所有的"终极悖论"中，还要特别加上"终结"本身这一悖论："死亡是看不到的。在人的脑子里，河流、夜莺和穿过草地的小径已经消失有些时候了。没有人需要它们了。当明天大自然从地球上消失时，又有谁会觉察到？奥克塔维奥·帕斯、勒内·夏尔的追随者在哪里？伟大的诗人在哪里？是他们消失了呢，还是他们的声音再也无法听到？不管怎样，这是我们欧洲的一大变化。在此以前，一个没有诗人的欧洲是不可想象的。可既然人失去了对诗的需要，他还能觉察到诗的消失吗？终结并非一个世界末日式的爆炸。也许再没有比终结更平和的了。"[54]

昆德拉通过小说所展示的终极悖论时期，不能被视为一种现实，而应该被视为是一种可能性，"是欧洲的一种可能性。是对欧洲的一种可能的看法，是人类的一种可能的境遇"[55]。

三 小说是透过想象人物对于存在的思考

在《六十七个词》一文中，昆德拉将"小说"定义为"散文的伟大形式，作者通过一些实验性的自我（人物）透彻地审视存在的某些主题"[56]。他特别强调这一点："小说是透过想象人物的角度对于存在的思考。"[57]昆德拉研究专家弗朗索瓦·里卡尔做了进一步的发挥："通过故事，也就是说通过构筑由'实验性'小说人物组成的虚构的世界，每一部伟大的小说都会发现我们必须生活在其中的这个真实世界的新的一面，或者确切地说：它发现一个新世界（从我们自己的生活出发），这个世界我们以前从来没有看到过，但是一经发现，我们就会觉得这是一种真实，并且缺了这份真实，我们就不能懂得自己是谁，我们是如何生活的。"[58]

"影射小说"（roman à clés）有意让读者透过小说人物去辨认所对应的真人，被昆德拉严厉地斥责为"假小说"，是"美学上暧昧含糊、道德上卑鄙猥琐的东西"。[59]总是有一些批评家和读者期望并寻找"实际经历与文学表现的巧合"。[60]对昆德拉来说，这种思想"既是尽人皆知的道理（人与他的所作所为当然是密不可分的），又是废话（无论人与他的所作所为是否密不可分，创作总是超越了生活）、充满激情的陈词滥调（生活与作品的统一'一直被寻求并到处被期冀'，被视为理想状态、理想国、重新找回的失去了的乐园）"[61]。这种要求实际上是拒绝承认艺术的自主地位，将它推回到它露出头来的地方，推回到作者的生活里，将它稀释在这个生活里，从而否认小说之为小说的理由。"如果一种生活可以是艺术品，那还要艺术品干什么？"[62]

昆德拉把"小说家"定义为"某个厌恶描绘自己并对此感到羞愧的人"[63]。作为有丰富的人生阅历和创作经验的小说家，昆德拉认为"所有的小说家都或多或少从自己的生活中汲取一些东西"，但他也提醒人们注意："有些人物完全是虚构出来的，纯粹出自想象。有些人物是受到某个原型的启示，这启示有时候是直接的，但通常都是非直接的。有些人物是出自对某一真人的一个细节的观察。"但是，从根本上来说，"所有的小说人物都更多地来自作者的自我省察，来自他对自己的认识"。[64] 经过想象力的变形，甚至作者自己也会忘记人物是如何塑造出来的。

小说的世界不是现实的世界，而是可能的世界，其中的人物体现的是存在的可能性，而我们通过这些可能性来反思我们的存在。1952年诺贝尔文学奖得主、法国小说家弗朗索瓦·莫里亚克（1885—1970）感慨道："有些作家很不走运：他们的灵感和创作才能是从他们身上的卑下的、最污秽的部分中吸取来的，取自他们身上的一切违背他们的意愿而存在的东西，取自他们在整个一生中始终顽强地想从自己的意识中驱走的东西，总之一句话，取自一切痛苦。"[65] 他补充说："不幸的是，一些小说家发现：他们创作的人物看来正是在这个黑暗的深渊里，诞生和获得躯体的。当某一个被冒犯的女读者问道：'您是从哪里搜罗到这些可怕的事的？'可怜的作家无可奈何地说：'在我自己身上，夫人。'"[66]

昆德拉提醒说：小说家在完成作品以后，必须有意识地进行处理，让人无法找到对号入座的线索。为什么要有意识地做这件事呢？"首先是因为，即使作者做最少程度的保留，也会使读者出乎意外地在小说中找到他们生活的片断；其次是因为，交到读者手中的或真或假的线索，都只能把读者引入歧途：他将会在小说中去寻找作者的未知方面，而不是去寻找存在的未知方面。整个小说的意思都因此化为乌有了。"[67] 以对传记的狂热（fureur biographique）去阅读小说，会使作品变质，将"想象出来的人物变形为作者生活中的人物"[68]，读者将不再透过小说中的想象性人物，去思考存在的问题，而是以小说为实证材料，对作者展开道德审判。传记阅读法对影射小说有效，但影射小说根本就不能被视为真正的小说。用这种方法去阅读真正的小说，不仅会南辕北辙，而且会彻底消解小说的创造性和思想性。

由于心理现实主义传统的影响，读者养成了对小说人物的预设期待，并以此要求作家予以满足："其一，必须为一个人物提供尽可能多的信息，包括他的外表、他的说话方式以及行为方式；其二，必须让人知道一个人物的过去，因为其中隐藏着他现时行为的所有动机；其三，人物必须具备完全的独立性，也就是说，作者与他自身的想法必须消失，不去干扰读者，因为读者愿意相信幻觉，并把虚构当作现实。"[69]

对于习惯了传统小说的读者来说，卡夫卡《审判》中的K是非常令人不可思议的，因为我们根本无法形成一个关于他的画像。卡夫卡没有描绘他的外表，没有介绍他的生平，没有说明他的姓氏（字母"K"可以引出许多个姓氏，它本身也可以被别的字母替换），没有叙述他的回忆、喜好和情结。他行动的自由空间小得可怜，根本不足以让他"是其所是"。卡夫卡写了K的各种想法，但这些想法都是对于即时处境的自发反应，与他作为人的本质无关。K的内心生活完全被他所陷入的处境（或者说存在的陷阱）占据了，没有（或者说不可能）表现出任何可能超越于这一处境之外的东西，比如回忆、形而上思考、对其他人的看法等。在最后被处死之前，他始终具有行动的自由，然而，他已经没有任何自由选择的可能，只是被高踞于他之上的一种无形的威压力量控制着，如同偏执狂一样地持续地胶着在他无法挣脱的处境里。世界那么大，他的精神却被关在了禁闭室（huis clos），连想象的翅膀都被剪除了。"对普鲁斯特来说，人的内心世界构成了一个奇迹，一个不断让我们惊讶的无限世界。但让卡夫卡惊讶的不在这里。他不问决定人行为的内在动机是什么。他提出的问题是完全不同的：在一个外在决定性具有如此摧毁性力量、以至于人的内在动机已经完全无足轻重的世界里，人的可能性还能是些什么？事实上，假如K有同性恋倾向，或者在他后面有个痛苦的爱情故事，他的命运与态度能有什么改变吗？根本不能。"[70] 小说固然是在描绘存在地图，但对于像K这样的主人公，作品中没有任何交代外在的信息，会不会造成阅读的障碍呢？昆德拉认为读者会用自己的想象，自动地补足相关信息，使小说人物具体可感。

在卡夫卡之后，另外一些中欧作家沿着这个方向去创作他们的小说人物，比如穆齐尔、布洛赫、贡布罗维奇。而且，他们"都不觉得通过思想而在小说中出现有丝毫不妥"。昆德拉特别强调说："人物不是一个对真人的模仿，它是一个想象出来的人，一个实验性的自我。"[71] 对许多读者甚至学者来说，卡夫卡的人物写法是一个创新，但是，昆德拉认为这只不过标志着小说回到了《堂吉诃德》所代表的开始："堂吉诃德作为活生生的人几乎是不可想象的。然而，在我们的记忆中，有哪一个人物比他更生动？"昆德拉特别声明："我并非瞧不起读者，瞧不起读者让自己被小说的想象世界带着走，将之时时与现实混淆起来的愿望，这一愿望虽然天真，却是合理的。"[72] 但小说家对自己的期待却不能仅仅停留在满足和迎合读者的地步，因为他的使命是通过小说来发现存在的新方面，而不是重复别人。

如果说通过描绘人物的外在行动去呈现自我的做法已经根本行不通了，通过描写人物的内在心理去把握自我也变得相当困难了，那么，还有什么办法去把握自我呢？对昆德拉来说，这意味着"抓住自我存在问题的本质，把握自我的存在密码"[73]。在写作《是之不可承受之轻》时，他意识到人物的存在密码是由几个关键词组成的。对特蕾莎来说是身体、灵魂、眩晕、软弱、田园牧歌、天堂；对托马斯来说，是轻与重。在题为《不解之词》那一章中，他通过另一些词语探讨了另一组人物弗兰茨和萨比娜的存在密码：女人、忠诚、背叛、音乐、黑暗、光明、游行、美丽、祖国、墓地、力量。昆德拉提醒说："每一个词在另一个人的存在密码中都有不同的意义。"由于小说是关于对存在的一种诗意思考，"这一密码不是抽象地研究的，而是在行动中、在处境中渐渐显示出来的"[74]。他举例说："眩晕是理解特蕾莎的钥匙之一，而不是理解您或者我的钥匙。然而，不管是您还是我，我们都知道这种眩晕，至少作为我们的一种可能性，作为存在的一种可能性。我必须创造出特蕾莎这个人物，一个'实验性的自我'来理解这种可能性，来理解眩晕。"[75]

昆德拉致力于理解各种处境的本质，他像卡夫卡那样几乎从来不描绘人物的外表。他对探讨人物的心理动机没有多少兴趣，更愿意分析的是体现存在的处境。如此强烈的哲思倾向，会不会让他笔下的人物不那么生动呢？

在《是之不可承受之轻》中，他对托马斯的过去没有任何说明，却介绍了特蕾莎的童年，并顺便介绍了她母亲的童年。但这种介绍是有限的，而且完全服务于他的创作动机："在小说中，您可以读到这样一句话：'她的生命也只是她母亲生命的延续，有点像台球的移动,不过是台球手的胳膊所做的动作的延续.'我提到了母亲,并非是要排列出一系列关于特蕾莎的资讯,而是因为母亲是她的主要主题,因为特蕾莎是'她母亲生命的延续'并因此而感到痛苦。"[76]他之所以一句也不提托马斯的长相、童年、父母、经历等,"是因为他的存在问题的本质扎根于别的主题之中"。昆德拉坚信"这一资讯的缺乏并不使他不够'生动'",他认为"让一个人物'生动'意味着挖掘他的存在问题",也就是说,"挖掘一些处境、一些动机,甚至一些构成他的词语。而非任何其他别的"。[77]

小说人物尽管出于作者的想象和虚构,但他们在作者头脑中仍然是具有鲜明个性与独立意志的活生生的人,而不是任由作家摆布的玩偶。莫里亚克从自己的创作经验中,得出了这样的结论:"我们笔下的人物的生命力越强,那么他们就越不顺从我们。"[78]他认为:"这一点甚至也适用于一些最伟大的作家,例如巴尔扎克。人们说,他描写了社会。实际上,他只不过以杰出的创作才能,把复辟时代和七月王朝时期的一切社会阶级的众多代表人物集中在一起,但其中每个典型却都是独立存在的,有如天上的某颗星星独立于别的星星而存在一样。这些人物由一根情节的细线或一种简化到极点的激情维系着。"[79]

虽然小说人物出自作家之手,但不能把二者混为一谈,或者把人物视为作家的化身。莫里亚克说:"既然我们创作的人物是由我们不承认的和扔掉的东西构成的,既然他们是我们心灵的糟粕,那么把他们看成是我们的反映,那是不公正的。"由于小说人物相对于小说家的独立性和自主性,在二者之间的"斗争"中,作家会感到很大愉快,"因为这些人物一般能自己保护自己,顽强地进行自卫,所以作者可以不必担心他们会变形，会变得不那么真实，发生内部变形。"[80] 人们希望莫里亚克写出一些有德行的人物，他却几乎从来都没能成功地写出一个有德行的人物来。[81] 不是他不愿意或不努力，而是作为一个创作意识非常自觉的小说家，他无法把自己的主观意愿强加给笔下的人物。

  小说家之所以产生失败感，是由于他有过分的奢望。然而，只要他不再妄想起一种赐予生命的神的作用，满足于生前对某些同代人可能产生的影响，那么，即使用简单的和程式化的艺术手法，他也会发现，他的命运并不那么坏。作家让自己笔下的人物问世，托付给他们一定的使命。有的小说的主人公是说教家，为事业做出牺牲，以自身的例子说明伟大的社会规律或人道主义思想，成为人们的榜样。但作者在此应当十分小心谨慎。因为我们笔下的人物并不服从我们。他们当中甚至会有不同意我们、拒绝支持我们的意见的头号顽固派。我知道，我的有些人物就是完全反对我的思想的狂热的反教权派，他们的言论甚至使我羞惭。反之，如果某个主人公成了我们的传声筒，则这是一个相当糟糕的标志。如若他顺从地做了我们期待他做的一切，这多半是证明他丧失了自己的生命，这不过是受我们支配的一个没有灵魂的躯壳而已。[82]

在某种意义上，"创作者"（creator）与"造物主"（Creator）具有相似之处：二者所做的都是从无到有的创造（creatio ex nihilo）。根据《旧约·创世记》，上帝在造人的时候，赋予了人以自由意志，也就赋予了人以悖逆上帝的命令和意愿的可能性。随着现代性进程的展开，人（包括作者本人）的主体性的悖论性地减弱甚至消失。这就使20世纪的小说家们越来越警惕自己滥用创作自由，将自己的意愿强加给笔下的人物，更何况，有时候作者本人也不是很清楚自己到底要什么。所以，《法国中尉的女人》的作者约翰·福尔斯（1926—2005）坦率地向读者表明了自己的窘迫：

> 如果说是作者赋予了笔下的人物以生命，也许你会认为，一个小说家只要拉对了线，他的傀儡就能表演得活灵活现，如果你提出要求，他们还能对自己动机和意图进行彻底的分析。在本阶段（第13章——展现萨拉的真实思想状态），我打算讲出一切——或者具有重要性的一切。但是我突然发现自己像是那个严寒春夜里的一个男人，站在马尔巴勒宅邸前面的草坪上，抬头注视着上面昏暗的窗户。我知道，在我这本书的现实环境中，萨拉决不会抹去眼泪，俯身向前对我讲出一连串事件的真相。如果她看到我在古老的月亮升起时站在那儿，她会立即转过身去，消失在她房间的黑影中。[83]

19世纪的法国伟大小说家，比如巴尔扎克、左拉、福楼拜，在动笔之前，常常要花时间收集、阅读和摘抄许多资料，并像建筑设计师一样设计作品的结构，以及各种人物的相互关系、故事进展和最终结局。约翰·福尔斯希望读者明白这一点：不是所有的小说家都带着高尚的动机，深思熟虑地进行创作。他写道：

第七章 小说是关于存在的一种诗意思考

你可能会认为，小说家总是事先制订好工作计划，第1章所预见的未来，到了第13章不可避免地必定会成为现实。但是小说家的写作，可以有无数各不相同的原因：为金钱、为名誉、为评论家、为父母、为朋友、为亲爱者、为虚荣、为炫耀、为好奇、为消遣：就像技术娴熟的家具制造者喜欢制作家具，醉鬼喜欢喝酒，法官喜欢判案，西西里人喜欢在敌人的背后开枪。我可以把这些理由写成一本书，每一条都是真的，但不一定符合每一个作家的情况。[84]

虽然小说家们的写作动机五花八门，但福尔斯认为他们仍然具有且只有一个共同点："我们希望创造出尽可能真实的世界，但不是现实生活中的那个世界，也不是过去的现实生活中曾经存在的那个世界。"[85]在他看来，"对所有的作家都适用的理由只有一个：这就是我们无法制订计划的原因。我们知道世界是一个有机体，不是一部机器。"机器没有自由意志，而有机体，尤其是作为万物之灵的人，其生命的重要特征之一就是有自由意志。尽管人未必能够善用自由意志，但对其自由意志的承认和尊重却是必须的。在社会生活中，人比较容易意识到这一点，但是，从19世纪中期以来，小说家们越来越意识到笔下人物的自由意志也需要得到尊重，才能使其更为真实。"我们还知道，一个真诚创造出来的世界应该是独立于其创造者之外的；一个预先计划好的世界（一个充分展现其计划性的世界）是一个僵死的世界。只有当我们的人物和事件开始不听从我们指挥的时候，他们才开始有了生命。"在《法国中尉的女人》叙述过程中，福尔斯坦率地告诉读者："当查尔斯离开悬崖边上的萨拉时，我曾命令他直接返回莱姆里季斯。但是他并没有这样做,他毫无理由地转过身,到奶牛场去了。"[86]

福尔斯并不认同"作者之死"的提法。他认为:"小说家仍然是一种神,因为他还在创作(即使是最捉摸不定的先锋派现代小说也未能完全排除作者在其中的影子)。"然而,就像随着基督教神学的发展和演变,人们对上帝的全知和全能的理解已经与古代有所不同,人们对作为创造者的小说家施展自己权能的理解,也已经发生了改变:"我们不再是维多利亚时代之神的形象:无所不知、发号施令;而是新的神学时代之神的形象:我们的第一原则是自由,而不是权威。"[87]

四　对小说诗性的考虑优先于思想性

古代和中世纪的作者毫不掩饰自己的说教意图,因为教导公众是他们的职责。它们之所以选择文学的形式(尤其是叙事作品),因为寓教于乐,要比单纯的说教更容易打动人心。在18世纪,"对英国文化人特别是新兴中产阶级的文化人来说,以虚构文学思考、应对当代社会问题和思想问题乃至介入政治时事是从文的正路。斯威夫特、菲尔丁、斯摩莱特写起讽刺文来劲头十足,理查逊和约翰逊承担道德说教的重任也毫不扭捏。"[88] 同时代的法国启蒙哲学家们在用哲学论著表达思想之外,都不约而同地写作了更为公众喜闻乐见的小说和戏剧,其中哲理小说数量最多,影响最大。

20世纪中期兴盛一时、影响广泛的法国存在主义代表人物加布里埃尔·马塞尔(1889—1973)、萨特、加缪、西蒙娜·德·波伏瓦(1908—1986),都是双管齐下,既撰写哲学论著,又创作文学作品。区别在于，在文学创作方面，马塞尔只写戏剧，波伏瓦只写小说，而萨特和加缪都既写小说（包括短篇小说），也写戏剧。他们不仅强调文学与哲学的关系，更是在某种程度上，将哲学变成了小说的前提。萨特认为"一个作家必须是一个哲学家"。他说："自从我认识到哲学是什么，哲学就成了对作家的根本要求。"[89]加缪则说："抽象的思想最终与其肉体的负担结合起来。同样，身体和诸种激情在小说的描写更多的是按照一种对世界的看法来安排。人们不再是讲述'故事'，而是创造自己的天地。伟大的小说家都是哲学小说家，就是说是和主题小说家对立的。"[90]他认为："文学作品通常是一种难以表达的哲学的结果，是这种哲学的具体图解和美化修饰，但是，作品只是出于受到这个哲学的暗示才成为完整的。"[91]

然而，昆德拉的意见恰恰相反："小说不是任何人的传声筒，而且（……）它也不是任何人的观念的传声筒。[92]在《耶路撒冷演讲》中，昆德拉强调："小说家，就是福楼拜所说的要消失在作品背后的人。"[93]在列夫·托尔斯泰的《安娜·卡列尼娜》初稿中，安娜是一个令人厌恶的女人，她的悲惨结局是罪有应得。但在改定稿中，作者对她做了截然不同的叙述。昆德拉不认为这个改变源于托尔斯泰的道德观念在修改这部小说的过程中有了改变。他认为合理的解释是托尔斯泰在写作中听从了另一种声音，而不是自己的道德信念。他把这样的另一种声音叫作"小说的智慧"，进而认为："一切真正的小说家都是听从这超个人的智慧。这也解释了为什么伟大的小说都比他们的作者更加有智慧。"[94]在与萨尔曼的谈话中，昆德拉说他"非常害怕那些把艺术看作只是哲学和理论思潮的衍生物的教授们。"[95]他指出："在弗洛伊德之前，小说就知道了无意识；在马克思之前，它就知道了阶级斗争；在现象学家们之前，它已经实践了（探索人类处境的本质的）现象学。"[96]

　　昆德拉虽然强调真正的小说必须对于人的存在有新的发现，但他不接受人们用"哲学的"这个形容词来定位他的小说中的思索。"哲学在一个抽象的空间里——没有人物，没有具体的处境，来展开它的思考。"[97]然而，"自我却是由他的存在问题的本质所决定。"[98]在他的小说中，他首先抓住由几个关键词组成的一个人物的存在密码（code existentiel）。但是，这个密码不是出于抽象的研究，它是在行动、在处境中渐渐地显露出来的。比如，《生活在别处》的第三部分第十二章讲述了一件小事：雅罗米尔和他跳舞时认识的一个姑娘的一次散步。虽然彼此都有好感，但他们都很害羞，而且依然是童男的雅罗米尔比那姑娘更害羞。突然，姑娘将头靠在了他的肩上。这个举动一下子把雅罗米尔送到了幸福的峰巅。他的身体同时也感到了兴奋，但身体的兴奋却让雅罗米尔感到羞愧。随后的第十三章便是由这一插曲而引发的分析。叙事者评论道："雅罗米尔直到那时经历过的最大的幸福，就是感受到一个姑娘的头靠在他的肩上。"[99]在此基础上，叙事者试图捕捉到雅罗米尔的色情态度："姑娘的头对他来说比她的整个身体意味着更多的东西。"[100]但这并不是说，雅罗米尔对于姑娘的身体无动于衷，而是说："他不是渴望年轻姑娘的裸体；他渴望的是被裸体照亮了的姑娘的脸庞。他不是渴望占有姑娘的身体；他渴望占有的是姑娘的脸庞——这脸庞作为她身体给他的奉献，就如同爱情的证明。"[101]叙事者随后试着给这种态度一个名字。他选择了"柔情"（tendresse）这个词，并对它做了存在分析："柔情诞生于我们在跨入成年的门槛遭拒的时候，诞生于我们带着烦恼认识到了我们还是儿童时并不明白的童年的好处的时候。柔情，是成年引起的我们的恐惧。柔情，是创造虚假的空间——在其中，他人应该被当成孩子——的企图。柔情，也是对爱情挑起的身体反应的恐惧，是使爱情脱离成年人的世界（在那里，它是肉体和责任的圈套、约束、重负）并把女人当成小孩的企图。"[102] 在与萨尔曼的谈话中，昆德拉如此解释他的方法："您看，我没有给您展示在雅罗米尔头脑里所发生的，我展示的是我的头脑里所发生的：我长时间地观察我的雅罗米尔，我试图一点一点地接近他的态度的核心，以便理解、命名、抓住他的态度。"[103]

昆德拉认为："整体而言，小说就是一个长长的探寻。"他说："思考性的探寻（探索性的思考）是我所有小说构造的基础。"[104] 小说的世界是胡塞尔意义上的"生活世界"，是人类先于观念而存在的经验的世界。在昆德拉眼中，现代小说的伟大创造者是福楼拜、普鲁斯特、乔伊斯、卡夫卡、穆齐尔、布洛赫、托马斯·曼、哈谢克、贡布罗维奇等。小说对于他们是独立于对世界的阐释之外的自主的世界。

中欧的伟大小说家们，比如，卡夫卡、哈谢克、穆齐尔、布洛赫，都触摸并捕捉到了现代的终结性悖论。但是，昆德拉提醒我们当心：不能把他们的作品当成奥威尔式的社会和政治预言。在奥威尔和中欧小说家之间存在着巨大的差异："奥威尔用小说讲的东西，可以同样（或者更好）地在随笔或者小册子里讲。然而，这些小说家发现的是'只有小说能够发现的东西'。"[105] 卡夫卡最为典型地体现了这一点。"卡夫卡描写了被悲剧性地网罗住了的人的处境。以前，卡夫卡专家们激烈地争论他有没有给我们一个希望。不，不是希望，是别的东西。即使是这个难以生活在其中的处境，卡夫卡发现它好像是离奇的、黑色的美。美，是不再有任何希望的人最后一个可能的胜利。艺术中的美，骤然点燃的从没有说过的亮光。"昆德拉得出了这样的结论："小说发现的存在的所有方面，都是被当作美来发现的。"[106]

昆德拉说他自己虽然通过小说展示自己对"终极悖论"等问题的思考，但这些观点并没有先存于他的小说，而是出自他的小说。在创作《是之不可承受之轻》的过程中，他是在那些都以某种方式，从世界中脱离出来的人物的启发下，才想到了笛卡尔那句著名论断"人是大自然的主人和所有者"的命运，而不是先有了这种想法，才去写小说："在科学与技术领域实现了许多奇迹之后，这个'主人和所有者'突然意识到他并不拥有任何东西，而且既非大自然的主人（大自然渐渐撤离地球），也非历史的主人（他把握不了历史），也非他自己的主人（他被灵魂中那些非理性力量引导着）。可是，既然上帝走了，既然人也不再是主人，那么谁是主人？地球在没有任何主人的情况下在虚空中前进。此即是之不能承受之轻。"[107]

对于萨特和不少作家主张并实践的"介入文学"，昆德拉明确表示反对："假如诗人不去寻找隐藏'在那后边的某个地方'的'诗'而是'介入'，去为一个已知的真理服务（这一真理自己显示出来，在'那前边'），他就放弃了诗人的天职。而且不管这一预想到的真理名叫'革命'还是'分裂'，是基督教信念还是无神论。是正义的还是不那么正义的；诗人为有待**发现**的真理（**炫目的真理**）之外的真理服务，就不是真正的诗人。"[108] 他认为没有介入的卡夫卡，反而做得更好："弗兰兹·卡夫卡通过小说的彻底自主性，就我们人类的境遇

（按它在我们这个时代所呈现出来的样子），说出了任何社会学或者政治学的思考都无法向我们说出的东西。"[109]

基于这样的小说观，昆德拉批评萨特的《厌恶》只不过是"披上了小说外衣"的存在主义哲学。[110]他也很不客气地批评奥威尔的《一九八四》是"化装成小说的思想"。[111]《一九八四》是用来宣传与极权政治的罪恶作斗争，昆德拉本人也一直致力于与极权政治的斗争。但作为有自己的艺术理想和创作理念的小说家，昆德拉认为这是一部不可原谅的糟糕小说，因为它将现实缩减为纯粹政治的层面，并将这一层面缩减为其典范性的负面。[112]

昆德拉对小说诗性的高度重视，是他自己对世界小说史进行系统观察和深入思考的结果，更是对塞万提斯开创的小说传统的衷心认同和自觉继承。作为现代小说的奠基之作与典范之作，《堂吉诃德》本身的思想性是毋庸置疑的，但塞万提斯很清醒地知道他的首要目标就是把它写得有魅力：

> 你这部书是攻击骑士小说的；这种小说，亚里士多德没想到，圣巴西琉也没说起，西塞罗也不懂得。你这部奇情异想的故事，不用精确的核实，不用天文学的观测，不用几何学的证明，不用修辞学的辩护，也不准备向谁说教，把文学和神学搅和在一起——一切虔信基督教的人都不该采用这种杂拌儿文体来表达思想。你只需做到一点：描写的时候摹仿真实：摹仿得愈亲切，作品就愈好。你这部作品的宗旨不是要消除骑士小说在社会上、在群众之间的声望和影响吗？那么，你不必借用哲学家的格言、《圣经》的教训、诗人捏造的故事、修辞学的演说、圣人的奇迹等等。

你干脆只求一句句话说得响亮,说得有趣,文字要生动,要合适,要连缀得好;尽你的才力,把要讲的话讲出来,把自己的思想表达清楚,不乱不涩。你还须设法叫人家读了你的故事,能解闷开心,快乐的人愈加快乐,愚笨的不觉厌倦,聪明的爱它新奇,正经的不认为无聊,谨小慎微的也不吝称赞。总而言之,你只管抱定宗旨,把骑士小说的那一套扫除干净。那种小说并没有什么基础,可是厌恶的人虽多,喜欢的人更多呢。你如能贯彻自己的宗旨,功劳就不小了。[113]

奥尔巴赫指出:"真正的塞万提斯式的东西正是由此更加丰富更加自发地流淌进各个事件和话语中,它们是塞万提斯人生经验的总合,是他那丰富多彩的想象力。"[114] 他对"真正的塞万提斯式的东西"做了这样的描述:"它首先是本能的感官性的东西:一种能够生动地想象出各种环境中的各种人的很强的能力;这能力能够想象和表达出,哪些思想应进入他们的意识,哪些情感应进入他们的心田,哪些话语应从他们嘴中吐露。"[115] 他补充说:"他那能不断地想象出或是能让人联想到人或事件新组合的能力同样是感官性的。在这方面虽然有历险小说的旧传统以及博亚尔多和阿里奥斯托的对它的革新,但在此之前谁也不曾让这种真正的日常生活的真实性出现在这无意但却组合得很出色的戏剧里;最后他还具备某种东西,使整体排列有序并使其在某种塞万提斯式的灯光中显现出身影的'某种东西'。"[116]

关于前面说的"某种东西",奥尔巴赫做了详细的说明:

第七章 小说是关于存在的一种诗意思考

它不是哲学，不是倾向，更不是因人类生存的没有保障或因命运的力量而引起的变化，它不同于蒙田和莎士比亚的作品。这是一种态度——一种对世界的态度。也就是对他艺术对象的态度——勇敢和沉着对它起的作用最大。除了对丰富多彩的感官性戏剧感到的欢快以外，他身上还存在着一些南方的苦涩和骄傲，这有碍他把这场戏剧看得十分认真。他观看它，塑造它，它给他带来欢快，它也理应以一种有教养的方式为读者带来欢快。然而他没有任何倾向（除非是对写得很糟糕的书）；他保持着中立。光说他不做出判断和不做结论是不够的：过程根本就没有开始，问题根本就没有提出。此书没有谴责任何人和任何东西（糟糕的书和戏剧除外），既未谴责希内斯、台·巴萨蒙泰和罗克·吉那尔特，也未谴责玛丽托内斯和索赖达；我们觉得索赖达对她父亲的态度似乎成了道德问题，我们还在反复琢磨着，可塞万提斯讲他的故事时丝毫没有泄露自己当时在想什么；或者这样说，讲这故事的不是他，而是那个自然是赞同索赖达的态度的俘虏；这些就足以说明问题了：大概这本书里还有几幅漫画，比斯卡叶尔、公爵府上的教士、堂娜罗德利盖斯；但它们并不包含道德问题，不包含原则性的评判。不过也没有把谁作为楷模来赞颂。[117]

奥尔巴赫认为塞万提斯把他笔下的世界变成了一场戏剧，在其中，"每一个角色都通过自己在各自地方的单纯生活证实了自己的正确性"[118]。这个世界戏剧中有噪音、有眼泪、有冲突，有死亡，却显得相当有序。"确定无疑的是，它是在堂吉诃德疯傻的光线中显得秩序井然的，是在他疯傻的映衬下显得秩序井然的，甚至是作为欢快的戏剧出现的:在这个世界里可能有许多不幸,许多不公和许多混乱。我们遇见的有妓女,去做摇橹苦工的罪犯,遭诱骗的姑娘,被绞死的强盗以及许多诸如此类的人,然而这些并没有引起我们的注意。堂吉诃德的出现没带来任何改观和帮助,只是将幸与不幸变成了一场戏剧。"[119]

在把世界变成戏剧的同时,塞万提斯就与他笔下的人物拉开了距离,而不是现场指挥或直接操纵,小说人物也完全不受干扰地自主表演。"一心要重振游侠骑士的疯傻乡绅,这一主题给塞万提斯提供了一个将世界作为戏剧来展示的可能,他使用的是那种色彩缤纷的、透视的、不做评判的、不提出任何问题的中立态度,这种态度是一种勇敢的智慧。"[120]塞万提斯不是不发表意见,他"只对与他的职业——写作有关的东西做出评判。说到这尘世世界,那我们全都是罪人;奖善惩恶是上帝管的事。在这世界上存在的是戏剧中不能一目了然的秩序:虽然这些现象是那样难以一目了然和评判,但在这位曼却的疯傻骑士面前,它们都成了欢快轻松的迷茫轮舞"[121]。

奥尔巴赫认为《堂吉诃德》是绝唱:"这是一种英雄的理想化的疯傻,它为智慧和人道让出了空间,他肯定也喜欢这些。但我觉得,若认为这疯傻具有象征性和悲剧性就牵强了。这需要得到解释,但文中却没有。这样一种世界范围的、多层次的、没有提出任何批评、没有提出任何问题的欢快,描述日常真实中显现的欢快,在欧洲再也没人进行过尝试,我想象不出,什么时间在什么地方会再对它进行尝试。"[122]

19世纪末,亨利·詹姆斯指出:"一部艺术品的最深刻的品质,将永远是它的作者的头脑的品质。作者的才华愈是卓越,他的那部小说，他的那幅画，他的那个雕像，也就相应地愈是富于美和真的素质。要使一件作品由这些素质构成，我认为这就足以成为创作的目的。一个浅薄的头脑绝对产生不出一部好小说来——我觉得对于写小说的艺术家来说，这是一条包括了所需的一切道德基础的原则。"[123]

布洛赫和穆齐尔把小说思考引入现代小说美学，但是，昆德拉认为"这种思考是有意非哲学的，甚至反哲学的，也就是说坚决独立于任何既有的思想体系"。它表现为这些特点："它并不做出评判；不宣扬什么真理；它在探询，它在惊讶，它在探查；它的形式最为多样：隐喻的、讽刺的、假设的、夸张的、格言式的、好笑的、挑衅的、奇思异想的；尤其是：它从不离开人物生活魔幻般的圈子；正是人物的生活滋养了它，为之提供存在理由。"[124] 正如加缪所说："伟大的作品、深邃的感情，总是包含着比它们意识要说的多得多的东西。在心灵中发生的不断的运动及冲动也同样在行为与思维的习惯之中，并且在心灵本身并未察觉的诸种后果中继续进行着。伟大的情感携带着各种不同的天地——光明灿烂的或贫困痛苦的天地——与自己一起遨游。这些伟大的情感用自己的激情照亮一个独特的世界，并在这个世界中又遇到了适合于它们的气氛。"[125]

针对存在主义作家以小说图解哲学思想的做法，新小说派作家阿兰·罗伯-格里耶（1922—2008）明确表示拒绝："小说根本就不是一种工具。它不是为了一种事先就确定的工作而被构思出来的。它不能被用于来揭示，来阐释在它之前、在它之外存在的事物。它不表现，它寻求。而它所寻求的，正是它自己。"[126]

从现代主义运动中，昆德拉看到了对艺术特殊性的确认："绘画放弃了它的资料性、模仿性的功能，以及一切可以用另一手段（如摄影）来表达的东西。那么小说呢？小说也拒绝成为对一段历史时期的说明，对一个社会的描绘，对一种意识形态的捍卫，只为'唯有小说能说的东西'服务。"[127]这是"小说思想法则"："如果小说本身很糟糕，它的哲思再好也没用。"[128]"如果你想写一部有思想的小说，首先是要写小说。让它好读。"[129]

注释：

[1] 米兰·昆德拉：《小说的艺术》，董强译，上海：上海译文出版社，2004年第1版，第45页。

[2] 亚里士多德：《诗学》，罗念生译，见亚里士多德、贺拉斯：《诗学·诗艺》，北京：人民文学出版社，1962年第1版，第28—29页。

[3] 同上书，第101页。

[4] 米兰·昆德拉：《小说的艺术》，董强译，上海：上海译文出版社，2004年第1版，第54页。

[5] 同上书，第46页。

[6] 同上。

[7] 同上书，第45页。

[8] 同上书，第45—46页。

[9] 同上书，第46页。

[10] 同上书，第54页。

[11] 同上书，第54—55页。

[12] 同上书，第55页。

[13] 同上书，第47页。

[14] 同上书，第48页。

[15] 同上书，第48—49页。

[16] 同上书，第50页。

[17] 仵从巨（主编）：《叩问存在——米兰·昆德拉的世界》，北京：华夏出版社，2005年第1版。

[18] 米兰·昆德拉：《相遇》，尉迟秀译，上海：上海译文出版社，2010年第1版，第21页。

[19] 阿尔贝·加缪：《西西弗的神话》，杜小真译，北京：生活·读书·新知三联书店，1987年第1版，第137页。

[20] 米兰·昆德拉：《相遇》，尉迟秀译，上海：上海译文出版社，2010年第1版，第60—61页。

[21] 同上书，第 70 页。

[22] 米兰·昆德拉：《小说的艺术》，董强译，上海：上海译文出版社，2004 年第 1 版，第 56 页。

[23] 米兰·昆德拉：《帷幕》，董强译，上海：上海译文出版社，2006 年第 1 版，第 86 页。

[24] 米兰·昆德拉：《相遇》，尉迟秀译，上海：上海译文出版社，2010 年第 1 版，第 71 页。

[25] 同上书，第 70 页。

[26] 米兰·昆德拉：《相遇》，尉迟秀译，上海：上海译文出版社，2010 年第 1 版，第 61 页。

[27] 托马斯·福斯特：《如何阅读一本小说》，梁笑译，海口：南海出版公司，2015 年第 1 版，第 253 页。

[28] 引自乔纳森·布朗、玛格丽特·布朗：《自我》（第 2 版），王伟平、陈浩莺译，北京：人民邮电出版社，2015 年第 1 版，第 43 页。

[29] 蹇昌槐：《欧洲小说史》，武汉：武汉大学出版社，1995 年第 1 版，第 4 页。

[30] Milan Kundera, *L'art du roman*, Paris: Gallimard, coll. « Folio / poche », 1995, p.35.

[31] *Ibid*., pp.20-21.

[32] 米兰·昆德拉：《小说的艺术》，董强译，上海：上海译文出版社，2004 年第 1 版，第 30 页。

[33] 同上。

[34] 同上书，第 7 页。

[35] 陈寅恪：《王观堂先生挽词并序》，见《陈寅恪先生全集》，台北：里仁书局，1979 年第 1 版，下册，第 1441 页。

[36] 同上。

[37] 米兰·昆德拉：《小说的艺术》，董强译，上海：上海译文出版社，2004 年第 1 版，第 30—31 页。

[38] 同上。

[39] 同上书，第 11—12 页。

[40] 保尔·克洛岱尔：《我在这儿》，见罗洛译：《法国现代诗选》，长沙：湖南人民出版社，1983年第1版，第12—13页。

[41] 米兰·昆德拉：《小说的艺术》，董强译，上海：上海译文出版社，2004年第1版，第30—31页。

[42] 同上书，第31页。

[43] 同上书，第31—32页。

[44] 霍布斯根据自己对人性的研究，认为原始状态的社会里，"人对人像狼一样"，恰好是国家之类的超级组织之诞生使人们摆脱了弱肉强食的丛林规则。

[45] 米兰·昆德拉：《小说的艺术》，董强译，上海：上海译文出版社，2004年第1版，第31—32页。

[46] 同上书，第32页。

[47] Milan Kundera, *L'art du roman*, Paris: Gallimard, coll. « Folio / poche », 1995, p.39.

[48] *Ibid.*, p.73.

[49] *Ibid.*, p.72.

[50] *Ibid.*, p.73.

[51] *Ibid.*

[52] 米兰·昆德拉：《小说的艺术》，董强译，上海：上海译文出版社，2004年第1版，第51页。

[53] 同上。

[54] 同上书，第52页。

[55] 同上书，第56页。

[56] 同上书，第182页。

[57] Milan Kundera, *L'art du roman*, Paris: Gallimard, coll. « Folio / poche », 1995, p.102.

[58] 弗朗索瓦·里卡尔：《关于毁灭的小说》，袁筱一译，见米兰·昆德拉：《玩笑》，蔡若明译，上海：上海译文出版社，2003年第1版，第386页。引者据原文对译文略有改动。

[59] Milan Kundera, *Les testaments trahis*, Paris: Gallimard, coll. « Folio / poche »,

1995, p. 316.

[60] *Ibid.*, p. 322.

[61] *Ibid.*

[62] *Ibid.*, p. 323.

[63] 安·德·戈德马尔:《小说是让人发现事物的模糊性——昆德拉访谈录（1984年2月）》，谭立德译，见乔治·艾略特等:《小说的艺术》，张玲等译，北京：社会科学文献出版社，1999年第1版，第79页。

[64] Milan Kundera, *Les testaments trahis*, Paris: Gallimard, coll. « Folio / poche », 1995, p. 316.

[65] 弗朗索瓦·莫里亚克:《小说家及其笔下的人物》(1933)，刘崇慧译，见亨利·巴比塞等:《法国作家论文学》，王忠琪等译，北京：生活·读书·新知三联书店，1984年第1版，第193页。

[66] 同上。

[67] Milan Kundera, *Les testaments trahis*, Paris: Gallimard, coll. « Folio / poche », 1995, p. 317.

[68] *Ibid.*

[69] 米兰·昆德拉:《小说的艺术》，董强译，上海：上海译文出版社，2004年第1版，第42—43页。

[70] 同上书，第33—34页。

[71] 同上书，第43页。

[72] 同上。

[73] 同上书，第37页。

[74] 同上书，第39页。

[75] 同上书，第40页。

[76] 同上书，第44页。

[77] 同上书，第45页。

[78] 弗朗索瓦·莫里亚克:《小说家及其笔下的人物》(1933)，刘崇慧译，见亨利·巴比塞等:《法国作家论文学》，王忠琪等译，北京：生活·读书·新知三联书店，1984年第1版，第193页。

[79] 同上书，第190页。

[80] 同上书，第193页。

[81] 同上。

[82] 同上书，第192页。

[83] 约翰·福尔斯：《法国中尉的女人》，陈安全译，上海：上海译文出版社，2002年第1版，第102页。

[84] 同上。

[85] 同上书，第102—103页。

[86] 同上书，第103页。

[87] 同上。

[88] 黄梅：《推敲"自我"：小说在十八世纪的英国》，北京：生活·读书·新知三联书店，2003年第1版，第5页。

[89] 引自杨昌龙：《存在主义的艺术人学——论文学家萨特》，西安：西北大学出版社1998年第1版，第27页。

[90] 阿尔贝·加缪：《西西弗的神话》，杜小真译，北京：生活·读书·新知三联书店，1987年第1版，第131页。

[91] 同上。

[92] Milan Kundera, *Les testaments trahis*, Paris: Gallimard, coll. « Folio / poche », 1995, p. 190.

[93] *Ibid.*, p. 189.

[94] *Ibid.*, p. 190.

[95] *Ibid.*, p. 46.

[96] *Ibid.*

[97] *Ibid.*, p. 42.

[98] *Ibid.*, p. 46.

[99] Milan Kundera, *La vie est ailleurs*, Paris: Gallimard, coll. « Folio / poche », 1995, p. 169.

[100] *Ibid.*

[101] *Ibid.*, p. 171.

[102] *Ibid.*

[103] Milan Kundera, *L'art du roman*, Paris: Gallimard, coll. « Folio / poche » , 1995, p. 44.

[104] *Ibid.*, p. 45.

[105] *Ibid.*, p. 23.

[106] *Ibid.*, pp. 147-148.

[107] *Ibid.*, p. 52.

[108] 米兰·昆德拉：《小说的艺术》，董强译，上海：上海译文出版社，2004年第1版，第146—147页。

[109] 同上。

[110] Milan Kundera, *Les testaments trahis*, Paris: Gallimard, coll. « Folio / poche » , 1995, p. 301.

[111] *Ibid.*, p. 268.

[112] 我们认为昆德拉对奥威尔《一九八四》的批评可以理解，但有失公允，因为他只看到了其中表达的思想，而没有看到奥威尔讲故事的才能与叙事的功力。参见托马斯·福斯特：《如何阅读一本小说》，梁笑译，海口：南海出版公司，2015年第1版，第245—246页。

[113] 米盖尔·德·塞万提斯：《堂吉诃德》，杨绛译，北京：人民文学出版社，1978年第1版，上册，第9页。

[114] 埃里希·奥尔巴赫：《论模仿：西方文学中现实的再现》，吴麟绶、周新建、高艳婷译，北京：商务印书馆，2014年第1版，第395页。

[115] 同上书，第396页。

[116] 同上。

[117] 同上书，第397页。

[118] 同上书，第398页。

[119] 同上书，第399页。

[120] 同上。

[121] 同上书，第400页。

[122] 同上书，第400—401页。

[123] 亨利·詹姆斯：《小说的艺术——亨利·詹姆斯文论选》，朱雯、乔伩、朱乃长等译，上海：上海译文出版社，2001年第1版，第30页。

[124] 米兰·昆德拉：《帷幕》，董强译，上海：上海译文出版社，2006年第1版，第90—91页。

[125] 阿尔贝·加缪：《西西弗的神话》，杜小真译，北京：生活·读书·新知三联书店，1987年第1版，第12页。

[126] 阿兰·罗伯-格里耶：《从现实主义到现实》（1955，1963），见阿兰·罗伯-格里耶：《快照集·为了一种新小说》，余中先译，长沙：湖南美术出版社，2001年第1版，第230页。

[127] 米兰·昆德拉：《帷幕》，董强译，上海：上海译文出版社，2006年第1版，第85—86页。

[128] 托马斯·福斯特：《如何阅读一本小说》，梁笑译，海口：南海出版公司，2015年第1版，第246页。

[129] 同上。

第八章
历史的终结与小说的未来

"现代性以前所未有的方式,把我们抛离了所有类型的社会秩序的轨道,从而形成了其生活形态(……)现代性卷入的变革比过往时代的绝大多数变迁特性都更加意义深远。"[1]与欧洲人文危机同时爆发的还有欧洲小说的危机。

小说在19世纪取得了巨大的艺术成就,不仅彻底稳固了自己在文学体裁中的主导地位,也成为极受欢迎的一种文化商品。19世纪可以说是西方小说的黄金时代,名家辈出,佳作频现。巴尔扎克甚至豪气干云地表示:拿破仑用剑没有完成的事业,他将用笔来完成。昆德拉说:"小说进入了它伟大的世纪,它那人所共知、具有权力的世纪。在小说之路的上空,亮起一片新的星辰。"[2]然而,就在19世纪末,人们开始谈论小说的危机,就连亨利·詹姆斯这样的大作家,也对小说的未来感到忧心忡忡。

第八章 历史的终结与小说的未来

进入20世纪，未来主义者、超现实主义者、各种各样的先锋主义者，都在谈论着小说的死亡。1920年代开始的电影繁荣，1950年代开始的电视普及，1960年代兴起的大众文化，1990年代兴起的网络游戏，2010年代以来社交媒体的发达，都在不断地冲击着文艺复兴以来形成的小说阅读传统，使小说读者的数量增长不仅不能与教育（尤其是高等教育）的普及程度成正比，就连读书本身也变得令人担忧。即使在教育先进、文化发达的国家里，人均年读书量都不容乐观；碎片化阅读、即时性阅读变成了常态，越来越少的人能够完整地读完一本书，尤其是文史哲大部头著作，包括长篇小说经典。在欧美国家，也许还能见到读者连夜排队买书的景象，但那常常是为了购买娱乐明星、商界大佬的自传（文笔常常很差，如果是他们亲自操刀的话），而不是为了购买一本小说。对许多人来说，小说史上那些伟大的作品只是一些听都没听说过的书名而已，而且觉得它们离自己的世界非常遥远，以至于没有兴趣去阅读。昆德拉悲哀地指出：大众传媒的精神是我们这个时代的精神，但它反对小说的精神。

与此同时，从意识流以来的西方小说家，为了超越前人并确立自己的独特地位，不断地进行着各种形式实验，走到了反小说甚至非小说的地步。这样的小说不仅令普通读者因为读不懂、无兴趣而却步，就连大部分的小说研究者和评论者都不感兴趣。

小说是否按照它自己的内在逻辑，走到了它的尽头？它是否穷尽了其一切的可能性、知识和形式？昆德拉不想预言小说的未来道路，但他却无法掩饰自己的担心："如果小说必须消亡，这不是因为它奄奄一息了，而是因为它置身于一个不是它自己的世界。"[3]

"现代性并不是处于危机，它**就是**一场危机：人类的青春期危机。如果它的青春期危机是必须经历的，也最好有一天走出危机，以便好歹成为成年人。全部的问题在于知道这一天何时到来。"[4]

一 小说史下半时对上半时的否定

昆德拉是从音乐的大门进入艺术世界的。他对小说诗学的思考就不免带有他对音乐偏好的印记。在《向斯特拉文斯基致敬》一文中，他借用"半时"这个足球运动的术语，来描述欧洲音乐和小说的演进史："它们以相似的节律来展开，可以说是分为两个半时。"[5] 然而，西方音乐史和西方小说史各有其间歇期，并非同时发生。昆德拉认为音乐史的间歇期是整个18世纪，而小说史的间歇期是在18到19世纪之间。于是，拉克洛、斯特恩被隔在了一边，司各特、巴尔扎克被隔在了另一边。"这种非同时性表明，决定诸种艺术史发展节奏（rythme）的最深刻原因，不是社会学和政治方面的，而是审美方面的，与这种或那种艺术的固有特点相关。比如说小说艺术，它具有两种不同的可能性（两种不同的成为小说的方式），但它们却不可能同时、平行地被开掘，而只能是一个一个地相继发展。"[6]

19世纪初期，现实主义改变了小说的发展方向，场景成了小说写作的要素。"在司各特、巴尔扎克和陀思妥耶夫斯基手中，小说被写得好像一连串的精心描绘的场景，带着布景、对话和行动。一切与场景的连续变化无关的、一切不在场的，都被看作是次要的甚至是多余的。小说就好像是内容丰富的剧本。"[7] 巴尔扎克对于小说的新想法和新写法，以其规模宏大的《人间喜剧》为示范，"一直主宰着小说的艺术，直到福楼拜，直到托尔斯泰，直到普鲁斯特"。其巨大的影响力所造成的惯性思维产生了两个不良后果："它使前几个世纪的小说进入半遗忘状态（一个不可思议的细节：左拉从未读过《危险关系》），并使后来小说的改变成为很困难的事情。"[8]

巴尔扎克的名言"小说应该赛过身份证明"（l'état civil），表达的就是心理现实主义小说家的观点。将近一个世纪的心理现实主义所形成的传统，逐渐推出了轻慢不得的几条规矩：第一，作者应该为读者提供关于小说人物的尽可能多的信息，诸如其身体特征、言语和行为方式等；第二，作者要让读者了解小说人物的过去经历，以便理解其现在的行为动机；第三，小说人物应该是完全自主的，作者及其个人考虑应该消失，以免干扰了读者，妨碍他进入幻觉，导致他不能将虚构当成现实。[9]

昆德拉认为小说史演进的代价是对其历史遗产的否定："下半时不仅使上半时失色，而且将其驱逐；上半时被视为糟糕的小说意识。"[10] 在19世纪，即小说史的下半时，诞生了新的小说美学，它追求的是严谨而紧张的戏剧性，特别注重这几个方面：第一，整部小说只有一个情节，而不是像流浪汉小说那样不断加入新的情节；第二，主要人物贯穿始终，而不是像塞万提斯和早期小说家那样，人物在小说叙述过程中去而不返；第三，聚焦于短暂的时间，让小说所叙述的行动集中在几天内展开，即使在开头与结尾之间有漫长的时间间隔。[11]

这种变化让昆德拉非常感慨："叫我们迷惑不已的拉伯雷、塞万提斯、狄德罗、斯特恩等人的自由把握与即兴发挥是联系在一起的。只是到了19世纪前期，复杂而严谨的写作的艺术才成为必须。那时候诞生的小说形式,以一个在时间跨度上相当短的动作为中心,让有许多人物参与的许多故事在一个交叉点上相遇;这种形式要求有一个精心构思的情节与场面的计划:在动笔之前,小说家把小说提纲描划复描划,计算复计算,排列复排列,这是以前的小说家所从不曾做过的。"[12]

这样一种小说美学的诞生及其获得的广泛认同,是与19世纪西欧社会对经济秩序和对科学精神的高度推崇密切相关的。经济与科学都被视为高度理性的人类活动,它们既是韦伯所说的理性化的结果,也是这种理性化的证明。现代性在19世纪的展开,伴随着对理性的高度尊崇和对理性化进程的积极推进。其在小说领域的成功,典型地体现为巴尔扎克式的小说和陀思妥耶夫斯基式的小说,"严格地透过场景,将情节之复杂性、思想之丰富性(陀思妥耶夫斯基小说中的长篇思想对话)以及人物的全部心理活动,清晰地展现出来"[13]。它造成的结果是小说中的场景虽然高度集中(许多人在同一场景中出现),却显得虚假做作,情节故事按照严密的逻辑发展(使利益的、情感的冲突清晰可见),但事实上根本不可能如此发生。"为了表达那些(对于行动及其意义的明白易懂来说)是根本的东西,那些'非根本'的东西,就是说一切平淡的、常见的、日常的、偶然的和简单的氛围,就被舍弃了。"[14]

昆德拉指出:"在巴尔扎克或陀思妥耶夫斯基那里,是对戏剧化的激情而不是对具体事物的激情,是戏剧而不是现实,启示着场景艺术。"[15]小说在18世纪为戏剧赋予了现代性[16],使其不再受到三一律之类金科玉律的辖制。然而,在19世纪,小说反过来向古典戏剧寻求后者正在疏离的高度戏剧性!"在行动的极端戏剧化(……)

背后，一切组成日常生活的东西都消失了。这就是司各特、巴尔扎克、陀思妥耶夫斯基的小说诗学。"[17] 小说追求戏剧性的另一个表现是，"小说家想要在场景中把一切都说出来，但是描写一个场景很费笔墨，而想要保持悬念又要求行动的极端高密度。"[18] 结果产生了悖论："小说家想要保存生活之散文的所有逼真性，但其所描绘的场景变成了应接不暇的事件和异乎寻常的巧合，以至于其笔下的生活既失掉了散文性，也没有了逼真感。"[19] 作为一个卓越的小说家，弗拉基米尔·纳博科夫（1899—1977）激烈地挖苦《堂吉诃德》，说它"将我们带进了一个由信口开河、随意夸大、听凭幻想和夸张左右的讲故事的人用巫术创造的世界里"[20]。为什么他如此不理解和排斥《堂吉诃德》？因为"塞万提斯伟大的奠基性作品洋溢的是不严肃的精神，而这种精神已经被以将逼真感（vraisemblance）视为绝对要求为下半时的小说美学弄得不可理解了"[21]。

在研究巴赫作品的历史处境以后，昆德拉提醒我们："历史并不必然是一条（向着更丰富、更有文化）上升的路，艺术的要求可能与当时（这样那样的现代性）的要求相反，创新（独一、不可模仿、从未说过）可能在大家以为是进步的相反的方向找得到。"[22]

二 小说的表面繁荣与内在危机

在19世纪末期的欧洲，很少有人意识到小说的危机，因为随着社会经济总量的大幅度增加、受教育人口比例的大幅度提高，作为一种文化商品的小说，其出版品种和发行数量都相当惊人。以法国为例，一家独大的自然主义在1890年代退潮之后，迅速取而代之的是由另一批具有高度才情与独创性的杰出作家造就的多元化小说创作的繁荣，诸如心理小说、寓意小说、哲理小说、历史小说、异国题材小说、现实主义小说、科幻小说等。总体上看，这些小说分为四大类：消遣小说、社会小说、宗教小说和心理小说。写消遣小说的作家满足于愉悦读者，不会考虑社会批判，更不会去考虑反思存在。写社会小说的作家有介入社会改造的愿望，希望通过小说来推动社会进步，有把小说当成宣传工具的倾向，就会忽视对小说本身的艺术考量。写宗教小说的作家希望空虚焦虑的现代人回归传统信仰，重新认识生命的真理，以获得心灵的安宁，但是说教色彩太浓，缺乏艺术魅力。心理小说作家鉴于物质对精神的窒息，世界对心灵的挤压，着力于开拓人的心理空间，将关注的重点从外界转向内心，又有逃避现实的倾向。

由于版权保护制度的建立，作为一种畅销文化商品的小说，既给作者带来了财富和荣誉，也为出版社创造了巨大的利润。这就刺激了纯粹为牟利而写作和出版的小说，"这种多产达到令人羞耻的田地"[23]。在儒勒·于雷（1863—1915）于1891年关于小说未来的访谈中，爱德华·罗德（1857—1910）的结论是"小说没有未来"。在安德烈·比伊（1882—1971）于1910年关于"小说的目前发展"的访谈中，作为新锐小说家的安德烈·纪德（1869—1951）认为法国人既没有浪漫头脑，也没有史诗头脑，因为人们有小说停滞不前的印象。小说多产造成的另一个困惑是"人们再也不太清楚小说是什么"。鉴于商业化小说过分追求情节的紧张和离奇，文人小说则反其道而行之。儒勒·列那尔（1864—1910）甚至认为"小说的定义就是不要写小说"。诗人保尔·瓦莱里的《同泰斯特先生共度良宵》（1896）标

第八章　历史的终结与小说的未来

志着"非小说"的小说之诞生。[24]

英语世界也有类似的问题。在写于1899年的《小说的未来》一文中，亨利·詹姆斯说：

> 事实上，它——小说——很晚才发展到具有自我意识的境界；但从那时以来，它又一直在竭尽全力地弥补那些失去了发展自己的机会。而今，小说这股洪流，正在愈衍愈大，似乎造成了势将淹没整个文学领域的威胁。在许多人的不妨称之为消极的意识里，小说所起的作用直接伴随着可以用这样或者那样的方式，搞到**书本**来读的大众的人数迅速增长而不断地增大。在英语世界里，书籍几乎到处都有，而且我们发现，在大众之中深入得最为容易和最为广泛的，就是卷帙浩繁的散文故事这种形式。似乎仅仅依靠书本的巨大的篇幅和重量就能直接帮助它深入大众中去似的。[25]

亨利·詹姆斯认为这个现象是反常的、非同一般的，是值得严肃的小说家们加以重视的问题：

> 为什么男人们、女人们还有孩子们**竟然**会把这么多的注意力花在这些随意写成的东西上，它们主要都是一些为此信口雌黄的、更为经常的是一些如此散漫无章的作品。这类读物，乍看上去，还真能让人张口结舌。多么好的机运——因为它看上去就像是机运——那是只有在既得不到赞同也无从受到保护的野史中才会有的，一些没有什么价值的、空中楼阁般构写出来的东西。无论哪一本，都是不曾存在过的事情的记录，只对我们事实上不可能去

核对的"文件"负责的记述。这就是小说的整体活动总是会受到诘难那一个方面,而且它的这一个方面严重到如此程度,若非整个小说事业已经为世人所如此赞赏的话,那么它或许早就成为一个笑柄了。[26]

亨利·詹姆斯注意到:与小说的兴旺发达同步发生的,是文学普遍的非道德化和庸俗化。此类作品所设定的受众是受教育程度低的妇女和孩童,即"那些既不善思考也不予批评的读者"。他辛辣地指出:如果一部小说因为这样的读者群体而成为最佳小说,它"也会在同等程度上发现它自己只是小事一桩"。这种小说可以根据套路去制作,"它绝不是什么在比较单纯的那些日子里人们所认为的那种偶尔才得一见的奇迹,并且它因此也受到了与之相应的恶劣的名声"[27]。粗制滥造的小说之繁荣昌盛所造成的结果是,少数聪明的读者在这些书里看不到任何重要的东西,以至于他们把小说这种形式视为一种虚妄可笑的东西。有些读者感到自己受到欺骗和愚弄,加入了不读小说的群体。仍然爱读小说的人们发现自己陷入了冗长累赘的描述中,不胜其烦。[28] 他的结论是"在一年里印出来的那些书里面,大多数随着时间的流逝将不复存在,而且在这种情况下就无须对它们的存在有所记述,对它们有所说明或有所考虑了"[29]。

亨利·詹姆斯认为"人们所永远希求于作家为他们提供的仅仅只是为人们所普遍感兴趣的一幅图画",而小说所提供的是内容最广泛和最富于弹性的图画:"它可以把笔触伸向任何地方去——它绝对能够把任何事物都容纳进去。它所需要的只是一个题材和一个画家的才能。但是就它的题材而论,了不起的是,整个人类的意识都可以成为它描写、表现的对象。"[30] 因此，他虽然看到了小说的危机，却相信小说拥有未来："我们真的为书中的魅力所打动，当我们真的落入了那个圈套，我们就无从脱身，并且受它的摆布；那么为什么拥有此一珍贵秘密的发明，无论为时多晚，仍然不能有一个未来？"[31] 而且，小说本身的巨大表现力和无穷可能性，都让亨利·詹姆斯对小说的未来充满信心："我们越想就越会感到，用散文体描绘的图画的未来永无止境，直到它不再感到它能做些什么。它简直无所不能，这也就是它的力量和生命之所在。它的可塑性和伸缩性并无穷尽；没有什么色彩，没有什么扩展，不能够从它的题材的性质中、从它的创作者的脾性中去取得。它有着不同寻常的优势——一种叫人难以置信的运气——它一方面能够予人以一种尽善臻美的印象，同时它却又享有不受任何规则和限制约束的、独立地行动的乐趣。无论我们怎么思索，我们都想不出，在它本身以外，存在着什么它必须加以考虑的问题。"[32]

对亨利·詹姆斯来说，小说不是不会死亡，但这死亡只能来自它的自我放弃："小说有着一个毫无障碍的场地供它驰骋，如果它倒毙的话，那肯定是由于它自身的过错——换句话说，由于它的浅薄，或者由于它的胆怯。就为了出于对它的爱，我们几乎喜欢想象它受到了这种命运的威胁，这样他就可以设想，一个具有起死回生之术的大师施展其妙术使它复活时的戏剧性的一幕。"[33]

与此同时，由波德莱尔和福楼拜开创的现代主义文学，经由马拉美及其追随者的努力，有意识地选择了小众化路线，为的是与商业文学、大众文学拉开距离，也与以巴尔扎克为代表的小说传统拉开距离。19世纪末，在小说创作中认同和追随福楼拜，就成了法国年轻小说家们面对小说危机所做的理性选择。在评论福楼拜时,以心理小说而负有盛名的法国作家保尔·布尔热(1852—1935)指出:"在任何优美的文学作品的深处,潜藏着一种巨大的心理真实。"[34]作为文学青年的普鲁斯特对巴尔扎克及其读者群体都提出了措辞温和而态度严厉的批评:"巴尔扎克自然同其他小说家一样,甚至比其他小说家拥有更多的这类读者:他们在小说里不寻求文学性而只对想象力和观察力感兴趣。对于这批人来说,巴尔扎克文笔上的缺点就无伤大雅了,要紧的倒是他的才具和探求。"[35]他以对比的方式,认为巴尔扎克的作品写得比较粗糙,而福楼拜的作品更加精心:"就拿福楼拜的风格来说,现实的各个部分都归化为同一种物质,在大面积上呈现单调的闪光。任何杂质荡然无存。表面明镜照人。所有的事物显得一清二楚,但通过反照,并不损害清一色的物质。而在巴尔扎克的作品中则相反,一种尚未形成的风格的各种因素共处并存,既未消化也未加工。巴氏风格既非启发性的,也非映照性的,而是解释性的。"[36]他批评拥有巨大影响力的文学批评家圣伯夫缺乏判断力:"圣伯夫及其后来所有人,在批评或赞扬福楼拜时,好像都没有意识到福楼拜巨大的创新。"[37]普鲁斯特以文学青年的偏激和热情,把福楼拜的写作对小说革新的贡献和影响推崇到无以复加的高度:"福楼拜以句法引起或表现视觉景象和描绘世界,是一场革命,与康德把认识的中心从世界转移到灵魂那场革命相比,一样伟大。"[38]

正因为有亨利·詹姆斯、普鲁斯特这样的有识之士,不仅注意到了过度商业化与观念陈旧僵化所造成的小说危机,并且身体力行地让小说重新以探索存在的未知之地为使命,才使小说重新焕发出生机与活力。"就现代文学史的走向而言，可以说正是'困惑的年代'构成了其真正意义上的转折点。在这一时期，尤其是战后初期的年代，与传统技巧的小说（如莫里亚克和阿拉贡的杰作）同时并进地形成了完全崭新的艺术形式，它不仅使小说的种类，甚至使文学的概念都发生了前所未有的动乱。独特的探索与日俱增，虽然五花八门，但这些研究所关心的都是要通过增加严谨性，获得更纯、更新的小说风格。"[39]

但是，在整个20世纪，小说的危机始终存在，也不断有小说家在谈论"小说之死"。诺贝尔文学奖得主、德国小说家托马斯·曼去世前，曾经对一些文学青年说过这样的话："我赶上了伟大的19世纪的尾声，我是幸运的，而你们即将面临的时代将是一个浅薄的时代。"[40]

新小说最早的开拓者娜塔莉·萨洛特（1900—1999）认为"'心理小说'之所以出现危机，估计是现代人的生活条件所致"，因为"现代的人，已经被机械的社会文明所压倒"[41]。她赞同罗杰·格勒尼埃（1919—2017）的说法，陀思妥耶夫斯基式的心理小说越来越少了，而卡夫卡式的情景小说越来越多了，其原因在于："如今，人们与之打交道的人，是'homo abusurdus'（荒诞的人——引者注），是已经存在了一个世纪的虽然活着却没有生命的人。"[42] 她也赞同马格尼夫人（Claude-Edmonde Magny, 1913—1966）的说法：现代人受制于饥饱、性生活和社会阶级，已经丧失了主体性。

基于这种认识，对于已经被公认为心理小说大师和典范的普鲁斯特，萨洛特提出了自己的质疑。普鲁斯特曾经自信地认为，只要将感受推进到洞察力所能容许的最大范围，就有可能达到真相存在的最深层,"即真实的境界、我们真正的感受"。在萨洛特看来,对这种想法深信不疑的时代过去了:"现在,每个人都清清楚楚地知道,并不存在什么'最深层'。所谓'我们的真正的感受',早已揭示出,它具有不是一个而是多个深层;这些深层又是层层加深,无穷无尽的。"[43] 萨洛特尖刻地指出:普鲁斯特通过分析而揭开面纱的那个"深层",早就被认为不过是表面而已。人们曾经寄希望于内心独白,但精神分析的出现和发展,使人一下子就可以揭示好几个深层心理。它使以内省为特征的经典心理小说写法不再有效,也使人们质疑各种研究方法的绝对价值。

然而,萨洛特表现出的不是悲观失望,而是积极和乐观:"无论对作家也好,还是对读者也好,'心理小说'的这种危机似乎都标志着一个充满希望和安全的新时代的来临。"[44] 既然人已经成了"荒诞的人",作家反而因此获得了解脱:"从前那些毫无结果的尝试,令人筋疲力尽的如在泥泞中寸步难行一般的描写方法,以及令人心烦意乱的极其琐屑的描写方法,终于都可以将它们弃之如敝屣了!"[45]

萨洛特认为:"现代的人,受到各种相互敌对的力量的冲击,成了没有灵魂的躯壳,归根结底,无非是外表上表露的那样而已。"[46] 因此,当我们看到一个人在专注地思考时,他脸上毫无表情的呆滞和木然的神情根本就没有掩饰什么深层次的心理活动。"心理小说的爱好者,却以为在这个人的灵魂中窥见了'以如此沉默为特征的万千思绪'。其实,这无非就是沉默而已。"[47] 她批评对心理分析的过分使用,使法国小说变得虚弱,而它本身还遭受着衰老性干瘪。她认为电影所运用的那些崭新技巧,可以马上使小说写作获益,而稍嫌粗糙的美国小说,健康质朴,雄浑有力,也可以赋予法国小说以某些生命力，使法国小说"这种文学形式又可以恢复美好的古典作品那样丰满的轮廓，完美、光洁而坚固的外貌了"。在从前的小说中，"富有诗意"和纯粹描写性的成分，被视为无意义的装饰；此后，它将"不受任何限制地大放异彩"。她认为这也会使法国小说的文笔摆脱"心理描写的矫揉造作，停滞不前、过分雕琢的繁琐或者无法自拔的累赘"，从而"恢复优美的线条，典雅的质朴"。[48]

萨洛特指出：心理小说使用的是"无固定形状、软绵绵的材料"，在心理分析的解剖刀之下，它变得支离破碎。有鉴于此，她心目中的新小说"小心翼翼地只限于勾勒于广阔天地的一小部分"。然而，"这一部分构成一个紧密、坚固、绝对不可分解的整体。这个整体十分坚硬，不透光，使内容的复杂性及致密性得到保护，并且赋予这种新的小说一种穿透力。小说所打透的并不是读者表面的、荒芜的智力领域，而是无比丰富的境界，即'感觉心灵的不在意、无防备'的领域。这种力量在感觉心灵中引起神秘的有益的撞击，情感上的震荡，使人如闪电一般霎时间就能抓住整个事物及其各种细微差异，抓住这些事物所可能有的复杂性，甚至抓住这些事物深不可测的奥秘——如果出于偶然，这些事物确实有什么奥妙的话。"她的结论是："这种新的小说看来只是有百利而无一害。"[49]

根据萨洛特的观察，在这样一个"怀疑的时代"，读者会很自然地对作者凭空想象而写出来的东西保持戒心。这给一些小说家带来了创作的压力。小说家兼评论家雅克·图尼埃（1922—2019）如此袒露心声："现在没有一位小说家敢于承认自己是在虚构。（……）读者拒绝接受单凭想象写出来的小说，因为全属虚构……要读者相信小说中所叙述的事实，首先要让他们放心，'没有上当受骗'。"[50]

作为小说家，萨洛特反倒为读者们的"苛求"、"不买账"进行辩护。她说："他们其实并不需要耳提面命，多方诱导，才会跟着作者走上一条新的道路。需要做出努力的时候，读者实际上不会不欣然而往的。他们并不是出于爱好'可靠的真实性'，或因为需要舒舒服服地躲进一个熟悉的环境里，一个令人心安的天地中，才愿意留心细看葛朗台老头衣着上每一个细节和他家中的每一件东西，用心估量他占有的白杨树和葡萄园的面积，留心注意观察他的股票交易。读者将被引向何方，他自己很清楚，他也知道走的不是一条不费力的途径。"[51]

那么，在这样的时代，小说家如何能够认识并表现真实呢？萨洛特认为："在日常生活的表面下，往往隐藏着某种奇特的、激动人心的事物。人物的每一个手势可以描绘出这种深藏的事物的某一面，一个无足轻重的小摆设可以反映它的一个面目。小说的任务正是要写出这种事物，寻根究底，探索它最深隐的秘密。"[52] 这对小说家当然是很大的挑战。萨洛特充满自信地说："这样的小说题材既新颖又丰富，它虽坚实难攻，却能激起探索的热情。"她甚至认为读者会积极地配合作者："当作家意识到自己所做出的努力和这种探索的成效时，当然就会产生高度的自信。凭着这种自信心，作家使读者不得不像家庭主妇那样到处仔细观看，向法庭公证人那样细心计算，向拍卖估价人那样估量价值，他不用担心读者会不耐烦。这种自信心理当然会使读者顺从地跟着走。作者和读者都知道，对他们来说，最重要的就是这种旨在发现表面之下深藏的事物的努力和探索。"[53]

1956年，被视为新小说派理论家的罗伯-格里耶，谈到小说的垂死状态和人们的错误想法："面对着当前的小说艺术，疲倦是如此的巨大——它被整个的批评界注意到并指出——以至于人们会错误地想象,如果没有某种根本性的变化,这一艺术还能存留很长时间。在许多人的头脑中,解决的办法很简单:这一变化是不可能的,小说艺术正在死亡。"[54] 在宣言性质的《未来小说的一种道路》中,罗伯-格里耶把对小说有深度的要求视为一个古老的神话,主张与之决裂:

> 在今天,有一种新的因素,把我们跟巴尔扎克,跟纪德,跟拉法耶特夫人彻底分离开来:这就是抛弃关于"深刻"的古老神话。
>
> 我们知道,整个的小说般的文学就是建立在这些神话之上,仅仅以它们为基础。作家的传统使命,就在于在自然中挖掘,深化它,以求达到越来越隐秘的层次,最终发掘出一种令人不安的秘密的什么残片来:下到人类激情的深渊中,他朝表面很宁静的世界(平面上的世界)发出胜利的信息,描绘他已经亲手触摸到的奥秘。而这时候,读者感受到的神圣眩晕,非但不能在他心中催生出忧虑或恶心,反而认定了他对世界的支配能力。当然,这里头有深渊,但是,全靠着勇敢的洞窟学家,人们能探测到它的底部。[55]

他认为新小说对从巴尔扎克、普鲁斯特到纪德的传统的疏离,至少是一种能给人带来希望的积极尝试,也许就标志着小说的新生,而这需要时间的检验:"在几十年之后,历史将会告诉人们,人们目前注意到的这种种突变,到底是垂死的信号,还是新生的信号。"[56] 然而,他本人立即遭遇了苦涩的失败经验:"我的小说在发表时,并没有受到一致的热烈欢迎,情况糟得不能再糟了。从我的第一部小说(《橡皮》)所陷入的谴责性的半沉默,到各大报刊对我第二部小说(《窥视者》)大量的强烈拒绝,其间没有什么进展;只是销售量除外,它明显增加了。当然,也有某些赞扬,东一点西一点,但它们有时候更令我迷失方向。"[57]无论是文学批评家还是普通读者,并不像罗伯-格里耶那样认为小说传统应该被弃若敝屣,他们反而不自觉地以小说史上的伟大作品作为参照,来评价标新立异的新小说:"最让我吃惊的,在指责中如同在表扬中,是几乎到处碰到一种对过去的伟大小说的不一言明——或者甚至明确——的指涉,那些往日的伟大小说总是被当作范本,年轻作家似乎应该将目光牢牢地盯在那上面。"[58]

法国哲学家、人种学家荻娜·德弗莱斯(1911—1999)认为,新小说家们刻意在作品中表现出违拗,追求与周围现实的格格不入:"它拒绝成为纯艺术的作品……它不再瞄着形式的美感。它不迎合读者口味……它拒绝那强大的构筑故事的动机,亦即逃离现实的欲望。如果说在某种意义上,故事性即意味着一种可经历、或者已经经历过的经验的戏剧性投影的话,那么便可以说,它已经拒绝了这种故事性……惊险生涯、诗情画意、异国情调,这些在现代小说里均已经销声匿迹了……在拒绝激活美学的快感,或回应逃避现实的欲望的同时,现代小说已悄然拒绝提供消遣了。"[59]

活跃而持论公正的法国文学评论家与文学史家皮埃尔·德·布瓦岱弗尔(1926—2002)对新小说总体上评价不高:"他们中间无任何作品有足够的力量树立起自己的威望,从而得以与普鲁斯特或陀思妥耶夫斯基那多重旋律的宏大小说相提并论。它们甚至也不能与莫里亚克或莫泊桑得心应手的故事相提并论。'新小说'的重要性，在于它诞生在小说的危机之中：人们是带着好奇心迎来了它的代表人物的，何况'常规'小说似已走进了死胡同。战后，我们既没有发现过新的贝尔纳诺斯，也没有发现过新的塞利纳，更没有发现另一个普鲁斯特，或第二个柯莱特。"[60] 新小说的读者仅限于少部分的文学专业研究者，对普通读者几乎毫无吸引力。几乎没有读者这个事实不能自动地解释为"曲高和寡"，更多地与新小说的激进实验已经背离小说本身的审美特性有关。1984年，玛格丽特·杜拉斯（1914—1996）的《情人》之所以大获成功，不仅由于这部作品获得了龚古尔奖（许多作品获得了龚古尔奖甚至诺贝尔文学奖，读者并不喜欢读），更由于作者放弃了激进的新小说写法，向传统叙事回归，增强了作品的可读性。然而，《情人》的成功并没有改变新小说整体上被普通读者和专业学者忽视的现实。

1967年，发表在美国期刊上的两篇论文预告了小说的劫数，产生了巨大的影响。其中一篇是法国文学评论家罗兰·巴特（1905—1980）的《作者之死》，另一篇是美国小说家约翰·巴斯（1915—2004）的《文学的枯竭》。巴特否定作者拥有类似于神的权威[61]，他把作者戏称为"打字机"，不过是将文化积淀注入文本之中的水管。巴斯的文章看上去好像是在讲小说的衰亡，其实想说的是我们过去所理解的"小说"已经潜力耗尽了。然而，正是在这一年，哥伦比亚小说家马尔克斯的《百年孤独》和英国小说家约翰·福尔斯的《法国中尉的女人》先后出版，引起了巨大轰动。前者引起了一场"文学地震"，让世界知晓了拉丁美洲的魔幻现实主义，后者成为1969年美国最畅销的小说。这两部小说将高超的故事性、可读性、思想性与艺术性融为一体，再次显示了小说的巨大潜力，让人们再次对小说的未来抱有希望。1979年,巴斯在《大西洋月刊》上发表的《文学的复原》中承认:过去十来年里所发生的改变超过了他的想象,可能是因为小说的确还有前途。他特别提到马尔克斯和卡尔维诺对复兴小说形式所做的贡献。[62]

尽管如此,1976年诺贝尔文学奖得主,美国小说家索尔·贝娄(1915—2005)仍然对小说的未来感到悲观:"有时,叙事性艺术本身的确似乎已消亡了。我们在索福克勒斯或莎士比亚的剧本中,在塞万提斯、菲尔丁和巴尔扎克的作品中所熟悉的人物角色都已不翼而飞了。一个个个性完整,有雄心、有激情、有灵魂、有命运的和谐人物已不复存在。现代文学中取而代之的是一个松散的、残缺的、错综复杂而又支离破碎的,难以名状的古怪人物。"[63]他认为小说就像印第安人的编织术或制罂手艺,是一门日趋没落的艺术,已无前途可言。[64]

享誉国际学术界的意大利符号学家安贝托·艾柯(1932—2016),同时又是享有盛誉的小说家。他的《玫瑰之名》(1980)将侦探小说、哲理小说、历史小说融为一体,不仅有扣人心弦的故事情节,还涉及神学、历史学、政治学、犯罪学等方面的知识。然而,这部小说不仅没有吓到读者,反而被译成多国语言,售出上千万册,还拍成了口碑极好的电影。他再次让我们认识到小说的可能性远远没有穷尽,而只要小说的可能性还没有穷尽,小说就不会死亡。艾柯本人也对小说的继续存在抱有绝对的信心:"无论如何,我们不会停止阅读小说,因为正是从小说中,我们才能找到赋予自己存在意义的普遍公式。在我们的生命里,我们总在找一个与我们的来源有关的故事,让我们知道自己如何出生,又为何活着。有时我们寻找一

第八章　历史的终结与小说的未来

个广大无边的故事,一个宇宙的故事,有时则是我们自己个人的故事(我们告诉牧师或精神分析师的故事,或写在日记里的故事)。有时候,个人的故事会与宇宙的故事恰好一样。"[65]

1992年7月6日,在西班牙马德里大学为墨西哥作家卡洛斯·富恩特斯举办的作品研讨会上,他发表了题为《小说死了吗?》的开幕词。他在1954年开始写小说的时候,听到的不是热情的鼓励,而是泼冷水的"小说已经死了"。人们给出的理由是小说已经被大众传媒和各种信息取代了:"小说已经不像产生小说时其名称所宣布的功能那样是个新闻的载体了。据说,小说能说的话,现在都由电影、电视、报纸或者历史、心理、政治和经济方面的信息以最迅速、有效的方式、面向数量巨大的人群说了出来。"[66]与此同时,读者也变化了:"人们的想象力已经不再陪伴着小说家,不再奉陪小说家的还有人们的热情和好奇心。"[67]

富恩特斯之所以坚持写小说,是因为他发现大众传媒和各种信息的巨大丰富并不能掩盖其根本的缺乏:"有信息,有资料,有热门话题,有与暴力或者色情联系的图像,有与恐怖主义或者休假联系的画面,甚至有与假期中的恐怖主义或者恐怖主义中的假期联系画面。相反地,想象力却不多。资料和图像互相交替,数量多,又可重复,但没有结构,也没有永久性。"[68]这样,"小说死了吗?"的问题就变成了"不能用任何其他方式说话的小说能够说什么?"因此,他确认了小说的绝对存在理由:"即使地球上一根电视天线也没有,一份报纸也不办,一个历史学家、一个经济学家也不存在,小说家们也将继续面对那未写出的天地,因为这个领域不管每日的信息多少,都永远大于已写出的地盘。"[69]

327

三 西方文化危机与历史的终结

文艺复兴时期，随着现代性在西欧的展开，发生了持续很久、影响深远的两大国际事件：英国与法国之间旷日持久的百年战争（1337—1453），由马丁·路德引发并改写了基督教历史与发展轨迹的宗教改革运动（1517—1648）。

百年战争标志着民族国家或主权国家意识的觉醒，由梵蒂冈教廷维系的西方基督教世界的统一性开始破裂。其后续事件发生在1535年：法国国王弗朗索瓦一世与土耳其苏丹结为军事同盟，以对付西班牙国王兼神圣罗马帝国皇帝查理五世。它标志着西欧国家基督教信仰的共同联系已经让位给了民族国家的利益考量。民族国家意识日益强烈，使得现代性在展开的过程中，一方面要消除一切阻碍人们联系的有形和无形的障碍，一方面激发了人们以国族主义热情建立新的障碍。这将成为一次次欧洲大战的根源，直到引发两次世界大战。

宗教改革运动打破了教廷的绝对权威和教条钳制，将与上帝直接沟通的神圣权利赋予了每个基督徒，将《圣经》视为基督徒信仰的唯一依据，使每一个信徒都可以按照自己的方式去理解和解释《圣经》（当然不是随心所欲的解释）。宗教改革在破除教宗绝对权威的同时，也破除了许多传统和迷信，使信仰的虔诚更多地基于理性而不是狂热。"人人皆祭司"使个人独立精神有了神圣的基础。在失去了对西欧国家的掌控之后，梵蒂冈教廷再次失去了对西欧基督徒的掌控，得到了各国王侯支持的新教教会最终得以合法存在，而新教内部的持续分裂，是现代性在宗教生活中的悖论性展开。

第八章　历史的终结与小说的未来

宗教改革最终发展到以笛卡尔为代表的理性主义，将理性视为具有普遍适用性的认识工具，将"我思"作为"我是"的前提和基础，使个人主义具有了神学与哲学的双重合法性，从而奠定了现代社会的思想基础。然而，正如我们前面已经分析过的，这种个人主义摧毁了传统的集体认同，却未必能够造成新的集体认同。从文艺复兴时期以来，在欧洲不仅始终存在着强国之间为争霸而进行的竞争和战争，还存在着强国与其附属国之间的激烈争斗，因为后者受到国族主义的激发，渴望不惜代价地建立自己的民族国家，即主权国家。当超国家性质的教会认同遭到解构以后，在价值层面相对处于低阶的国家认同趁虚而入，将民族主义、沙文主义包装为高尚的爱国主义，为了所谓的国家利益，不断地大打出手，引发了多次大规模战争。"在所有的欧洲国家，金钱、教育、权力构成几乎难以逾越的障碍，将人们分割开来。一个世纪以来，只有一种感情能抹去这些障碍，那就是民族主义。欧洲国家之间的敌对情绪加剧，它来自越来越狂热的民族自尊心与越来越强烈的超越邻国的意图。这种民族主义的狂热情绪达到如此地步，以致为了祖国不惜牺牲一切。"[70]

中世纪人们对历史的看法，受到《新约》作者们的影响，带有强烈的末世论色彩，认为历史在总体上越来越糟糕，直到世界末日来临。文艺复兴时期，随着现代性的展开，人们觉得一个全新的时代展现在面前，历史有变得更好的可能，乌托邦思想逐渐得到了许多人的认同。18 世纪启蒙运动对理性的强调，使这种进步主义的历史观念获得了学理支持，变成了许多人的信念。不止一个哲人像康德一样探讨着实现永久和平的可能途径。19 世纪上半叶，黑格尔坚信大写历史会破除一切阻碍，从而得到自我实现。19 世纪后期，尽管欧洲强国之间多次发生战争,但这不妨碍他们在世界其他地区争夺殖民地、打造世界帝国时对西方文明的自信心。欧洲人在亚非各国的殖民渗透和侵略,被他们解释为"教化野蛮人"的具有自我牺牲精神的高尚活动。1907年诺贝尔文学奖得主、生于印度的英国诗人鲁迪亚德·吉卜林(1865—1936)甚至将非白种人称为"白人的负担"[71],号召白人勇于承担其拯救世界的责任。

20世纪初,欧洲人洋溢着发自内心的乐观主义。他们对自己的成就感到自豪,对未来满怀信心。欧洲国家瓜分了几乎整个非洲和亚洲的一大部分,建立了辽阔的殖民帝国。世界的命运取决于伦敦、巴黎、柏林、维也纳和圣彼得堡这几个大都市。社会达尔文主义与欧洲军队对非白人的征服互相印证。欧洲人充满优越感,以为他们的生活方式是世界上最好的,而资产阶级的生活方式在各处都被奉为典范。"资产阶级的文化、道德、进取心,资产阶级在装饰、建筑、衣着、消遣方面的情趣在几乎整个欧洲被人欣赏和模仿。法国人称1890—1914年为'美好时代',这个概念也可应用于整个欧洲。"[72]

与此同时,为了争夺欧洲霸权、殖民地与海外市场,在日益高涨的民族主义激发下,欧洲各国都在积极地预备战争。没有人希望发生战争,但很少有人去努力地阻止战争,因为战争被视为解决政治纠纷的最后一个合法手段。在"上帝死了"以后,人们受到虚无主义的折磨,即使不能成为尼采所描述的"超人",战争也似乎可以使人摆脱日常生活的单调与重复,激发出生命的激情。这就是为什么在知识界,"居然有那么多人认为战争是根治社会失范、精神飘零的良方,能够实现一种共同体,即'整体的民族主义'"[73]。

1914年6月28日,在波斯尼亚首府萨拉热窝,奥匈帝国皇储夫妇遭到塞尔维亚民族主义者刺杀。"一直被赋予浪漫色彩的战争终于来临了，它把人们从琐碎和贪婪的岁月中解脱出来，因而大受欢迎。"[74]这一事件迅速演变成一场将几乎所有欧洲国家卷入其中的大战。"交战各方都认为自己进行的是正义的事业，自己的利益合理合法。"[75]自诩最为文明的欧洲转眼间变成人类历史上最大规模、最为残酷的战场。交战双方从政治家到普通民众都热情地投入到战争中去。"只有极少数职业外交家知道当时的危机有多么严重。"[76]英国外交大臣感叹说："光明在全欧洲熄灭。我们这一生将再也看不见它重新点燃。"[77]

在各参战国，青年诗人、艺术家、大学生、知识分子争先恐后地报名参军。一向被推崇的独立思考精神与普世人道主义忽然被抛弃。"知识分子参与战争的程度是惊人的。他们当然奔赴战场，亲临战阵；有些人已经四五十岁了还自愿参军；他们写诗咏怀，称这是一个再生的过程，颂扬它的神秘性。许多未能亲临战壕的人则把才智用在宣传上。"[78]1927年诺贝尔文学奖得主、法国著名哲学家柏格森（1859—1941）认为战争会给欧洲带来"道德的新生"。在参加死伤惨重的马恩河战役之前，法国著名的社会主义者、虔诚的天主教徒夏尔·佩吉（1873—1914）在诗里写道："死于正义的战斗该有多么幸福。"[79]1916年诺贝尔文学奖得主、法国小说家罗曼·罗兰（1866—1944）是极少数试图采取抵制态度的人物之一。他惊呼："各国思想领袖无不满怀信心地宣称，本国人民的事业即是上帝的事业。"[80]但是，由于将这场战争斥为"混战"并持反战态度，他被许多法国人（包括著名的知识分子）视为人民公敌！

欧洲国家很少能够做到像瑞士那样保持中立，就连亚洲、美洲和非洲众多的国家和地区都卷入这场欧洲国家之间的大战之中。结果，这场以法国为主战场的战争，演变成为一场名副其实的"世界大战"。战争并没有如同交战各方所乐观估计的那样，在1914年的圣诞节前结束。在战争中，许多新式武器和大规模杀伤性武器（远程大炮、机关枪、手榴弹、坦克、毒气、攻击机与轰炸机、潜水艇）被投入使用，使得战争变得异常残酷，死伤人数剧增。仅仅是1916年的凡尔登战役，在6个月内就有70万名英、法、德士兵丧命。随着战争旷日持久，伤亡人数增长，幻灭的情绪很快出现了。这种情绪持续了很久，深深地影响了人们的世界观。

"第一次世界大战标志着一个时代的结束。从前看上去坚实不变的东西现在都成了问题，甚至化为乌有。"[81] 虽然惨胜的一方以"公理必胜"来解释战争的结果，但是，这场战争摧毁了19世纪因为社会进步与科学发展而带给人的美好憧憬，同时严重地动摇了许多敏感的西方知识分子的文化自信心。[82] 战争的残酷与非人道，动摇了欧洲人的文化自信：自诩为普世性的人道主义，却容忍了1914—1918年的大屠杀！[83] "长达四年的大规模杀戮导致俄国的赤色革命、意大利和德国的黑色革命，欧洲各地普遍失去了信心。这场战争最终给战胜国造成的心理打击几乎不亚于战败国。战争期间，宣传机器甚嚣尘上，真理遭受了前所未有的劫难。由于战争的缘故，一种新的犬儒主义应运而生，对人类价值的信仰荡然无存。这种情况是欧洲近代历史上从未有过的。"[84]

第一次世界大战让人们看到了现代性的巨大悖论：它在无可阻挡地打造全球一体化的同时，还使经济和社会变成了全球性的，更引发了亘古未有的世界大战。昆德拉指出："正是在中欧，西方首次在它的现代历史中,看到了西方的灭亡,或者更确切地说,看到了它本身的一块被宰割,当时华沙、布达佩斯和布拉格都被吞并入俄罗斯帝国。这一不幸的事件是由第一次世界大战造成的,这一由哈布斯堡王朝引发的战争不仅导致了帝国本身的灭亡,而且从此动摇了早已受到削弱的欧洲。"[85]

1914年以前,某些敏感的欧美艺术家、哲学家和诗人已经感受到了莫名的不安、焦虑、没落。战后,许多人看到这些不祥的预感变成现实。美国诗人埃兹拉·庞德(1885—1972)将西方文明比作"一个老掉了牙的婊子"[86]。英国小说家H. G. 威尔斯(1866—1946)悲叹说:"我们所在的文明正在倒塌,而且,我认为它倒塌的速度非常快。"[87] 德国哲学家奥斯瓦尔德·斯宾格勒(1880—1936)的大部头著作《西方的没落》(1918—1922)迅速被翻译成多种西方语言,在知识分子中间风行一时。他根据自己对历史上多个文化的研究,认为每一种文化都具有相似的生命周期:发生期(前文化)、发达期(文化)和衰落期(文明)。在他看来,欧洲文明在中世纪达到了顶峰,此后就一直在衰落。1919年,在《论精神危机》一文中,法国诗人瓦莱里苦涩地慨叹道:"我们不过是另一些文明而已,我们现在知道了我们是必死的。"[88] 业余写诗的银行职员T. S. 艾略特因为一首非常晦涩的长诗《荒原》(1922)而成为英美诗坛领袖。这首诗被许多读者和评论家视为写给已经衰败的西方文明的一曲哀歌。"20世纪20年代回响着送别欧洲时代的挽歌。"[89]

参加过这场战争的奥地利哲学家路德维希·维特根斯坦(1889—1951)在笔记里写道:"一种文化犹如一个组织,每个成员都可以在那里分得一席之地,然后,成员们按照整体精神进行工作。'组织'根据每个成员做出的贡献来衡量他应有的权力,这应该是非常公正的。然而,在没有文化的时代,力量是分散的,个人的力量在面对邪恶势力的顽强抵抗中已经衰竭。"[90] 欧洲文明衰落或死亡的巨大危机感,让许多人想到了"历史的终结"。这不是臻于乌托邦式美丽新世界的大和谐,而是一种走向最终毁灭的悄然缓慢死亡,正如T. S. 艾略特所描绘的那样:

> 正是如此,世界结束了
> 正是如此,世界结束了
> 不是砰地一响,而是带着低泣。[91]

当既有的文化不再具有整合文化共同体成员的能力,使他们得以认同,而新的价值体系尚未确立,人们就无法安身立命,因而陷入了巨大的精神危机之中。在1920年代的法国,许多敏感的年轻人感到自己的生命被连根拔起,因为失去了"是其所是的理由"(la raison d'être)而不知所措。"陀思妥耶夫斯基的现实性是很明显的信号;在法国,人们从来没有感到与《群魔》或是《卡拉马佐夫兄弟》里某些主人公那么接近;这些人物的忧郁不安,他们行动的悲剧色彩,以及小说作者有时跟他创造的人物共有的福音的神秘主义,这是我们可能在某些同时代的人当中看到的特点。"[92] 在一次谈话中,超现实主义运动创始人之一安德烈·布勒东(1896—1966)把他们这一代人的心灵空虚状态称为"世纪病"(le mal du siècle)。[93] 诗人雅克·里维埃(1896—1925)这样描述自己的失魂落魄:"在旅馆中我租住的小房间里,我连续几小时围着桌子转圈;我在巴黎无目的地行走，我独坐在沙特莱广场上的长凳上度过许多夜晚；我天天都是听天由命的牺牲品。"[94] 在发表于《新法兰西杂志》的《论新世纪病》一文中，马塞尔·阿尔朗（1899—1986）列举了年轻一代文人当时彷徨犹疑的精神痛苦状态。[95]

经历了第二次世界大战和苏联对捷克的入侵，已届知命之年的昆德拉反而比1920年代的法国文学青年要淡定得多。他说："'历史的终结'这一词从来没有激起我的忧虑和不快。"[96] 实际上，他很早就形成了自己对大写历史的看法。在《生活在别处》里，他叙述主人公的热恋状态时，就从个人的小写历史（histoires）联想到大写历史（l'Histoire），以发感慨的方式，表达了他的观点："那将我们短暂生命汁液吸空并吐到它无用的工程中的东西，把它给忘了该有多么美妙！那历史，把它给忘了该有多么美好！"[97] 因此，他对"历史的终结"表现得非常无所谓："假如它应该结束（尽管我不知如何具体地想象这一哲学家们喜爱谈论的结束），那就让它赶快结束吧！"[98]

四 小说的终结与现代的终结

如果说"历史的终结"不仅没有使昆德拉伤感，反倒有一些快慰，那么，"历史的终结"在小说中的体现却让昆德拉忧心和揪心。他毫不掩饰自己对于小说现状的忧虑，即表面繁荣下面的空虚："如今，大部分的小说产品是生产于小说史之外：小说化的自白、小说化的报道、小说化的恩怨算账、小说化的自传、小说化的泄露内幕、小说化的政治课、小说化的丈夫的苦闷、小说化的父亲的苦闷、小说化的母亲的苦闷、小说化的失贞记录、小说化的生孩子记录等，一直到时间的终了。它们所说的毫无新意，它们没有任何美学雄心，它们对于我们对人的理解毫无增益，对于小说的形式没有任何创新，一个一个彼此相似，完全可以在上午消费，在晚上扔到垃圾箱去。"[99] 这些丰富多彩得令人眼花缭乱的小说的命运是可怕的，"它必定是坠落在再也发现不了美学价值的混沌之中"，因为在昆德拉看来，"伟大的作品只能诞生于它们所属艺术的历史中，同时**参与这个历史**。只有在历史中，人们才能抓住什么是新的，什么是重复的，什么是发明，什么是模仿。换言之，只有在历史中，一部作品才能作为人们得以甄别并重的**价值**而存在。"[100]

昆德拉让我们注意一个事实：小说的死亡并不是小说的消失。比如说苏联，出版了成百上千部小说，而且发行量大得惊人。然而，这些小说并不延续对存在的探寻，它们没有发现任何一点存在的新的方面；它们只是证实别人已经说过了的。没有任何发现，它们不再参加昆德拉所谓的小说史的**接连不断的发现**。"它们位于这个历史**之外**，或者说：它们是**小说史终结以后的小说**。""现在我们知道了小说**如何死亡**：它不**消失**，它的历史停止了，此后只剩下重复的时间，小说复制它的倒空了精神的形式。这是一种被遮掩了的死亡，它发生却不被察觉，也不使任何人受到震撼。"[101]

昆德拉认为小说面临着的最大威胁在于，它如今处在一个不属于它的世界。它在多方面遭到排斥和敌视。

第一个方面的表现是"人们置身于一个确确实实的**缩减的漩涡**（tourbillon de la réduction），在那里，胡塞尔所说的'生活世界'注定要隐没于黑暗之中，存在落入被遗忘的境地里"[102]。作为一门艺术的小说，在长明的光亮中抓着"生活世界"，保护我们不落入"本是被遗忘"的境地。但今天，它却落在从事着缩减工作的白蚁们的手中，不仅是世界的意思，而且是作品的意思都被缩减。"小说（如同整个文化本身）越来越落入传媒的掌控之下"。它"在全世界都散播那些可能被许多人、被所有人、被全人类接受的同样的简单化一和陈词滥调"[103]。无论在哪个国家，大众传媒"对生命都有着相同的观念，表现为它们有相同的目录次序、相同的栏目、相同的新闻形式、相同的语汇、相同的风格、相同的艺术风格，也表现他们有相同的顺序来排列从重要到无关紧要的事"[104]。

第二个方面的表现是人们总是期盼一个善恶截然分明的世界，这样就可以不用花时间和功夫去理解而直截了当地做出判断。"各种宗教和意识形态都是建立在这种心理的基础上。只有当它们能将小说相对含混的语言翻译成不容置疑的教条话语时，它们才能和小说和解。"[105] 这就是为什么小说的智慧（不认为自己真理在握的智慧）难以被接受和理解。小说，作为这个世界的映像，建立在人类事物的相对性和含混性的基础上，不可能与极权的世界兼容，因为极权的"真理"摒除相对性、怀疑、发问，它绝不可能与**小说的精神**相调和。[106] 伊朗伊斯兰教领袖霍梅尼因为小说《撒旦诗篇》而对拉什迪发出死亡判决就是一个例子。许多人把它看成一个偶然事件，或者是一时疯狂。昆德拉看到的却是两个时代的冲突："神权政治攻击现代，将小说——其最有代表性的创造——作为攻击目标。"[107] 对于神权政治的头脑来说，小说是"一个地狱：在那里，唯一真理没有权威，魔鬼式的含混将一切的确信都变成了难解之谜"[108]。因此，是如此这般的小说艺术遭到控告。对于昆德拉来说，最悲哀的不是霍梅尼的判决，而是欧洲无力捍卫和解释小说这一最欧洲的艺术。

第三个方面的表现是人们急于做道德判断而不愿意去理解复杂的事情。昆德拉指出："小说的精神是复杂性。每部小说都在告诉读者事情要比你想象的复杂。这是小说永恒的真理，但在那些先于问题并排除问题的简单而快捷的回答的喧闹中，这一真理越来越让人无法听到。"[109] 以《安娜·卡列尼娜》为例，"小说是个人的想象乐园。在那里，任何人——无论是安娜还是卡列宁——都不是真理的占有者，但是，所有人——包括安娜和卡列宁——都有权利被理解。"[110] 昆德拉坚持认为小说是"**道德评判被吊销的国度**"[111]："吊销道德判断并不是小说的不道德，这恰恰是它的道德。它反对根深蒂固的人类坏习惯：立即评判，不停评判，预先评判，不去理解就评判。"[112] 他认为这对于小说的创造至关重要："创造在其中道德评判被吊销的想象场，具有极大意义的功劳。只有在那里小说人物才能充分发展：小说中的一个个人物不是由预先存在的真理的作用而孕育，作为善或恶的样本，或作为相互冲突的客观规律的代表，而是作为立足于他们自己的规则的自足的活人。"[113] 昆德拉认为欧洲小说是一个特别的艺术，"它教读者对他人好奇，并试着去理解那些和自己所相信的不一样的真理。"[114] 在 20 世纪即将完结之时，昆德拉如此陈愿："如果人们不想再像进入这个世纪时一样愚蠢地从这个世纪里出来，就必须抛弃轻易审判的道德主义，思考这个丑闻直到尽头，即使这会使我们所有的关于人的信念都被动摇也在所不惜。"[115]

第四个方面的表现是人们只活在当下："我们时代的精神只盯着时下的事情，这些事情那么有扩张力，占据那么广的空间，以至于将过去挤出了我们的视线，将时间简化为仅仅是现时的那一秒钟。"[116] 昆德拉认为小说精神的另一方面是延续性："每部作品都是对它之前作品的回应，每部作品都包含着小说以往的一切经验。"[117] 小说也被诱惑着只关注当下此刻，"但一旦被包容到了这样一个体系之中，小说就不再是**作品**（即一种注定要持续、要将过去与将来相连的东西），而是现时的事件，跟别的事件一样，是一个没有明天的手势。"[118]

昆德拉严厉批评大众传媒，认为其精神与现代欧洲的文化精神相违背："文化建立在个人基础上，传媒则导致同一性；文化阐明事物的复杂性，传媒则把事物简单化；文化只是一个长长的疑问，传媒则对一切都有一个迅速的答复；文化是记忆的守卫，传播媒介是新闻的猎人。"[119] 传媒追求轰动效应，甚至以此来诱惑小说家。他批驳说："我们写小说并不是为了制造轰动，而是为了做某件'持续性'的事。"大众传媒即使发表对一位作家的采访，也是为了做新闻。该作家一旦丧失了新闻价值，立刻就被传媒遗忘。"被新闻控制，便是被遗忘控制。这就制造一个'遗忘的系统'。在这系统中，文化的连续性转变成一系列瞬息即逝、各自分离的事件，有如持械抢劫或橄榄球比赛。"[120] 由于技术的不断进步，我们以更快且越来越快的速度在前进（更准确地说是"行进"），时间本身没有变，变快的是速度。我们似乎总是被时间挟裹着匆匆向前，几乎不能停下来喘气歇息，更不必说安坐沉思。我们茫然于要去何方，忘记了为何出发，甚至恍惚于从何处而来。大众传媒不断地制造吸引眼球的即时消息，久而久之，越来越多的人陷入了信息饥渴。对即时信息的这种饥渴，在某种程度上与吸毒者对毒品的渴望无异。当一个人被毒品控制的时候，他的生命不是在绽放，不是在激发潜能，不是趋于自我实现，不是在踏实生活中的境界升华，而是在苟且偷生，是过一天算一天，是极度缩减，直至枯竭。信息饥渴使人彻底丧失主体性，巴望着不断发布的信息填满自己醒着（以及失眠）的每一个瞬间。毒品因其付费性质和明显的危害性而限制了其危害的广泛程度，而即时信息因其在大多数情况下（尤其是在互联网与网络社交平台）的免费性质，因其文字、图像所具有的文化假象，可以迷惑几乎所有现代人。它强化了人们活在当下此刻的肤浅，不动声色地切断了人们与过去和未来的联系，使现代人存在的无根基之可怕性被掩盖了。富恩特斯让我们注意信息时代的悖论："这些事迫使我们思考：假如从前我们确实消息闭塞、缺乏交流和联系，可也从未感到过如此地有缺欠、如此地紧迫、如此地孤独，而荒谬的是，也从未感到缺乏信息。"[121]

如果小说处在不再属于它的世界中，它会不会消失，从而让欧洲坠入"本是被遗忘"的状态，"只剩下写作癖无尽的空话，只剩下小说历史终结之后的小说？"[122] 昆德拉对此不作预测。他能够做出肯定答复的，只能是这一点："小说已无法与我们时代的精神和平相处：假如它还想继续去发现尚未发现的，假如作为小说，它还想'进步'，那它只能逆着世界的进步而上。"[123] 然而，小说与现代世界的对抗并不容易："我们知道一个个体被尊重的世界（小说的想象世界，欧洲的真实世界）是脆弱的，是会灭亡的。我们看到地平线上有成群不会笑、没有幽默感的人在伺机进攻我们。"[124] 令人绝望的是，我们注定要生活在一个"没有幽默只有笑的世界"上。[125]

小说承受着来自外部世界的巨大压力和空间挤压，还遭受着来自文学界内部激进主义者的催促死亡。未来主义者、超现实主义者和几乎所有的前卫派以"历史公正性"的名义埋葬小说，"认为小说会在进步的道路上消失，让位给一个全新的未来，让位于一种与以往的任何艺术都不相同的艺术"[126]。

第八章　历史的终结与小说的未来

昆德拉认为小说的终结并不像文学激进主义者所想的那么简单，而是意味着非常严重的结果："假如说塞万提斯是现代的奠基人，对他的继承的终结就意味着并非只是在文学形式的历史上的简单接替；它所宣告的会是现代的终结。"[127] 就因为他本人在曾经生活过的东欧世界里，见识过、体验过小说的死亡，他认为在西方轻松自如地谈论甚至宣判小说死亡的人是肤浅的，因为他们根本就不明白小说死亡意味着什么。

我是小说家，而小说家不喜欢太肯定的态度。他完全懂得，他什么也不知道。他想要以一种再令人信服不过的方式，来表现他笔下人物的"相对"的真实。但是，他并不与这些真实同化。他虚构一些故事，在故事里，他询问世界。人的愚蠢就在于有问必答。小说的智慧则在于对一切提出问题。当堂吉诃德离家去闯世界时，世界在他眼前变成了成堆的问题。这是塞万提斯留给他的继承者们的启示：小说家教他的读者把世界当作问题来理解。在一个建基于神圣不可侵犯的确定性的世界里，小说便死亡了。或者，小说被迫成为这些确定性的说明，这是对小说精神的背叛，是对塞万提斯的背叛。极权的世界，不管它建立在什么基础上，就是什么都有了答案的世界，而不是提出疑问的世界。完全被大众传播媒介精神包围的世界，唉，也是答案的世界，而不是疑问的世界，在这样的世界里，小说，塞万提斯的遗产，很可能会不再有它的位置。[128]

五　小说史第三时与塞万提斯的遗产

　　昆德拉说："我们20世纪的小说家怀恋着以往小说大师的艺术，无法将被割断了的线重结起来。他们无法跳过19世纪的巨大经验；假如他们想重获拉伯雷或斯特恩的潇洒的自由，他们就必须把这一自由和写作的种种苛求调解好。"[129]

　　作为现代小说的两个奠基人，塞万提斯虽然也受到一些批评，但拉伯雷几乎遭到了全盘否定。即使是在法国文学中，他所产生的影响也少得可怜。为什么会出现这种情况呢？昆德拉认为这是由于小说史的两个半时之间的割裂造成的："《巨人传》是在小说之名存在以前就已经存在的小说。那是个奇迹的时刻，永远不会再现，那时这门艺术的建构还无迹可寻，所以也还没受到规范上的约限。自从小说开始将自己确认为一个特别的种类或者（好一点的话）一门独立的艺术，它最初的自由就缩减了；来了一些美学纠察队，他们自认可以颁布法令，宣布哪些元素是否能响应这门艺术的特质（宣布对象是不是小说），没多久，读者也形成了，他们也有他们的习惯和要求。"[130] 由于拉伯雷是在小说的严格规则制定出来之前数百年创作《巨人传》的，他享有放任想象、毫无拘束的完全自由，他的作品也"隐含着美学上无限的可能性"，其中一些在后来的小说中得以实现，有一些则从未得到体现。昆德拉认为："小说家得到的传承不仅是一切已经实现的，也包括曾经可能的。"[131] 拉伯雷的意义正在于此。

　　1957年，法国小说家路易-费迪南·塞利纳（1894—1961）撰文为拉伯雷打抱不平。他认为拉伯雷想要的是语言的民主化，即让所有人都在讲的口语进入文学，但学院派的刻板语言最终占了上风，使法国人不再能够理解和欣赏拉伯雷。他认为小说最重要的问题是语言，他对其他问题，诸如想象力、创造力、喜剧性等不感兴趣。昆德拉赞赏塞利纳为拉伯雷做辩护的举动，却对其将小说问题缩减为语言的偏颇观点持保留态度，因为"这种**将美学化约为语言的说法**，会变成未来的一句学院经典蠢话"，而这绝非塞利纳的本意。作为有经验、有想法的卓越小说家，昆德拉提醒我们："事实上，小说也是人物、故事、结构、风格（种种风格的运用）、精神、想象的特质。"[132] 而《巨人传》的巨大丰富性不可能被简化为语言的运用："拉伯雷作品焰火般的各种风格——散文、诗句、可笑事物的罗列、科学言论的戏仿、冥想、讽喻、书信、现实主义的描述、对话、独白、默剧……语言的民主化完全无法解释这形式上的丰富、高明、热情洋溢、游戏、欣快，而且非常**刻意**（刻意的意思不是矫揉造作）。"[133] 小说本身就是英国艺术史家克莱夫·贝尔所说的一种"有意味的形式"（significant form）[134]，而拉伯雷小说形式的丰富性是举世无双的。很可惜的是，后来的小说忘记了这种丰富性，直到詹姆斯·乔伊斯，我们才重新看见了这种丰富性。

在法国的文学教学传统里，把拉伯雷正经化为一个单纯的人文主义思想家，弃而不顾《巨人传》中的游戏、热情洋溢、幻想、调侃、搞笑的部分，而这些正是巴赫金认为具有价值的狂欢成分。昆德拉认为这比拒绝嘲讽、幻想之类的做法更糟糕："这是对艺术的冷漠，是拒绝艺术，是对艺术反感，是一种'厌恶缪斯'的行为；他们让拉伯雷的作品偏离一切美学的思考。"[135] 与法国小说家们对拉伯雷的遗忘形成对照的是，拉伯雷对许多外国小说家来说，都是一个重要的参照。乔伊斯、基什、富恩特斯、戈伊蒂索洛、昆德拉、拉什迪等享誉世界的小说家，都以极大的热情谈论拉伯雷。[136] 如何理解这种反差现象呢？昆德拉认为："小说专家（小说家或批评家，或过分热心的读者）无疑反倒是感觉最难从困境中挣脱出来的人。"[137]

从巴尔扎克到普鲁斯特，在强调真实感的文学律令下，没有名字的人物是不可思议的。这个规矩最终被打破，得归功于穆齐尔、卡夫卡、布洛赫等人。是他们恢复了一个被长期遗忘了的传统。实际上，狄德罗的《命定论者雅克》中的雅克就没有姓，他的主人更是无名无姓。拉伯雷《巨人传》中的巴奴日，我们不知道到底是姓氏还是名字。"在有姓无名和有名无姓的情况下，单纯的姓或名不再是名字，只是**符号**而已。"[138] 小说人物不是活人的再现，他只是想象中的存在、是实验性的自我。这应该是文学常识，却常常被人忘却，需要不断有人来大声提醒大家注意。

昆德拉不认为心理现实主义的技巧对于使人物"活生生"是不可缺少的。对于他来说，"使人物'活生生'意味着：深入到他的存在疑问的尽头；意味着：深入到他的某些动机，甚至某些塑造他的词语尽头。"[139] 信息的缺乏并不会使人物不很"活生生"，因为读者的想象会自动补足这些。昆德拉反对心理现实主义，他宣称："小说家不必装成学者、医生、社会学家、历史学家，他分析的是不属于任何学科、只是单纯地属于生活一部分的**人的境况**（situations humaines）。正是在这个意义上，在心理现实主义的时代之后，布洛赫与穆齐尔认识到了小说的历史性使命：如果欧洲哲学没能够思考人的生活，思考其'具体的形而上学'（métaphysique concrète），小说被预定了要进驻这一片空地，而且它是无可取代的。"[140]

如果说是斯特拉文斯基为上半时的音乐恢复了名誉，现代派的伟大作品则为上半时的小说恢复了名誉。福楼拜使小说从戏剧性中解脱出来。"在他的小说里，人物是在日常生活的氛围中相遇。这氛围（以其漠不关心、以其光天化日、也以其使境况异常和难忘的气氛和魔力）不断地干预他们的隐私故事。"[141] 昆德拉认为福楼拜做出了重大的发现："对现行小说结构的发现，对我们的生活建基其上的平淡和戏剧性的永远并存的发现"。[142] 他把福楼拜的美学倾向概括为"使小说**非剧场化**（déthéâtraliser）、**非戏剧化**（dédramatiser）（即'非巴尔扎克化'），让一个个行动、姿势和答话都包含在一个更大的整体之中，使其溶解到日常生活的流淌之中。"[143]

昆德拉指出："自福楼拜以来，抓住现在时间的具体形态，就一直是标志小说演进的倾向之一。"[144] 在普鲁斯特以后的大小说家，尤其是卡夫卡、穆齐尔、布洛赫、贡布罗维奇、富恩特斯等，"都对几乎被遗忘了的19世纪以前的小说美学极为敏感。他们将随笔式的思考纳入了小说艺术；他们使小说写作更加自由；使小说重新获得了脱离主题的权利；为小说注入了不严肃和游戏的精神；用创造无意与身份证明一比高低的（巴尔扎克式）人物，否决了心理现实主义的清规戒律；特别是他们反对将使读者能信以为真看作是小说的责任，而这个要求统治着下半时的小说。"[145]

但是，这并非对上半时的简单回归，也不是对19世纪小说的幼稚排斥。昆德拉认为其意义更为广泛："对小说这一概念**重新定义**和**扩大内涵**，反对19世纪小说美学对这个概念内涵的**缩减**，从而将**整个小说历史经验当成它的基础**。"[146] 因此，昆德拉将现代艺术（小说是其中之一）定义为"以艺术的自主律为名，对模仿现实的反叛。自主在小说实践上的最先要求之一是：一部作品中的每一个时刻、每一小部分，都应有同样的审美重要性。"[147]现代艺术，尽管其历史短得像一部作品的尾声，却创造出了极大的美、全新的美学和综合的智慧。昆德拉建议将它看作"一个独特的时代，看作一个第三时"[148]。小说史的第三时不是体育比赛时的加时赛，不是"缓期执行"（sursis）或"苟延残喘"（survie），而是在恢复上半时传统基础上的创造。

在谈到贡布罗维奇的《费迪杜尔克》（*Ferdydurke*）时，昆德拉称赞他"写了一部真正的小说"："它如此之好地恢复了（拉伯雷、塞万提斯、菲尔丁意义上）喜剧小说的古代传统，以至于那些激动他的程度并不下于激动萨特的存在问题，在他那里显得既不严肃，也很怪异。"[149]昆德拉认为贡布罗维奇的《费迪杜尔克》，与布洛赫的《梦游者》以及穆齐尔的《没有个性的人》一道，复活了被遗忘了的巴尔扎克以前的小说经验，并夺得了一些此前被认为是哲学的领地，从而开创了小说史的"第三时"。[150]

穆齐尔、布洛赫、贡布罗维奇等作家都被归入现代派。昆德拉认为在通常所谓的现代派和"第三时"小说家们（以布洛赫为代表）之间有巨大的差异，不可混为一谈：

（1）现代派要求摧毁小说的形式，而布洛赫认为小说形式的可能性远远没有被穷尽。

（2）现代派要求摆脱以人物为作者的面具且隐藏作者面目的技巧，而在布洛赫的人物那里，作者的自我却探测不到。

（3）现代派摒弃整体，布洛赫却将小说视为人可以在整体上与生活保持关系的最后场所之一。

（4）现代派用一个不可逾越的边界线来分开"现代"小说和"传

统"小说，布洛赫却认为现代小说继续着塞万提斯以来所有大小说家都参与其中的相同的探索。

（5）在现代派后面，有一个末世论信仰的天真的残余物：一个大写历史终结了，另一个（更好的）建立在全新基础上的大写历史开始了；在布洛赫那里，有一种在对艺术特别是小说的演进深深敌视的状况中完成了的历史的怀旧意识。[151]

小说史的各个时期都很长，并以该时期小说优先探索的存在的某个方面为特征。福楼拜于1850年代在日常生活中所发现的，在七十年以后，才在詹姆斯·乔伊斯的《尤利西斯》中发挥得淋漓尽致。一批中欧小说家在1930年代开创的终极悖论时期，还远远没有结束。[152]小说似乎走到了末路，这显然不是因为我们"已经穷尽了它所有的可能性、所有的知识、所有的形式"。[153]昆德拉认为小说史不是枯竭已久的煤矿，"更像是一座埋葬了许多机会，埋葬了许多没有被人听到的召唤的坟墓"。因此，它仍然在向后人们发出召唤，其中四个是他特别感兴趣的。

第一个是游戏的召唤。昆德拉把劳伦斯·斯特恩的《项狄传》和德尼·狄德罗的《宿命论者雅克》视为"18世纪最伟大的两部小说作品，两部像庞大的游戏一样被构思出来的小说"，"在轻灵方面无人能及的两座高峰"。在他看来，它们所蕴藏的可能性如果不是遭到19世纪小说的屏蔽，足以创立出小说演变的另外一种不同的道路。[154]人有理性，也有非理性和超理性。与现代性互为支撑的理性主义有绝对理性化的倾向，要将一切都纳入理性的框架之内，嵌入严密的逻辑链条之中，让世界和人生变得清晰、透明、可理解、可预测。绝对理性化是人的主体性的体现，因为人要把秩序赋予或强加给万事万物，但这种追求同时又消解了人的主体性，因为人在自己所制定的绝对秩序和严格规则里面，只能服从而没有任何其他可能的选择。在理性的沉重压力和严密桎梏下，游戏就是一种反抗态度，就是一种追求自由的姿态，是对人主体性的重申，也是对人存在的其他可能性的探索和发现。

　　第二个是梦的召唤。由于对逼真的要求和追求，19世纪现实主义小说家偏重观察而忽视了想象。但是，卡夫卡唤醒了在小说创作中被忽视了的想象力。卡夫卡完成了超现实主义者渴望的梦与现实之交融。卡夫卡的写作实践说明："小说是这样一个场所，想象力在其中可以像在梦中一样迸发，小说可以摆脱看上去无法逃脱的真实性的枷锁。"[155]这让我们再次思考亚里士多德对历史学家与诗人职责的区分：前者叙述已经实际发生了的事情，而后者描述有可能发生的事情，即"按照可然律或必然律可能发生的事"。[156]写历史必须尽量客观和忠实，写叙事诗（以及小说）却必须通过想象来创造一个可能的世界，并通过这个世界里可能发生的事来观照现实，发现存在。小说在其诞生之时，就具有现实主义特征，即其对于现实人生的关切。但是，当巴尔扎克自命为当代法国社会的书记员[157]，他就让自己成为编年史家而不是小说家。尽管他仍然在塑造小说人物，他却希望读者们能够在现实生活看得到、认得出这些人物。带着这种期待，他很自然地把精确地观察现实并加以逼真描写作为自己努力的目标。过于精细的描绘和过于贴近现实，就使得他的小说显得笨重、质朴，审美意味不足，也缺乏让读者展开想象联想的空间。因此，卡夫卡将梦（噩梦）引入小说，甚至以此展开小说，再一次回到了亚里士多德的经典命题：叙事诗（小说）写的是可能世界里可能发生的事情。这使得遭到压制和排斥的想象再次被视为小说家的最重要能力,也唯有想象能够再次为沉闷笨拙的长篇小说带来活力、趣味和思想的深度。"今天,有谁还怀疑他是20世纪最为现实主义的作家吗? 卡夫卡以极大的想象力,社会承诺和真实性把暴力的普遍性描写成通行无阻的许可证。20世纪的法律、道德、政治、迷茫、孤独、梦魇——统统在这位所谓的反现实、凭空想象的卡夫卡笔下反映出来。由此也是希望之所在,尽管并非都如此。但是,所说的希望似乎是悲剧式的警告:极有希望,但不属于我们。欧洲知道这一点,世界也知道这一点。"[158]

第三个是思想的召唤。穆齐尔与布洛赫在其小说中引入了一种引人入胜的智慧。"这并不是要将小说转化为哲学,而是要在叙述故事的基础上,运用所有手段,不管是理性的还是非理性的,叙述性的还是思考性的,只要它能够照亮人的存在,只要它能够使小说成为一种最高的智慧综合。"[159]小说发现存在并将这些发现呈现给读者,它必然体现着作者的思考,但小说绝不是对哲理的简单图解,而是对人的具体存在的具体再现,并通过作为这个再现的小说来邀请读者一起发现和思考。真正的小说绝不是主题先行的产物,而是某个场景或人物形象打动了作者,激发了他或她的想象,在可能的世界里展开故事,以凸显存在的某个方面或某种可能。因此,真正的小说不能被概括为故事情节,不可被缩减为哲理和思想,也不可能被哲学替代。

第四个是时间的召唤。昆德拉指出:"终极悖论时期要求小说家不再将时间问题局限在普鲁斯特式的个人回忆问题上,而是将它扩展为一种集体时间之谜,一种欧洲的时间,让欧洲回顾它的过去,进行总结,抓住它的历史,就像一位老人一眼就看全自己经历的一生。所以要超越个体生活的时间限制(小说以前一直囿于其中),在它的空间中,引入多个历史时期(阿拉贡与富恩特斯都有类似的尝试)。"[160] 现代性的发生和展开基于人们对时间的一种普遍的预期和感受,落实为差异化的、个人性的时间经验,而丰富多彩的个人经验之所以对他人有价值和意义,原因在于在深层次上,个人经验与群体感受是彼此相通、相互阐发的。普鲁斯特式的个人回忆(或曰时间经验)之丰富和细腻程度是无与伦比的,使我们对时间更加敏感,更加有意识地过我们的生活。但是,普鲁斯特的最大问题在于他笔下的"我"几乎游离于历史和现实之外。在《追忆似水年华》里,我们隐约可以辨认出人物所处的时代,比如第一次世界大战,但时代只是作为一种茫漠的背景(甚至是可以置换的),而不是无可逃避的唯一的存在处境。事实上,大写历史的进程(或曰历史的自我完成)正像隆隆的坦克,碾过无数人的躯体,强行切断了他们生命进程和时间经验。以普鲁斯特式对个人时间经验的专注探索,来面对涉及亿万人的这样一种集体性的现代性残酷经验,显然是力不从心的。福克纳的《喧哗与骚动》将个人的回忆与美国南方历史进程联系在一起,马尔克斯的《百年孤独》将一个家族七代人的时间经验与拉丁美洲独立以来的历史进程联系在一起。在他们的小说中,个人既是完全的个人,又是一个政治与文化共同体的有机成员。无论他们积极努力还是消极应对,他们都在现代性展开中被裹挟着前进,却不是走向"应许之地",而是被推入虚无的深渊。如果说人创造了历史,而历史进程反过来毁灭了人,那么,历史肯定出了问题。承诺无限进步的现代性就这样走到了悖论的地步:它继续在承诺未来,也继续在剥夺未来。昆德拉之所以特别强调这一点，是因为我们继续在经验着现代性，但我们对这种关乎所有人未来的时间经验，反思得远远不够。

超现实主义者为小说下死亡证书的一个理由，是他们认为小说是反诗性的，对一切属于自由想象的东西都封闭。这种批评可能仅仅适用于一部分自然主义小说和现实主义小说，却不适用于浪漫主义小说和19世纪以前的小说。从超现实主义者宣告小说之死以来，已经出现了不少杰出的作品证明了小说依然具有生命的活力，其中最有代表性的是加西亚·马尔克斯的《百年孤独》。昆德拉说："这是我所知最伟大的诗性作品之一。每句单独的话都迸发出奇异的火花，每一个句子都是惊诧、惊奇；是对在《超现实主义宣言》中宣布的对小说的蔑视做出的响亮回答（同时又是向超现实主义的伟大致敬，向它的灵感，向它穿越了整个世纪的灵感致敬）。"[161] 昆德拉认为这部小说还额外地革新了我们对诗意与抒情的认识："它同时也证明了诗歌与抒情性并非两个姐妹概念，而是两个应当保持距离的概念。因为加西亚·马尔克斯的诗性跟抒情性没有任何关系，作者并不忏悔，并不敞开他的灵魂，他只是沉醉在客观世界中，并将客观世界升华到一个一切既是真实的又是不逼真的、魔幻的区域中。"[162]

另外一个值得注意的现象是，马尔克斯与19世纪的小说写法背道而驰："在《百年孤独》中，没有场景！它们完全融化到了叙述的沉醉之流中。"昆德拉说："仿佛小说向后回复了好几个世纪，回复到了一个不描写任何东西、只进行叙述的叙述者，但他带着一种在此之前从未见过的奇思异想的自由在叙述。"[163] 马尔克斯复活的正是拉伯雷和塞万提斯小说的自由想象。他重新赋予了叙事以迷人的魅力，让故事带有诗意。

1941年，巴赫金写道："长篇小说的形成过程还没有结束。如今这个过程正进入一个新的阶段。我们时代的特点，是世界正变得异乎寻常的复杂和深刻，人类异乎寻常地提高着自己的严格要求、清醒的意识和批判的精神。这些特点也决定着长篇小说的发展。"[164] 巴赫金显然看好小说的未来。既然他认为小说的形成过程尚未结束，他不可能去设想小说之死。[165]

四十年之后，昆德拉很清楚地知道小说面临着严重的危机。"我并不想预言小说未来的道路。其实我对此一无所知。我想要说的只是：假如小说真的应该消失，那并非是因为它已精疲力竭，而是因为它处于一个不再属于它的世界之中。"[166] 与昆德拉理念相通的富恩特斯以其切身经历和所见所闻，痛心地指出这个残酷的事实：20世纪对文学的三项要求，都在让小说变成非小说。第一项是要求小说服从一种政治思想，充当服务的工具；第二项是极端轻浮地指定小说的功能是娱乐，就是给消费社会的"机械人"提供消遣，而后者准备随时笑得要死，乐得昏天黑地；第三项是落入虚无主义，看到的是空白一片：一无所有，主体空缺。[167]

当世界变得越来越不利于小说的存在和发展，"要永恒地照亮'生活世界'，保护我们不至于坠入'本是被遗忘'"的小说，恰恰比以往任何时期都更有必要存在。[168] 我们能够把希望寄托于未来，好让我们有勇气和信心面对现状吗？昆德拉说："我的回答既可笑又真诚：我什么也不信赖，只信赖塞万提斯那份受到诋毁的遗产。"[169] 唯有这份遗产值得信赖，也唯有它能够保证小说的未来。

注释：

[1] 安东尼·吉登斯：《现代性的后果》，田禾译，南京：译林出版社，2000年第1版，第4页。

[2] 米兰·昆德拉：《帷幕》，董强译，上海：上海译文出版社，2006年第1版，第19页。

[3] Milan Kundera, *L'art du roman*, Paris: Gallimard, coll. « Folio / poche », 1995, p. 28.

[4] Frédéric Guillaud, « La modernité », in *Conflits actuels* (revue d'étude politique, Paris), n° 12, décembre 2003, p. 6.

[5] Milan Kundera, *Les testaments trahis*, Paris: Gallimard, coll. « Folio / poche », 1995, p. 73.

[6] *Ibid*., p. 74.

[7] *Ibid*., p. 157.

[8] 米兰·昆德拉：《帷幕》，董强译，上海：上海译文出版社，2006年第1版，第19页。

[9] Milan Kundera, *L'art du roman*, Paris: Gallimard, coll. « Folio / poche », 1995, p. 47.

[10] Milan Kundera, *Les testaments trahis*, Paris: Gallimard, coll. « Folio / poche », 1995, p. 75.

[11] *Ibid*., pp. 157-158.

[12] 米兰·昆德拉：《被背叛的遗嘱》，余中先译，上海：上海译文出版社，2003年第1版，第19页。

[13] Milan Kundera, *Les testaments trahis*, Paris: Gallimard, coll. « Folio / poche », 1995, p. 158.

[14] *Ibid*.

[15] *Ibid*., p. 157.

[16] 参见本书第五章第三节。

[17] Milan Kundera, *Le rideau*, Paris: Gallimard, coll. « NRF », 2005, p. 32.

[18] *Ibid.*

[19] *Ibid.*

[20] Milan Kundera, *Les testaments trahis*, Paris: Gallimard, coll. « Folio / poche »，1995, p. 75.

[21] *Ibid*., p. 157.

[22] *Ibid*., p. 78.

[23] 皮埃尔·布吕奈尔等：《20世纪法国文学史》，郑克鲁等译，成都：四川文艺出版社，1991年第1版，第39页。

[24] 同上书，第39—40页。

[25] 亨利·詹姆斯：《小说的艺术——亨利·詹姆斯文论选》，朱雯、乔伾、朱乃长等译，上海：上海译文出版社，2001年第1版，第32页。

[26] 同上书，第34页。

[27] 同上书，第36页。

[28] 同上书，第35页。

[29] 同上书，第36—37页。

[30] 同上书，第35页。

[31] 同上书，第38页。

[32] 同上。

[33] 同上。

[34] 罗杰·法约尔：《法国文学评论史》，怀宇译，成都：四川文艺出版社，1992年第1版，第219页。

[35] 马塞尔·普鲁斯特：《德·盖芒特先生心目中的巴尔扎克》，见《驳圣伯夫：一天上午的回忆》，沈志明译，天津：百花文艺出版社，2013年第1版，第157页。

[36] 马塞尔·普鲁斯特：《圣伯夫与巴尔扎克》，见《驳圣伯夫：一天上午的回忆》，沈志明译，天津：百花文艺出版社，2013年第1版，第139—140页。

[37] 马塞尔·普鲁斯特：《圣伯夫与福楼拜——兼论福楼拜风格》，同上书，第219页。

[38] 同上书，第219—220页。

[39] 皮埃尔·布吕奈尔等：《20世纪法国文学史》，郑克鲁等译，成都：四川文艺出版社，1991年第1版，第295页。

[40] 李凤亮：《诗·思·史：冲突与融合——米兰·昆德拉小说诗学引论》，北京：商务印书馆，2006年第1版，第305页。

[41] 娜塔莉·萨洛特：《从陀思妥耶夫斯基到卡夫卡》，袁树仁译，见柳鸣九（编选）：《新小说研究》，北京：中国社会科学出版社，1986年第1版，第2—3页。

[42] 同上书，第2页。

[43] 同上书，第3页。

[44] 同上。

[45] 同上。

[46] 同上。

[47] 同上书，第3—4页。

[48] 同上书，第4页。

[49] 同上书，第5页。

[50] 巴黎《圆桌》（*La table ronde*）杂志1948年第1期，第145页。引自娜塔莉·萨洛特：《怀疑的时代》，林青译，见柳鸣九（编选）：《新小说研究》，北京：中国社会科学出版社，1986年第1版，第30—31页。

[51] 娜塔莉·萨洛特：《怀疑的时代》，林青译，见柳鸣九（编选）：《新小说研究》，北京：中国社会科学出版社，1986年第1版，第31页。

[52] 同上。

[53] 同上。

[54] 阿兰·罗伯-格里耶：《未来小说的一条道路》，见阿兰·罗伯-格里耶：《快照集·为了一种新小说》，余中先译，长沙：湖南美术出版社，2001年第1版，第81页。

[55] 同上书，第87—88页。

[56] 同上书，第81页。

[57] 阿兰·罗伯-格里耶：《理论有什么用》，见阿兰·罗伯-格里耶：《快照集·为了一种新小说》，余中先译，长沙：湖南美术出版社，2001年第1

版，第 71 页。

[58] 同上。

[59] 皮埃尔·德·布瓦岱弗尔：《今日法国作家》，鲍刚译，北京：商务印书馆，1998 年第 1 版，第 62—63 页。

[60] 同上书，第 61 页。

[61] 英语的"authority"（"权威"）可以分解为"author-ity"（"作者—权"）。

[62] 托马斯·福斯特：《如何阅读一本小说》，梁笑译，海口：南海出版公司，2015 年第 1 版，第 3—4 页。

[63] 索尔·贝娄：《未来小说漫话》，见王宁、顾明栋（编）：《诺贝尔文学奖获奖作家谈创作》，北京：北京大学出版社，1987 年第 1 版，第 430 页。

[64] 同上书，第 434 页。

[65] 安贝托·艾柯：《悠游小说林》，俞冰夏译，北京：生活·读书·新知三联书店，2005 年第 1 版，第 149 页。

[66] 卡洛斯·富恩特斯：《小说死了吗？》，赵德明译，载《外国文学》，1995 年第 6 期，第 5 页。

[67] 同上刊，6 页。

[68] 同上。引者对文字和标点有所改动。

[69] 同上刊，第 7 页。

[70] 见德尼兹·加亚尔、贝尔纳代特·德尚、J. 阿尔德伯特等：《欧洲史》，蔡鸿滨、桂裕芳译，海口：海南出版社，2000 年第 1 版，第 520 页。

[71] 杰克逊·J. 斯皮瓦格尔：《西方文明简史》（第三版），北京：北京大学出版社，2006 年第 1 版，第 443 页。

[72] 德尼兹·加亚尔、贝尔纳代特·德尚、J. 阿尔德伯特等：《欧洲史》，蔡鸿滨、桂裕芳译，海口：海南出版社，2000 年第 1 版，第 519 页。

[73] 罗兰·斯特龙伯格：《西方现代思想史》，刘北成、赵国新译，北京：中央编译出版社，2005 年第 1 版，第 429 页。

[74] 同上书，第 430 页。

[75] 德尼兹·加亚尔、贝尔纳代特·德尚、J. 阿尔德伯特等：《欧洲史》，蔡鸿滨、桂裕芳译，海口：海南出版社，2000 年第 1 版，第 524 页。

[76] 罗兰·斯特龙伯格：《西方现代思想史》，刘北成、赵国新译，北京：中央编译出版社，2005年第1版，第430页。

[77] 德尼兹·加亚尔、贝尔纳代特·德尚、J. 阿尔德伯特等：《欧洲史》，蔡鸿滨、桂裕芳译，海口：海南出版社，2000年第1版，第524页。

[78] 罗兰·斯特龙伯格：《西方现代思想史》，刘北成、赵国新译，北京：中央编译出版社，2005年第1版，第431页。

[79] 同上书，第430页。

[80] 同上书，第428页。

[81] 德尼兹·加亚尔、贝尔纳代特·德尚、J. 阿尔德伯特等：《欧洲史》，蔡鸿滨、桂裕芳译，海口：海南出版社，2000年第1版，第528页。

[82] 罗兰·斯特龙伯格：《西方现代思想史》，刘北成、赵国新译，北京：中央编译出版社，2005年第1版，第427页。

[83] Germaine Brée et Édouard Morot-Sir, *Littérature française*, t. 9 (*Du surréalisme à l'empire de la critique*), Paris: Artaud, 1984, p. 16.

[84] 罗兰·斯特龙伯格：《西方现代思想史》，刘北成、赵国新译，北京：中央编译出版社，2005年第1版，第427页。

[85] 米兰·昆德拉：《小说的艺术》，董强译，上海：上海译文出版社，2004年第1版，第14—15页。

[86] 罗兰·斯特龙伯格：《西方现代思想史》，刘北成、赵国新译，北京：中央编译出版社，2005年第1版，第445页。

[87] 同上。

[88] Paul Valéry, « La crise de l'esprit », in Paul Valéry, *Œuvres*, Paris: Gallimard, coll. « Bibliothèque de la Pléiade », 2002, t. 1, p. 988.

[89] 罗兰·斯特龙伯格：《西方现代思想史》，刘北成、赵国新译，北京：中央编译出版社，2005年第1版，第446页。

[90] 路德维希·维特根斯坦：《文化的价值》，钱发平编译，重庆：重庆出版社，2006年第1版，第9—10页。

[91] T. S. 艾略特：《空心人》，见查良铮（编译）：《英国现代诗选》，长沙：湖南人民出版社，1983年第1版，第103页。

[92] 让-弗朗索瓦·利奥塔尔：《马尔罗传》，蒲北溟译，上海：东方出版中心，2000年第1版，第102页。

[93] Germaine Brée et Édouard Morot-Sir, *Littérature française*, Paris: Artaud, 1984, t. 9 (*Du surréalisme à l'empire de la critique*), p. 20.

[94] *Ibid.*, p. 21.

[95] 让-弗朗索瓦·利奥塔尔：《马尔罗传》，蒲北溟译，上海：东方出版中心，2000年第1版，第102页。

[96] 米兰·昆德拉：《被背叛的遗嘱》，余中先译，上海：上海译文出版社，2003年第1版，第18页。

[97] Milan Kundera, *La Vie est ailleurs*, Paris: Gallimard, coll. « Folio / poche », 1999, p. 357.

[98] 米兰·昆德拉：《被背叛的遗嘱》，余中先译，上海：上海译文出版社，2003年第1版，第18页。

[99] Milan Kundera, *Les testaments trahis*, Paris: Gallimard, coll. « Folio / poche », 1995, p. 28.

[100] 米兰·昆德拉：《被背叛的遗嘱》，余中先译，上海：上海译文出版社，2003年第1版，第18页。

[101] Milan Kundera, *L'art du roman*, Paris: Gallimard, coll. « Folio / poche », 1995, p. 26.

[102] *Ibid.*, p. 29.

[103] *Ibid.*

[104] *Ibid.*, p. 30.

[105] *Ibid.*, pp. 17-18.

[106] 米兰·昆德拉：《小说的艺术》，董强译，上海：上海译文出版社，2004年第1版，第24页。

[107] Milan Kundera, *L'art du roman*, Paris: Gallimard, coll. « Folio / poche », 1995, p. 38.

[108] *Ibid.*, pp. 38-39.

[109] 米兰·昆德拉：《小说的艺术》，董强译，上海：上海译文出版社，2004年

第 1 版，第 18 页。

[110] Milan Kundera, *L'art du roman*, Paris: Gallimard, coll. « Folio / poche », 1995, p.28.

[111] Milan Kundera, *Les testaments trahis*, Paris: Gallimard, coll. « Folio / poche », 1995, p.14.

[112] *Ibid.*, p.16.

[113] *Ibid.*, p.17.

[114] *Ibid.*

[115] *Ibid.*, p.279.

[116] 米兰·昆德拉：《小说的艺术》，董强译，上海：上海译文出版社，2004 年第 1 版，第 24 页。

[117] 同上。

[118] 同上书，第 24—25 页。

[119] 安·德·戈德马尔：《小说是让人发现事物的模糊性——昆德拉访谈录（1984 年 2 月）》，谭立德译，见乔治·艾略特等：《小说的艺术》，张玲等译，北京：社会科学文献出版社，1999 年第 1 版，第 83 页。

[120] 同上。

[121] 卡洛斯·富恩特斯：《小说死了吗？》，赵德明译，载《外国文学》，1995 年第 6 期，第 6 页。

[122] 米兰·昆德拉：《小说的艺术》，董强译，上海：上海译文出版社，2004 年第 1 版，第 25 页。

[123] 同上。

[124] 同上书，第 206 页。

[125] 米兰·昆德拉：《相遇》，尉迟秀译，上海：上海译文出版社，2010 年第 1 版，第 26 页。

[126] 米兰·昆德拉：《小说的艺术》，董强译，上海：上海译文出版社，2004 年第 1 版，第 17 页。

[127] 同上。

[128] 安·德·戈德马尔：《小说是让人发现事物的模糊性——昆德拉访谈录

（1984 年 2 月）》，谭立德译，见乔治·艾略特等：《小说的艺术》，张玲等译，北京：社会科学文献出版社，1999 年第 1 版，第 82—83 页。

[129] 米兰·昆德拉：《被背叛的遗嘱》，余中先译，上海：上海译文出版社，2003 年第 1 版，第 19—20 页。

[130] 米兰·昆德拉：《相遇》，尉迟秀译，上海：上海译文出版社，2010 年第 1 版，第 81—82 页。

[131] 同上书，第 82 页。

[132] 同上。引者对标点做了修改。

[133] 同上。引者对标点做了修改。

[134] 克莱夫·贝尔：《艺术》，薛华译，南京：江苏教育出版社，2004 年第 1 版，第 3 页。

[135] 米兰·昆德拉：《相遇》，尉迟秀译，上海：上海译文出版社，2010 年第 1 版，第 86—87 页。

[136] 同上书，第 83—84 页。

[137] 阿兰·罗伯-格里耶：《未来小说的一条道路》，见阿兰·罗伯-格里耶：《快照集·为了一种新小说》，余中先译，长沙：湖南美术出版社，2001 年第 1 版，第 82 页。

[138] Milan Kundera, *Les testaments trahis*, Paris: Gallimard, coll. « Folio / poche »，1995, p. 195.

[139] Milan Kundera, *L'art du roman*, Paris: Gallimard, coll. « Folio / poche »，1995, p. 49.

[140] Milan Kundera, *Les testaments trahis*, Paris: Gallimard, coll. « Folio / poche »，1995, p. 200.

[141] *Ibid.*, pp. 158-159.

[142] *Ibid.*, p. 159.

[143] Milan Kundera, *Le rideau*, Paris: Gallimard, coll. « NRF »，2005, p. 34.

[144] Milan Kundera, *Les testaments trahis*, Paris: Gallimard, coll. « Folio / poche »，1995, p. 159.

[145] *Ibid.*, p. 92.

第八章　历史的终结与小说的未来

[146] *Ibid.*

[147] *Ibid.*, p.194.

[148] *Ibid.*, p.95.

[149] *Ibid.*, p.301.

[150] *Ibid.*, p.95.

[151] Milan Kundera, *L'art du roman*, Paris: Gallimard, coll. « Folio / poche », 1995, pp.84-85.

[152] 米兰·昆德拉：《小说的艺术》，董强译，上海：上海译文出版社，2004年第1版，第16—17页。

[153] 同上书，第20页。

[154] 同上。

[155] 同上书，第20—21页。

[156] 亚里士多德：《诗学》，罗念生译，见亚里士多德、贺拉斯：《诗学·诗艺》，北京：人民文学出版社，1962年第1版，第28页。

[157] 奥诺雷·德·巴尔扎克：《〈人间喜剧〉前言》，见《巴尔扎克论文艺》，艾珉、黄晋凯选编，袁树仁等译，北京：人民文学出版社，2003年第1版，第259页。

[158] 卡洛斯·富恩特斯：《小说死了吗？》，赵德明译，载《外国文学》，1995年第6期，第7页。

[159] 米兰·昆德拉：《小说的艺术》，董强译，上海：上海译文出版社，2004年第1版，第21页。

[160] 同上书，第21—22页。

[161] 米兰·昆德拉：《帷幕》，董强译，上海：上海译文出版社，2006年第1版，第105页。

[162] 同上。

[163] 同上书，第105—106页。

[164] 米哈伊尔·巴赫金：《史诗与小说——长篇小说研究方法论》，见《巴赫金全集》，第三卷，白春仁、晓河译，石家庄：河北教育出版社，1998年第1版，第545页。

361

[165] 十年以后，苏珊·朗格（Susanne K. Langer, 1895—1982）表达了类似的观点："虽然小说是我们最丰富、最有性格、最流行的文学产品，但它是一种较晚的现象，它的艺术形式仍在发展，仍然以前所未有的效果、全新的结构和技巧手段使评论家们感到惊奇。"（苏珊·朗格：《情感与形式》，刘大基、傅志强、周发祥译，北京：中国社会科学出版社，1986年第1版，第234页。）

[166] 米兰·昆德拉：《小说的艺术》，董强译，上海：上海译文出版社，2004年第1版，第25—26页。

[167] 卡洛斯·富恩特斯：《小说死了吗?》，赵德明译，载《外国文学》，1995年第6期，第8页。

[168] 米兰·昆德拉：《小说的艺术》，董强译，上海：上海译文出版社，2004年第1版，第23页。引者对译文做了修改。

[169] 同上书，第26页。

结　语

　　现代小说诞生在"现代性"最早展开的西欧,是与现代(les Temps modernes, Modern Times)一同诞生的,也是它最重要、最典型的文学映像和艺术表征。昆德拉反复强调:现代的奠基人不仅是笛卡尔,还应加上塞万提斯,因为他开创了一个伟大的欧洲艺术,其使命就是对于被遗忘的存在的探索。这就把小说提高到了与现代社会和现代人在本质上密切相关的程度,也使我们可以从一个非常特别的角度,即从现代性的发生和展开,来理解现代小说的发展和演变。

　　通过对叙事作品写作方式演变过程的考察,昆德拉强调这个事实:史诗艺术在16世纪和17世纪抛弃了韵文,从而成为一门新的艺术,即小说。把小说视为史诗的现代形式,并非昆德拉的创见,但也再次提醒我们:将小说视为史诗的对映体(antipode),以史诗为参照,确实有助于我们深刻理解从传统到现代的断裂、现代社会与文化的特质,以及现代人无法回避的根本问题,即人类独有的存在问题。黑格尔可能是第一个以史诗为参照来考察小说特质的大学者。他将史诗与小说相提并论,将小说视为史诗在现代社会的表现形式,为在现代初期被视为不登大雅之堂的这种通俗文学赋予了一种崇高的地位,为小说在19世纪跃升为主导性的文类打下了思想基础。深受黑格尔思想影响的卢卡奇则明确地将小说视为上帝所遗弃的世界的史诗。昆德拉也注意到现代社会理性化过度造成的神人分离现象与后果,即上帝成了**隐匿的上帝**,人成了一切的基础,与欧洲个人主义同时诞生的,还有现代的艺术、文化与科学。

借助于黑格尔"散文的世界"的提法,昆德拉认为散文并不仅仅意味着一种不合诗律的文字,它同时还意味着生活的具体、日常、物质的一面,正是"散文"这个词决定了小说艺术的深刻意义,即直面祛魅的世界的单调、重复,甚至无理想、无意义、无目标的生活。这种生活的本来面目就是一种失败,而我们面对这一不可逆转的失败所能做的,就是试图去理解它。这也是小说的存在理由。

昆德拉执着地将自己的小说定义为"欧洲小说"传统的清醒延续。他反复声明:"欧洲小说"的概念并不是出于地理因素的考虑,他心目中的"欧洲小说"也并不简单地等同于欧洲人写的小说,而是"开始于欧洲现代社会初期的历史的小说"。"欧洲小说"具有了地域性与普遍性的双重含义,是基于地理知识的一个文化概念。他认为小说是全欧洲的产物;在欧洲这个文化共同体中,小说的演进史,在昆德拉看来就好像是一场接力跑。在这一历史演进中,欧洲不同的地区一个一个渐次醒来,在各自的独特性中自我肯定,并融入共同的欧洲意识中去。昆德拉认为只是到了20世纪,"欧洲小说"才扩展到欧洲以外的地方。我们认为"欧洲小说"之所以能够扩展到欧洲之外，并取得了引人注目的成就，就是因为从西欧开始的现代性展开，扩展到了欧洲之外的这些西方文化外延地区。因此，"欧洲小说"意味着现代小说。

昆德拉指出：自从现代之始，小说就一直忠实地伴随着人，捍卫着生活世界，免得它落入"本是被遗忘"的状态。因此，欧洲小说的演进被他看作对于现代性所引起的"本是被遗忘"的一场持续的斗争。小说既不提供某一时代的忠实的历史画卷，也不提供对其社会结构的分析批评。小说是透过想象人物的角度对于存在的思考。小说不是作者的自白，而是对置身于成了陷阱的世界之中人的生活的探索。发现只有小说能够发现的，这是小说存在的唯一理由。随着"世界的祛魅化"和"大写历史"（Histoire）自我实现的进程之持续推展，人类存在的危机不断加深，小说形式也不断地演化，但它始终关注有血有肉的人，关注人的存在状况，关注他们的孤独、忧虑，他们的爱与恨，他们的生与死。借助于小说形式，靠着直觉和摸索，小说家要揭示人之存在的新方面并为之赋形。表面上看，现代小说不美也不善，但这恰好是对于作为参照系的真正美善的揭示与讴歌。

在昆德拉的小说诗学中，他特别强调"小说"之为小说，有两个前提是应该毫不动摇地坚持的。第一个前提是小说要有所"发现"：启示人类存在的新方面，是小说这一文学形式的根本功能，是它唯一站得住脚的道义理由。因此，小说家的雄心并不在于比前人写得更有声有色，而在于看到他们未曾看见的，说出他们未曾说出的。基于上述"小说"之为"小说"的第一个前提，昆德拉心目中的欧洲小说史，自然有别于一般文学史家的理解：它不是指由按照自然的时间嬗变顺序所产生的小说在数量上的总和。昆德拉认为：是**持续不断的发现**（而不是增加已经写出来了的），构成了欧洲小说的历史。因此，不是所有被称作"小说"的文本，都可以进入并构成昆德拉心目中的"欧洲小说史"。他再次强调小说家对历史的兴趣不在于做事实记录，而在于发现存在的可能性。

昆德拉认为在科学史领域，可以谈论"进步"，但在小说艺术史领域，"进步"的概念根本不适用，因为在艺术上，新的东西并不意味着一种完善、改进和提高，却像是探索未知的土地、并将它们标识在地图上的一次旅行。因此，"小说家的雄心不在于比前人做得好，而是要看到他们未曾看到的，说出他们未曾说出的。"[1] 小说艺术史上的新发现并不排斥旧有发现的存在价值。昆德拉认为文学史与政治史、社会史也不同。在后一种历史里，不以成败论英雄，失败者也是历史的造就者，有些失败的英雄可能比战胜他们的人更引人关注和尊敬。但是，只有成功者才能够进入文学史，不仅是失败的小作家会被遗忘，遭遇失败的大作家同样会被遗忘。昆德拉指出：从塞万提斯起，一部小说的首要的、根本的标志，在于它是一种唯一的、不可模仿的创作，因为这跟作者的想象力密不可分。

对昆德拉来说，与小说发现存在的使命相关联的一个前提，就是必须承认作为独立的艺术形式的小说的自主性。小说所要传达的知识既不存在于小说创作之前，也不存在于它的具体形式之外，而且也不能被改编为另一层次的推理论证，比如说用哲学的、社会学的或评论文章语言去复述小说的内容和思想。小说的整体意思不能与作者在随笔、文章、通信或者谈话中表达的观点、观念混为一谈。小说家不像散文作家那样在作品中阐释某一特殊的理论或观点，他也不像诗人一样着迷于自己的主观经验和自己的语言创造，他毋宁是被笔下人物的行为逻辑、他们的故事进展，以及小说形式引导着。借助于小说形式，靠着直觉和摸索，他要揭示人之存在的新方面并为之赋形。在昆德拉看来，现代小说史要比哲学史幸运得多，因为它诞生在人的自由、他的完全个人性的创造、他的选择之中。需要说明的是，昆德拉强调小说形式的自主性，始终关联着对小说发现存在新方面的绝对要求。这种自主性始终不是完全独立、自我封闭的，并不是"为艺术而艺术"的纯文学。

昆德拉并不反对小说家描绘历史，但前提是通过历史去探索存在。作者如果认为某种历史处境是人类世界中闻所未闻、见所未见、具有启发性的可能性，他就会去描绘，但目的仍然是为了探究存在。昆德拉不接受关于他的作品是心理小说的说法，但他认为所有时代的所有小说都趋向于对自我之谜的探索。他将"小说"定义为"散文的伟大形式，作者通过一些实验性的自我（人物）透彻地审视存在的某些主题。"[2]他用一句话高度概括自己的观点："小说是透过想象人物的角度对于存在的思考。"[3]

小说在19世纪取得了巨大的艺术成就，然而，就在19世纪末，人们开始谈论小说的危机，就连亨利·詹姆斯这样的大作家，也对小说的未来感到忧心忡忡。昆德拉认为小说史演进的代价是对其历史遗产的否定。进入20世纪，未来主义者、超现实主义者、各种各样的先锋主义者，都在谈论着小说的死亡。

如果说"历史的终结"不仅没有使昆德拉伤感，反倒有一些快慰，那么，"历史的终结"在小说中的体现却让昆德拉忧心和揪心。

他毫不掩饰自己对于小说现状的忧虑，即表面繁荣下面的空虚。这些丰富多彩得令人眼花缭乱的小说的命运是可怕的，它们必定是坠落在再也发现不了美学价值的混沌之中，因为在昆德拉看来，伟大的作品只能诞生于它们所属艺术的历史中，同时**参与**这个历史。只有在小说史中，人们才能看清楚什么是新的，什么是重复的，什么是发明，什么是模仿。换言之，只有在小说史中，一部作品才能作为人们得以甄别并重视的**价值**而存在。

昆德拉让我们注意这个事实：小说的死亡并不是小说的消失。在某些国家的特定历史时期里，出版了成百上千部小说，而且发行量大得惊人。然而，这些小说并不延续对存在的探寻，它们没有发现任何一点存在的新的方面：它们只是证实别人已经说过了的。没有任何发现，它们不再参加昆德拉所谓的小说史的**接连不断的发现**。"它们位于这个历史**之外**，或者说：它们是**小说史终结以后的小说**。""现在我们知道了小说**如何**死亡：它不**消失**，它的历史停止了，此后只剩下重复的时间，小说复制它的倒空了精神的形式。这是一种被遮掩了的死亡，它发生却不被察觉，也不使任何人受到震撼。"[4]

小说面临着的最大威胁在于，它如今处在一个不属于它的世界。它在多方面遭到排斥和敌视。小说是否按照它自己的内在逻辑到了它的尽头？它是否穷尽了其一切的可能性、知识和形式？昆德拉不想预言小说的未来道路，但他认为如果小说必须消亡，这不是因为它奄奄一息了，而是因为它置身于一个不是它自己的世界。

小说的终结并不像文学激进主义者所想的那么简单，而是意味着非常严重的结果，因为如果我们承认塞万提斯是现代的奠基人，他的小说遗产继承之终结就意味现代的终结。在曾经生活过的东欧世界里，昆德拉见识过、体验过小说的死亡。在西方轻松自如地谈论甚至宣判小说死亡的人是肤浅的，因为他们根本就不明白小说死亡意味着什么。

如果说是斯特拉文斯基为上半时的音乐恢复了名誉，现代派的伟大作品则为上半时的小说恢复了名誉。但是，这并非对上半时的简单回归，也不是对19世纪小说的幼稚排斥。昆德拉将现代艺术（小说是其中之一）定义为以艺术的自主律为名，对模仿现实的反叛。"自主在小说实践上的最先要求之一是：一部作品中的每一个时刻、每一小部分，都应有同样的审美重要性。"[5] 尽管其历史短得像一部作品的尾声，现代艺术却创造出了极大的美、全新的美学和综合的智慧。昆德拉建议将它看作一个独特的时代，看作一个第三时。小说史的第三时不是体育比赛时的加时赛，不是"缓期执行"或"苟延残喘"，而是在恢复上半时传统基础上的创造。

当世界变得越来越不利于小说的存在和发展，要永恒地照亮生活世界，保护我们不至于坠入"本是被遗忘"的小说，恰恰比以往任何时期都更有存在的必要。我们不能够把希望寄托于未来，而是必须现在就表明立场，采取行动，即只信赖塞万提斯那份受到诋毁的遗产。唯有这份遗产值得信赖，也唯有它能够保证小说的未来。

以上所述并不是一个有着系统思想的理论家的思考。昆德拉只是从他个人艺术观的角度来谈论。因此，当我们发现他的思考与他个人的兴趣爱好密切关联，我们也不会太感到惊奇。看见他只讨论他感兴趣的问题，我们也不会觉得不自然。昆德拉眼中的欧洲小说演进史带着个人的色彩，被他的艺术取向所决定。他反复强调对生活世界中的存在的新方面的发现是小说作为小说的唯一存在理由。

他坚持曾遭贬斥的塞万提斯的遗产。作为一个现代作家，他不认同所谓的现代主义。一个欧洲小说史专家也许可以责备他眼光狭窄，许多流传广泛的有名小说都被排除在他的小说视域之外。但是，与昆德拉一起，我们可以重新考察欧洲小说发展史，更好地理解其严谨的深层逻辑，继续思考小说在抵抗"本是被遗忘"的斗争中所起的作用。

昆德拉不是第一个谈论小说的艺术形式自主性的人。但他的讨论方式与论辩风格，引起了人们对小说形式的重视，让人们更加理解小说不能被缩减为故事情节，不能被置换成其他形式（比如说哲学的形式），而它本身的形式则既高度开放又高度自主，能够自然而然地包容抒情和随笔的因素。昆德拉不断提醒我们：小说富有活力，却常常处在危机之中，常常处在消失与再生的边缘。

昆德拉对小说诗学的思考虽然不成系统，却有不少洞见与睿智，毫无疑问值得我们将其作为对现代欧洲小说诗学的重要文献去研读。

注释：

[1] 米兰·昆德拉：《帷幕》，董强译，上海：上海译文出版社，2006 年第 1 版，第 20 页。

[2] 米兰·昆德拉：《小说的艺术》，董强译，上海：上海译文出版社，2004 年第 1 版，第 182 页。

[3] Milan Kundera, *L'art du roman*, Paris: Gallimard, coll. « Folio / poche », 1995, p.102.

[4] *Ibid.*, p.26.

[5] Milan Kundera, *Les testaments trahis*, Paris: Gallimard, coll. « Folio / poche », 1995, p.194.

参考文献

参考文献分类排列，以免过于庞杂。

在每一类中，先排列中文文献，再排列西文文献。

西文文献以著作者、编选者姓氏的拉丁字母顺序排序；中文文献（包括译著译文）则以著作者、编选者姓氏汉语拼音的拉丁字母顺序排序。

为排序方便和醒目，西文文献著作者、编选者的姓氏前置并大写，以与名字加以区别；译自外文的中文文献著作者、编选者的姓氏前置，名字后置并加括号，同时省略其译名中名字与姓氏的间隔号"·"。

同一类之中同一著作者、编选者的多个文献，以出版年份先后排序。昆德拉的中文和法文著作则以初版年份先后排序。

参考文献所属丛书名称，全部予以保留。

（一）昆德拉小说诗学

（1）中译本

昆德拉（米兰）：《小说的艺术》，董强译，上海：上海译文出版社，《米兰·昆德拉作品系列》，2004年第1版。

昆德拉（米兰）：《被背叛的遗嘱》，余中先译，上海：上海译文出版社,《米兰·昆德拉作品系列》,2003 年第 1 版。

昆德拉(米兰):《帷幕》,董强译,上海:上海译文出版社,《米兰·昆德拉作品系列》,2006 年第 1 版。

昆德拉(米兰):《相遇》,尉迟秀译,上海:上海译文出版社,《米兰·昆德拉作品系列》,2010 年第 1 版。

(2) 法文本

KUNDERA Milan, *L'art du roman*, Paris: Gallimard, coll. « Folio / poche », 1995.

KUNDERA Milan, *Les testaments trahis*, Paris: Gallimard, coll. « Folio / poche », 1995.

KUNDERA Milan, *Le rideau*, Paris: Gallimard, coll. « NRF », 2005.

KUNDERA Milan, *Une rencontre*, Paris: Gallimard, coll. « NRF », 2009.

(二) 昆德拉小说诗学及小说研究

(1) 中文文献

李凤亮:《诗·思·史:冲突与融合——米兰·昆德拉小说诗学引论》,北京:商务印书馆,2006 年第 1 版。

里卡尔(弗朗索瓦):《关于毁灭的小说》,见米兰·昆德拉:《玩笑》,蔡若明译,上海:上海译文出版社,《米兰·昆德拉作品系列》,2003 年第 1 版,第 379—407 页。

里卡尔(弗朗索瓦):《阿涅丝的最后一个下午》,袁筱一译,上海:上海译文出版社,2011 年第 1 版。

罗斯(菲利普)、昆德拉(米兰):《关于〈笑忘录〉的对话》,高兴摘译,载《外国文学动态》,1994 年第 6 期。

彭少健:《米兰·昆德拉的小说:探索生命存在的艺术哲学》,上海:东方出版中心,2009 年第 1 版。

仵从巨(主编):《叩问存在——米兰·昆德拉的世界》,北京:华夏出版社，2005 年第 1 版。

(2) 西文文献

Bloom Harold (ed.), *Milan Kundera,* New York: Library Binding, 2003.

Boyer-Weinmann Martine, *Lire Milan Kundera,* Paris: Armand Colin, 2009.

Chvatik Kvetoslav, *Le monde romanesque de Milan Kundera,* Paris: Gallimard, 1995.

Legrand Louis, *Kundera,* Paris: L'Harmattan, 2004.

Ozihel Harding, *Milan Kundera,* Paris: Frac Press, 2012.

Rizek Martin, *Comment on devient Kundera?,* Paris: L'Harmattan, 2001.

（三）西方小说诗学研究

(1) 中文文献

艾柯（安贝托）：《悠游小说林》，俞冰夏译，北京：生活·读书·新知三联书店，《文化生活译丛》，2005 年第 1 版。

艾略特（乔治）等：《小说的艺术》，张玲等译，北京：社会科学文献出版社，《思想文库·文学与思想丛书》，1999 年第 1 版。

奥尔巴赫（埃里希）：《论模仿：西方文学中现实的再现》，吴麟绶、周新建、高艳婷译，北京：商务印书馆，2014 年第 1 版。

巴赫金（米哈伊尔）：《巴赫金全集》，第三卷（小说理论），白春仁、晓河译，石家庄：河北教育出版社，1998 年第 1 版。

贝西埃（让）：《叩问小说：超越小说理论的若干途径》，史忠义译，北京：中国知识产权出版社，2017 年第 1 版。

布斯（韦恩）：《小说修辞学》，傅礼军译，南宁：广西人民出版社，1987 年第 1 版。

福斯特（爱德华·摩根）：《小说面面观》（英汉对照），朱乃长译，北京：中国对外翻译出版公司，2001 年第 1 版。

福斯特（托马斯）：《如何阅读一本小说》，梁笑译，海口：南海出版公司，2015 年第 1 版。

富恩特斯（卡洛斯）：《小说死了吗？》，赵德明译，载《外国文学》，1995 年第 6 期，第 5—16 页。

戈尔德曼（吕西安）：《论小说的社会学》，吴岳添译，北京：中国社会科学出版社，《当代外国文艺理论译丛》，1988 年第 1 版。

龚翰熊：《西方小说艺术》，成都：四川大学出版社，1994 年第 1 版。

龚翰熊：《文学智慧——走进西方小说》，成都：四川出版集团巴蜀书社，2005 年第 1 版。

热奈特（热拉尔）：《叙事话语·新叙事话语》，王文融译，北京：中国社会科学出版社，《二十世纪欧美文论丛书》，1990 年第 1 版。

李丹：《从形式主义文本到意识形态对话：西方后现代元小说的理论与实践》，北京：中国社会科学出版社，2017 年第 1 版。

利科（保尔）：《虚构叙事中时间的塑形：时间与叙事卷二》，王文融译，北京：生活·读书·新知三联书店，《法兰西思想文化丛书》，2003 年第 1 版。

卢卡奇（格奥尔格）：《小说理论》，燕宏远、李怀涛译，北京：商务印书馆，《汉译世界学术名著丛书》，2018 年第 1 版。

吕同六（主编）：《二十世纪世界小说理论经典》（上、下），北京：华夏出版社，1995 年第 1 版。

洛奇（戴维）：《小说的艺术》，《戴维·洛奇文集》卷五，王峻岩等译，北京：作家出版社，1997 年第 1 版。

马丁（华莱士）：《当代叙事学》，伍晓明译，北京：北京大学出版社，1990 年第 1 版。

宁（大卫）等：《当代西方修辞学：批评模式与方法》，常昌富等译，北京：中国社会科学出版社，1998 年第 1 版。

普林斯（杰拉德）：《叙事学：叙事的形式与功能》，徐强译，北京：中国人民大学出版社，《当代世界学术名著》，2013 年第 1 版。

申丹、韩加明、王丽亚：《英美小说叙事理论研究》，北京：北京大学出版社，2005 年第 1 版。

史忠义：《20世纪法国小说诗学·比较文学和诗学文选》，开封：河南大学出版社，2008年第1版。

殷企平、高奋、童燕萍：《英国小说批评史》，上海：上海外语教育出版社，2001年第1版。

詹姆斯（亨利）：《小说的艺术——亨利·詹姆斯文论选》，朱雯、乔佖、朱乃长等译，上海：上海译文出版社，2001年第1版。

张寅德（编选）：《叙述学研究》，北京：中国社会科学出版社，《法国现当代文学研究资料丛刊》，1989年第1版。

（2）西文文献

A<small>UERBACH</small> Eric, *Mimésis, la représentation de la réalité dans la littérature occidentale*, Paris: Gallimard, coll. « Tel », 2011.

B<small>AKHTINE</small> Mikhaïl, *Esthétique et théorie du roman*, Paris: Gallimard, coll. « Tel », 2011.

B<small>OOTH</small> Wayne C., *The rhetoric of fiction*, 2nd edition, Chicago and London: The University of Chicago Press, 1983.

B<small>UTOR</small> Michel, *Essais sur le roman*, Paris: Gallimard, coll. « Tel », 2003.

C<small>HARTIER</small> Pierre, *Introduction aux grandes théories du roman*, Paris: Dunod, 1998.

G<small>ASS</small> William, *Fiction and the Figures of Life*, New York: A. Knopf, 1970.

G<small>ENETTE</small> Gérard, *Discours du récit et nouveau discours du récit,* Paris: éd Seuil, 1987.

G<small>OLDMANN</small> Lucien, *Pour une sociologie du roman*, Paris: Gallimard, coll. « Tel », 2008.

L<small>ODGE</small> David, *The Art of Fiction: Illustrated from Classic and Modern Texts*, New York: Viking Penguin, 1993.

L<small>UKÁCS</small> Georg, *La théorie du roman*, Paris: Gallimard, coll. « Tel », 2008.

R<small>AWLINGS</small> Peter, *American Theorists of the Novel: Henry James, Lionel Trilling,*

Wayne C. Booth (Routledge Critical Thinkers), Abingdon (Oxon, UK): Routledge, 2006.

RICŒUR Paul, *Temps et récit*, Paris: éd. Seuil, 1983, 3 vols.

RICŒUR Paul, *Time and Narrative*, trans. by Kathleen Mclaughlin & David Pellauer, Chicago & London: The University of Chicago Press, 1984, 3 vols.

WAUGH Patricia, *Metafiction: The Theory and Practice of Self-conscious Fiction*, London & New York: Routledge, 1984.

VALETTE Bernard, *Esthétique du roman moderne*, 2ᵉ édition, Paris: Nathan, coll. « Université » , série Littérature, 1993.

（四）西方小说史研究

（1）中文文献

龚翰熊（主编）：《欧洲小说史》，成都：四川大学出版社，1997年第1版。

黄梅：《推敲"自我"：小说在十八世纪的英国》，北京：生活·读书·新知三联书店，《三联·哈佛燕京学术丛书》，2003年第1版。

吉列斯比（杰拉德）：《欧洲小说的演化》，胡家峦、冯国忠译，北京：生活·读书·新知三联书店，《新知文库》，1987年第1版。

蹇昌槐：《欧洲小说史》，武汉：武汉大学出版社，1995年第1版。

江伙生、肖厚德：《法国小说论》，武汉：武汉大学出版社，1994年第1版。

刘文荣：《十九世纪英国小说史》，北京：中国社会科学出版社，2002年第1版。

马爱华、张荣升、张雪：《英国学院派小说研究》，哈尔滨：黑龙江教育出版社，2011年第1版。

瓦特（伊恩）：《小说的兴起——笛福、理查逊、菲尔丁研究》，高原、董红钧译，北京：生活·读书·新知三联书店，《现代西方学术文库》，1992年第1版。

吴岳添：《法国小说发展史》，杭州：浙江大学出版社，2004年第1版。

杨仁敬等：《美国后现代派小说论》，青岛：青岛出版社，2004年第1版。

张泽乾、周家树、车槿山：《20世纪法国文学史》，青岛：青岛出版社，《20世纪外国国别文学史丛书》，1998年第1版。

郑克鲁：《现代法国小说史》，北京：商务印书馆，2018年第1版。

（2）西文文献

Lévy-Valensi Jacqueline et Fenet Alain (dir.), *Le roman et l'Europe*, Paris: PUF, 1997.

Richetti John (ed.), *The Columbia History of the British Novel*（《哥伦比亚英国小说史》），北京：外语教学与研究出版社，2005。

Tompkins Jane, *Sensational Designs: The Cultural Work of American Fiction, 1790-1870*, Oxford: Oxford University Press, 1985.

Watt Ian, *The Rise of the Novel: Studies in Defoe, Richardson and Fielding*, Berkeley & Los Angeles: University of California Press, 1957.

（五）西方小说家及作品研究

（1）中文文献

巴赫金（米哈伊尔）：《拉伯雷的创作与中世纪和文艺复兴时期的民间文化》，见《巴赫金全集》，第6卷，李兆林、夏忠宪等译，石家庄：河北教育出版社，1998年第1版。

柏西耶（让）：《法国作家怎么了？》，金桔芳译，上海：华东师范大学出版社，《巴黎丛书·白色系列》，2011年第1版。

程正民：《拉伯雷的怪诞现实主义小说和民间诙谐文化》，载《江西师范大学学报》，2003年第6期，第161—173页。

韩利敏：《美国后现代主义小说的现代性批判研究》，合肥：中国科学技术大学出版社，2017年第1版。

柳鸣九（编选）：《新小说研究》，北京：中国社会科学出版社，《西方文艺思潮论丛》，1986年第1版。

罗大冈：《试论〈追忆似水年华〉》，见《罗大冈文集》，北京：中国文联出版社，2004 年第 1 版。

利奥塔尔（让 - 弗朗索瓦）：《马尔罗传》，蒲北溟译，上海：东方出版中心，2000 年第 1 版。

莫洛亚（安德烈）：《狄更斯评传》，王人力译，上海：上海译文出版社，1986 年第 1 版。

杨昌龙：《存在主义的艺术人学——论文学家萨特》，西安：西北大学出版社，1998 年第 1 版。

袁可嘉：《欧美现代派文学概论》，桂林：广西师范大学出版社，2003 年第 1 版。

张欣：《耶稣作为明镜——20 世纪欧美耶稣小说》，北京：宗教文化出版社，2010 年第 1 版。

（2）西文文献

BOISDEFFRE Pierre de, « Audience et limites du nouveau roman », in *Revue des Deux Mondes*, octobre 1967, pp. 503-513.

DADLEZ E. M., *Mirrors to One Another: Emotion and Value in Jane Austen and David Hume*, Chichester (U. K.): Wiley-Blacwell, 2009.

EISSEN Ariane et GÉLY Véronique (dir.), *Lectures d'Ismaïl Kadaré*, Paris: Presses universitaires de Paris Ouest, 2011.

SIMON Pierre-Henri, *Témoin de l'homme*, Paris: Librairie Armand Colin, 1951.

（六）其他文学作品

（1）中文文献

奥斯汀（简）：《诺桑觉寺》，麻乔志译，重庆：重庆出版社，《企鹅经典》，2008 年第 1 版。

贝迪埃（约瑟夫）：《特利斯当与伊瑟》，罗新璋译，北京：人民文学出版社，2003年第1版。

薄伽丘：《十日谈》，王永年译，北京：人民文学出版社，《名著名译插图本》，1994年第1版。

布洛赫（赫尔曼）：《梦游者》（《梦游者：浮生一梦》《梦游者：浮生二梦》《梦游者：浮生三梦》）明诚致曲译，杭州：浙江出版集团数字传媒有限公司，2020年第1版。

笛福（丹尼尔）：《鲁滨孙漂流记》，徐霞村译，北京：人民文学出版社，《名著名译插图本》，2002年第1版。

法朗士（阿纳托尔）：《法朗士小说选》，郝运、萧甘译，上海：上海译文出版社，1992年第1版。

菲尔丁（亨利）：《弃儿汤姆·琼斯的历史》，萧乾、李从弼译，北京：人民文学出版社，1984年第1版，上下册。

福尔斯（约翰）：《法国中尉的女人》，陈安全译，上海：上海译文出版社，《现当代世界文学丛书》，2002年第1版。

格林（雅可布）、格林（威廉）：《格林童话全集》，魏以新译，北京：人民文学出版社，《名著名译插图本》，2002年第1版。

哈谢克（雅洛斯拉夫）：《好兵帅克历险记》，萧乾译，北京：人民文学出版社，1983年第1版。

海明威（欧内斯特）：《午后之死》，朱永丽译，成都：四川大学出版社，2018年第1版。

加缪（阿尔贝）：《鼠疫、局外人》，顾方济、郭宏安等译，南京：译林出版社，1999年第1版。

卡夫卡（弗朗兹）：《卡夫卡全集》（全10卷），叶廷芳主编，石家庄：河北教育出版社，1996年第1版。

昆德拉（米兰）：《玩笑》，蔡若明译，上海：上海译文出版社，《米兰·昆德拉作品系列》，2003年第1版。

拉伯雷（弗朗索瓦）：《巨人传》，成钰亭译，上海：上海译文出版社，1981年第1版。

拉布吕耶尔（让·德）：《品格论》，梁守锵译，广州：花城出版社，

《慢读译丛》，2013年第1版。

鲁迅：《鲁迅全集》，《鲁迅全集》修订编辑委员会编注，北京：人民文学出版社，2005年第1版。

罗洛（译）：《法国现代诗选》，长沙：湖南人民出版社，《诗苑译林》，1983年第1版。

马尔罗（安德烈）：《人的境遇》，丁世中译，北京：外国文学出版社，1998年第1版。

穆齐尔（罗伯特）：《没有个性的人》（上下），张荣昌译，北京：作家出版社，2000年第1版。

帕斯（奥克塔维奥）：《帕斯选集》，上下卷，赵振江等编译，北京：作家出版社，《诺贝尔文学奖精品书系》，2006年第1版。

普鲁斯特（马塞尔）：《追忆似水年华》，第一卷，《在斯万家那边》，李恒基、徐继曾译，南京：译林出版社，1989年第1版。

普鲁斯特（马塞尔）：《追忆似水年华》，第二卷，《在少女们身旁》，桂裕芳、袁树仁译，南京：译林出版社，1990年第1版。

普鲁斯特（马塞尔）：《追忆似水年华》，第三卷，《盖尔芒特家那边》，潘丽珍、许渊冲译，南京：译林出版社，1990年第1版。

普鲁斯特（马塞尔）：《追忆似水年华》，第四卷，《索多姆和戈摩尔》，许钧、杨松河译，南京：译林出版社，1990年第1版。

普鲁斯特（马塞尔）：《追忆似水年华》，第五卷，《女囚》，周克希、张小鲁、张寅德译，南京：译林出版社，1991年第1版。

普鲁斯特（马塞尔）：《追忆似水年华》，第六卷，《女逃亡者》，刘方、陆秉慧译，南京：译林出版社，1991年第1版。

普鲁斯特（马塞尔）：《追忆似水年华》，第七卷，《重现的时光》，徐和瑾、周国强译，南京：译林出版社，1991年第1版。

塞万提斯（米盖尔·德）：《堂吉诃德》，杨绛译，北京：人民文学出版社，《外国文学名著丛书》，1978年第1版，上下册。

塞万提斯·萨维德拉（米盖尔·德）：《堂吉诃德》，董燕生译，武汉：长江文艺出版社，《世界文学名著典藏》，2011年第1版。

司汤达：《红与黑》，罗新璋译，北京：中国戏剧出版社，《世界文学名著文库》第 2 辑，2005 年第 1 版。

斯特恩（劳伦斯）：《项狄传》，蒲隆译，南京：译林出版社，《译林经典》，2006 年第 1 版。

托尔斯泰（列夫）：《安娜·卡列尼娜》，草婴译，上海：上海文艺出版社，2007 年第 1 版。

无名氏：《罗兰之歌》，杨宪益译，上海：上海译文出版社，《外国文学名著丛书》，1981 年第 1 版。

查良铮（编译）：《英国现代诗选》，长沙：湖南人民出版社，《诗苑译林》，1983 年第 1 版。

（2）西文文献

ANONYME, *Lancelot du Lac*, texte présenté, traduit et annoté par François Mosès, d'après l'édition d'Elspeth Kennedy, 2ᵉ édition revue et augmentée, Paris: Le Livre de Poche, coll. « Lettres gothiques », 1991, 2 vols.

AUSTEN Jane, *The Novels of Jane Austen*, ed. by R. W. Chapman, 3rd edition, Oxford: Oxford University Press, 1988, 5 vols.

BAUDELAIRE Charles, *Œuvres complètes*, textes établis, présentés et annotés par Claude Pichois, Paris: Gallimard, coll. « Bibliothèque de la Pléiade », 2010, 2 tomes.

ELIOT Thomas Stearns, *The Complete Poems and Plays of T. S. Eliot*, London: Faber & Faber, 1969.

FIELDING Henry, *The History of Tom Jones, A Foundling*, introductions and notes by R. P. C. Mutter, Middlesex: Penguin Books Ltd., Penguin Classics, 1985.

KUNDERA Milan, *L'insoutenable légèreté de l'être*, traduit du tchèque par François Kérel, Paris: Gallimard, « NRF », 1984.

LA BRUYÈRE Jean de, *Les Caractères*, texte de la dernière édition revue et corrigée par l'auteur, publiée par E. Michallet, 1696, URL: http://www.bouquineux.com/?telecharger=707&La_Bruyere-Les_caracteres.

RIMBAUD Arthur, *Poésies. Une saison en enfer. Illuminations*, texte présenté, établi et annoté par Louis Forestier, seconde édition revue, Paris: Gallimard, coll. « Poésie », 1984.

SHAKESPEARE William, *Complete Works*, edited with a glossary by W. J. Craig, London: Oxford University Press, 1966.

RUSHDIE Salman, *The Satanic Verses: A Novel*, New York: 2008.

STENDHAL, *Le Rouge et Le Noir*, in *La Bibliothèque électronique du Québec*, coll. « À tous les vents », vol. 776, version 1.0, URL: https://beq.ebooksgratuits.com/vents/Stendhal-rouge.pdf.

（七）其他文学论著

（1）中文文献

埃利奥特（埃默里）（主编）：《哥伦比亚美国文学史》，朱通伯等译，成都：四川辞书出版社，1990 年第 1 版。

艾布拉姆斯（M. H.）：《文学术语词典》（第 7 版，中英对照），吴松江主译，北京：北京大学出版社，《培文书系·人文科学系列》，2009 年第 1 版。

艾柯（安伯托）：《开放的作品》，刘儒庭译，北京：新星出版社，2005 年第 1 版。

艾珉：《法国文学的理性批判精神》（增订本），北京：人民文学出版社，2016 年第 1 版。

巴比塞（亨利）等：《法国作家论文学》，王忠琪等译，北京：生活·读书·新知三联书店，《现代外国文艺理论译丛》，1984 年第 1 版。

巴尔扎克（奥诺雷·德）：《巴尔扎克论文艺》，艾珉、黄晋凯选编，袁树仁等译，北京：人民文学出版社，《外国文艺理论丛书》，2003 年第 1 版。

巴赫金（米哈伊尔）：《巴赫金全集》，第 4 卷，白春仁、晓河、周启超等译，石家庄：河北教育出版社，1998 年第 1 版。

巴特勒（玛里琳）：《浪漫派、叛逆者及反动派》，黄梅、陆建德译，沈阳：辽宁教育出版社，《牛津精选》丛书，1998年第1版。

波德莱尔（夏尔）：《波德莱尔美学论文选》，郭宏安译，北京：人民文学出版社，《外国文艺理论丛书》，1987年第1版。

布吕奈尔（皮埃尔）等：《20世纪法国文学史》，郑克鲁等译，成都：四川文艺出版社，1991年第1版。

布吕奈尔（皮埃尔）等：十九世纪法国文学史》，郑克鲁等译，上海：上海人民出版社，1997年第1版。

布瓦岱弗尔（皮埃尔·德）：《今日法国作家》，鲍刚译，北京：商务印书馆，《我知道什么？》，1998年第1版。

法约尔（罗杰）：《法国文学评论史》，怀宇译，成都：四川文艺出版社，1992年第1版。

冯寿农：《法国文学评论史》，上海：上海教育出版社，2019年第1版。

弗莱（诺斯罗普）：《批评的解剖》，陈慧、袁宪军、吴伟仁译，天津：百花文艺出版社，2006年第1版。

福勒（罗吉）（主编）：《现代西方文学批评术语词典》，袁德成译，成都：四川人民出版社，1987年第1版。

海登·怀特：《叙事的虚构性：有关历史、文学和理论的论文（1957—2007）》，罗伯特·多兰编，马丽莉、马云、孙晶姝译，南京：南京大学出版社，《时代学术棱镜译丛·当代文学理论系列》，2019年第1版。

景凯旋：《在经验与超验之间》，北京：东方出版社，2018年第1版。

柳鸣九（主编）：《自然主义》，北京：中国社会科学出版社，《西方文艺思潮论丛》，1988年第1版。

柳鸣九、郑克鲁、张英伦：《法国文学史》，北京：人民文学出版社，上册，1979年第1版。

柳鸣九（主编）：《法国文学史》，北京：人民文学出版社，下册，1991年第1版。

卢卡契（格奥尔格）：《卢卡契文学论文集》（一），中国社会科学院外国文学研究所外国文学研究资料丛刊编辑委员会编译，北京：中国社会科学出版社，1980年第1版。

罗伯-格里耶（阿兰）：《快照集·为了一种新小说》，余中先译，长沙：湖南美术出版社，《实验艺术丛书》，2001年第1版。

洛奇（戴维）（编选）：《二十世纪文学评论》，上海：上海译文出版社，葛林等译，上册，1987年第1版；下册，1993年第1版。

默雷（吉尔伯特）：《古希腊文学史》，孙席珍、蒋炳贤、郭智石译，上海：上海译文出版社仕，1988年第1版。

帕斯（奥克塔维奥）：《批评的激情》，赵振江译，昆明：云南人民出版社，《拉丁美洲文学丛书·拉美作家谈创作》，1995年第1版。

普鲁斯特（马塞尔）：《驳圣伯夫：一天上午的回忆》，沈志明译，天津：百花文艺出版社，2013年第1版。

钱翰：《二十世纪法国先锋派文学理论和批评的"文本"概念研究》，北京：北京大学出版社，《国家哲学社会科学文库》，2015年第1版。

钱理群、温儒敏、吴福辉：《中国现代文学三十年》（修订本），北京：北京大学出版社，1998年第1版。

钱锺书：《谈艺录》，北京：中华书局，1984年增订版第1版。

钱锺书：《七缀集》，北京：生活·读书·新知三联书店，《钱锺书集》，2002年第1版。

萨特（让-保尔）：《萨特文论选》，施康强选译，北京：人民文学出版社，《二十世纪欧美文论丛书》，1991年第1版。

茨维坦·托多洛夫：《批评的批评：教育小说》，王东亮、王晨阳译，北京：生活·读书·新知三联书店，《现代西方学术文库》，2002年第2版。

王德威：《想象中国的方法：历史·小说·叙事》，天津：百花文艺出版社，2016年第1版。

王焕生：《古罗马文学史》，北京：人民文学出版社，2006年第1版。

韦勒克（勒内）、沃伦（奥斯汀）：《文学理论》，刘象愚、邢培明、陈圣生等译，北京：生活·读书·新知三联书店，《现代外国文艺理论译丛》，1985年第1版。

邬国平、黄霖：《中国文论选·近代卷》，南京：江苏文艺出版社，1996年第1版，下册。

伍蠡甫（主编）：《西方文论选》（下卷），上海：上海译文出版社，1979年第1版。

亚里士多德：《诗学》，罗念生译，上海：上海人民出版社，《世纪人文系列丛书》，2005年第1版。

杨昌龙：《存在主义的艺术人学——论文学家萨特》，西安：西北大学出版社，1998年第1版。

杨义：《中国古典小说史论》，北京：人民文学出版社，1998年第1版。

伊格尔顿（特里）：《文学阅读指南》，范浩译，郑州：河南大学出版社，2015年第1版。

中国社会科学院外国文学研究所外国文学研究资料丛刊编辑委员会：《欧美古典作家论现实主义和浪漫主义》（一），北京：中国社会科学出版社，《外国文学研究资料丛刊》，1980年第1版。

中国社会科学院外国文学研究所外国文学研究资料丛刊编辑委员会：《欧美古典作家论现实主义和浪漫主义》（二），北京：中国社会科学出版社，《外国文学研究资料丛刊》，1981年第1版。

朱光潜：《我与文学及其他》，见《朱光潜全集》，合肥：安徽教育出版社，1987年第1版，第3卷。

（2）西文文献

ABRAMS M. H., *A Glossary of Literary Terms*（《文学术语汇编》），第7版，北京：外语教学与研究出版社／汤姆森学习出版集团，2004年第1版。

ADORNO Theodore W., *Notes on Literature*, TRANS. BY SHIERRY Weber Nicholsen, Shanghai: Shanghai Foreign Language Education Press, 2009.

BRÉE Germaine et MOROT-SIR Édouard, *Littérature française*, t. 9 (*Du surréalisme à l'empire de la critique*), Paris: Artaud, 1984.

CHILDS Peter and FOWLER Roger (eds.), *The Routledge Dictionary of Literary Terms*, Oxon (UK) & New York: Routledge, 2006.

DAUNAIS Isabelle, « *Le réalisme* de Champfleury ou la distinction des œuvres », in *Études françaises* (Les Presses de l'Université de Montréal), 2007, vol. 43, nº 2, pp. 31-43.

DURANTY Louis Edmond, « Le spectacle social », in *Réalisme*, 15 novembre 1856, p. 4.

FRASER G. S., *The Modern Writer and His World*, revised edition, Middlesex (UK): Penguin Books, 1964.

LODGE David (ed.), *Modern Criticism and Theory: A Reader*, revised and expanded by Nigel Wood, Harlow (UK): Pearson Education Limited, 2000.

FIELDING Henry, *The History of Tom Jones, A Foundling*, introductions and notes by R. P. C. Mutter, Middlesex: Penguin Books Ltd., Penguin Classics, 1985.

FINLEY Moses I., *The World of Odysseus*, New York: The Viking Press, 1954.

FOWLER Roger, *Linguistics and the Novel*, London and New York: Routledge, 1989.

FRYE Northrop, *Anatomy of Criticism*, Princeton and London: Princeton University Press, 2000.

LAGARDE André et MICHARD Laurent, *Moyen Age: Les grands auteurs français du programme*, coll. « Textes et Littérature », Paris: Bordas, 1963.

LANSON Gustave, *Histoire de la littérature française*, Paris: Librairie Hachette, 1920.

MASSON Nicole, *La littérature française*, Paris: éd Eyrolles, 2007.

PAYEN Jean Charles, *Le Moyen Age I, des origines à 1300*, tome I de la collection « Littérature française » dirigée par Claude Pichois, Paris: Arthaud, 1970.

PAYEN Jean Charles, *Littérature française: Le Moyen Age*, Paris : Arthaud, 1984. (Tome 1 de la collection « Littérature française / poche », dirigée par Claude Pichois)

PAYEN Jean Charles, *Le Moyen Age*, nouvelle édition révisée, Paris: GF Flammarion, coll. « Histoire de la littérature française », 1997.

ROGERS Pat (ed.), *The Oxford Illustrated History of English Literature*, London: Guild Publishing, 1987.

SARTRE Jean-Paul, *Qu'est-ce que la littérature?* Paris: Gallimard, coll. « Idées /

Gallimard », 1981.

Valéry Paul, *Œuvres*, Paris: Gallimard, coll. « Bibliothèque dela Pléiade », 2002, t. 1.

Watt Ian, *Myths of Modern Individualism: Faust, Don Quixote, Don Juan, Robinson Crusoe*, Cambridge: Cambridge University Press, 1996.

（八）其他相关资料

（1）中文文献

鲍桑葵（伯纳德）：《个体的价值和命运》，李超杰、朱瑞译，北京：商务印书馆，2012年第1版。

伯曼（马歇尔）：《一切坚固的东西都烟消云散了——现代性体验》，徐大建、张辑译，北京：商务印书馆，《现代性研究译丛》，2003年第1版。

贝尔（克莱夫）：《艺术》，薛华译，南京：江苏教育出版社，2004年第1版。

毕尔格（彼得）：《主体的退隐：从蒙田到巴特间的主体性历史》，陈良梅、夏清译，南京：南京大学出版社，《当代学术棱镜译丛·全球文化系列》，2004年第1版。

布朗（乔纳森）、布朗（玛格丽特）：《自我》（第2版），王伟平、陈浩莺译，北京：中国人民大学出版社，《社会心理学精品译丛》，2015年第1版。

陈寅恪：《陈寅恪先生全集》，台北：里仁书局，1979年第1版，上下册。

笛卡尔（勒内）：《第一哲学沉思集：反驳和答辩》，庞景仁译，北京：商务印书馆，《汉译世界学术名著丛书》，1986年第1版。

笛卡尔（勒内）：《谈谈方法》，王太庆译，北京：商务印书馆，《汉译世界学术名著丛书》，2000年第1版。

冯利、覃文广（编译）：《当代国外文化学研究》，北京：中央民族学院出版社，1986年第1版。

古德曼（纳尔逊）：《事实、虚构和预测》，刘华杰译，北京：商务印书馆，2007年第1版。

顾红亮、刘晓虹：《想象个人》，上海：上海古籍出版社，《中国的现代性与人文学术》，2006年第1版。

郭莲：《文化价值观的比较尺度》，载《科学社会主义》，2002年第5期。

海德格尔（马丁）：《思·语言·诗》，霍夫斯达特编选，彭富春译，北京：文化艺术出版社，1991年第1版。

海德格尔（马丁）：《海德格尔选集》，孙周兴编选，上海：上海三联书店，1997年第1版，上下卷。

贺照田（主编）：《西方现代性的曲折与展开》（上下册），长春：吉林人民出版社，《人文译丛》，2002年第1版。

黑格尔（G. W. F.）：《美学》，朱光潜译，北京：商务印书馆，《汉译世界学术名著丛书》，1979年第1版（第1卷为第2版），3卷。

黑格尔（G. W. F.）：《小逻辑》，贺麟译，北京：商务印书馆，《汉译世界学术名著丛书》，1980年第1版。

侯书森（主编）：《世纪之书》，北京：中国戏剧出版社，1999年第1版。

黄颂杰等（编撰）：《现代西方哲学辞典》，上海：上海辞书出版社，2007年第1版。

黄万盛（主编）：《危机与选择——当代西方文化名著十评》，上海：上海文艺出版社，1988年第1版。

霍布斯（托马斯）：《利维坦》，黎思复、黎廷弼译，杨昌裕校，北京：商务印书馆，1985年第1版。

吉登斯（安东尼）：《现代性的后果》，田禾译，南京：译林出版社，2000年第1版。

吉莱斯皮（米歇尔·艾伦）：《现代性的神学起源》，张卜天译，长沙：湖南科学技术出版社，2012年第1版。

加缪（阿尔贝）：《西西弗的神话》，杜小真译，北京：生活·读书·新知三联书店，《新知文库》，1987年第1版。

加亚尔（德尼兹）、德尚（贝尔纳代特）、阿尔德伯特（J.）等：《欧洲史》，蔡鸿滨、桂裕芳译，海口：海南出版社，2000年第1版。

今道有信：《存在主义美学》，崔相录、王生平译，沈阳：辽宁人民出版社，1987 年第 1 版。

凯塞尔（沃尔夫冈）：《语言的艺术作品》，陈铨译，上海：上海译文出版社，1984 年第 1 版。

里乌（让-皮埃尔）、西里奈利（让-弗朗索瓦）（主编）：《法国文化史》，四卷，杨剑、傅绍梅、钱林森等译，上海：华东师范大学出版社，2006 年第 1 版。

罗素（伯特兰）：《西方哲学史》，何兆武、李约瑟译，北京：商务印书馆，《汉译世界学术名著丛书》，上下册，1963 年第 1 版。

马克思（卡尔）、恩格斯（弗里德里希）：《共产党宣言》，见中共中央马恩列斯著作编译局（编译）：《马克思、恩格斯选集》，北京：人民出版社，1995 年第 1 版，第 1 卷。

马绍玺：《在他者的视域中》，北京：社会科学文献出版社，2007 年第 1 版。

麦金太尔（阿拉斯代尔）：《伦理学简史》，龚群译，北京：商务印书馆，2003 年第 1 版。

麦金太尔（阿拉斯代尔）：《追寻美德：伦理美德研究》，宋继杰译，南京：译林出版社，《人文与社会译丛》，2003 年第 1 版。

尼采（弗里德里希）：《查拉图斯特拉如是说》（详注本），钱春绮译，北京：生活·读书·新知三联书店，《现代西方学术文库》，2007 年第 1 版。

帕斯卡尔（布赖斯）：《思想录：论宗教和其他主题的思想》，何兆武译，北京：商务印书馆，《汉译世界学术名著丛书》，1985 年第 1 版。

单世联：《辽远的迷魅——关于中德文化交流的读书笔记》，上海：上海外语教育出版社，2008 年第 1 版。

斯皮瓦格尔（杰克逊·J.）：《西方文明简史》（第三版），北京：北京大学出版社，《北京大学西学影印丛书·历史学系列》，2006 年第 1 版。

斯特龙伯格（罗兰）：《西方现代思想史》，刘北成、赵国新译，北京：中央编译出版社，2005 年第 1 版。

斯通普夫（撒穆尔·伊诺克）、菲泽（詹姆斯）：《西方哲学史》（第 7 版），丁三东、张传友、邓晓芒等译，北京：中华书局，2004 年第 1 版。

塔纳斯（理查德）：《西方思想史》，吴象婴、晏可佳、张广勇译，上海：上海社会科学院出版社，2011年第1版。

陶东风（主编）：《文化研究精粹读本》，北京：中国人民大学出版社，2006年第1版。

瓦格纳（戴维·L.）：《中世纪的七艺》，张卜天译，长沙：湖南科学技术出版社，《科学源流译丛》，2016年第1版。

汪荣祖：《学人丛说》，北京：中华书局，《汪荣祖人物书系》，2008年第1版。

维特根斯坦（路德维希）：《文化和价值》，黄正东、唐少杰译，南京：译林出版社，《汉译经典》丛书，2011年第1版。

伊格尔顿（特里）：《理论之后》，商正译，北京：商务印书馆，2010年第1版。

张弛：《穷究词义为了跨文化的沟通——论西方哲学核心词汇"όυ(on)"的中译问题》，载《中国翻译》2005年第6期，第69—75页。

张旭：《上帝死了，神学何为？——二十世纪基督教神学基本问题》，北京：中国人民大学出版社，《哲学文库》，2010年第1版。

（2）西文文献

BAUDREY M.-A. et MOUSSY R. (éd.). *Civilisation contemporaine*, nouvelle édition 1976, Paris: Hatier, 1980.

BEAUVRET Jean, *De l'existentialisme à Heidegger: Introduction aux philosophies de l'existence et autres textes*, Paris: Vrin, 2000.

BERMAN Marshall, *All That is Solid Melts into Air: The Experience of Modernity*, New York & London: Penguin Books, 1982.

BURCKHARDT Jacob, *Reflections on History*, trans. by M. D. H., London: George Allen & Unwin Ltd., 1950.

CAMUS Albert, *Le Mythe de Sisyphe*, Paris: Gallimard, coll. « Folio/Essai », 1995.

FLAUBERT Gustave, *Correspondance: année 1875*, édition Louis Conard, https://flaubert.univ-rouen.fr/correspondance/conard/outils/1875.htm.

GOODMAN Nelson, *Fact, Fiction, and Forecast*, 4th edition, Cambridge

(Massachusetts): Harvard University Press, 1983.

GUILLAUD Frédéric, « La modernité », in *Conflits actuels* (revue d'étude politique, Paris), n° 12, décembre 2003.

KIERKEGAARD Søren, *Provocations, Spiritual Writings of Kierkegaard,* compiled and edited by Charles E. Moore, Farmington (PA, USA): Plough Publishing House, 200.

MACINTYRE Alasdair, *A Short History of Ethics: A History of Moral Philosophy from the Homeric Age to the Twentieth Century*, 2nd edition, London: Routledge, 1998.

MARX Karl & ENGELS Frederich, *Manifesto of the Communist Party*, edited & annoted by Frederich Engels, Chicago: Charles H. Kerr & Compagy, 1906.

ROBERT Paul, *Dictionnaire alphabétique & analogique de la langue française*, Paris: Société du Nouveau Littré, 1978.

SARTRE Jean-Paul, *L'être et le néant: Essai d'ontologie phénoménologique*, édition corrigée avec index par Arlette Elkaïm-Sartre, Paris: Gllimard, coll. « Tel », 1994.

TOURAINE Alain, *Critique de la modernité*, Paris: Fayard, 1998.

后　记

　　1988年的一天，同门师兄程宝逊非常郑重地向我推荐《为了告别的聚会》，说他读了以后，感觉非常不错。上一年九月，我们一道成为西安西北大学中文系中国现代文学专业比较文学方向硕士研究生，师从蒙尘重光的鲁迅研究专家张华先生。除了对中国古代文学和中国现代文学的热爱以外，我还像那个年代的文学青年一样，极为渴望新知，狼吞虎咽地读了不少西方现代派文学作品和西方现代学术著作，也从中吸收了一些理论和观点，正在塑造自己的人生观、价值观、审美观、文学观。

　　《为了告别的聚会》是国内出版的第一本昆德拉小说，由作家出版社于1987年推出。爱逛书店的我在新书展示台上看到过，但没有太在意，因为在封面上的作者姓名前面，括号里写着"捷"。捷克作家？我当然知道伏契克（中学语文课本里有他的《绞刑架下的报告》节选），还有哈谢克（他写了令人捧腹的《好兵帅克》），以及大名鼎鼎的卡夫卡（但有些学者认为他应该算是奥地利作家，理由是直到卡夫卡离世前几年，才因奥匈帝国解体而有了捷克这个国家）。然后呢？在僵化的斯大林体制下，还会出现个性鲜明、独创性强的高水平作家吗？

因为程宝逊师兄的推荐，我拿起了《为了告别的聚会》。读完以后，我觉得这部作品别具一格：有一种不可名状的忧伤与惆怅，还有一种有意为之的嘲讽与戏谑，更多的是没有结果的思考和没有答案的诘问，是认认真真的调笑，是热热闹闹的悲凉。

我朦胧地感觉到在昆德拉的作品里，有一种与存在主义文学相通的哲思，但他的小说写法介于现实主义与现代主义之间，既有一定的故事性，又有一定的哲思性。这使他的小说既有明显的新颖性，也有较强的可读性。相对于传统的现实主义小说而言，昆德拉的写法比较新颖，淡化了故事情节，强化了氛围感和日常性，叙事节奏也更快一些，读起来不是很轻松（读流行小说那种轻松），却也不那么沉闷（读巴尔扎克、左拉那种沉闷）。相对于激进的现代主义小说而言，尽管运用了现代小说的叙事技巧，昆德拉小说的故事性仍然较强，人物基本清晰可辨，情节发展也有迹可循，不至于让人如坠云雾之中而觉得迷离恍惚（初读意识流小说、新小说那种体验），却还能够指向对"大历史"（History）与人类存在的反思。

两年后，我留校任教。工资虽然微薄，但我对昆德拉的小说见一本买一本。尽管误译、删改与别字很多，但聊胜于无。我买到的作家出版社版《生活在别处》，不知道是粗制滥造的正版还是急于出货的盗版，对我这样较真文字的来说，别字多得让人丧失了读完全书的勇气！同样留校任教的本科同学党昊从录像带店租了《沉重浮生》（又名《布拉格之恋》），邀请我一起观看。据说这部影片获得了

后　记

1988年奥斯卡金像奖提名，我们自然对它有很高的期待。然而，看完了以后，我非常失望，诧异于《生命中不能承受之轻》（对汉语译名的不满意是我读了法语原版以后的事情）这样一部透过具体的历史境遇来思考人类存在的严肃深刻小说，居然能够被拍成一部轻佻、浮浪的色情片，再加上一点做作的感伤！

那个时候，出国留学是许多年轻人的梦想。即使知道出国需要辛苦打工以维持学业，大家仍然渴望走出国门，见世面，长知识，学本领。1995年春天，在恩师良友米里拜尔（Jean de Miribel，1919—2016，曾用中文名"米睿哲"）先生帮助下，我幸运地获得了为期两年的法国政府奖学金，被安排去图尔大学读DEA（Diplôme d'études approfondies）班，以便接着攻读比较文学博士学位。DEA班大概相当于国内博士生的第一年，需要上几门课，写课程论文，提交学位论文，以获得继续深造的资格，进入没有课程安排的博士论文写作阶段。法国驻华大使馆教育参赞杜立业（Maurice Thullières）先生之所以给我两年奖学金，是考虑到我法语水平非常有限，让我第一学年补修法语，第二学年再正式听课修学分。

同年10月4日中午，我从北京飞往布鲁塞尔，再转飞巴黎（当然是为了省钱）。在巴黎休息一夜之后，乘坐当时法国引以为豪的高速火车（TGV，时速200公里），前往距离巴黎一小时车程的图尔。在图尔待了不到一个月，由于此前联系好的导师德特丽（Muriel Détrie）女士前往日本讲学，我被安排转学到新索邦大学（巴黎第三大学）比较文学系。这对我是意外的惊喜。因为1968年"五月风潮"之后，与牛津大学、剑桥大学一样历史悠久且声名显赫的索邦大学，被法国政府拆分，组建了一系列新的大学，以适应教育民主化的趋势，而新索邦大学继承了世界上最早建立的比较文学系。

在中国阅读比较文学导论书籍时，我已经知道了戴克斯特（Joseph Texte，1865—1900）、巴登斯贝格（Fernand Baldensperger，1871—1958）、梵·第根（Paul Van Tieghem，1871—1948）、阿扎尔（Paul Hazard，1878—1944）、伽雷（Jean-Marie Carré，1887—1958）、德德扬（Charles Dédéyan，1910—2003）、基亚（Marius-François Guyard，1921—2011）等法国学派大家的如雷贯耳之名，也知道对中国非常友好的艾田蒲（René Etiemble，1909—2002）这样一位法国学派的造反者或自我革命者。我去读书的时候，这些比较文学大家要么早已去世，要么已经退休多年，接替他们的是一批新锐教授。瘦高严肃的巴柔（Daniel-Henri Pageaux）先生是比较文学形象学的倡导者，刚在前一年出版了面向大学生的《比较文学导论》（*La littérature générale comparée*, éd. Armand Colin, 1994），吸收了国际比较文学领域的新成果，代表了法国比较文学理论与方法的新视野。2008年10月，我去参加北京语言大学承办的中国比较文学大会，邂逅了作为特邀嘉宾的巴柔先生。我向他做了自我介绍之后，他微笑着问我："您在我们那里学到东西了吗？"我回答说："是的，学到了很多。"他很开心地说："这样的话，我就放心了。"这是后话。

在我们上课的比较文学系图书阅览室，老旧的书架上，有很多图书是19世纪初期出版的（包括英文、德文等语种的书籍），见证着索邦大学比较文学系的悠久历史。坐在那里听课，我感觉到自己也变成了一个光荣历史传统的有机组成部分，由衷地产生了自豪感、责任感和使命感。那些学术大家的身影不复出现在课堂上、走廊里，但他们的声名，尤其是他们的成就，对后辈学子来说，是路标，是参照，是提醒，是鞭策，是激励。也是在那时候，我理解了上大学进名校、入名系、学名专业的积极意义。

当时"比较文学系"的法语完整说法是"Unité de recherche et de formation de Littérature générale et comparée"，直译就是"总体文学与比较文学研究与培养单位"。原来法国人也使用"单位"这个当代中国人惯用的表述！"unité"这个词在法语中还有"统一、统一性、统一体"的意思。我觉得以此定位和定性大学的系，强调了全体师生的认同、团结、协力，可以使大家有明确的"学术共同体"（la communauté académique）意识，同心努力，共同进步。将系定位和定性为"研究与培养单位"，则意味着科研与教学并重，但科研先于培养。高水平科研是高水平教学的前提，而高水平教学才能激发学生的学习兴趣、探索精神和独立思考，培养出素质高、能力强的人才。将研究和教学的对象定位和定性为"总体文学与比较文学"，强调和坚持的是比较文学法国学派的光荣传统。许多人误以为法国比较文学学者主要研究的是法国文学对外国文学的影响。事实上，法国学派大家的学术巨著中，有不少研究的是外国文学对法国文学的影响，以及法国之外的国际文学影响，如巴登斯贝格的《歌德在法国》和《巴尔扎克创作中的外来因素》、伽雷的《歌德在英国》。法国学派大家做得更多的是规模宏大、视野开阔的总体研究，如戴克斯特的《欧洲文学研究》、阿扎尔的《1680—1715年间欧洲意识的危机》、梵·第根的《欧洲文学中的浪漫主义》，以及德德扬的皇皇六卷巨著《欧洲文学中的浮士德主题》。

在我导师莫雷尔（Jean-Pierre Morel）先生的专题课上，他讲的是西方现代小说对粘贴（collage）技巧的运用。于是，我以昆德拉

《生活在别处》中蒙太奇（montage）技巧的分析为题，写了一篇课程论文。1997年春天，我认认真真读这本小说，法语阅读能力大为提高。系主任贝西埃（Jean Bessière）先生与其他博导给我们上了一学年的研究方法导论课（实际上，除了假期，四个博导大概分别漫谈了六周）。我的课程论文以昆德拉谈论小说的两本随笔集《小说的艺术》（*L'art du roman*）和《被背叛的遗嘱》（*Les testaments trahis*）为研究对象，试图在理解昆德拉小说诗学的同时，对现代西方小说的内容和形式做一些反思。

我的朋友张小会知道我对昆德拉的喜爱，购买了我出国以后才出版的《被背叛的遗嘱》（由上海人民出版社、牛津大学出版社联合推出）。从西安寄到巴黎，邮费是书价的好几倍！在阅读的过程中，有很多令人费解之处，我查看法语原著，发现这些费解之处都是由于译者望文生义而造成的，例如不考察《生活在别处》的原文语境，就想当然地把应该译成"诗句"的"vers"译成"虫子"。"翻译本来是要省人家的事，免得他们去学外文、读原作的，却一变而为导诱一些人去学外文、读原作。"（钱锺书《林纾的翻译》）由于《小说的艺术》也是出自同一译者之手，这使我放弃了先读中译本再去读法语原著的想法，老老实实地读这两本书的法语版，做阅读标记，写批注，做读书笔记。下了一番笨功夫，收效很明显：我的法语阅读理解能力和写作能力都提高了。

我觉得昆德拉谈论小说艺术的文章写得很特别：比一般学术论文更活泼，因而好读；有透过哲学对文学的观照，因而深刻。阅读这两本书中的文章，不仅使我更深入地理解了拉伯雷、塞万提斯、巴尔扎克、福楼拜、列夫·托尔斯泰、卡夫卡、普鲁斯特、乔伊斯、

后 记

穆齐尔等小说家及其作品，也使我更好地理解了笛卡尔、胡塞尔、海德格尔等哲学家及其思想，进而更好地理解了现代西方小说对人类存在的文学反思。

我的博士论文题目是《萨特在中国的接受史（1939—1989）研究》。在撰写博士论文的过程中，虽然有时也会阅读与研究主题不直接相关的书籍（包括昆德拉的小说与随笔集），但不可能有精力和时间展开研究。在等待导师决定论文答辩期间（我等了十个月，据说有人等了两年），我根据当年的课程论文，写了一篇关于《生活在别处》叙事分析的文章，被《当代外国文学》发表。这给了我很大的鼓励。同时，写完博士论文，虽然心里知道萨特的哲学思想和文学创作仍然有很多值得研究之处，但多年研究一个选题以后的解脱感（投入好几年时间以后终于写完博士论文的人应该会有同感），使我更愿意开辟一个新的研究领域。于是，我自然而然地转向了昆德拉研究。

2005年5月（我已经回国任教半年了），我应邀参加南京大学外国语学院主办的当代外国文学研讨会。我为参加这次会议而预备的论文《昆德拉的"欧洲小说"观》，随后被《当代外国文学》发表，又在同年11月份，被中国人民大学复印资料中心的《外国文学》分册全文转载。当时，研究昆德拉小说的期刊论文和学位论文已有不少，关于昆德拉的生平和创作的著作也出版了不止一部。但是，基于错谬译本的研究，即使讲得头头是道，常常也是离题万里，不着边际。

例如，"kitsch"这个源于德语而被英语和法语直接采用的词汇，在韩少功从英语转译的《生命中不能承受之轻》中，被译为"媚

399

俗"。在《前言》中，译者对这个词还特别做了相当多阐发，使其变成了"热词"，被许多人使用和发挥。然而，这个翻译中的"媚"字属于添加，就将对一种"庸俗""低俗""鄙俗"或"恶俗"审美趣味的现象描述（当然，构词本身的褒贬已经表明了判断），变成了对于趋俗态度的道德审判。"俗"未必都很令人厌恶，比如"通俗"。"俗不可耐"的"庸俗""低俗""鄙俗"或"恶俗"大概相当于福楼拜《庸见词典》（*Dictionnaire des idées reçues*）中常常提到的"愚蠢"（bêtise），是 19 世纪中后期市民社会的产物：中小学教育普及，使许多人自以为有知识，有文化，有品位，但实际上知识有限，文化不高，品位低下，没有独立见解，跟风随俗，思想保守而僵化。这些人是资产阶级的重要组成部分，志得意满，但却有很强的购买力，足以主导文学艺术市场，扼杀一切不墨守成规而敢于离经叛道的创新。因此，他们被渴望文学艺术创新的文艺青年强烈憎恨，也被克尔凯郭尔、尼采这样的哲学家猛烈批判。据说梵·高生前没有卖出一幅画，但在他死于贫困和绝望之后不到三十年，他的作品卖得越来越贵。这不是因为有钱人认识到了梵·高的艺术价值，而是因为他们发现了他的作品有升值潜力。至于那些购买复制品挂在家里的广大市民，这种举动不是因为他们真正懂得了欣赏梵·高的原创性，而是因为那样显得自己有品位。阿尔贝托·莫迪利安尼（Alberto Modigliani）愤怒地宣告："我们呢，是一个世界。资产阶级呢，是另一个世界——与我们风马牛不相及。"（« Nous, c'est un monde. La bourgeoisie, c'en est un autre–loin de nous. » ）由于不理解"kitsch"的真正涵义，又被"媚俗"的翻译所误导，有些中国读者展开想象去自由发挥，甚至还有人据此而自鸣得意地创造出"媚雅"的说法。须知真正的雅是多年耳濡目染真正的美好事物以后，高雅被内化为生命的自然流露，而不是东施效颦般地搔首弄姿。

于是，我决定利用自己能够阅读法语原文的优势，结合自己对现代西方文化的实际感受（主要是在巴黎的多年体验），以及自己对世界文学、西方哲学的感悟，把昆德拉小说诗学置于西方文化的语境之中，透过文化来审视文学，使其不成体系的小说诗学思考，能够被系统性地解读，并提炼出更深入的带有普遍性的启发。2008年，我的《昆德拉小说诗学研究》研究项目得到了教育部留学回国人员科研启动基金的资助。

接下来的几年里，除了忙碌的教学和论文指导工作之外，我还独立承担着教育部社科基金项目《"现代"焦虑视点中的20世纪中国文化演进》，带领团队推进着广东省普通高校人文社会科学研究重点项目《20世纪法国小说的"存在"观照》，已经没有多少余力。在发表了《小说何所是？小说当何为？——昆德拉小说诗学研究之二》（《外国文学研究》2008年第3期，CSSCI和A＆HCI收录），计划中的系列论文只能被搁置，以便完成上述两个项目的研究目标。

2013年，我申报的《西方文化视野中的昆德拉小说诗学研究》有幸被作为国家社会科学基金重点项目立项。然而，我同时承担着国家社会科学基金重大项目《经典法国文学史翻译工程》的一个子课题。课题负责人史忠义先生将中世纪卷《1300年以前的法国文学》分配给了我。这一卷的正文中夹杂着不少古法语词汇，对于作者属于信手拈来，对我来说却是两眼一抹黑，需要花时间和功夫去补修古法语的知识。这一卷正文后面的作品选集涉及拉丁语和古法语多种方言，更加费时费力。事关团队合作与子课题的整体推进，我不得不将主要的精力和时间用在这个项目上。在此期间，我还应吴岳添先生之请，参与了国家十六部委推动的《中国大百科全书》第三版辞条修订工作，搜集资料撰写了二十多个法国文学辞条；应史忠义先生之约，与方丽平一起翻译了《摇滚哲学——人工制品与录音作品的本体论》（中国社会科学出版社 2018 年出版）。

在不得不分心分神的必要工作都结束以后，我才得以在教学之余，全力推进自己的研究项目，终于在 2019 年 5 月完成了书稿。那些个高度紧张的日日夜夜，伴随着思维的高速运转和灵感的火花频现，身体疲惫而精神愉悦，我也切身体会着法国文学史名家居斯塔夫·朗松（Gustave Lanson，1857—1934）所说的"智性乐趣"（le plaisir intellectuel）。

结项以后，我多次重读和修改书稿。虽然昆德拉小说诗学仍然值得继续研究，但我自己最感兴趣的问题基本上都已经论及。我也开始了新的研究选题，于是，我决定将书稿交给出版社，作为自己学术生涯可资纪念的一个阶段性成果，以接受读者批评，并与同行对话。

从我开始阅读昆德拉小说到现在，三十多年过去了，真是"弹指一挥间"。时间逝去就像是滚滚流水，可以带走一切，抹平一切人为活动的痕迹。但是，"写作抵抗遗忘"（l'écriture contre l'oubli），也抵抗时间对人类生命的无情销蚀。有形的文字可以嵌入无形的时间，成为我们生命历程和存在过程的有力见证和宝贵纪念，而不会让人落入吞噬生命热情和未来希望的虚无深渊。

昆德拉还无意中促成了我诗情的复活与诗歌灵感的激活。2003 年 9 月 29 日，在午饭后刷牙时，我想到再过十来天要公布本年度诺

后　记

贝尔文学奖得主了,不知道已经陪跑了很多年的昆德拉,能否终偿夙愿?(那时,我在巴黎,提交了博士论文修改稿以后,等待答辩通知。)突然间,我脑海里涌出一首打油诗:

> 万众瞩目诺贝尔,
> 今年大奖落谁家?
> 三番五次爆冷门,
> 屡屡遗忘昆德拉!

我从大一开始写诗(大学生普遍写诗是 1980 年代的风气),但一直对自己的诗作不满意,到研究生阶段就完全停止了写诗,却始终在读诗。在巴黎留学期间,我买了不少法语诗集,还买了法文版的里尔克诗集、英文版的浪漫主义诗选和 T. S. 艾略特诗歌全集。读诗始终是我的爱好,但没有想到自从写了为昆德拉鸣不平的打油诗以后(我后来用了很多年才基本摆脱了打油诗的轻浮俗滥),我的诗歌创作灵感被打开了,常常有诗句从脑海里蹦出来。到我一年后回国时,已经写了五十多首五言和七言诗,还写了几首自由诗。而且,我的诗歌创作灵感直到今天仍然是活跃的,也更多地融入了我的思考。

有人说:"二十岁写诗,未必是诗人;四十岁写诗,才是真正的诗人。"我不敢自命为真正的诗人,但我认为写诗是一个庄重的仪式化语言行动(虽然有时候写得很快),是对于作为"本是居所"(the house of being)的人类语言(尤其是母语)的致敬之举,是对于生活和生命中值得纪念的人物、事件、时刻所打造的文字纪念碑,以打破时间对人的桎梏与裹挟,从而凸显脆弱而短暂的人类生命之于浩渺时空的强大和坚韧。

　　另外，作为中国古典诗歌的热烈爱好者与中国文化现代化的绝对赞同者，我也想试验一下：在复杂、多变的现代社会，中国古典诗歌形式是否仍然具有存在的合法性和可能性？基于我个人将近二十年的写作经验和切身体会，我认为中国古典诗歌的形式依然具有强大的生命力，仍然能够很好地表现我们现代人的生活经验、现代人的生命体验，以及现代人的喜怒哀乐。它既是源远流长的传统，又是鲜活生动的现实，重要的是对传统的现实化转化（actualization of the tradition），即激活传统，而这需要后人积极主动的有意识努力。

　　说了这么多，但需要强调的是，我不是昆德拉的粉丝，从来都不是。在大一第二学期初夏的一个傍晚（那是1984年），我与要好的同学坐在西北大学老校区草坪上谈天说地（那时候还没有新校区）。他谈起世界历史上的伟人，说他崇拜某某人。我说我不崇拜任何人，即使是我非常敬仰的人，我也在人格上是与之平等的，而不必自我精神矮化。后来，我知道了巴赫金的"对话主义"，将其从文学理论应用到更广泛的领域。再后来，我读到笛卡尔的名言："遍读好书，有如走访著书的前代高贤，同他们促膝谈心，而且是一种精湛的交谈，古人向我们谈出的只是他们最精粹的思想。"（译文引自笛卡尔《谈谈方法》，王太庆译）我觉得这是一种对话主义的阅读观。因此，自然而然地，我在《中国文化的艰难现代化——"现代"焦虑视点中的20世纪初期中国文化演进》（西北大学出版社2011年10月出版）的《前言》中，表达了自己学术研究中的对话主义立场：

后 记

在写作过程中，我尝试着更多地让历史上那些比较能够给我们展示当时人们的文化心理机制与思维逻辑的文字自我呈现，就像我们自己置身于历史现场，在聆听那些有名的、无名的人们高谈阔论或者轻言细语。我也希望自己所做的分析与辩驳，与他们的话语形成一种对话关系。我们反思和研究历史，不是为了显示我们比昔人更高明或者更高尚。人的存在受限于时间和空间，因此我们需要以"了解之同情"（陈寅恪语）来研究历史。

所以，无论我多么喜欢昆德拉的小说，无论多么欣赏他对小说诗学的思考，也无论我对他在"告密事件"于2008年引起世界性轰动以后的矢口否认有多么失望，我始终把他视为我的对话者，一个可以激发我思考文学、历史、存在的对话者，因而是可敬的对话者。

方丽平参与了整本书的结构设计、材料核实、内容取舍和文字修订。她的许多意见都很中肯，使我从自己的思维习惯、思考角度中跳出来，以便最大限度地减少先入为主的自以为是。我在二十来岁的时候，和当时中国的很多文艺青年一样，极为喜爱 T. S. 艾略特的诗歌，因为其所表达的现代人特有的复杂情感能够让人产生强烈共鸣，而其冷峻的语气、独特的意象与特别的形式，则对读者造成强烈的冲击。在我迷恋"现代派文学"的时候，我以为"现代"意味着与"传统"完全断绝关系，以便完全地自由写作，无羁地表现个性。因此，当我在大四下学期（1987）的春天，读到刊登在《外国文艺》杂志上的《传统与个人才能》（卞之琳译），尽管已经知道 T. S. 艾略特在四十岁以后思想趋于保守，我还是被这两句话震撼到了："诗不是放纵感情，而是逃避感情，不是表现个性，而是逃避个性。自然，只有有个性和感情的人才会知道要逃避这种东西是什么意义。"我虽然当时没有完全明白其深意，却深深地记住了这个出人意料的劝诫。当我在巴黎撰写博士论文并重新写诗以后，才真正理解了 T. S. 艾略特的棒喝式立论之深意与高明。

非常感谢董强兄在百忙之中为本书撰写序言。他的序言实际上也是与本书作者和读者的对话。这也增强了本书的开放性：在这本书中，呈现给读者的是我们的个性化思考，而不是一锤定音的断言。思想可以激发思想，研究可以推进研究，和而不同是对差异和个性的包容和鼓励。我们期待着在昆德拉小说诗学及现代小说诗学研究方面，有更多独树一帜的学术成果。

非常感谢吴岳添教授和徐真华教授对我们的大力支持。他们的跋语在结构上与董强教授的序言前后呼应，在学术上与董强教授和本书作者构成了多重对话关系，在精神上体现出前辈学者对后辈学者的友善欣赏与热诚鼓励，从而构成中国法语文学研究界学术对话与学术传承的一段佳话。二十年前，我们从巴黎回国任教，进入中国法语文学教学和研究界。多年以来，我们一直得到包括吴岳添教授和徐真华教授在内的众多前辈学人的热情接纳、大度包容、鼎力帮助和恳切指点。我们对此感激钦敬，铭记于心，无法忘怀。学术研究需要高度冷静的理性，但学者是活生生的人，需要有活泼泼的生命力。这种生命力不仅要体现为个人的思想能力、创造能力、写作能力，也要体现为与其他学者的沟通能力、互动能力、对话能力。我们固然应该尽心竭力地学习、思考、工作，但每个人都有自己的知识盲区和薄弱环节。因此，要坚强而不必刻意逞强，要勇于承认自己有需要别人帮助的地方，要敢于示弱才有可能获得强援，要敢于敞开心扉才有可能获得心灵回应。"敢于做自己"不意味着刻意自我封闭，因为正如英国玄学派诗人约翰·多恩（John Donne, 1572—1631）所写："没有谁是一座孤岛，/ 在大海里独踞；/ 每个人都像一块小小的泥土，/ 连接成整个陆地。"只有在与他者的真实关系中，才能真正发现自我、确立自我、完善自我、实现自我。用哲学术语来讲，个人只是相对独立的存在（existence），任何人都无法彻底摆脱与他人的共在（coexistence）关系，且只有在与他人的共在中，个人的存在才有可能不断趋向本质（Essence）并逐渐接近本是（Being, Être, Sein），向着"至善"（《大学》）的终极目标迈进。

非常感谢编辑于海冰女士认真细致的工作和专业敬业的建设性意见，使本书能够以比我预期更好的样貌得到呈现。

由于历史原因，一些外国作家、思想家的中文译名存在着多种写法。为了行文前后统一，也为了不造成读者的额外困惑，我们将部分译名改为当代通行的样式。在其中一些译名第一次出现于正文时，我们以脚注的形式介绍了译名规范的选择。

对于学者来说，一本书的出版既是一个学术阶段和生命阶段的结束，也是另一个学术阶段和生命阶段的开始。这使我们不必感伤和惆怅，而是充满热情和希望地迎接未来。

张弛

2021 年 11 月 26-28 日于长沙市桃花岭下

2023 年 5 月 7 日上午修改于长沙市梅溪湖西

2025 年 2 月 13 日下午改定于广州市白云山中

跋 一

昆德拉是当代法国乃至世界上极有影响的著名作家，在小说创作和小说理论方面均卓有建树。因此，"西方文化视野中的昆德拉小说诗学研究"是个很有意义的课题。

把昆德拉的小说诗学放在西方文化视野中来研究，可以从欧洲小说的传统和发展演变的角度来理解昆德拉的小说理论，但也极大地增加了研究的深度和难度。欧洲从古希腊至今的文化理论层出不穷又千差万别，需要爬梳剔抉、去粗取精，才能进行系统的论述，得出合乎逻辑的结论。《昆德拉小说诗学》对古今文献旁征博引，以丰富的资料阐释了"现代性"等重要概念，厘清了从史诗、传奇到小说的传承关系，论证了昆德拉小说诗学的渊源和现实意义，在国内的昆德拉研究中堪称最为全面和深入的成果。这显示出作者在外国文学方面的广博知识和孜孜不倦的钻研精神。

《昆德拉小说诗学》在研究国内外文献资料的基础上，围绕主题进行了合乎逻辑、广泛深入的论述。全书层次分明、语言通顺、文

跋 一

笔流畅，看得出是作者多年心血的结晶，因而是一部值得出版以供研究界参考的重要著作。

吴岳添
2024 年 12 月 11 日于湘潭大学

跋 二

张弛、方丽平两位教授在米兰·昆德拉创造的小说原野上从容地跋涉，细心地考察昆德拉虚构的存在境遇，从与文学、史学、哲学、美学交叉的维度，探寻昆德拉小说诗学所启示的哲学思辨，它的不确定性，它的相对精神，展现独立思考和自由言说的诗性智慧，透视人之所以"是"人的可塑性、多样性、复杂性和脆弱性，让读者感悟了小说诗学的温度与魅力、智慧与力量。

《昆德拉小说诗学》以诗性思维的独特魅力，阐释昆德拉的小说理论，从小说诗学的维度联接文学、哲学、艺术、自然与人之存在的诗意象征，为读者营造了一个丰富的想象空间和思考坐标。

《昆德拉小说诗学》当是近几年国内昆德拉研究的扛鼎之作。

徐真华
2024 年 12 月 15 日于白云山下广东外语外贸大学